U0905583

BLOOD X BLOOD

血族传说

大结局

妖舟 著

敦煌文艺出版社

图书在版编目（C I P）数据

血族传说．大结局 / 妖舟著．-- 兰州 ：敦煌文艺出版社，2018．9
ISBN 978-7-5468-1598-5

Ⅰ．①血… Ⅱ．①妖… Ⅲ．①科学幻想小说－中国－当代 Ⅳ．①I247．5

中国版本图书馆CIP数据核字（2018）第186950号

血族传说.大结局
妖舟　著

责任编辑：曾　红

敦煌文艺出版社出版、发行

地址：（730030）兰州市城关区读者大道568号

邮箱：dunhuangwenyi1958@163.com

0931－8773233（编辑部）

0931－8773112　0931－8773235（发行部）

北京嘉业印刷厂印刷

开本　710毫米×1000毫米　1/32　印张　11　插页　1　字数　350千

2018年12月第1版　2018年12月第1次印刷

印数　1～9 000册

ISBN 978－7－5468－1598－5
定价：42.00元

目×录

第三卷　血是纽带

第四卷　血是希望

第五卷　血脉相连

Chapter Ⅲ　Blood is Bond
第三卷　血是纽带

It connects you and me…

联结了你和我……

35th Blood　不速之客有点多

萨恩星。

血族帝都。

山脊背阴地。

长老会研究院。

这里满山遍野的植物只有银蓝色的针叶磐寒松。这象征着科学人员缜密的作风，也代表着长老会刚正不阿的气节。

松林与血族共存了千万年，已然茁壮茂盛得有如铜墙铁壁，浓密的松叶遮盖了血族讨厌的阳光，维持着整座研究院阴凉潮湿的环境。

深山鸟语，落叶蛙鸣。

偶有皮肤带着鳞片的苔藓蜥蜴慢慢爬过研究院繁复雕花的复古大门，给这里增加了几分神秘诡谲的气氛……

“3 分 15 秒！”

穿着高领银绣白色工作服，戴着金质徽章的食物转化组组长啪的一声按停腕上的高精度计时表，转头示意助手们可以打开了。

两个助手立刻戴上手套谨慎而利落地打开了金属试验箱，托出一排热腾腾的蛋挞。

蛋挞有着焦黄的色泽，酥脆的烘皮，还带着奶味的甜香气，感觉十分诱人……

组长大人翻着电子表格打钩：“温度 OK，色泽误差在 5 分度以内，组织坚硬程度合格，蛋白质与脂质凝结度稍差，水果表面脱水程度在可控范围内，下次可以考虑红外线……好了，装盘吧。”

男性助手飞快地在银质雕花盘里铺上刺了血族花纹的镂空纸，嘴里碎碎念着：“植物脂质和动物脂质搅和在一起，这样完全看不出来是什么东西了嘛！地球人怎么喜欢吃这样的食物啊？”

“管他呢，做甜点总比做荤菜好，要不你去中餐组？听说库克他们昨天把实验室弄得跟凶杀案现场一样！就为了做盘传说中的回锅肉……”女性助手麻利地把八个蛋挞摆成花形，摇头耸肩地传播着八卦。

“不要多话。”组长喝止了两个喋喋不休的小助手，继续在手上的透明电子屏上勾画着一条条记录，“根据目前的记录，目标体面对其他各组的试验成果时，或轻或重都出现过呕吐、反胃之类的妊娠反应，唯有对烘焙西点的接受度最高。身为科学家，你们应该为自己的研究成果感到骄傲才对！”

两位助手忙点头称是……

一阵衣袂擦动声由远而近……片刻之后，一个挺拔的身影便停在了实验室门口。

来人抬头看见穿白衣的组长，矜持而傲慢地略一颔首，问道：“繁育者在哪里？”

组长谨慎地躬身回礼，客气地说：“在顶层树屋。大人可乘坐西侧悬浮梯上去。”

另外两个助手也连忙放下蛋挞站起来行礼，磕巴道：“大……大人……”

来人却不待他们说完便摆手示意免礼，甩袍转身匆匆离去了……

剩下众人一阵面面相觑，便回去一边继续做各自手上的活，一边窃窃私语起来：“刚刚那位是巴索菲利克家族的公爵大人吧？最近来这里的大人们真是一个赛一个的尊贵啊……咱们研究院这一个月里来访的贵族恐怕比过去一年还多呢！”

“巴索菲利克也是琉珂赛特下属的五个分支之一吧？貌似人丁也不兴旺了……”

“他们隶属于‘保卫者’，要去战场冲锋陷阵的，当然人丁不旺。咳，也难怪他们沉不住气了。好几万年了，谁能想到圣血族竟然可以有后代！现在繁育者都出现了，这种时候不来混个脸熟的才是傻瓜……”

“嘿，我看那个地球人要是跟所有贵族都见一面，她也不用睡觉了……长老他们到底是怎么想的？一点也不限制贵族们的探访，这样不会影响孕妇的休息吗？我听说地球人可是很脆弱的，貌似精神状态还会影响生理状态呢。”

“啊，兰卡·鸢·戈蓝蒂斯的《论生物神经性报告 9528 版》是吧？我也看过……话说回来，那个兰卡这次可抖起来了！从前不过是个小小的民俗学分院博士，现在仗着精通地球风俗，又跟繁育者长期接触过，说起话来分量都重了呢。哼，现在研究院里哪个部门敢不让她三分？连三长老都对她礼遇有加呢……”

“哼！牛什么啊？运气好冷门蹿红而已。区区一个半血族，要不是当初抱梵卓亲王的大腿……哎哟！谁砸我？！”男性助手捂着被砸疼的脑袋唰地站起来怒喝，“是谁？出来！”

他杀气腾腾地环视了一圈，却不见人影。倒是被嫌吵的组长大人瞪了一眼，只好闷闷地坐下。他不甘心的视线却无意中瞥到实验室地上一颗圆圆的松果，连忙走过去捡起来查看：“松果？哪儿来的？”

女性助手也凑了过来，看到松果，若有所思地猜测道：“说不定是狐焰……阿奇卡他们见过那东西在树屋窗台上啃松子，好像是那个地球人养的，叫小吱什么的……唉，真是暴殄天物，上古的神兽，居然被那人类取了个这么没气魄的名字……”

“狐焰吃松果吗？它们不都是靠主人的精气存活的吗？”男性助手皱眉举高手里的东西在灯光下仔细看……在伸手的一刹那，他的眼角瞥到了实验室角落的一抹火红，精灵一般一蹿而过！连忙回头却只见那火红的小团敏捷地跃出了窗子！

两个小助手立刻跟着跑到窗边往下张望……

“看清了吗？什么样的？”

“没看清。速度太快了，只知道是红色的。”

“这里这么高，它掉下去不会摔死吧？”

“你担心人家神兽？放心吧，它从最高的树屋上跳下来都不会死的……”

女性助手收回视线，趴在窗边支着下巴仰头看森林高处那座唯一露出树林的高小小之屋，高处的阳光刺痛了她的眼睛……

她揉着眼关上窗，不解地嘟囔着：“说到树屋，那个地球人为什么只喜欢待在那里啊？那地方从前不过是干燥室，都快废弃了。听说后勤组为了供她使用特地收拾了好久，据说现在那里装修得比三长老的房间还奢华呢……”

男性助手耸耸肩：“你没看过兰卡的报告吗？听说是因为那里是唯一能晒到太阳的地方。”

“喜欢晒太阳？地球人真怪……”

“可不是。”

奇怪的地球人高大胖（高小小的绰号），此时正趴在树屋的卧榻上。

午后暖洋洋的阳光从窗口照进来，晒得她懒懒的，昏昏欲睡。

兰卡给她的那堆古书上纠结的字体也就越发纠结起来，齐齐呼唤着她奔向梦乡……

自从怀孕了以后，整个人都变得嗜睡了呢……这么想着的时候，她的眼睛已经睁不开了……

身为血族贵重的繁育者，高小小的待遇其实很高。

知道地球人更习惯睡床而非棺材，长老会塞进树屋的床具便从贵妃榻到音乐睡毯一应俱全！比如身下这个古典的卧榻，优雅的线条、精致的雕花和昂贵的材质就不说了，就是上面几只刺绣豪华的大靠枕，也已经舒适得让她一天大部分时间都像陷在松软的云朵中一样半睡半醒……

小小半趴在卧榻上迷糊着，手臂懒懒地搭在榻边，手里握着的书也慢慢滑到了地上，跟其他散落了一地的各式书籍混在了一起……

林间清爽的风从树屋窗口吹进来，在书页间拂起轻柔的哗哗声……

偶尔有几本或倒扣或翻开的书籍扉页上都写着同一个单词——“圣经”。

为什么人类能与圣血族结合？

兰卡说答案其实早有记录，而无论是地球还是萨恩星上都留下了这些记录的残本。其中之一就是《圣经》。

高大胖看来看去，也弄不明白。

可是事关她自己的健康和未来，不看又不行。于是她便这样每天重复着努力看书——想睡——死撑着看书——还是想睡——看不懂——终于睡着的可悲过程。

一孕傻三年，不是随便说说的。

已经在半睡半醒间爬升到柔软梦境中的高大胖，忽然感到脸颊边有凉凉的手指轻轻碰触……

这跟在欧德小屋睡午觉时被亚伯纠缠的感觉一模一样，高大胖抬手握住那手指，微笑着睁开眼，刚想说什么，却愣在那里。

面前的男人，她根本不认识！

来人身着淡金的古典束腰长袍加上墨绿的斗篷，银色的头发前面削短后面系起来随意搭在肩上，五官英挺略带兵气，嘴角的笑容却有点满不在乎的感觉……

这个男人不是她认识的任何一个圣血族。

高大胖略慌张地松开捉着对方的手，坐起身胡乱捋了一下蹭乱的头发，一时不知道该说什么。

来人倒是笑起来，视线暧昧地拂过刚刚被她握住的手指，神态自若地在她床边坐下。

“在读《圣经》？”男人从地上捡起一本书，掸了掸扉页上的灰尘，拿在手里翻看，笑道，“没想到你对这种古书感兴趣。”

高大胖被他这副自来熟的态度弄得很不自在，在卧榻上蜷了蜷身子躲开来人，皱眉道：“请问你是？”

“雷夫诺。”来人一边说着，一边擅自拉起高小小的手低头亲吻了一下，然后并不放手，表情十分自信——那神态仿佛任何人都应该知道他是谁一般——淡淡地报上名字，“雷夫诺·德·巴索菲利克。”

没听过！

“啊，你好。”高大胖心不在焉地应着，专心往外抽自己那只被对方攥住的胖手，却丝毫动弹不得。

男人似乎不满她的反应，手上略用力地将她整个人拉近，低了头观察她的脸孔：“你似乎不太喜欢我？”

高大胖被拽痛，也有些不爽：“没人会喜欢擅自闯进自己房间的陌生人，请你放开我！”

她真的有点烦躁。

因为这种事，并不是第一次发生了。

研究所的守备果然比不上亲王城堡。随便一个什么贵族都能随时踏进她的房间，坐在她的床边，甚至乱摸她的脸……这种生活真是够了！

当初跟随梵卓回帝都之后，就是贵族们准备的盛大迎接仪式。赶来围观的圣血族们这次倒不是看美食包装袋的眼神了，而是看下蛋母鸡的。

梵卓护她护得很紧，基本没让她在虎视眈眈的血族人前露面就直接送回了亲王城堡。

然而高大胖只在城堡住了一晚。还没能跟兰卡、西里说上话，就被长老会属下的侍卫军带到研究院，说是要做个例行体检。

体检倒是没什么，毕竟梵卓选择回帝都就是想要借用长老院的科研力量，确保她和孩子都健康。可是这个体检，却就这样绵绵无尽……她竟然再也没被送回亲王城堡！

每次问起来，就会碰到“科技需要”“孕期看护需要”“专业人员”“专业器材”“此地最为可靠”诸如此类学术化的软钉子。

高大胖很郁闷，可是自己没有力量，唯一能见着的自己人兰卡也只是技术人员，没有权力放她走。

被软禁，也只能认了。

她现在只能等着既有力量又有权力的梵卓来带她走。

可是，从那日一别之后她就再也没见过他。

这些动不动来研究所探视的贵族里也从来没有他。

说实话，高大胖有点担心。

梵卓跟她住在未十城的那段时间，不管怎么看都应该算是亲王大人擅离职守。真要追究起来，梵卓大概是要引咎辞职的吧？

可是不管梵卓是在家关禁闭，还是被扔进监狱吃牢饭，高大胖都更想待在他身边。科学院是在物质待遇上对她不错，可是梵卓才是她在这个星球上最信任也最依赖的人，两年相处的感情不是一张沙发床能代替的……

而且，最起码在亲王大人身边，绝对没人敢这样抓着她的手不放。

眼前这个叫作雷夫诺的男人，听到高大胖拒绝的话语，眼神顿时变得不屑，轻佻地哼道："如果真是不想我进来，听到我上楼梯的时候便可以大声阻止。何必等到我坐在你身边了才拒绝？"言罢挑眉用"你不用欲擒故纵了，这点把戏骗得了谁"的眼神放肆地扫射过来……

高大胖觉得真是太冤了！

那楼梯离树屋有十几米远，她是妖怪才听得到血族比猫还轻的脚步声。地球人耳朵不好使不行吗？

然而跟自以为是的男人解释什么都没用，就算说了他大概也会用"你不用找借口了，我都明白"的表情做宽宏大量状一笑了之。高大胖也懒得跟他废话，只是咬着嘴唇用力往外抽自己的"小爪子"。

雷夫诺却像跟她作对一般，好笑地看着她扭来扭去，就是不松手！嘴里还感叹着："果然如传闻的那样，地球人还真是弱小……个子也很小……虽然长相一般，"俯身在高大胖颈侧轻嗅了一下，"但味道还真诱人。"

高大胖浑身哆嗦……

自从查出来怀有身孕之后，无论是兰卡做的手镯式去味器还是欧德给她的香囊，研究院都不让戴了。据说是担心这些效果强劲的香料会影响孕妇身体健康和胎儿成长。

高大胖不知道去味剂是否影响健康，她只知道摘了这些防护用具，她就是想低调也低调不成了。如今是个血族就闻得到她的气味，虽然不至于到丧失理智扑倒她吸血的程度，但她无论躲到哪里都会很容易地被任何工作人员找出来。

而另一个麻烦之处，就是会被这些不请自来的访客带着“真好吃啊，一定很好吃”的表情舔着嘴唇随便轻薄……

高大胖暗暗咬牙，转头躲开雷夫诺靠近的脑袋，抬起另一只手试图推开他，却立刻被捉住扣在手心里。高大胖只好尽量往后仰着后退，对方却不依不饶地俯身跟上来，几乎把她整个人压倒在卧榻上……

太过分了！实在太过分了！

这男人到底是什么东西？！这段时间的访客就算偶尔有动手动脚的，也没有敢这样放肆的！

“你放开！”高大胖咬牙。

雷夫诺却轻笑：“你真的要我放开？”

难道他以为她在跟他调情吗？高大胖气得几乎想要掀桌！

雷夫诺单手挑起高小小的下巴，品评一般摩挲着她的脸庞轻笑道：“如果单说相貌和气质，你也不过是中下等。就算加上血味诱人，也就是个中上等。若不是身为繁育者，想必也没有现在的风光。其实，你自己也很庆幸吧？一步登天，跻身贵族之列，又被众多圣血族追捧，实在是幸运至极……”

高大胖怒极，反而冷静了下来。

她深吸了一口气，盯着身上男人的眼睛，慢慢道：“你会修水管吗？”

雷夫诺愣住。

“愿意陪我逛超市吗？”高大胖继续提问，“我喜欢晚上睡觉，白天活动，你肯配合我的作息时间吗？能做到只宠我这么一个姿色中下等的货色，绝对不出去找美女花天酒地吗？看到我怕冷会去把自己体温调高才碰我吗？看到我受伤会先心疼而不是先想舔血吗？”

雷夫诺持续呆愣……

“圣血族很了不起吗？你觉得对我这种外星生物来说你是什么族的有区别

吗？圣血族咬人也是两个窟窿，不见得比别人咬的窟窿少疼一点。”高大胖轻哼，“如果单说温柔体贴，你不过是中下等。就算加上地位钱财，也还是个中下等！我男人比你诚心，比你地位高，比你对我好，就是毁了容也比你帅！”

她终于从呆愣的男人手里抽出手来，冷淡地指了指门外：“请你出去。”

雷夫诺没有反应。

估计他还在消化刚才那番话。

也可能在琢磨这个“我男人”具体是个什么职称……

高大胖决定不能姑息敌人，抬脚刚想踹他，对方却突然跃起闪到了一边！

一团艳丽的火焰凶猛地从高大胖上空袭过！因为攻击的对象闪开了，那团火眼看就要落在树屋的木质家具上！接下来便会是熊熊大火……然而，那团危险的火球却被突然凌空出现的黑色斗篷黑幕般包裹围挡住！然后如同被黑暗消化了一般消失在来人的衣袂间……

小吱一跃落在高大胖身前，摆出一副守卫姿势——四爪挠地，背毛倒竖，连尾巴都蓬大了一圈！龇牙咧嘴地朝着雷夫诺和突然冒出来挡住火球的男人发出嗞嗞的恐吓声……

拉起黑色斗篷的手缓缓地放下来，露出来人线条冷硬的侧脸。

依旧是那坚毅的眉眼，严肃紧抿的嘴唇，一丝不苟的军装配着精致的勋章和腰侧的黑色长剑……

看着眼前气质冷峻的男人，当初森林里拼死逃亡的一幕幕瞬间涌入高小小的脑海！仿佛破碎的拼图一刹那间全部复原成清晰的画面……

对方依旧是她第一天来到这个星球时那个从天而降煞气十足的黑龙王子。

只是此时他看她的眼神，已然改变……

“布鲁赫将军……”她愣怔着眼睛，喃喃道。

36th Blood 《圣经》新解

布鲁赫只看着她，什么也不说。

高大胖在对方的这种眼神下有点发毛……大约是因为从以前到现在每次她跟他在一起时都会发生一些相当惨痛的流血事件，所以大胖同学潜意识里是很怕他的。看见他，大胖就肉疼、骨头疼。

可是这个男人又总是给她一种很特别的感觉，他看她的眼神和对她说的话，总是很矛盾。

比如那句“不想死就离我远点”，可他又总是来靠近她。

再比如那句“对不起”，他偏要在她已经决定不恨他的时候说出来。

高大胖不知道该怎么跟他相处。

布鲁赫却在短暂的静默后，淡淡地说了一句又让高大胖纠结起来的话。

他说：“你回来了。”

就像是自家孩子不听话出门去野，乖乖回来了之后一家之长的口气，充满了“你是我的所有物，现在物归原主了”的感觉。

高大胖顿时纠结了，纠结的是回答“是”也不是，“不是”也不是……

好在布鲁赫只说了这么一句话，就转过了头，冷着脸甩袍对雷夫诺做出送客的手势：“公爵大人，请离开这里。”

雷夫诺懒洋洋地靠在门边，不悦地挑眉：“布鲁赫侯爵，您似乎没有资格对我提出这种要求吧？”

“公爵大人大概太久不务政事了。一年前的纳美兹平原一战后，我已被长老会册封为公爵。”布鲁赫的表情冷淡，“我想现在的我应该有资格请你离开吧？”

雷夫诺收回冷笑，站直了身子，哼道："不如一起走？"

布鲁赫微侧头看了高大胖一眼，她正抱着小吱露出"要走了吗？终于要走了"的欣喜万分的表情……将军大人眼神微黯，转头率先跨出了门……

见对方真的说走就走毫不恋战，雷夫诺话出了口也不好收回，只好怏怏地跟着离开了……

死死地盯着两个男人的背影消失在悬浮梯上，高大胖才从卧榻上爬起来，活动着自己被抓青的手腕长出了一口气……

小吱见敌人离去，立刻转过头，不知从哪里掏出一个松果，用两只小爪子抓着递给高大胖，然后摆了摆尾巴……

高大胖无力，起身找了小锤子，开始敲松果："我说小吱，你真的是狐狸[①]吗？怎么习性这么像松鼠呢？"

"干果只是狐焰的零食而已，它的正餐是你散发的精气。"干脆的女声突然从门口传来，装扮清凉性感的兰卡女王随即踱进了屋里，"我刚刚在悬浮梯上遇到雷夫诺公爵和布鲁赫将军，他们是不是来找你了？"

高大胖哀怨地抬头看她……

兰卡抚额："你也真是倒霉……"

"梵卓他，最近怎么样了？"高大胖闷闷地问，起身去关了窗户。

兰卡摇摇头，从门口的阴影里走出来，一件件摘掉日行防护服，然后懒懒地靠在大胖的卧榻旁，用手指一个接一个地捏开松果……

"唉，我怎么可能知道？谁都知道我是亲王派的，绝对的重点防范对象。我的出入卡最近都被锁了，跟外面也联系不上……"

高大胖也跟着叹了口气……

兰卡捏碎最后一个松果，拍拍她的脑袋，安抚道："别担心，萨恩星上能让梵卓大人吃亏的人还没生出来呢，而你现在比亲王还贵重，也不会有事的。"

这倒也是，论阴谋诡计梵卓才是正牌反派 Boss！

高大胖认同地点点头。

兰卡扫视了一遍屋子里各种版本的《圣经》，转移了话题："怎么样？看了一个星期了，看出什么眉目了吗？"

"完全没有。"高大胖摇头，"只有一点，你们的《圣经》跟我见过的差了好多……不，应该说是精简了好多，仿佛只有一个框架一样，而且比起神话故事更像实验记录。"

"《圣经》本来就是实验记录。"兰卡表情平淡。

高大胖顿时满脑袋冷汗！"兰……兰卡……你这句话可是轻易推翻了人类三大宗教之一啊……"

科学家兰卡同志却很是不以为然："你们的《圣经》被当作宗教教义使用，里面自然要按照宣教者的意思添上貌似真实的细枝末节，以及宣扬礼教、仁义、善恶的部分。而被血族带出地球的这个版本，才是真正的原始记录！"

兰卡点点手里的《圣经》说："其实虽然被矫饰，这些古籍中还是会留下一定的真实。比如，有关人类的起源——虽然是不同的民族、不同的人种、不同的经典，记载的内容却差不多。《圣经》里说上帝以土造人，吹气赐予生命[②]。中国神话里说女娲捏土塑人，吐气赐魂……

"这些传说隐含了同一个信息，那就是，最早的人类是由某个更高等的、类似'造物主'的存在，用某种手段'制造'出来的。材料取自大地，并且制造者在制造过程中注入了某样东西……这样听起来，像不像生物试验？"

高大胖微微觉着寒冷……

兰卡抬手指着森林里的研究院："我们的科技虽然没达到制造智慧生物的程度，但普通的低等生物已经完全可以从大地中取材，通过电击和其他射线作用赐予其生命特征。我认为，在最早的时候，宇宙中必定存在比现在的萨恩星还要高等得多的文明！而正是这种文明找到了地球，并在上面制造了人类……和血族。"

高大胖惊讶地抬头！

兰卡看着她，面目平静地说："难道你从来就没想过，我们有可能是同源吗？"

高大胖想了想，挠头："可是你们不是尸体吗？"

兰卡青筋隐现……

高大胖瑟缩小声："不是就不是呗……"

"如果人类和血族真的毫无关系，茫茫宇宙之中，两个物种的生理构造却相似到这个程度也太奇怪了吧？"兰卡把手里的《圣经》丢给高大胖，也在卧榻上坐下来，给自己倒了杯水，啜了一口，挑眉提问，"小小，你觉得地球上最早的男人和女人是谁？"

高大胖思索了一下："亚当和夏娃？"

"错！"兰卡单手拿着杯子指向高大胖，"最早的男人是亚当没错，但最早的女人，应该是莉莉丝才对。"

高大胖怀疑："莉莉丝？那个女妖？不是吧……可是不管是《圣经》还是神话传说什么的都说亚当、夏娃是人类的祖先啊。"

"哦，是吗？"兰卡口气不屑，"那我问你，夏娃是怎么出来的？"

"上帝用亚当的肋骨做的……啊！"高大胖捂住嘴，"难道……"

"看看这段创造夏娃的记录：'耶和华神使他沉睡，他就睡了。于是取下他的一条肋骨，又把肉合起来……'[③]"兰卡照着《圣经》慢慢念，"你觉得这段记录像什么？"

"医疗麻醉和手术缝合……"高大胖喃喃道。

"还有这里，"兰卡换了一段，"'耶和华神就用那人身上所取的肋骨，造成一个女人。'[④]从本体身上取出细胞、组织、切片，制造新的生命体……哎，这种技术怎么听起来这么像……"

"克隆。"高大胖沉痛点头，"是很像。可是，他们性别不同啊……"

兰卡哼了一声："拜托，连地球的科技都足够改变性别，你觉得这对比我们还高等的'造物主'来说，是个难题吗？"

高大胖噤声。

“那人说，这是我的骨中骨，肉中肉，可以称她为女人”。[⑤]

我的骨中骨，我的肉中肉。

世界上的另一个我。

不添加什么玄幻因素，理智科学地来推理的话，这种制造手段就只可能是克隆技术了吧？

“还有，《圣经》的最早记载语言并不是英语。而‘女人’这个单词是一个构成词，含义并不是雌性之类的，而是更近似于‘我的一部分’‘我的分身’之类的。”兰卡翻着另一本语言学的书，“而且《圣经》里也从来没说过造物主制造夏娃是为了给亚当交配用的配偶，实际上原文里用的单词是‘Helper’[⑥]。也就是说，造物主制造夏娃只是为了给亚当提供一个助手，共同管理伊甸园。”

丢掉语言书，兰卡起身蹲在书堆里刨着其他的资料：“哪一本……唔……我记得根据记载，亚当最早是跟伊甸园中的其他动物交配，但他很快不满这样，于是跟造物主要求一个真正的人形配偶。这里大概就是莉莉丝出现的时候了。记载到这里开始非常跳跃，几乎没有任何文献记录莉莉丝离开的理由。所以我推测……”兰卡从书堆里仰起头来，“世界上第一个女人莉莉丝并没有离开，那段亚当身边出现空白的日子，很可能是她怀孕之后的待产期。”

“咦……咦？！”高大胖结巴，“亚当还……还跟莉莉丝生过小孩吗？”

“这只是我的推测。”兰卡低头继续找书，“但是这样才更合理。难道你就没有疑惑过，为什么《圣经》到了后面的篇幅里突然就冒出女性和亚当的后代结合了呢？亚当和他的后代都是神的儿子。《圣经》里说‘神的儿子们看见人的女子美貌，就随意挑选，娶来为妻。’[⑦]那么我问你，这些女子是哪里来的？”

“你的意思是，地球上最早有两种人。一种是真正的男人和女人孕育的后代，还有一种就是男人亚当和他自己的克隆人孕育的后代？”高大胖哆嗦……

“没错，而且我认为，前一种就是人类，而后面一种就是血族。”兰卡正色道，“从基因的角度来说，亚当和莉莉丝的基因都是完美的，所以他们的后代是正常的，各项功能健全。这也是为什么人类具有繁衍的能力。但是夏娃就不一样了，首先，她作为一个克隆人，本身就会有缺陷，这是克隆技术无法避免的，也是一个算式的极限，跟科技水平无关；其次，这个缺陷基因和本体基因再次结合产生的后代，只会将基因缺陷不断放大！”

高大胖点头：“的确，我们地球也是禁止近亲结婚的，就是怕会生出残疾后代来。那亚当跟他自己的克隆人……”高大胖寒了一下，这大概是最近的“近亲”了……可是又有点疑惑，“但我们能想到的问题，那个了不起的‘造物主’应该也能想到，他为什么要放任不管呢？”

兰卡摇了摇头：“谁说造物主是好人了？我一开始就说了吧，人类和血族的出现很可能只是出于某种高等文明生物的一个无聊的实验。那么现在他们为什么不可以继续试验下去呢？”兰卡指给她看《旧约》里后面的几页，“看，从这里开始，记录的全是亚当和夏娃的后代是谁，活了多久，产下几子……你觉得这种记录像是宗教神话吗？”

高大胖缓缓摇头：“不，更像实验观察记录。”

是的，观察报告。

就像她在高中生物实验里观察青蛙卵，或者洋葱切片，或者蚕宝宝变成蛾子的过程。

“缺陷基因和缺陷基因不断叠加结合，只会让某种缺陷性病理不断加强。”兰卡合起书，苦笑着看向高小小，“如果以人类为标准的话，血族的畏光畏热、嗜食鲜血、肢体僵硬、细胞活性周期无限延长、骨骼肌肉过度强化，以及最致命的生殖功能萎缩，都是基因缺陷的体现。”

兰卡的表情从冷然到冷峻：“如果说，人类是造物主成功的实验结果，那么血族，就是失败品！那么人类和血族结合，从科学的角度讲，就是一种基因污染！”

高大胖一愣。

“如果我是实验者，就绝对会阻止这种失败品对成功品的基因污染。”

兰卡绕了绕鬓边的发丝，口气无奈，“而事实上，那些造物者也的确这样做了。其实人类的《圣经》里也有关于这段的记载，看这里，‘耶和华说，我要将所造的人和走兽，并昆虫，以及空中的飞鸟，都从地上除灭，因为我造他们后悔了。’⑧”

“大洪水……”高大胖喃喃道。

“对，但洪水只是一个隐喻，意味着大清洗，基因清洗。”兰卡转身翻起其他的书来，“还有一个很著名的隐喻，相信你也知道，就是‘诺亚方舟’的故事。我想当时的方舟应该有两艘，一艘是一个避难所一样的存在，里面是神留下的试验成功品，纯净的基因——人类。

“而另一艘，应该是真正的宇宙飞船——载着血族逃亡的方舟。

“从血族的角度来说，我想当时他们的科技是足够做这件事的。《圣经》里也有记载亚当、夏娃窃取了伊甸园里的‘智慧果实’的段子吧？面临灭族危机时拿科技来救命，搭上诺亚方舟，逃离地球，来到宇宙彼端遥远的萨恩星求生存，其实很合理。”

高大胖沉默良久，叹了一口气……

“兰卡，就算你的这些推理都是真的，我想圣血族大概也不会接受基因污染这种说法。”

兰卡丢开所有的书，略显疲倦地在卧榻上仰头躺倒，手臂搭着眼睛喃喃道：“没错，虽然这些都是我的推测，但我认为从逻辑上来说是最合理的。可是辛摩尔长老他们绝对不会接受，也不会允许这样一篇论文发表出来。因为按照我的推理，只能得出上天真的是要灭亡圣血族的结论！”

也许，上天真的是要灭亡圣血族……

“不过，血族反抗过‘上天’一次，大概再反抗第二次也没什么。”高大胖笑笑，“从来都不觉得血族是信天命的种族。就是人类，也不是那么听话的……我的出现还真及时，不是吗？”

兰卡脸色严肃地看向她：“我并不认为这是什么好事。你不明白吗？其实与血族生子，是对你自己基因的一种污染。得到好处的只有面临灭亡的血族，而你的后代却要带上血族的缺陷！”

高大胖沉默了，不结合是基因断绝，结合了是基因污染，真是进退两难。

可恶，不要把人类存亡这么重大的决定交给她这个小市民来做啊……

“仔细想想吧。”兰卡叹了口气，“作为梵卓亲王的下属，我希望你能生下梵卓亲王的孩子。但作为一个科学家，我希望你不要生下这个孩子。”

高大胖越发沉默……

【注释】

①小吱在高小小眼中是一只狐狸，又被血族称为“狐焰”。

②耶和华神用地上的尘土造人，将生气吹在他鼻孔里，他就成了有灵的活人，名叫亚当。

The LORD God formed the man from the dust of the ground and breathed into his nostrils the breath of life, and the man became a living being.

——《圣经 · 旧约 · 创世纪》

③耶和华神使他沉睡，他就睡了。于是取下他的一条肋骨，又把肉合起来。

So the LORD God caused the man to fall into a deep sleep; and while he was sleeping, he took one of the man's ribs and closed up the place with flesh.

——《圣经 · 旧约 · 创世纪》

④耶和华神就用那人身上所取的肋骨，造成一个女人。

Then the LORD God made a woman from the rib he had taken out of the man.

——《圣经 · 旧约 · 创世纪》

⑤那人说，这是我骨中的骨，肉中的肉，可以称她为女人。

The man said, This is now bone of my bones and flesh of my flesh; she shall be called 'woman'.

——《圣经 · 旧约 · 创世纪》

⑥耶和华神说，那人独居不好，我要为他造一个助手帮助他。

The LORD God said, It is not good for the man to be alone. I will make a helper suitable for him.

——《圣经·旧约·创世纪》

⑦神的儿子们看见人的女子美貌，就随意挑选，娶来为妻。

The sons of God saw that the daughters of men were beautiful, and they married any of them they chose.

——《圣经·旧约·创世纪》

⑧耶和华说，我要将所造的人和走兽，并昆虫，以及空中的飞鸟，都从地上除灭，因为我造他们后悔了。

So the LORD said, I will wipe mankind, whom I have created, from the face of the earth—men and animals, and creatures that move along the ground, and birds of the air— for I am grieved that I have made them.

——《圣经·旧约·创世纪》

37th Blood　被鄙视的地球素质教育

孩子到底要不要生?

其实这个问题对高大胖来说，根本不算问题。

基因污染什么的对科学家来说大概还算个沉重的话题，但对没什么追求的小市民来说，基本毫无意义。高大胖只思考了不到十分钟就丢开了。

如果她什么也不做就死了，人类的基因还不是干脆断绝?

低等生物都会用演化的方式顺应环境生存下去，人类为什么不可以?

谁规定人类的基因就是不能改变的了?

比起彻底从宇宙中消失，她宁愿被侵蚀着活下去。

更何况，她的存在是对另一个濒临灭绝的种族的救赎。

当英雄的感觉还是不错的。

可是，英雄高大胖同志自那天与兰卡进行了有关《圣经》的讨论之后，就见不到兰卡了。

高大胖可以理解。

如果她是长老会三巨头，也会立刻把这个用妖言煽动珍贵的“种族希望”不跟他们生孩子的危险分子隔离。

兰卡是个聪明的科研人员，但搞政治还是差了一截。

不过通过这件事，高大胖也算明白了，自己的房间大概是装有全方位监控器的。

说到底，隐私权什么的对她这个外星生物来说终究是没有存在过的。

高大胖觉得自己大概需要注意一下睡姿……

大胖同学此时还不知道，其实长老会高层将兰卡从她身边调开，除了考虑到自由化思想的影响以外，还有另外一个原因——贵族长老们认为半血族出身的、缺乏教养的、行为举止泼辣放荡的兰卡同志，会给本来就够土、够平民、够俗气的高大胖造成更没气质的恶劣影响……

高大胖最开始觉得这个理由很吐血。

仔细一想又觉得其实对圣血族来说，这种思维方式大概是很正常的。

传承自血族那异常悠久的生命和更加悠久的历史，萨恩星的圣血族们一直保持着一种类似于名门世家般的自尊和自豪感。举手投足，用餐饮酒，衣着首饰，晚宴舞蹈，行礼进退……生活中的方方面面都保留着一种厚重的历史感，一种讲究而优雅的贵族感。

举个例子，男性贵族们随身携带的武器，一定是古典风的刀剑。

其实以萨恩星当前的科技来说，无论是枪炮还是激光剑都是更有攻击力的武器。比如激光剑，其收缩式剑柄携带方便，射出的激光本身就具有一定的腐蚀性和切割力，哪怕是在高大胖这种没有任何攻击力的人手里也很有杀伤力。显然是在实战中更省力的武器。可是几乎无一例外的是，圣血族所有贵族男子都会选择金属锻造的造型古老精致的佩剑！

虽然以圣血族的腕力来说，大概金属剑和激光剑的杀伤力并无太大区别，但贵族们选择金属剑的理由绝对不是出于战斗效率的考虑，而是出于美观和品位。

这就像是地球上富人圈特有的古董收集一样。我用古董砍人我有范儿，炫的就是这份稀有珍贵……这一点让高大胖同志很无语。在实用主义的小市民眼里，砍人的刀当然是越快越好，要知道装饰性宝石太大的话，除了增加空气阻力以外实在没有任何用处。

然而在这方面，蓝血族却跟圣血族完全不同。

作为原住民的蓝血族，在圣血族迁徙到萨恩星之前，基本是处于文明程度比较低的部落聚居状态。而蓝血族现在所展现出来的现代文明基本来自圣血族的灌输，以及宇宙其他行星文化的流入。

作为统治者的圣血族为了便于国家管理，可以说相当残忍地、人为地摧毁了蓝血族本来的文化，并且掌握了蓝血族统一重生的控制权，让每一代蓝血族从睁开眼开始，接受的教育就是来自圣血族的灌输。

他们没有自己的历史，也没有自己的文字。

真正保留了少许自我的，大概恰恰只有一直作为动乱恐怖分子存在的少数民族们。比如，恨透了圣血贵族的旦蝥族。

也许正是由于这种自身的空白，蓝血族对于新事物的接受度非常高。他们没有传统，所以他们只追求流行。衣饰、美酒、武器、知识……什么新就追什么。在蓝血族男子的腰上，你只能看到今年最新款的蓝光剑或者粒子波动枪。

象征身份气质但十分碍事的斗篷，绝对只有风沙大的时候才拿出来用，紧身利落甚至暴露的宇宙流行服饰才是他们的最爱。

相对而言，圣血族的流行衣饰，至今还是带着宫廷风的烦琐立领以及华丽蕾丝袖口……

所以在贵族之中，像梵卓亲王那样想穿什么就穿什么，看到给高大胖做的毛毛披风挺不错就自己也披上的类型，就会很自然地被划分为没有规矩的异端分子……

如果说任何历史太长的东西都会积累下过多的顽固，那么有着亿万年历史的圣血族，就是顽固中的顽固！

庶民中的庶民高大胖同学，现在，还没意识到嫁入豪门的悲哀。

长老会显然认为，这个新加入圣血族家族的地球人，实在寒酸得太不像样了。

在把兰卡调走的当天，高大胖房间里一百多本《圣经》就被一扫而空，换上了两大书架的血族文学经典。下一周的课程表也传到了客厅投影屏上：礼仪、文学、音乐、美术、政治、经济、历史、地理、天文、军事、信息、演讲、谈判、宇宙流行球戏、棋牌、宇宙文化学、性教育、驾驶……课程丰富得让在中国高中过五关斩六将存活至今的高大胖同学也眼花缭乱！

然而课程虽多，安排得却一点也不紧张——甚至课程中间还穿插着午夜茶！

但上课的时间段却占满了高大胖的所有私人时间，而且一期课程表的战线就拉到了四个月以后，更不用说二期、三期……看来长老会是有计划地让她不能、也没空动什么别的心思。

更狡猾的是，所有课程都是在贵族高等学府考利芝学院进行的，自然要配合学院的血族作息时间。课程表后面甚至有长老会发来的“贴心”话语：“敬请高小小女士白日充分休息，以备夜晚的学习。”

这是很明显地要高大胖连人类的作息习惯也纠正过来。这当然是很聪明的做法，既加快了人类与血族文化和生活习性上的融合，也减轻了白日看守高大胖十分不便的压力，一箭双雕。

高大胖自然是不愿意的，翻着字典一字一字地好不容易在电脑上敲了封抗议信，上交到长老院，人家回了两个理由就让她熄火了……

理由一是这样的：长老院很鄙视地告知高大胖，没有受过高等教育的高小小，是很难在看重这些的贵族中立足的；就算她有繁育能力撑着，如果不学无术，只会被人当成珍贵的繁殖机器，相信这种未来她自己也不想看到。

高大胖拍案而起想说：谁说我不学无术，地球素质教育也不是那么弱的！张了半天嘴，忽然发现，自己费劲学过的两种语言，一种这里根本不流通，而另一种说得还没这儿的人溜；至于数理化什么的，地球的发展水准的确跟人家不在一个档次上；而宇宙通用的音乐、美术之类的艺术科目，自己从小学起就忙着在爹娘的帮助下天天挑灯夜战写那永远也写不完的作业，连兴趣班、少年宫都没去过，基本上是五音不全、一窍不通……琢磨了半天，高大胖悲哀地发现地球的素质教育是挺弱的……于是多少动了“要不去进修一下增加点内涵也不错”的心思。

而长老院给出的理由二是这样的：出于对高小小同志孕期尊贵身份的考虑，她的导师将是由身份高贵的圣血族贵族们竞争上岗，这可是非常难得的机会。

这让高大胖不禁抱了一点希望——说不定，可以在其中见到梵卓呢……好歹他也是个亲王吧？职称这种东西就是要在这种时候拿出来压人啊！

于是，高大胖正式被骗进了长老院的“平民披上贵族皮，十个月夜校速成进修计划”。

上课的第一天晚上。

时差还没调整过来，睡得有点两眼浮肿的高大胖同志，被两位美女侍从态度恭敬，动作强硬地从床上“挖”起来。好一顿梳洗之后换了十几套各色的华丽裙装，然后被按在镜子前仔仔细细地梳顺了每一根头发，才被送出了门。

出门前侍从 A 抱歉地看了半天高大胖的脸，不忍道：“对不起，因为今天有妆容课，要求素颜，所以我们不能给您化妆了……”

侍从 B 连忙安慰道：“不过别担心，妆容课之后保证您容光焕发，美……美丽动人……”

高大胖被她们的表情和安慰话弄得很是纠结，回头看了看镜子里自己的大饼脸和脸蛋上那在枕头上压出来的诡异的蕾丝花边印儿，摆了摆手：“你们不用勉强夸我了。”

侍从 A：“哪里哪里，裙子还是很漂亮的。”

侍从 B：“是啊是啊，裙子真美啊……”

高大胖：“……”

就这样，吸血鬼的“魔法棒”高大胖同志变身后，磕磕绊绊地穿着据说很美的裙子，抱着一只装了本子和笔的小袋子出门了。

其实说句公道话，这条嫩黄色的纱裙是挺好看的。不仅衬托出了地球人皮肤独特的带有血色的粉嫩白皙感，还把亚洲人的黑发对比得更加浓密亮丽。而公主线的设计完美地掩盖了高大胖腿短，前后平，泳圈腰的身材，温婉柔软的长纱裙充分衬托出了少女们最容易被衬托出来的清纯气质，小吊带的纤细精巧突出了东方女性独有的柔和柳肩和细锁骨，裙脚、胸口点缀的几朵娇嫩小白花也装饰得也很到位，让大胖同志终于有了几分楚楚可怜的样子……

可是仔细想想，只是去上课而已，这种处心积虑的打扮似乎也有点问题啊……

被打扮美了就不太会走路的高大胖同志在树屋外站了半天，夜风拂起她的裙摆和后腰的蝴蝶结飘带，凉意钻进衣衫之间，松林独有的清香缭绕进发丝……

深呼吸了一次，终于决定迈向悬浮梯的高大胖，忽然意识到一个重要的问题——长老会怎么敢把她这种散发着诱人血香的活动危险品扔进血族聚集的学院那种地方？万一她摔个跟头蹭破了点皮、流了点血就会出现暴乱的！

这个念头还没冒完，高大胖就被人一把拎了起来直接拖进了悬浮梯！

大胖同学下意识地惊叫了一声！惊魂甫定，仰头就看到了一张熟悉的危险面孔……

这人仍穿着沙漠里见过的那一身紧身的黑衣，面罩遮住半张面孔，银色短发嚣张依旧，危险的气氛也半分不减，一双血色的凌厉眸子逼得高大胖下意识地退缩到悬浮梯角落抱着小书包瑟瑟发抖……

“你……你……七……七……七？！”血族第一高手阿萨迈族的小七同志怎么会在这儿啊？！

对方却抱臂靠在墙上，眼角瞥过高大胖的脖子，懒洋洋地嘟囔：“女人真麻烦，出个门也这么慢……”

言罢貌似十分不甘愿地强行拽过高大胖紧紧抱着书包的手，拉下面罩低头吻了一下她的指尖，尖尖的血牙有意无意地擦过她指间细嫩的皮肤……“从今天起，我是你的护卫。”男人低声道，“受雇于长老会，负责你在上课期间的安全。”

男人直起腰，冷冷地俯视着高大胖，阴狠地咬牙道：“但是下次要是再敢让我等，我就在下课的时候咬死你。”

高大胖：“……”

38th Blood　血族贵族进修班

强盗先生发表完职业性恐吓，悬浮梯也到站了。

接送高大胖上课的车已经停在了研究院的山脚下。

长老会考虑到乘坐翼龙的开放性和危险性，给孕期高小小同志提供的都是最舒适平稳的密闭车型。当然，也不排除是为了防止某人逃跑。

大胖往车里钻的时候笨拙地被长裙子绊了一下，踉跄扑倒，身后的护卫大人一脸受不了地拽住她后腰的蝴蝶结把她整个人拉回原位，才幸运地没有刚出门就酿成一场“血案”！但大胖手里的小书包已经掉在了地上，本子散落出来几个，一支笔滚出来，一路滴溜溜地滚进了车底下……

高大胖同志动作十分自然地快速捡起所有书本，然后趴跪在地上，脸贴着地皮，使劲儿把手伸进车底下摸索那支不知滚到哪里去的笔……

这个动作，大胖同学在繁忙的高三生活中，尤其在拥挤的教室里，不知道做过多少次，自然熟练无比且毫无羞耻感。

但如今在这个吸血鬼的国度，礼仪队列队接送的现场，目睹着承载了整个血族繁衍后代重任的高大胖撅在那儿刨土的惊人姿势，现场所有侍从全沉默了……

时间一分一秒地过去了，终于意识到气氛诡异的高大胖，胳膊还伸在车底下，憋红了脸卡在原地，动也不是，不动也不是……

灼灼的目光下，连她自己都开始觉得这姿势太不堪了。想着自己大概又给地球人丢脸了，大胖同学有点沮丧。

身后的护卫大人冷冷地扫视了所有人一圈，然后走到高大胖旁边，蹲下来看了看她，接着抬起左手，嘎叽一声直接把整辆车掀了起来！

高大胖震惊地盯着他！周围一片乱糟糟的惊呼声……

护卫大人一只手举着车，一只手百无聊赖地撑着下巴，淡淡道："快点找。"

高大胖把眼睛从浑圆慢慢收缩成椭圆，最后收回视线，低头快速捡起那支堪称"罪魁祸首"的笔放在袋子里，爬起身拍打着裙子上的土，有点感激地喃喃道："谢……谢谢你……"

"少啰唆，动作快点！没见过比你更慢的生物……"

"……"果然跟强盗这种没气质的生物是不能讲礼貌的。

下车的时候，吃一堑长一智的高大胖同志为了防止上车摔跤的窘况再次发生，先把小书包塞到护卫大人手里，然后两手抱起裙子大摆，小心翼翼地先左脚后右脚，最终十分稳健地成功落地……

漂亮的"着陆"让高大胖很得意，所以完全没有注意到身后某位手里拿着小雏菊绣花袋子的帅酷大人额头上那抽动的青筋……

扬手把小书包丢给高大胖，护卫大人皱眉问："为什么要用这么原始的文具？学院里难道没有电子课本？就是腕上电脑也比这个方便。"

大胖抱着书包往前走："自从我用电脑给长老会敲了一封抗议信之后，他们就把那些设备都撤了，说是怕我接触太多电子仪器会受到不良辐射，所以尽量保持日用品都是原生态的。我是孕妇嘛……"

护卫大人停顿了一下，下意识地开始瞄大胖的肚子。

高大胖满脸震惊："你不会是刚注意到吧……"

"不……"强盗先生扫了一眼高大胖掩盖在宽松纱裙下那几乎还没有任何隆起的腹部，"只是没什么真实感。"

也是。高大胖琢磨着，没有生育传统的种族里忽然出现一个孕妇，其实他们适应起来也需要时间吧？他们大概也是充满好奇的……

护卫大人忽然抬手放在她的腹部上。

高大胖疑惑："怎么了？"

"如果我用力压一下，会把它按死吗？"

高大胖："……"

大胖真是受够外星人了！

…………

考利芝学院主楼古典尖顶的阴森哥特教堂式外观相当有震慑力，暗金、幽蓝、深黑三色构成的繁复花纹大概在血族眼里是很气派、很美观的，但在高大胖看来，实在华丽得让人起鸡皮疙瘩……

考利芝学院是专供圣血族及蓝血族贵族使用的教育基地。虽然规格不是最大的，但配套设施绝对是萨恩星顶级水准。从沉睡中醒来的圣血族会在特定的"Father"的指导下，接受这里私人的全套基础教育。而蓝血族则是在这里接受专业教授的集体课堂式教育。

从数量上来说，当然是上大课的蓝血族占优势。按理说大部分设施也应该由蓝血族使用。但血族的世界一向是不公平的。圣血族的特权让他们以极少的人数占据了大部分教室和最优秀的导师。

至于来此进修的地球人高小小，那又是另一种情况了。

被场子震住的"转学生"高大胖，本来还为即将见到新同学融入新集体而局促不安，等进了教室，她才发现自己的不安根本毫无意义。

因为根本就没有同班同学。

空旷的房间里四面墙都是镜子，中间有一套餐桌椅。

整间屋子里只有一个人——坐在主位上的布鲁赫。

见到她进来，对方默不作声地盯了她半晌，视线下滑掠过她的肩颈，落在她的裙脚上……然后机械地开口："从今天起，我会负责你的礼仪课。"

顿了顿，他又补充道："既然负责指导你，我就是你的 Father，要对你的一生负责。如果以后遇到麻烦，可以来找我。"

高大胖哭丧着脸，很想说"不用了，我有男人负责，真的"，但终究没那个胆子，只好在布鲁赫铁青的脸色下战战兢兢地点了点头……

见她乖乖点头，将军大人的表情缓和了很多。上下扫描了她一遍，然后说道：“那么正式开始上课。你刚刚进门的礼仪完全不对，出去重新来一次。”

高大胖连忙转身出去。

侍从关闭了大门。

布鲁赫的声音从门的另一侧模模糊糊地传来：“首先敲门，第一次两下，第二次三下，间隔时间五秒左右，不要太用力，不得显得粗鲁急躁。如果主人没有回应，才可以继续敲门。三次以后没有回应可以轻声呼唤，或者询问仆人。不得直接闯入。记住了吗？”

“大……大概吧……”高大胖满脑袋冷汗地拼命在笔记本上划拉着，“一次……两下……隔……隔几秒来着……”

“那么你试一次吧。”布鲁赫老师下达指令。

高大胖不放心地又瞅了眼笔记本，犹犹豫豫地伸出小胖爪子在门上“笃笃”敲了两下，停顿了几秒，“笃笃”又敲了两下……

门内外静默。

高大胖僵在敲门的姿势上，背后开始冒寒气……

半晌，门里面终于传来指令，似乎还带着微微的叹息：“不对，重来。”

高大胖局促地左顾右盼，这要是在高中教室里好歹还有前后桌给她小抄，现在就她一个学生如何是好……隐约记得好像两次敲的次数是不一样的，三两下呢还是两三下呢？隔着这么厚的大门，布鲁赫的声音本来就不清晰，自己又太紧张了，根本没记住啊！

大胖同学硬着头皮重新敲了一遍，手有点疼了……这门真硬啊……这次总对了吧？

“不对，重来。”

呜呜呜呜……

哗啦哗啦翻了翻笔记本，高大胖心里很没底地第三次伸手，“笃笃”敲了两下，然后“笃笃”又敲了两下。

身后一直把自己“稀释”成空气般无存在感的护卫大人忽然从她身后伸手，“笃”地补敲了一下！

里面终于传来导师大人欣慰的声音："正确，请进。"

高大胖惊讶地仰头看着帮忙作弊的大神，男人垂眼送来一个鄙视到极点的眼神，伸手捉起大胖的笔，在本子上写上"2——5——3"，然后画了个箭头拉到旁边，在箭尖儿处画了个圈，写上"蠢死了"。

高大胖："……"

"进门时用左手握住扶手轻轻推开，动作不可太大，推开的空间足够一人通过即可。迈进门后以左脚为轴，微侧过身45度左右，用右手关上门，然后转回正位站定。得到主人邀请落座的话语后才可迈入室内。"门那边的教学声音还在一丝不苟地继续着……

速记无能的高大胖含泪举起笔记本，用哀求的眼神和乱七八糟的笔记向护卫大神努力求救——我又没记住，帮帮忙啦！呜呜呜……

强盗先生也是很有自尊的物种，又不是职业作弊器，当然不理她，扭过头去表示无视。

"好了，你试一次吧。"门另一侧的催命符传来。

高大胖无奈，头晕眼花地回顾了一遍：左右……左右45度……

最后决定豁出去了，先进去再说！

教室里的布鲁赫只看到大门微微动了两下，发出两声小老鼠一般细弱的咔咔声……就没动静了。

布鲁赫挑眉："怎么了？"

高大胖的声音略带抱歉地从另一边传来："我，我推不开……"

布鲁赫："……"

七："……"

围观群众："……"

是的。其实血族城堡里的门，高大胖大部分是推不开的。

在民间的时候还好，因为崇拜新科技的蓝血族喜欢安装自动感应门、水波门之类不需人力的大门。但在帝都，如前面所说，为了延续贵族们怀旧、追求品位的风气，城堡里的大门多半是传统的雕花和宝石装饰的大块头。从前在梵卓城堡的时候，为了照顾她，所有门都是一直保持敞开的，以至于连高大胖都快忘了自己是个废物了……

布鲁赫原地愣了一下，便唰地站起身走向大门，抬臂刚伸向门扶手，大门却自己开了。

一身黑衣的护卫大人单手帮大胖推开门，懒洋洋地半靠在上面，朝着房内偏了下头："进去吧。你真是不断刷新我对没用的认知……"

被鄙视的高小小抱着笔记本扁着嘴郁闷地拽着裙子迈进门……迎面遇到站在原地的布鲁赫，愣了一下，停下了脚步。

将军大人沉默着抬头看了眼靠在门上的强盗先生，向前迈了一步，伸手揽过小小，手掌轻扶着她的后腰把她整个人带到他的另一侧，淡淡道："既然这样，进门的礼仪可以推到下节课再继续，今天先纠正个人仪态吧。"

"噢。"高大胖乖乖点头。

虽然将军大人的口气很温和，但不知为啥大胖总觉得他好像不太高兴。仰脸观察了一下男人的脸色，高大胖试探着询问："那个，我可以喝口水吗？"

布鲁赫的脚步瞬间停住，随即微微皱眉道："当然。"然后立刻吩咐侍从呈上饮料。

高大胖小心翼翼地捧着杯子慢慢喝水，偷偷瞥着布鲁赫的脸色……不高兴了吗？果然觉得地球人才这么短的时间就想喝水撒尿的很麻烦吧？这男人真爱生气啊……

盯着她喝完一杯水，布鲁赫马上问："饿了吗？"

喂水之后是喂食吗？这才刚上课。看来地球人的确是挺麻烦的。还是不要惹人家更不愉快吧……于是高大胖做懂事状地摇摇头。

"真的？"将军大人皱眉，似是不信。

见他又开始皱眉，高大胖连忙小鸡啄米一般连连点头："真的真的，我们继续上课吧，我没事了，不会再要这要那了……"

布鲁赫愣了一下，似乎终于意识到她的紧张拘束，低下头调整了一下冷硬的面部表情，然后尽量放柔了声音道：“不必紧张，你有什么要求都可以提出来。我是第一次担任别人的导师，并不太了解教学方面……”

高大胖抬眼看看他，似乎确认了对方没有突然发脾气掀桌子捏断她腕骨的迹象，才小心地开口：“那……那能不能请你讲的时候稍微慢一点，或者多重复几遍？我没有血族的高敏度听力和高速记忆力，有点记不住……”

布鲁赫的表情有点意外。

高大胖连忙补充：“也不用重复很多遍，不会很麻烦的，只要留点时间让我记笔记就行了……”说着举起手里记得乱七八糟的笔记本给他看，“我只要记几个要点就好，这样回去以后还可以回顾一下你说的……话……呃……”

后半句话没说完的高大胖愣在原地。

这还是第一次，她看到这位黑龙将军露出笑容……

他看着她丑丑的笔记本，毫无预兆地就露出了一个笑容，从一直紧抿的嘴角开始，水波般扩散渲染到眼角眉梢，温和宠溺得让人怦然心跳！

高大胖从来没想过这张铁男脸上出现笑容的时候会是这样的效果，顿时被晃得头晕眼花，下意识地后退了一步……

布鲁赫翻了翻她的笔记本，继续轻笑：“好，我讲慢一点。”

“哦……噢。”高大胖僵硬地点头。

“还有什么要求？”随着笑容出现，将军大人的声音有越来越温和的趋势，电得高大胖同学浑身不自在……

布鲁赫的嗓音跟梵卓那种带有华丽感的男低音不同，是比较清澈冷硬的，带着战场上喊话特有的沙哑感。他指挥千军万马时挥斥方遒，刚毅果敢，震撼人心；一旦放柔了，竟意外地有杀伤力……

高大胖捂着跳动速度有加快迹象的心脏连连摇头：“没有了没有了，我们……我们快点继续上课吧……”

布鲁赫抬眼看她，从容微笑道：“好。”

高大胖眼前金光直冒……喂！差不多行了啊！

39th Blood　马拉松式相亲

笑容真是个神奇的玩意儿，有时瞬间就能化解敌意。

布鲁赫的笑容虽然没到这个程度，但多少也让高大胖不那么拘束了。

由于老师大人心情大好，接下来的课程内容也进行得很顺畅。

布鲁赫指出高大胖含胸驼背的恶习，并且很负责地扶着她的腰、扳着她的肩帮她纠正了半天。期间遭到没有任何用处的强盗大人数次嘲笑……

高大胖虽然一被布鲁赫的手碰到就下意识地紧张，但也不得不承认对方指出的问题都很对。本来由于六年的伏案学习，大部分中国高中生就都有驼背的趋势了，再加上高大胖在整个发育期一直羞愧于“高大胖”这个称号，平日里总是下意识地驼点背、含点胸、弯点腰，以显得自己在一众娇小的女生中不那么大只……

如今到了平均身高 2 米的血族中间，显然没有这个必要了。高大胖已经很久没有见过别人的头顶了。现在的她，得挺胸抬头才能看清别人的下巴。

自从她要水喝以后，礼仪课的节奏整个儿都缓和了很多，布鲁赫只要看到她露出一点疲倦的表情就立刻开始课间休息。本来就安排得很宽松的课程，现在基本上跟过家家也没什么区别了。甚至下课前两人还一起吃了一顿午夜茶……

在落地窗外的满天繁星，桌上小巧精致的糕点，以及柔和音乐与浪漫烛光的映衬下，迎着对方专注凝视的眼神，端坐桌旁穿着美丽裙子的高大胖同学恍惚间竟有了疑似约会的错觉……

长老会安排这些课到底是什么意思？

后半夜的妆容课就表现得更明显了。

本来跟化妆相关，高大胖以为起码会是一位女性来教，没想到导师居然还是男的！而且是个挺妖艳的男人……

对方对她身后的血族第一高手七同志明显要比对她本人感兴趣得多，依旧死皮赖脸地简介了一番自己的身份有多么尊贵，留下了自己的联系方式，并反复强调了几遍他是她的“Father”，这是很重要的牵绊哦……

高大胖越来越疑惑了，“Father”可以有好几个的吗？

长老会立刻给出官方解释：为了在最短时间里让她得到最全面的教育，所以血族将倾全族之力，将各个领域的高手同时请来担任她的导师。也就是说，每门课都会有一个“Father”！

高大胖深感无力了……这是多么拙劣的借口啊！

又不是要把她训练成超级赛亚人，还各个领域的高手……这种课程安排明显是在创造男女见面相处的机会啊！“Father”这种东西也可以安排十多个，长老会是集体相亲的婚介所吗？干脆把全帝都有点头脸的贵族都弄来算了！

十几门课的导师里居然一个女的也没有！

当然，也没有梵卓亲王。

高大胖现在很肯定，估计自己怀着的这个还没生出来，长老会的生育计划表就已经排到十个开外了……本来从前只是隐约有些担心，现在高大胖则是很明确地认识到，自己跟梵卓可能根本没有未来。

从来就没有什么一对一贞操观的血族，发展到后来很可能是软硬交加地强迫她来一场马拉松式的大乱交……这对一个接受传统廉耻教育的人类来说，当然是破底线的事！

其实这对梵卓亲王来说也一样。只不过他的不能容忍，估计更多是出于尊严方面。然而，一个种族的未来显然是凌驾于区区亲王的尊严之上的。到那个时候，她和梵卓也就谈不上什么组建家庭、携手共老了……

果然英雄这种职业都是不好干的。

血族之母之类的帽子太大了，高大胖决定还是老实做回自己的小市民，跑得远远的。

高大胖指示小吱爹起茸毛挡住监视镜头，当天就爬窗欲逃。

本来白日血族们都不出来，研究院所在的森林里空无一人实在是极好的逃跑机会。哪知道高大胖才背着小包裹摸索到树屋的悬浮梯，头顶上就传来了某人的声音……

"你要跑就别怪我不客气。"

高大胖："……"

声音缓缓降下来，几乎贴着高大胖的耳侧响起："难道你以为我只是保镖吗？"

高大胖："……"

逃跑宣布失败的大胖同志头也没敢抬地站直身，原地向后转，老实地走回自己的房间，解开包裹，东西归位，郁闷地洗洗睡了……

黑蝙蝠一样倒挂在树上的强盗大人轻哼了一声，一个挺腰，脚尖轻点，旋身立于高一些的树枝上，抱臂继续监视某人的小屋子。

小吱从一旁的树上荡过来，小心翼翼地落在七的肩膀上，讨好地用尾巴蹭了蹭强盗先生冷冰冰的脸……却被男人曲起两指弹飞出去后撞在树干上，掉落在地……

"装可爱也没用，你也是共犯。"

"吱……"

就这样，高大胖无奈的集体相亲日子一天天地过去，课堂笔记上贵族们的电话号码也越来越多……

而昼夜颠倒的日子只在最初的一个星期里让高大胖很不适应，习惯了以后居然还挺舒服，不知道是不是她肚子里这个血族胚胎更习惯这种作息的关系，连怀孕初期最严重的孕吐都减轻了……

在长老会和所有科研人员提心吊胆的精心照顾下，最危险、最容易流产的怀孕前三个月终于平安地度过了。体检结果表明高大胖体内的胚胎已经稳定，开始进入成长阶段。

就在所有人终于松了一口气的时候，高大胖的逃跑计划似乎也出现了一丝转机……

这一天，高大胖照常抱着自己的小书包，背后跟着护卫大人，在考利芝学院的众学生围观下去上课。

是的，从她来这里上课的第二天开始，每天上学的时候都会被众多血族这样远距离围观。大部分学生对于高大胖这个传说中的繁育者是充满好奇的，当然了，纯粹对她背后那只神秘的血族第一高手感兴趣的也不少。

“她怎么那么小啊”和“真想知道他面罩下面是什么样的”是高大胖最常听到的两句话。

当然，偶尔也会有感慨她的行头的：

“哎呀，公主线的吊带长裙也很可爱嘛，看上去柔柔软软的呢。”

“听说今年 N. 凡申新推出的雪季款就有类似的裙子呢。”

“你不行的，那种裙子要胸小的穿了才好看，胸大显得不清纯呢。”

“人家的不大啊，才 40F 嘛。”

“哦，那是不怎么大……”

高大胖：“……”

七：“……”

其他鬼：“……”

今天的安排是礼仪课和谈判课。

其实长老会安排的潜移默化式集体相亲还是很有效果的，起码经过三个月的接触，高大胖已经不那么惧怕布鲁赫了，至少看到他的时候不会骨头疼了。

当初的惨烈事件对高大胖来说其实主要是生理上的伤害。说白了就是咱俩不熟，你伤不了我的心。如今生理上的抗拒已经被梵卓治愈了，心理上的缓和只是需要时间而已。

两人现在已经可以进行正常的交谈，以及幅度不大的肢体接触。偶尔气氛融洽时还会出现笑语。不过，由于布鲁赫一丝不苟的教导和纠正，高大胖现在对他更多的是对老师的敬畏感，尊敬权威的那种。

布鲁赫同志貌似对这点很郁闷，可他教的是礼仪，又不能主动说不用那么恭敬守礼，可以对他放肆点……

而谈判课的老师则是掌管萨恩星经济的乔凡尼亲王。这人当初就只对高大胖的皮和骨头能卖上多少钱感兴趣。如今高大胖变成血族族母不能卖了，他更看不上了。

少数圣血族对繁育后代并没有那么狂热，尤其是经济文化领域的贵族们，对多弄出一个族人来分享他们的财富这种事毫无兴趣。乔凡尼亲王就是其中的典型。

从第二节谈判课开始，高大胖就再也没见过乔凡尼。授课权被他以不同的高价卖给了不同的人，比如那些需要增加与高大胖的接触时间以提高繁育后代可能性的圣血族。每次上谈判课时，面对不同面孔的老师们，高大胖时常会想：其实生意做到这个程度也是一种境界。

然而今天的课，却是乔凡尼亲王本人坐镇的。

进教室的时候高大胖被两排盛装侍卫的华丽阵容吓了一跳!

乔凡尼看到她似乎也惊讶了一下，靠在谈判桌对面感叹："不错嘛，三个月不见，你似乎变漂亮点了。"

高大胖拉起裙子行了个礼："谢谢。"

三个月的礼仪培训，妆容课，保养按摩美体塑形，孕吐减肥加饮食调理，不变漂亮点才不正常。而且之前逃亡时期剪短的男孩头发现在也长长了，女人味也自然浓了起来。更何况怀孕本身总是能让女人在雌性激素的活跃下弥漫着母性的柔和魅力……

乔凡尼看着她轻笑了一下，点点头示意请坐。然后朝着她身后的护卫大人做了个请离开的手势："今天谈判课的主题是孤立无援时如何应对人数众多的谈判对手。所以还请熟人离开。”

“我是保镖。”强盗大人冷淡回应，抱臂而立，纹丝不动。

乔凡尼笑笑，扬手丢给他一个银亮的物什：“隔壁休息室里有个人等着见你。你还是去见见的好。”

七扬手在空中利索地接下那枚银币！垂头看了一眼，忽然变了脸色！抬眼看了一下面带微笑、从容淡定的乔凡尼亲王，又扫了一眼有点不安的高大胖，便攥紧那枚银币，转身朝外走去……

高大胖很是惊奇，这位强盗大爷连见了长老们都是一副爱理不理的样子，从没见他对任何贵族表现出礼貌过，居然现在这么听话地就走了！

更重要的是，乔凡尼为啥把她的护卫支走？高大胖扫视了一圈教室里戴着面具的侍从们，冷汗直冒，这黑心奸商这回该不是把她论块儿卖了吧？

高大胖当机立断，起身追上保镖大人！“等等，我……我还是跟你一起去休息室吧……”

七很诧异地停下脚步回头看了她一眼……似乎略作思索，强盗大人便走回她身边，捉起她肩膀上的小吱，自己用指甲划破指尖，在神兽的口里滴了一滴血……一团惊人艳丽的红光过后，小吱居然腾空变成了原来的数十倍大小！几乎填满了三分之一的教室！带着野兽的咕噜声守卫一般落在目瞪口呆的高大胖身旁……

“我不在的时候保护她。”七摸了摸恭敬垂头的神兽的脑袋淡淡下令。

看了看还在呆愣的高大胖，他也伸手摸了摸她的脑袋以示安抚，然后便转身离开了……

谈判桌对面的乔凡尼亲王并没有阻止这种明显充满敌意的防范行为，只盯着珍稀的神兽，满脸洋溢着宇宙汇率味道的灿烂笑容……

高大胖惊奇地围着小吱转了一圈，伸手试探着摸了摸它的毛感叹道：“还能变大啊……”

“狐焰的形态会根据吸收到的血液力量而改变，你不知道吗？”乔凡尼一脸迷恋地看着值钱的神兽，“它变大了说明阿萨迈的能量比你强大得多。

只用一滴血就能做到这种程度，而且还不是神兽的正主……这一族果然厉害啊，难怪最近长老们越来越担心砂海的动态了……”

“它以后会一直这么大吗？”高大胖有点苦恼地喃喃，“等会儿要怎么把它塞进车里带回去呢……”

乔凡尼：“不，一滴血最多起一天作用吧。而且就算缩不回去人家也可以跟着车跑回去。”轻咳了一下，拍了拍手，乔凡尼示意高大胖集中注意力，“那么我们进入正题吧。”

连忙走回位置上的高大胖转身的时候不幸在小吱的尾巴上绊了一下，然后在乔凡尼惊异的表情下悲催地向前扑倒……

啊啊，阻止摔跤之神强盗大人不在，怎么办？

唉唉，又给地球人丢脸了，怎么办……

呜呜，小吱的尾巴看上去很蓬松，摔上去应该不疼吧……

有空想这么多还不如一开始就不要摔。

然而，高大胖却在受到冲击之前，就被人接住了。

那人从两排护卫中突然一跃而起！扬起的斗篷挡住了高大胖的视线，被揽住的一瞬间熟悉的感觉包裹住她整个人，小心、爱惜又迫不及待的动作一如从前，男人的声音透过紧贴她后背的胸膛传来，震得她几乎流下眼泪……

“你还是牵着我的手比较不容易摔跤。”他带着笑意说。

被紧紧搂住的高大胖深吸了一口气，抬手抓住他的衣领，狠狠地拉下来，掀去他的面具，侧过脸仰起头，用力地吻他……

这样直接热情的反应自然换来对方更加狂烈的回应！单手抚着她扬起的脖子，梵卓亲王低头深深地吻着她的嘴唇，尖牙在细嫩的唇齿间危险而恋恋不舍地摩挲着……

试图咳嗽两声打断二人的乔凡尼被完全无视。

试图凑过来加入抱团的小吱被梵卓踹到一边……

高大胖一直吻到脖子发酸才喘着气停下，在梵卓怀里扭动着转过身，面朝着他，两手捧住男人的脸仔仔细细地看了一会儿，然后失望地发现这张帅脸居然一点变化都没有……

“人家都说一日不见如隔三秋的，你怎么一点都没消瘦？”怀春少女大胖同志不满地嘟囔。

虽然明知道血族不是那种生理会受精神影响的种族，但多少还是希望对方表现出来点很思念自己的意思啊……高大胖郁闷地嘬着嘴，捏着对方皮肤的两手用力把亲王大人尊贵的脸拉长一点……

梵卓抱着她站起身，轻松挣脱大胖的小手，凑近了在她的嘴唇上亲了亲：“嗯，我明天就开始绝食。”

乔凡尼在旁边一脸受不了地抚额……

高大胖同志倒是很满意，跟梵卓额头相抵着喃喃：“你的身体还是这么冷啊……”这样的肌肤相亲，好久没有过了，好怀念。

男人闭目感受着她的柔软和体温，亲吻她的鼻尖：“你还是这么温暖……”

高大胖又有点想哭了，抽了抽鼻子抱紧对方的脖子，小声嘟囔：“我好想你……”

乔凡尼一脸越来越受不了的表情，不耐烦地敲着座椅扶手……

难得被香喷喷的大胖主动抱住撒娇的梵卓亲王，目不旁视地一脚踹断了乔凡尼的凳子腿！然后抱紧大胖继续卿卿我我……

昂贵的椅子在教室里的一片死寂中发出悲惨的崩溃声……

小吱怜悯地嗅了嗅倒在地上的拜金亲王，蹲坐在原地甩过尾巴拍了拍他……

…………

这一天，在回研究院的路上，高大胖和七同志各怀鬼胎，都异常沉默。

把大胖送回树屋的时候，强盗先生没有像往常一样转身就走，而是单手扶着门框顶沉默了好一会儿，才道：“人类能活多久？”

高大胖怎么也没料到他会蹦出这么个问题来，愣了好一会儿，才挠挠头回答：“不好说，反正挺容易死的。”

七低头看了眼高大胖已经微微隆起的腹部，再次伸手摸了摸，低声问："你的孩子味道怎么样？"

"……"高大胖在心里默念了十遍"我打不过他"，深深呼吸了一次，才咬牙道，"不、知、道！"

强盗先生冷哼一声，放下撑着门的手，侧身挡住监视镜头，把一枚银币塞在高大胖手里。然后拉下面罩低头狠狠地在大胖的脖子上咬了一口！高大胖惊叫了一声，狐焰的火球立刻从侧面袭来！强盗先生手上用力，压着高大胖一起倒在了树屋的地毯上！有对方的手臂做支撑，高大胖几乎一点震动都没感觉到，天旋地转了一番就被固定在了对方身下……

冰冷的牙齿从血管里有些饥渴地汲取着血液，没到疼的程度，但高大胖感觉得到对方的不爽。事实上七并没吸多少血，但就好像小孩子在耍脾气一般，我不吃也要咬你一口！

高大胖有些莫名，又隐约有点明白……

梵卓对她说："回去收拾行李。"

强盗先生抬起身的时候，整队的监控安全部队已经齐刷刷地赶到了树屋的悬浮梯下！树屋内墙上的对讲机嘈杂地响作一团……

男人挥臂一拳砸碎了墙上的监控器！俯视着高大胖，舔掉嘴角的血迹，哼道："买路费。"

高大胖愣愣地捂着脖子爬起来，眼睁睁地看着对方如同敏捷的野兽一般瞬间消失在了眼前！

外面一片嘈杂，渐淡渐远，监控部队似乎被打乱引走了……

墙上被毁的监控器还在呲呲地冒着火星电光……

高大胖爬起来，动作无比迅速地开始打包行李！

40th Blood　吸血鬼式私奔

趁着打包行李的空当，高大胖仔细看了看七塞给她的那枚银币。

比普通的流通货币小很多，精致的雕花，抽象的蝙蝠衬底上是一个花体的字母，背面是阿萨迈的族名和一小段话，字体太花哨了高大胖没看懂写的是啥。

很明显这是个很重要的信物，但具体是做什么用的，就不清楚了。

不过既然肯给她银币，又砸坏监视器引开卫兵，这位血族第一高手应该是站在他们这边的吧？

高大胖抬手摸了摸颈侧的咬痕……她曾经问过这位无法无天的砂海居民，为何要回来给长老会效力？人家的答案是“别处吃不到你”。高大胖才明白了长老会招安的交换条件是什么。

强盗先生第一次下嘴的时候，就被高大胖严词拒绝，并坚决要求以后每月献血都采取针式抽取的方式。七同志很不爽地露着两颗小尖牙问为什么，大胖同志很有气节地回答：“因为我有男人了。”

七同志的表情比较迷茫。

高大胖知道不能指望没有贞操观的血族理解这种“只想给喜欢的人碰”的正常恋爱心情，也不多解释，只是坚决拒绝直接上嘴的方式。

没想到，最后还是被咬了一口……高大胖叹气，这斯太不厚道了，还故意留下牙印。

拉紧空间包的系绳，高大胖正扯着身上的长裙思考要不要换套方便行动的衣裤，树屋面朝山峦一侧的窗户就突然碎裂！高强度防弹玻璃和合金窗框一瞬间散作粉末！稀里哗啦地撒了一地……

高大胖震惊地回头，亲王大人的银龙翅膀掠过窗口！

梵卓矫健轻巧地跃上窗台，单手撑着窗框，一手将脸上的面具推上去，对着呆立的高大胖微微一笑，银色的发丝在气流和夜风里随着斗篷翻飞飘扬……

“可爱的小姐，要不要跟我私奔？附近几个星系我都挺熟的。”

高大胖收回惊讶的嘴巴转过身，扛起行李牵上小吱，跟要远足的小朋友一样整装待发地站在窗前，噘嘴道：“要的。”

亲王大人笑起来，弯腰伸手直接把高大胖抱起来，亲了一口，才放到龙背上，回头看了眼支离破碎的窗台，表情貌似有几分得意：“为了女人爬窗台还是第一次，这样像不像你讲的那个罗密欧与朱丽叶的故事？”

高大胖：“这有什么可骄傲的？那故事的结局超惨的，再说人家罗密欧也没把朱丽叶的窗户弄爆掉……”

亲王大人的笑声伴着翼龙的振翅腾空而起！几个起落，便已经远远地离开那似天堂又似牢笼的研究院树屋了……

清晨的风从天边朝霞的另一侧拂来，一时间凉爽清透得让人仿佛能抛却身后种种，只想这样朝着天际线永远地飞过去……

高大胖靠在梵卓的怀里什么也不想。怀孕数个月以来，她第一次放松下来，什么也不用思考，只享受着拂面的风和背后男人温柔的拥抱。

逃跑的方法、路线，追兵，政治责任，繁育的危险，甚至以后怎么办，都有人会去操心。

那人比她聪明得多，比她果决得多，也比她有力量。他给她撑开一片天，她只要坐在下面微笑就够了。

这种时候总是让人觉得，有个男人挺好的。

上一次逃跑的时候她带着一身的伤痛和风声鹤唳般的惊慌恐惧，拖着毫无力量的孱弱身子，在是个活物就比她强大的星球上，狼狈逃窜。

这一次，高大胖很庆幸自己不再是一个人。

…………

梵卓的银龙配合着天空的光线和色彩屡次变幻全身色泽，翅膀破空无声，飞快地盘旋俯冲……在地面上仅凭视力几乎无法发现空中做着拟态的庞然大物！高大胖看得目不暇接、连连赞叹……都说飞行无声的夜龙是偷袭的法宝，如今看来，梵卓亲王的坐骑才是真正的豪华版隐形战斗机啊！

不知飞行了多久之后，翼龙开始盘旋着下降。

云层之下，一个深陷在山峰裂口被植被和雾气完全包围的美丽殿堂，渐渐浮现在高大胖眼前……

或者，应该说，是一座曾经美丽的殿堂。

“钥匙。”梵卓低声道。

高大胖愣了愣：“什么钥匙？”

“阿萨迈没给你吗？”梵卓微微皱眉，露出一副“那种合作伙伴果然不靠谱”的不爽表情……

高大胖忽然反应过来，低头从裙子口袋里掏出那枚银币：“难道你是说这个？”

梵卓接过去查看了一下，然后单手举起来，对准阳光，缓缓调整着角度，片刻之后，朝阳的柔和光线在银币一面聚合之后竟像是把能量高度浓缩了一般，折射出一条纤细纯净的光束，直直地在宫殿的上方投影……

一时间整个山谷的裂缝都发起了隐隐的震动！仿佛某种保护壳缓缓裂开了一般，气流从下面冲上来，鼓起翼龙的翅膀和二人的发丝……

高大胖什么也看不见，却清楚地有种门开了的感觉。

她终于明白为什么这么大的一片建筑却一直只是传说般存在，而且周围连守兵都没有却一直没被原住民破坏掉。这种利用阳光的封锁，果然非圣血族无法通过啊……

翼龙小心地收拢起翅膀，缓缓下降到宫殿空地的中央，落地的冲击掀起大片的尘土和落叶……

高大胖扶着梵卓的手慢慢地从龙背上爬下来，抬头瞻仰这座华美而残破的宫殿——银色的外壁在千百万年的风吹雨打下变得略微暗沉，带上了古董名器蕴含岁月感的那种黯淡而端庄的色泽。宫殿的尖顶和纤巧之处都已经破损坍塌，仿佛一幅缺了边角的拼图，让人忍不住幻想它完整时气势惊人的美丽轮廓！数十米高的拱形门洞，几千级台阶的旋转楼梯，一排排卫兵般齐整的雕花廊柱，以及已经微微歪斜却依旧令人震撼的巨大十字架雕塑……

哪怕被藤蔓植物爬满覆盖，哪怕落了厚厚的尘土蛛网，整个宫殿弥漫着那种让人肃然起敬的气氛，依旧深深影响着每个踏入这片土地的访客……

“这里是我们的圣地。”男人的声音从身后传来。

圣地？

原来真的存在啊……

这里就是兰卡说过的那个圣血族沉睡的地方？

梵卓理了理斗篷，静静立在高大胖身旁，牵起她的手向上走了几个台阶，带着她站在视野更好的高台上俯视宫殿的全景……

“看那里。”男人苍白的手指指向宫殿的西侧，那里被一片片造型各异的墓碑所覆盖，在清晨寒凉的空气里带着几分阴森肃穆之意，“那下面就是我族沉睡之地。”

高大胖趴在石质雕花的栏杆上伸长了脖子张望：“那就是圣血族的坟地啊……”

“坟地？”梵卓的声音有点疑惑。

“啊，不是吗？可那里不是全是墓碑吗？”高大胖也有点疑惑。

“墓碑？”梵卓似乎觉得这个词很新奇，思索了一会儿才笑道，“不，那只是地面标志。与实验室编号卡是一样的作用。石碑表明地下有对应的冷冻舱。通常石碑上会记载冷冻舱的各种参数，以及对应生物体的名字和编号。”

“……”纯种地球人高大胖对坟地的认知在今天被彻底颠覆……

梵卓牵着她走下台阶靠近了“坟地”仔细看。高大胖伸手小心地抚过粗糙的石碑表面……果然那上面雕刻的都是氏族花纹、长长的姓名，以及一些她不懂的编码和数字。

“这里在我有任何记忆以前就存在了。”梵卓沉沉地解说着，“三大长老也不知道这里的历史。以这个宫殿的科技水平来说，不可能没有任何有关血族来源的记载，可是却连残片都没留下。科研院推测圣血族可能遭遇过突发性的毁灭性灾难，全部成员躲入圣地逃过一劫，但却没有时间留下关于那个时代的记录。而当我族重新从地下醒来时，记忆已经一片空白……”

这段简介让高大胖心里一动，她想到了兰卡的地球移民说。

毁灭了历史和对血族起源的记忆，失去大部分科技和典籍……有没有可能，那个“突然的毁灭性灾难”就是尾随而来的高等生物“造物主”制造的呢?

高大胖甩甩头，罢了，终究是推测而已。说不定真相只是远古时期的移民圣血族没打过原住民蓝血族，被赶回老巢被迫沉睡而已呢……

又往墓地深处走了两步，高大胖回过头来，忍不住问梵卓：“哪一个是你的？”

男人拉起她的手，轻轻牵到一个位置比较高的石碑旁。

这个石碑本身没有任何特别之处，花纹也不比其他的华丽。看来血族虽然活着的时候等级森严，沉睡的时候却是众生平等呢……

梵卓从怀中掏出另一枚暗红色的金属币，轻轻按在石碑上的氏族徽章上，花纹重合的一瞬间，石碑后的土地咔的一声裂开！然后仿佛怪兽异形的多重牙齿一般，一层层地缓缓打开，裂开的重重金属门组成了通往地下的台阶……

梵卓往下走了一步，然后从斗篷里伸出手来，默默凝视着高大胖，等待她把手伸过来。

地底的阴气弥漫而上，幽深的黑洞仿佛通往着十八层地狱，整个雾气弥漫的圣地无风无声，连山中鸟虫都一片死寂……

墓碑旁的高大胖有一瞬间来自本能的恐惧感……

可是站在入口处的梵卓亲王纹丝不动，他望着她的眼神如此沉静，沉静得如同沉淀了一切温柔和包容之意。他伸在空气中的手静静地、优雅地等待着，仿佛可以像这样等待千万年……

高大胖深吸了一口气，将自己的手放进对方有点冰凉的手里，立刻被牢牢握住！

沿着楼梯走到地底下，当高大胖的瞳孔适应了地下微弱的光线之后，不禁被眼前的事物彻底震住了！

这……是怎样的科技啊？

被一根根精密的输液管和电缆样的东西接通的透明容器，深深地嵌在山体之中，仿佛是沉睡在地下的银色蚕蛹。这样的东西，与其说是棺材，不如说是培养皿。

“长老会不愿意被他人得知圣血族的秘密。所以这里的一切只有少数圣血族人可以进行采样研究。不过似乎至今没得出任何结果。”梵卓嘲讽地轻笑，“冷冻舱的材质、能源、原理，我们一无所知。只会在沉睡期到来时本能地回到此处进入容器沉睡。”

高大胖好奇地伸手去碰透明棺材的盖子，触手冰凉。

“这里面的液体是什么？”高大胖指着容器里仿佛某种透明液体一般流动着却又会在不同光线、角度下显出不同色泽的东西。

梵卓摇摇头：“不知道。那不是液体，也不是固体或其他，准确地说是如同粒子分子一样的存在。它代表圣血族的生命力。如果一个个体消亡，他对应容器里的粒子就会失去活力，完全变灰黯淡。”

高大胖站在容器边低头观察了一会儿，若有所思道：“听说你的记忆从很久以前就不会消失了，为什么呢？难道这些东 西变质了吗？”

梵卓愣了半天，终于笑出声来：“变……变质了？呵……你是第一个这么说的。”

高大胖同学觉得自己的不学无术被嘲笑了，恼羞成怒地扭过头去：“哼，反正我就是不懂。你干吗带我来这里？你刚刚动静那么大地开启圣地不会被发现吗？”

“别担心。圣地是禁地，任何人不得靠近，全机械监控。扰乱他们的监控系统是西里的长项。”亲王大人露出略带傲慢的微笑，“帝都的全部安保部署都是我一手负责，有兰卡和阿萨迈的里应外合，带你逃出来不算困难。唯一的麻烦是那个曾经尝过你血味的布鲁赫，仅凭嗅觉他就能判断出你的所在地。帝都附近只有这里是异空间一般的存在，圣地的隔离层可以保证你的气味不会被发现。”

“这样帮我们，乔凡尼亲王和阿萨迈他们会不会有麻烦？”高大胖有点担忧。

“呵……你担心那一族吗？”梵卓冷笑，“砂海的力量一向游离在政府之外，这么容易就能找他们的麻烦，长老会也就不用那么头疼了。至于乔凡尼……那家伙是最会明哲保身发危难财的，我们都倒台了也轮不到他。”梵卓低头亲了亲大胖的额头，安抚道，“别担心，你男人这么坏，做坏事最拿手了。”

高大胖听到“你男人”这个称呼有点脸红，心中懊恼原来这厮对她在研究所的情况一直了如指掌！幸亏自己当初没做出什么丢脸的怨妇行为……

扭头看看他，高大胖发现这个男人做事的风格跟自己真是两个极端。自己就算想逃跑也是临时起意的。他却从送她回帝都就开始策划一切了，细枝末节，排兵布阵，充分利用一切可利用的力量，甚至是长老会的力量。

她忽然明白梵卓为什么偏偏等到怀孕危险期过了才稳稳当当地来接她了。可怜那谨慎小心辛苦了好几个月，最后“为他人作嫁衣裳”的研究所……

现在想想当初兰卡在一番高谈阔论后被冷藏大概也是故意的。身为重点监视对象，只有犯点小错被调走之后才有可能得到最大的施展空间……

高大胖又瞄了他一眼，忽然很庆幸这家伙不是自己的敌人。

不过话又说回来，当初两人对立的时候，自己也是被对方轻易找到，然后软磨硬泡，最后彻底搞定的……回顾了一下两人交往的历史，高大胖顿时觉得很挫败。因为她发现，从相貌到智商，甚至连情商，她都没有能胜过他的地方……这样完美的男人，怎么会看上她呢？

"梵卓，你冒这样的风险带我走，不会后悔吗？"高大胖小声地问，声音带着她自己都没意识到的忐忑……

这里是他的家乡，他的地盘。

他放弃的是天平一边的亲王爵位、富可敌国的家产、代理执政官的地位，以及全军统帅的权力……天平的另一边，只是一个小小的别无长处的人类。

这个选择，换作任何人都不会做。

高大胖不信爱情有这么大的力量。多少人结为夫妻尚且为了地位钱财就劳燕分飞，更何况天平的另一边是一个国家。

她的问题尾音渐渐消散在幽深的地下室里，空气似乎也在迟来的答案中变得冷冷的……

梵卓沉默了一会儿，淡淡道："你知道我当这个亲王有多少年了吗？"

高大胖摇摇头。

梵卓轻笑："久远到我自己都快记不清了……每一天，每一月，每一年，不变的相貌，不变的工作，不变的称呼，不变的生活……你知道吗？当我们不会死亡，其实也就无所谓活着。"

高大胖微微震动……

梵卓轻抚了一下墙壁，轻声道："有时候，我会觉得自己跟这块土地或者石碑是一样的，屹立千万年不变，实在很无趣。可是，你不同。第一次在长老院发布会上见到你的时候，我就这样想过：多么有趣的生物！你的生命那么短暂，不知什么时候就会结束，每一秒都没有回头路。那样的人生是什么感觉？"

梵卓伸手轻轻捧起高大胖的脸庞，低低的声音带着隐约的漠然：“你说过，三个月不见，我却一点都没变。其实哪怕再过三千年，我也还是不会变。这种感觉，你大概不会明白……记得你过生日的那一次吗？人类可以庆祝自己的生日，然后享受时光的流逝，以及生命在每个阶段的变化和未知……而我们，连生日都没有。”

指尖掠过高大胖的皮肤，梵卓轻笑：“独占美味的血液和珍贵的后代都是重要的理由，可是最重要的，大概只是我想待在你的身边，分享你的人生，然后假装是自己的吧……”

看着梵卓垂眸凝视她的眼神，高大胖忽然明白，对梵卓来说，她的人生就像是将一辈子浓缩在短短的 2 个小时里。如同一段紧凑到极致的电影，转瞬即逝，却精彩绝伦！让人愿意用千年的沉闷去换一次！

一股从未有过的冲动涌上来，高大胖抬手主动拉住对方冰冷的手，盯着梵卓的眼睛一字一顿地认真道：“梵卓，我们来结婚！”

“……什么？”亲王大人保持着被抓住手指的姿势愣在原地。

高大胖牢牢握着他的手，口气很坚定：“为什么要把我的人生假装是你自己的？你想当旁观者吗？想得倒美！你是我肚子里孩子的父亲！还不明白吗？我们已经介入彼此的人生了……什么叫分享人生？在我们人类的眼里，结为夫妻，就是两人发誓分享一个共同努力的人生……结婚，生子，组建家庭，然后看到下一代一天一天地长大，你就会感到时间在不可抑制地流动。我保证到时候你只会感慨它走得太快了，喊它停下也停不住……”

高大胖的话没说完，就被对方牢牢地抱住！脸孔埋进男人的胸口发不出一点声音……

“好，我们结婚。”梵卓说，声音微微颤抖。

高大胖很想看看他现在的表情，却被对方抱得更紧，头都抬不起来……

41st Blood　宇宙最阴森的婚礼

高大胖给梵卓大概讲解了一遍婚礼的内容，最后无奈地总结："现在条件有限，大概只能简化到最朴素的那种了。没有发证机构，咱们也得不到官方承认的红本本。嗯……话说回来，好像连求婚都被我做了……唉，我小时候其实最期待有个有钱的帅哥帅气地向我求婚呢……"大胖一脸沮丧。

梵卓笑出声来，抱起原地懊恼的高大胖亲昵地吻了一会儿，然后直接走出了地下室，把她放在自己的墓碑上，掏出那枚作为自己坟墓钥匙的暗红色金属币，掰成两块，然后捏扁，拉长成细条，比量了一下大胖的手指，然后弯过来固定成戒指的形状，还在上面绕成一个小十字架的样子。另一半则按着自己的尺寸捏好，放在大胖手里。

高大胖看着手心里吸血鬼大人惊人的纯手工作品，嘴角有点抽搐……

梵卓却不管那些，甩开斗篷，腰板笔挺、姿势完美地在墓碑前单膝跪下，牵起高大胖的左手，低头深深地吻了一下，朗声道："我，梵卓·德·琉珂赛特，在此血族圣地的开始和灭亡之碑前，以沉睡之地一半的所有权和自己的生命起誓，会爱你一生不变。"抬眼深深地望着她，梵卓轻声道："请你嫁给我，好吗？"

在对方这样的目光下，高大胖竟一时说不出话来。

她本来只是随便一扯，没想到这个求婚的动作在满天赤红古老宫殿之下做出来，圣血族亲王那华丽的单膝下跪的样子，居然会英俊成这样……

有钱。

帅哥。

帅气的求婚。

似乎小时候的梦想此刻全都实现了。

当然，如果背景不是一片坟地，自己屁股底下不是老公的墓碑的话，会更美好一点……

高大胖一时没有回应。而梵卓显然不想给她冒出任何其他答案的机会，立刻自问自答，无比利索地把戒指套在了她的无名指上！

高大胖有点无语……但想想好歹是自己先求婚的，也就罢了。只无力地向对方请教了一下地球大概在哪个方向。

梵卓一愣，想了想，为难道："宇宙中某颗星球的定位，很难在地面上简单地表述是在哪个方向……"他看到高大胖的神情似乎很是失望，又无奈地补充了一句："如果只是大概的话，应该是东方。"

高大胖顺着男人的手臂看向遥远的天际线，低头亲吻了一下手心里的戒指，拉起梵卓的手认真地套上去，然后朝着那可能是也可能不是地球的方向轻声道："爸爸妈妈，这是你们女儿选择的丈夫。我觉得他会对我很好的，请你们放心吧，我一定会好好活下去，一定会幸福的……"

梵卓看着她的侧脸，反手与她十指相握，拉回她的注意力。

"小小……"他轻唤她的名字，单手扶着她的后腰，仰起头在朝阳下深深地亲吻他的妻子……

高大胖本来想怀孕期间绝对要拒绝任何床上运动的，但梵卓一句柔情的"小小"瞬间便击溃了她的防线……

哪怕地球毁灭了，这个宇宙里还是有人记得她的名字，然后带着爱意呼唤它的。

当初在空旷的屋子里自己小声默念名字的凄冷和现在被温柔呼唤的温暖搅在一起，激得她眼中也弥漫起流泪的冲动……

"梵卓，梵卓……"

她一遍遍地呼唤他的名字，好像咒语一样。

如此神奇。

紧紧相拥的两人反复地从对方口中确认般地听到自己的名字，就仿佛在这个世界上被确认了存在一般，身心都温暖得如浸温泉……

“谢谢你喜欢我……”她哽咽着说。

他用深深的吻回答她……

这样露天席地地亲密，让她比平时羞耻了数倍。

周围一座座墓碑仿佛一双双旁观的眼睛，见证着两个人的结合。

紧张和羞怯让肌肤泛出了淡淡的粉红……这样的色泽太过诱人，尤其是对于禁欲了数个月的亲王大人来说。“理性”和“把持”两个词顿时被汹涌的激情挤到了看不见的天际……

“我会小心的……兰卡说怀孕期间适度的性爱并不会伤身……”带着细吻的解释，与其说是在安抚对方，不如说是在说服自己。

现在的她不想阻止他。

今天起，他们是夫妻了呢。

她仰头邀请般轻轻地吻他……

乳白的柔软的纱裙与黑色厚重的斗篷交织在一起，揉得凌乱，衬托着在它们上面纠缠在一起的肢体……墓碑旁的细草凉凉地拂过小小的脸庞，让她在激情中仿佛看到梦幻的缝隙一般微微清醒，便又被新的热潮淹没……用力的手指扯断了细草，露珠溅在指尖，只一会儿便与体温同热，恍惚间仿佛能被高温蒸腾出雾气一般消失在紧密贴合的肌肤之间……

小别胜新婚之后的结合进行得酣畅淋漓又顺利——除了高大胖颈侧被强盗先生留下的齿痕这个历史遗留问题。

那新鲜的，其他男人的标志，果然激怒了正在兴头上的梵卓大人！后果就是旧牙印被新牙印代替，小小倒霉的脖子上布满了吻痕，其密度绝对让后来者无处下嘴……

累惨了的高大胖软软地趴着，指间绕着男人的银发，垂着小脑袋半眯着眼睛，很快进入了半睡半醒的迷糊状态……

梵卓大人拉起斗篷裹住两人，拥着大胖，享受着对方甜美的气息……

偶尔的轻声细语，也如同砂糖溶入蜂蜜一般，淡淡消散在温馨的空气里，衬托着这份安详。两个人此时就像两只在暖暖阳光下互相枕着爪子休息的猫一样，幸福又舒适，美好得让任何人都不忍打扰……

“……为什么结婚戒指要戴在无名指上？”梵卓轻咬着大胖的手指，舌尖舔过两人交换的戒指，轻声问。

大胖稍微撑起点身子，半趴在男人胸膛上比量两个人的手指，喃喃道：“传说无名指是跟心脏相连的。戒指，就是‘约戒之指环’，通过无名指束缚住的，其实是恋人的心。”

“束缚住恋人的心？”

“嗯，因为戒指是一对儿的。绑住了，对方就跑不掉了。”

“哦……”梵卓亲王点点头，若有所思地揉捏着大胖的小手，眼底寒光溜过，“那可以多套几个吧？”

高大胖：“……”

大胖无奈地叹了口气……早该想到的，这男人就是这样的人。

她挺起上身，拉下梵卓的头用力亲了一口，笑眯眯地认真道：“放心吧，我不会再逃走了。从今天起，我是你的妻子。”

男人凝视着她的眼睛，轻揽住她的腰，轻轻地细碎地亲吻她的脸庞说：“我们去度蜜月吧。”

42nd Blood　左臂螺旋星系蜜月旅行全攻略

灵煛宇宙十捷贝星团北半轴。

左臂螺旋星系经度 1986.11W，纬度 2010.06N，维度 2012.12D。

距离萨恩星 26.5 光年处。

海琴爱 α 副星。

南半球。

沙滩。

蓝天碧海，万里白浪。

各种美丽的智慧生命体，欢快地在洁白的海滩上奔跑，滑行，蠕动，打洞，攀爬着追逐着自己的恋人……它们兴奋的脸庞、额头、鼻孔、脚底、脊椎骨上洋溢着幸福的表情，让看着的人也忍不住跟着会心微笑起来……

没有错，高大胖此时正站在左臂螺旋星系第一度假胜地——隶属海琴爱 α 副星的哈尼姆海滩上！一日一月同时挂在大海的边际线上，热烈地照耀着她的脸庞……

海风吹过，海潮涌起。

各种造型突破人类想象力极限的冲浪板争浪而出！

一位长着八只触手、两只触须的粉紫色章鱼状帅哥演杂技般六足紧缠一个陀螺形状的冲浪器高速滑过巨型浪筒！剩下的两足摆 Pose 般潇洒地拂过身边的浪壁……水花四溅、尖叫四起……章鱼帅哥吐着优雅的泡沫从海中利落地爬上岸，立刻被女士们疯狂围住！

发出尖厉哨音群起而上的淡粉色雌性章鱼们，凶猛地将一脸呆滞的高大胖同志撞到了一边！章鱼帅哥在众多雌性章鱼的簇拥下极有大腕风范地扣下了头顶的墨镜，英俊地朝着粉丝们抬了抬下巴，又引发了新一轮惊人的哨音和尖叫声！最内圈的一位粉红色章鱼少女因正面受到这个电力十足的帅酷动作冲击而幸福地晕倒，造成了海滩上小小的混乱……

海风吹过，一地心碎。

高大胖已经快要戴不住遮阳帽了……

“你要的‘充气海豚’买到了。”梵卓的声音从身后传来，一只胖胖的充气动物占据了高大胖的视野，大胖同学呆滞地回头……

“不过这种形状的生物应该叫作‘蓝蛟’才对，它们生活在比格系星的向阳海域里……”亲王大人的讲解未完就被大胖突然飞扑入怀的动作打断！梵卓有点疑惑地摸了摸大胖的脑袋，抱紧怀里的小妻子，“怎么了？”

高大胖：“没什么，幸好你是人形的……”

梵卓：“……”

果然，不管说得多么伟大，到底人类的审美观还是有底线的啊。

高大胖瞥了一眼走远的章鱼帅哥……如果梵卓长得跟鼻涕虫一样，哪怕用同样的方法追求自己，估计也不可能有任何结果吧？

说到底，人类还是很肤浅的啊……

两个人在海滩上忙于深情拥抱，没注意丢在一旁的充气海豚被一群脚上长蹼、脸上只有一只眼睛的矮小生物叽叽喳喳欢笑着抬走了！

“啊，站住！”高大胖连忙推开梵卓追上去，一边叫对方停下，一边拼命翻找着包里的宇宙语翻译器……

一片贝壳从后面带着凌厉的风声嗖地射过来！精准地打进了抬着充气海豚的最后边一个小矮人脑袋里！不幸中招的小矮人惨叫一声立刻扑倒！其他人立刻散去！转眼间海滩上就只留下胖胖的赃物“尸体”，以及被这突然的一幕惊呆的高大胖同学……

高大胖僵硬地回头，果然看到某凶手面无表情，姿态优雅地拍掉手上捡贝壳时沾到的沙子，镇定地朝着凶案现场走了过来……

回头心惊胆战地瞄了一眼深深陷在小矮人颅骨里的贝壳残片，高大胖脚一软跌坐在地，抱头哀号：“天哪……你在干什么？你在干什么？！怎么下手这么狠！因为一只充气海豚就要杀人吗？”

“不用担心，这种程度死不了人的。道尔夫星人是有名的‘软骨人’，这点小伤连血都不会出。他只是被冲击力撞晕过去了而已。”梵卓淡然道，走过来踢开倒霉的小矮人，一手捡起海豚，一手拉起大胖……

听说对方不会死也没受重伤，高大胖松了口气，想了想又觉得不对，严肃道：“就算是这样，你出手也太重了。他们只是小孩而已，起哄抢了玩具去玩罢了，又不是真的强盗。打昏小孩子也太过分了。”

梵卓挑眉：“小孩子抢劫就不算抢劫？你的逻辑真奇怪。”

高大胖：“你的逻辑才奇怪。人们对小孩都是比较宽容的，这是常识吧？”

梵卓轻哼：“萨恩星的每个行为体都必须对自己的行为负责，没有儿童和成年之分。”

那是因为血族根本就没有真正意义上的“小孩子”吧？

高大胖无力地伸手抱过胖海豚，叹了口气问道：“那如果以后我们的小孩淘气，你也要下杀手吗？先说清楚，我绝对不允许啊！放肆和胡闹可是小孩子的特权！如果你因为我们的小孩在沙滩上抢了别人的皮球就一巴掌拍死他的话，我是不会原谅你的。”

梵卓略微诧异：“不会原谅我？你竟然因为别人而敌视我？他现在连完全的生命体都不算吧？你对他的感情已经凌驾在对我的感情之上了吗？”然后用看“朝三暮四水性杨花变心女人”的眼神谴责着高大胖，“人类的爱转移得可真快……”

大胖同志几乎要脑充血……深吸了一口气，咬牙切齿道：“那不是‘别人’，那是我的骨肉。身为母亲当然会爱她的孩子！这是没有理由的，跟爱情也没有可比性！根本谈不上谁胜过谁。”

为什么这个身为爸爸的生物会对他自己的孩子感到不爽啊！这种完全

是把自己的小孩当“别人”一样的态度和争风吃醋的口气……果然跟没有生育传统和家庭观念的物种结婚是个错误!

梵卓一脸不相信地眯眼看了高大胖一会儿，哼道：“既然你说爱的程度没有可比性，那么如果你必须放弃我和他中的一个，你会选择谁？”

高大胖停下脚步，无奈地伸手拍了拍男人的肩膀：“梵卓，等你开始想着怎样和我一起并肩作战保护这个孩子让他幸福，而不是问我你俩之间我会选谁的时候，你就是个合格的丈夫了。”

吸血鬼大人的表情很不合格。

沙滩抢海豚事件之后，高大胖同志有两点感触：

第一，“好爸爸”基础教育任重而道远；

第二，这孩子生出来好像挺不安全的。

…………

哈尼姆海边艳阳依旧高照，人群依旧鼎沸。

其实高大胖他们两人会来海边度蜜月，完全是临时起意。

不过，正因为如此，萨恩星的追兵根本不会想到，他们的要犯此时没有在任何一个逃往远太空的非法太空舱里，反而是明目张胆地混杂在度假景区沙滩上的游客里晒着太阳……

本来，喜阴喜湿讨厌阳光的吸血鬼先生提议的是去深山老林幽谷温泉之类的地方度蜜月。但传统而庸俗的小市民高大胖同志，则莫名地坚信蜜月就是要去海南岛，婚纱照就是要到海边拍，坚持要去热带海域完婚。两人婚后的首次争执，最终以梵卓扑上来再次求欢纠缠告终。

高大胖最后累极入睡……

第二天醒来，她发现窗外是一片艳阳的碧海蓝天……

大胖同志感动不已，抱着梵卓的脖子亲吻着亲爱的吸血鬼老公，连连许诺等海边蜜月度完了，再专门陪他去度个温泉版的。后者自然从善如流，并很有效率地列出了包括丛林版、豪华游轮版、外太空密闭舱版在内的数十个蜜月版本……

高大胖很想告诉他其实蜜月一般只能过一个，这样乱过有点不正常。但仔细一想，两人现在身为星际级逃犯，婚礼是在墓地举行的，手上的戒指是用硬币掰的，妻子是老公的储备食物，连两人的种族都是跨宇宙的……反正都已经这样了，事到如今还纠结一个蜜月是否正常做什么呢？

怎么爽就怎么来吧。

出于对孕妇的安全考虑，高大胖没能参加哈尼姆海滩有名的潜水项目。趴在充气海豚上在近海漂浮了一阵子，大胖同志开始觉得无趣了，垂头丧气地拖着海豚上岸找到了躺在阳伞的阴影下闭目养神的吸血鬼先生……

血族在强烈的阳光下总是会变得比较懒洋洋的，此时的梵卓戴着墨镜，两腿交叠地靠在沙滩椅上，完全脱离了周遭热闹环境一般一动不动。

为了逃亡方便，两人在外形上都做了一定的改造。懒惰的亲王大人依旧采取了当初亚伯的脸孔和金发碧眼的形象。此时男人修长的身材加上利落的短发、贴身的衣物和耍酷的墨镜，颇有几分国际级影帝明星帅哥出来度假的气场，相当抢眼！

有一种男人就算一身简单的白衬衫加休闲裤躺在破躺椅上，也会散发出贵族享受私人海滩的气质，跟公共沙滩的气氛格格不入……梵卓亲王不幸就是这种男人。

高大胖嘴角抽搐地走回他身边，披上大毛巾也在沙滩椅上坐下闷闷道：“对不起，我知道你不适应这种平民休闲。不然我们还是去订私人海滩别墅好了……”

梵卓懒懒地伸出一根手指拉下墨镜，轻瞥了她一眼：“没关系，你喜欢就好。这种经历也很新奇。”

新奇？是啊是啊，反正这厮享受私人海滩的次数已经多到发腻了……贫富差距真可恨啊！

两人沉默了一会儿，吸血鬼大人突然蹦出一句让高大胖惊悚的感想：“而且，刚刚跟几个小鬼玩了一会儿，还挺有意思。”

想到刚刚那个道尔夫星小矮人，高大胖顿时紧张起来：“玩？玩什么？

玩了谁？他们还活着吗？”

梵卓笑出声来，翻过身揽着大胖的腰轻抚着她的小腹带着笑意道：“别紧张，只是堆沙子而已。你不是说要我培养对小孩子的宽容度吗？”

“真的只是堆沙子？”高大胖狐疑地盯着某个不靠谱的亲王，“那……你们玩得高兴吗？”

梵卓无所谓地淡淡道：“我还可以。其他人都哭了。”

高大胖：“……”

“那群小鬼似乎在玩一个叫作攻打城堡的游戏，简单地说就是各自组建自己的领地、围墙、城堡、居民，然后开垦土地并攻打其他的城堡……虽然很粗糙，规则也不完善，但算得上是很有价值的游戏，比较有益于培养全局观念和统率能力。”亲王大人单手支头对堆沙子游戏给出男人的评价。

“那你为什么会……你是怎么，加入的？”高大胖实在很难想象这个男人主动走过去跟一群奇形怪状的外星小朋友说“带我一起玩”的样子……

“哦，是其中一派的小鬼领地蔓延到我的沙滩椅旁边，嫌我碍事，其中一个肥胖的小鬼让我滚开。”梵卓平淡地陈述。

高大胖捂住心脏……童言无忌啊童言无忌……他们真的还活着吗？

“鉴于这群小鬼如此无礼，我就加入了他们的敌对阵营。”梵卓伸了个懒腰，“然后教那群小笨蛋怎么整顿军备。”

高大胖笑起来：“虽然方向有点奇怪，不过看到你肯放下身段陪小孩玩总是件好事。说来你们是在哪儿玩的？沙滩椅附近吗？我怎么没看到什么城堡？”

“你刚刚走过的地方就是屠城战役后的残骸。”亲王大人指了指一片残沙不成城形的地面，“你的左脚就踩在被炸毁的敌军总部上。”

高大胖：“……”

“整顿军备之后就是大举反击。”前萨恩星总帅侃侃而谈，“虽然对方负隅顽抗，但最后还是连失六城，我军长驱直入，屠灭主城，大振军心……然后，那群输不起的死小鬼就哭着跑了。”

高大胖抚额：“好吧，这一半小孩被你弄哭还可以理解。那跟你一伙的小朋友又是为什么会哭了？”

“班师回朝后，我立即发动了叛乱！”

高大胖：“……”

血族前代理执政官，萨恩星资深政客，面不改色地陈述着欺负小孩的全过程：“推翻国王，元老斩首，旧将流放，夺取政权。新王朝建立后，不知为什么那群没气度的死小鬼也哭着跑了……哼，亏我还提拔几个投降的当部长……”

高大胖无力抱头……

“你……你到底明不明白什么叫哄小孩玩？所谓哄小孩，就是游戏结果如何根本不重要，重要的是孩子在游戏过程中觉得开心，会笑，会喜欢你！”

梵卓不赞同地挑眉：“打赢的时候他们也很开心啊。这世界上总要有人教他们打仗是有赢有输的，自己人也是会反叛的，以及光会哭是解决不了问题的。越早学到，他们长大后才越有可能笑到最后。现在被哄着傻笑未必是什么好事。我认为我的教育方式没有错。”

高大胖面无表情：“我认为我们的对话就像两个次元一样没有交集……”

梵卓愣了一下，观察了一下高大胖的脸色，低声道：“不然我把他们抓回来重新玩一次好了。”

高大胖：“你住手吧……”

梵卓有点挫败，仰躺回躺椅上枕着手臂看了会儿天，最终闷闷道：“也许我的确当不了一个好父亲。”

高大胖看着他，忽然有点忍不住想要微笑……

自己大概是太苛求了。

他没有父亲，也没做过父亲，甚至没见人生过孩子，他不懂这种感情牵绊。但起码，他想要努力去适应了……虽然努力的方向有点奇怪。不管怎么说，他现在需要的应该是鼓励而不是打击才对。

高大胖单手撑在梵卓身侧，低头轻轻地吻了吻男人的嘴唇，小声道：

“没关系，虽然你不是个好父亲，但你绝对会是一个博学多才又帅得要死的坏爸爸，能够教会我们的孩子生存下去的智慧和足够的坚强……那样不是也挺不错的？至于哄小孩傻乐的事，我去做就好了。”拂开男人的发丝，亲了亲对方的额头，高大胖轻笑：“我们两个还是挺合拍的嘛。”

梵卓凝视着她，伸手揽住她的脖颈，主动地回吻，然后拽住大胖的支撑手，将她整个人拉下来拥在怀里绵密地亲吻，手指顺着她背上的肌肤滑下，气息略带急不可待地拂过她的耳侧：“我想做……可以吧，我们在度蜜月不是吗？”

肌肤上沾了沙子，爱抚间擦着两人紧贴处滚动，触觉上格外粗糙敏感……高大胖眼角瞥过腕上的计时器，单手推开对方凑过来的下巴，勉强道：“呃……我……我觉得应该没时间了，好像该去大巴那儿集合了……而且……咱们的充气海豚好像又被小孩扛走了……”

两人转头，果然旁边的沙地上空空如也……

某吸血鬼翻身而起：“我去跟他们玩会儿。”

高大胖一把拽住：“你给我住手！”

43rd Blood　宇宙级骗子

游山玩水，散心怡情，逛遍宇宙。

逃亡二人组的蜜月旅行既简单又似乎永无尽头。

海琴爱 α 副星“银月白沙”的哈尼姆海滩，郝特星“蜜乳美梦”的丝卜灵温泉天池，斯蒂夫 γ 星号称“宇宙尽头”的 9000 米尔尺断崖绝景，弗瑞斯特星“大地之衣”的热带雨林和彩虹苔藓，拉凡朵星遍布半个星球的“迷色天堂”紫晶花海……

这个宇宙的美丽，让高小小叹为观止。

牵着她的手分享这份激动的梵卓，似乎比她更为享受。

或者说，在享受她的享受。

高大胖跟大部分中国小市民一样，习惯于在每个奇异的景点前拉着梵卓一起照相，并摆出恶俗的剪刀手，龇牙喊“茄子”！后者对此感到十分新奇。

梵卓：“为什么要照相？”

大胖：“当然是为了留下纪念！不知道什么时候才有机会再来这里，这些一百年才开一次的花也不知道有没有机会看到第二次，就算有幸能看到第二次，到时的我也已经不再是现在的模样。可能会颤颤巍巍地摸摸花骨朵，然后跟身边的人感叹‘哎呀，我年轻的时候也来过一次的，当年真是吧啦吧啦吧啦呀！’，然后把年轻时的照片秀给人家看，再絮叨一番往事，不是挺不错的吗？”

梵卓忍不住笑出声，垂眼宠溺地看着她，轻声道：“是挺不错的。”

虽然这些百年绽放一次的花朵他已经看了无数次，虽然每一次出现在花丛前的他不会有任何变化，虽然他大概没什么机会跟别人说“哎呀，我年轻的时候……”这种话，可是小小那份自然迸发出的珍惜和喜悦的心情感染了他，让他在快门被按下的一刹那，也忍不住觉得这一刻也许真的是换不回的永恒，这一刻不同寻常。

高大胖把照片用激光从相机导进自己的腕式手链里，拉着梵卓到当地邮局按照惯例买下一张古老的纸质明信片，盖上当地的邮戳和电子条码，然后自己写给自己。

旅行开始的第一天，大胖就拜托梵卓在堪称“炅炅宇宙尽头”的梅尔星上租了一个邮箱。之后两人每到一个新的地方，她就在那个城市买一张带有当地邮戳的明信片，写上满满的旅行心得，然后寄到自己的邮箱里。

最开始梵卓很不理解这种没意义的位移（准确地说，等大胖去取信的时候连位移都会变成零）。然而数次之后，他也开始在大胖那寄给未来的明信片上写上几个字，比如“景色不错”或者“还那样”。有时则什么也不写，只帮大胖填上当天的日期。

直到有一天，他在她的明信片上看到了这样一段话：

To 不知道是男是女的小宝宝：

写这封信的时候你妈我正跟你爸一起蜜月旅行。现在的你呢，还在我的肚子里。今天起床的时候你害得我吐了一次，我觉得这是你在向我强调存在感，所以这次的信我把你也写进去。未来的某一天，当你看到这张明信片的时候一定会很有趣。也许将来我们一家三口还会进行一次同样的旅行，在同样的地点，写上一张同样的明信片……可是，那会是与现在完全不同的感觉了吧？因为那个时候，你已经长大……

梵卓低头看着明信片沉默了良久，最后提笔在后面写上了“不错”“还行”之类无关痛痒的句子以外的第一句话。

高大胖很想看看他写了什么，男人却直接将明信片寄出了。

作为抗议，高大胖从那以后每次都买两张明信片，一人一张，也不肯给梵卓看她写的内容了。

亲王大人笑而不语，只继续在明信片上懒洋洋地写日期……

就这样，两个人的旅行，总的来说还是恬静而闲适的。

跟大部分行色匆匆的游客不同，身为无业游民的两人经常毫无时间观念地享受着旅程中细小琐碎的风景，甚至是路边奇怪的小花和石头。

两人可以在杂货店的台阶或者藤蔓笼罩的小路上耗掉一天，也可以为了一种独特的食物突然从一个星球飞到另一个星球……从旅行团掉队了，就随便跟着下一个旅行团踏上自己也不知道目的地的新旅程。有时甚至会干脆在喜欢的城市停下来，像普通市民一样住上一阵子……正是由于这样随性到无法无天的旅行方式，连高大胖他们自己都不知道下一步会去往哪里，更不用说追捕的人了。

两人飘忽不定又没有规律可循的行踪，虽然给萨恩星的追兵制造了巨大的麻烦，可也并不是万能的。

有的时候，梵卓会突然对大胖说："我们换个地方玩吧。"

这个时候，高大胖就明白，附近大概有追兵了。

这个"有的时候"可能是两个人正前往目的地的路上，可能是在深夜旅馆套间的床上，也可能是在等待了良久的传说中美景出现的前一分钟……

每到这个时候，高大胖才会意识到两个人是逃亡者，而且这一生可能都会如此漂泊。

每到这个时候，梵卓看她的眼神就会带上一点隐隐的抱歉。

高大胖则会亲亲她的丈夫，告诉他缺憾也是人生的乐趣，保留点"未知"和"办不到"比较有趣。如果她什么都顺利了，什么都看过了，对什么都了如指掌没事可做了，就会变得跟他一样无聊了。

梵卓同志深以为然。

就这样，两人走走停停的旅程并无太大跌宕起伏地过去了两个月。

有经验丰富的梵卓做向导，有亲王级的丰厚财力做后盾，有逃亡前兰卡提供的堪称宇宙一流水平的萨恩星科研产物照顾到生活的方方面面，这趟逃亡之旅并无太大逃亡感，甚至可以说是过于舒坦了。

然而真正的转折点，却在旅行两个月之后的某一天，毫无预兆地出现了……

迪弗梅申星的斯蒂勒城是一座高度发达的现代都市。

这个星球以体质奇特的原住民迪弗梅申人而闻名，迪弗梅申人又称“变形星人”，虽然已经发展为智慧生物，但本质上是一种擅长拟态的原始虫类。他们可以维持数分钟左右的任何模拟形态。无论目标的高矮胖瘦，民族种族，还是声音眼神，甚至连细小的个人习惯，他们都能模仿得惟妙惟肖！这种能力让这个星球在古老的宇宙历史里盛产间谍和神偷。可是同时，这个能力也激起了其他星球生物的恐慌和厌恶。

宇宙历 BL9110 年，多星球宇宙联军在占领该星时进行了一场以“消灭威胁性病菌”为名义的大屠杀！原住民迪弗梅申人此役后几乎灭绝，从此退居到深山密林鲜少露面。占领军则在废墟上迅速建立起了一座座全新的、现代的、没有任何传统文化感的前沿宇宙都市！这些都市接纳一切，包容一切，吸收一切，融合一切。没有历史，也没有自我。

现在的迪弗梅申星，早已成了游客和商旅占总人口 90% 以上的无国界星球，以“宇宙最大中转站”和“豪华旅馆之星”而闻名星际！

高大胖就是跟着梵卓来这里见识见识“宇宙 No.1 二十四星级空中酒店”的。

其实对于住惯了奢华血族城堡的高大胖来说，这趟旅行里见过的大部分“××星级宇宙驰名酒店”的装潢和服务都远远比不上亲王城堡或者布鲁赫的诺斯城一间客房的水准。就是舒适程度，也远逊于她在研究所住的小树屋。很多时候，这些造价不菲的知名旅馆只是胜在其独特的地理位置和异域风情而已。

但是这座"宇宙 No.1 二十四星级空中酒店"却不同。它是第一个能把萨恩星所有血族城堡都比下去，从大厅开始就让高大胖同志伸长了脖子闭不上嘴巴的奢侈酒店！

真正的顶级豪华！

泡在私人露台的星光浴缸里仰头享受着"全自动按摩·人形生物档"，从最佳观景角度欣赏着迪弗梅申星天空中特有的极光，眼角瞥到古董小桌上银质冰桶里价值不菲的美酒……想到梵卓挥金如土、出手阔绰地订了整整一个星期的顶层豪华套房，高大胖同志第一次担忧起"老公的钱会不会不够花"的问题来……

又不是爽完了就去死，两人以后是要过日子的。一两天、一两个月可以这样挥霍着周游世界，一两百年也可以吗？

梵卓他有没有考虑过以后呢？

高大胖其实并不介意一生逃亡，因为严格地说，她的人生从一万年前离开地球开始就已经是在逃亡了。但她有点介意跟她一起逃亡的同伴是不是只把这一切当成一场游戏。她其实很害怕知道，梵卓到底是想跟她一起玩这个人生游戏，还是根本把她也当作这个游戏的一部分？

男人像一条大白鲨一样敏捷而凶猛地钻进了宽敞的浴缸，一个潜游，带着四溅的水花紧贴着她从水里钻出来！梵卓用有力的手臂自下而上地托起她……

她的心却依旧忽忽悠悠地落不了地，看不着底，只能伸臂紧紧抱住对方害怕掉下去……

高大胖觉得自己现在比以前害怕的东西多了。

这样一点也不好。

也许不爱就不怕，不爱就不想，不爱就没这些患得患失了。

梵卓亲吻她的嘴唇喃喃："我爱你。"

自从他学会这句话以后，经常会在时机最好、气氛最佳的时候说出来，让高大胖感动又甜蜜地自我陶醉了半天……其实直到现在她也还是很受用这句话的，她相信梵卓的确是爱她的，甚至远远超过所有曾经跟他交往过的女性。但是……如果一定要纠结一个程度的话，他们二人之间，也许是她更离不开他吧？

干吗要给她一个梵卓呢？现在她还得害怕失去他。

恋爱真要命。

不过很快，情绪不稳的孕妇同志就没有精力再为恋爱要不要命苦恼了。

因为就在两人入住宇宙第一酒店的最后一天，发生了一个对后来的旅程影响至深的意外事件……

这一天，高大胖拿着客房赠送的海底世界观赏票，挎着她的小相机，背上一小包零食去赶夜场。梵卓先她一步出门去确认游览场馆的安全性。

大胖同志正琢磨着要不要再去前台要几份两个人都挺喜欢的那种水果冰饮，就在楼梯上遇到了匆匆赶回的梵卓。

男人抬头看到她下来愣了一下，立即直接跃起，跨过扶手落在了她身旁，扶住她的身子轻拉着她的手在她的唇上亲了一下，然后沉默了几秒才淡淡道："我们换个地方玩吧。"

高大胖一怔，立即明白追兵已到，此地不能再留。

大胖同学低头默默地将观赏票塞回口袋，又扬起头微笑道："嗯，正好，这次我们干脆去真的海底世界看看好了。"

梵卓凝视着她，拉起她的手吻了吻她的指尖，轻声道："好。"

临时撤离这种事高大胖已经很习惯也很熟练了。

两人游走天下，有钱在手，其他东西带的也不多。因为使用银行卡会被萨恩星追查到，所以身上的现金、宝石之类的比较多，除此之外就是一些生存用的气压平衡器或者宇宙语翻译器了。食物通常以酒店提供的为主，偶尔两人也会在野外开发些新的食用品种。衣物什么的则干脆是在当地购买本星球的传统款式体验一把。而土特产和明信片则全部邮寄到宇宙尽头的租用邮箱……如此一来，两人的行李加起来，一个小巧的空间袋也就够用了。

回到房间的大胖无比迅猛地收拾起个人物品，而梵卓也谨慎地消除了房间里任何可供追踪的蛛丝马迹，两人如往常一样很有效率地锁了门从无人使用的安全货梯悄悄离开了酒店……

然而刚进入酒店地下室，高大胖就惊呼一声转头狂奔了回去！“哎呀，糟了！我们把小吱忘在房间里了！”

昨天它蹿到床上来碍事，被男人反手锁在床头抽屉里，到现在也忘了放出来。

高大胖一边跑一边汗颜，自己这个主人做得真不合格。

“等……”身后传来的劝阻声被货梯门关在了外面。

高大胖闯进货梯焦急地敲击顶层按钮，随着机械运行声一路飙向酒店套房楼层，扶着货梯的金属壁呼哧地喘了半天，忽然觉得不对……

梵卓，怎么没跟上来？

凭他的速度，不可能追不上她。

而且他为什么会允许她跑着回来？

如果是平常，他应该一把按住她，然后一脸不爽地说“我去找它，你在这里等我，乖乖地不要乱动”。

那是看到她这个孕妇动作大点就会生气的男人啊，为什么会放任她一路狂奔？

一瞬间，空旷的货梯里，剧烈的呼吸声间，高大胖的脊背有点发凉……

叮——！

货梯到站，金属门大开，露出正站在房间门口的梵卓！转头看到高大胖居然出现在货梯里，男人的表情十分诧异！

“你……怎么会在那里？喘得这么厉害，我不是叫你不要跑步吗？”梵卓皱眉，一边伸手将全身僵硬的高大胖从货梯里拉出来，一边低声道，“我在场馆那里见到几个熟面孔，看来我们得换个地方玩了……你怎么了？”

梵卓刚刚出现。

梵卓问她去哪儿了。

这个梵卓的手里才拿着房卡呢……

高大胖麻木地低头看着自己空空的两手——装着二人全部家当的空间袋，自己亲自收拾好双手奉上的空间袋，被“梵卓”轻轻松松地拿走了……

你不倒霉，大家不习惯。

…………

“算了，变形星人的拟态伎俩出神入化，你认不出来也是正常的，不用沮丧了。”亲王大人带上门，“如果不是你忽然回头来找狐焰，那骗子很可能会直接把你带到偏僻角落毁尸灭迹。现在至少你平安无事，我们应该庆幸才对……”

高大胖小声说：“梵……梵卓，你的表情跟你现在说的话完全不符呢……”

门把手在男人的手里咔嚓一声变得粉碎！梵卓咬牙切齿的阴冷声音弥漫在房间：“废话！那肮脏的虫子竟敢吻你的嘴唇？！我绝对要杀了他！我要把它碎尸万段！把它的上颚下颚都撕下来轰得粉碎……”

高大胖：“……”这种时候一般人应该先烦恼丢钱的事吧……

“呃，那种事算了吧……现在后有追兵，我们又身无分文，还是一起想想下一步去哪里比较重要。”高大胖叹口气，却出奇地并不觉得十分郁闷，反而莫名地对未来的旅程充满了期待！

也许是之前梵卓将一切打理得太好了，让她一直没有两人携手逃亡的真实感，只觉得自己像没见过世面的小狗一样，被男人带出来四处遛遛……可是现在，没有钱了也许是一件好事。这让两个人在诸多的局限之下不得不一起烦恼着未来的旅程，要通力合作，要携手共进，要相互依赖，才有两个人的未来。

这种感觉，挺不错的。

梵卓闻言坐下来，似乎自我平稳了一会儿，才点开房间里提供的宇宙地图，默默计算了一阵距离，略皱眉道：“麻烦的是压力平衡器也一起被偷了，以人类的身体素质而言，十捷贝星团附近不用压力器就能生存的地方，除了迪弗梅申星，就只有三个星球。但其中两个都不是宇宙联盟国，有严格的进出口限制，恐怕无法获得你维生的食物，而且对外星飞船的稽查也比较严格。剩下的一个，距离比较远，我们现在身上剩下的钱恐怕不够买虫洞穿梭舱的贵宾票……"

高大胖支着下巴乖乖听到这里，疑惑地歪头："买不起贵宾舱，那就买普通舱呗。"

梵卓的表情愕然，貌似从没想过这个问题可以有这个答案……

估计在尊贵的亲王大人的脑海里从来就没出现过"坐飞机可以坐经济舱"的概念吧？

有钱人真是够了！

梵卓轻咳了一下："咯，那就去塞维支星吧。我们马上动身。"

"等等，我们到了那座星球以后怎么办呢？"大胖苦恼地皱眉，"到时可是真正的一分钱也没有了。"

"哦，别担心，到那里以后可以赚点钱。"梵卓轻松道。

"也对。"高大胖点点头，想到未来一起打工，通力合作，男耕女织，夫妻二人携手奋斗的情形，也不禁变得雄心万丈起来！"好！这次就让你见识一下地球平民的打工能力吧！我当初可是在肯德基当过小时工的！"

梵卓笑起来，口气却不容反驳："我不会让你去工作的。"

大胖的热情遭受打击，微微不爽："为什么？你歧视女性吗？"

梵卓摇头："不，只是塞维支星是个比较野蛮的星球，不适合你工作。"

大胖一愣："咦？那你要怎么赚钱？"

梵卓傲然微笑："用比较野蛮的方式。"

44th Blood　角斗士星球

“抱歉，先生，您的票是经济舱，不能使用贵宾舱的休息室，请您从后面的出口离开。”

迪弗梅申星机场，贵宾候机厅里，衣着整齐的侍者彬彬有礼又略带威胁地对着两名不速之客下着逐客令。

对宇航机场工作人员维特来说，在这里工作的二十年里他见过的因好奇或想占小便宜而悄悄溜进贵宾舱的平民有无数个。对于不伤颜面地将这些人请出去的手法，他早就驾轻就熟。

难得的是这次的两位闯入者让他有一丝的不确定。

面前的两人都是人形乘客，对话时用的是翻译器过滤后的标准宇宙通用语，无法判断身份来历。但从高个子乘客英挺的身材、俊美的相貌、贵气优雅的举止推测，对方应该是以美形闻名的萨恩星人，或者汉德桑姆星人之类的。

如果是后者，汉德桑姆的居民全部好战而暴躁，他可不想激怒对方惹麻烦。而如果是前者，对方万一是个贵族，那他就更得罪不起了……可是，如果对方是萨恩星的贵族，又怎么可能会乘坐经济舱呢?

维特摇摇头，将这个可笑的想法扔出脑袋，心中确定此人为汉德桑姆星人。

悄悄把带眼睛的触须绕到男人身后，维特试图看一眼那个完全被挡住的娇小乘客。因为对方被包得太严实，他几乎无法判断出性别。直到那人拉着男人的衣角开口小声劝解，他才推测出对方大约是个女性或者小孩子。

小个子："算了，梵……嗯，经济舱也很好玩啊，可以看到各种奇形怪状的生物，要比两个人待在贵宾舱隔间里有趣多了。比如可以见识这种奇怪的触角……"

小个子边说边好奇地伸出手指杵了杵旁边偷偷观察的触须眼睛……嗷——！倒霉的维特在内心惨号一声！唰地快速收回触角！因为动作太猛还在自己的脑袋上撞出"啪"的一声！

高个子男人缓缓回头，冷冷地看了他一眼……

维特同志忽然觉得自己大概命不久矣……

男人冷淡地转回去，伸手温柔地拉起斗篷将小个子裹得更严一点，低头亲了亲对方的脸颊，缓声道："不用担心，我会处理。"

被裹得露不出嘴巴的小个子声音模糊："不……我不是担心你，我担心的是无辜群众……"

男人回过头来，将几张住房清单和票据傲慢地扔在桌上。维特莫名其妙地捡起来一看……不禁愣住！

这些，居然是宇宙第一豪华酒店的住房清单！

而且，是顶级的星空套房！一晚的价格就足够买下整个宇航船贵宾舱啊！

最夸张的是这两人竟然一住就住了整整一个星期！一个星期啊！

维特同志几乎要眩晕了……

男人的口气十分平淡，却充满了威严和傲慢感："你觉得，能在二十四星级顶层套房住一个星期的客人，有可能乘坐经济舱旅行吗？"

维特开始有点冒汗："这……这……难……难道是宇航公司出票的时候出错了？"

男人不爽地冷哼："你说呢？"

维特已经冷汗涔涔："非……非常抱歉！真的非常抱歉！估计是总部的订票系统出了误差，之前也有过类似的情况……这……这……我们一定会尽快修正的。非常对不起，我们的失误给您添麻烦了……这个，作为补偿，我们会给两位免费升级到贵宾舱 A 级舱室，并附赠一次特色理疗，如果还有什么要求也请尽情提出……真是非常对不起，对不起……”

男人已经不在听了，转身一边调整着裹住小个子的斗篷，一边扔出一句漫不经心的“尽快吧”。

维特同志长吁一口气，一边在心中暗骂着昏头昏脑的中央订票系统，一边得意着自己果然手腕灵活，应变能力超强，当了二十年“贵宾室矛盾协调王”还是宝刀不老！围观的新人以后都学着点啊……

连指责都没力气了的高大胖，小声地说：“你居然面不改色地扯这种没谱的谎……”

而且居然成功了！

亲王大人一脸淡然：“我怎么会做那种事？我上面的哪一句话说谎了？”

高大胖回忆了一下……

兰卡同志说过，亲王大人的语言技巧课修了满分呢……满分呢……满分呢……所以这个技能到底什么时候才会用到正经的地方呢？

…………

宇航船的舷窗外，塞维支星渐渐出现在人们的视野里。

两人乘坐的虫洞穿梭舱在一片燥人的红色烟尘中缓缓着陆。

高大胖对这个星球的第一印象是铺天盖地的荒凉赤红，以及遮住了天日的干燥尘埃……

塞维支星就如梵卓所描述的那样，是个比较野蛮的星球。可是却一点都不原始。因为这是个拉斯维加斯一般的大赌场。

只不过，是罗马斗兽版的拉斯维加斯！

资源匮乏的塞维支星以举办赌博性质的近身格斗赛闻名宇宙！这里57%的常住人口为角斗士；剩下的43%，是想成为角斗士的孩子、逐利而动的商贩，以及各种物种的妓女。圆形的斗兽场遍布星球的每个角落，透明的拱形防护罩笼罩着内部一幕幕血腥的厮杀、咆哮和金钱交易……

这种只在地球罗马时代鼎盛过的娱乐，现在居然成了一个星球的谋生方式！这在高大胖看来是不可思议的。连人类都严格禁止的残忍游戏，却在这里明目张胆地存在着，甚至发展得如此繁盛！

这说明什么呢？任何宇宙物种都有天生的嗜血基因，还是道德和秩序下总是需要一个泄洪口？说来，地球上的角斗场鼎盛之时又何尝不是古希腊罗马文明进步到巅峰的时候呢？也许，当这个世界发展到一定程度的时候，各种欲望和娱乐就会以一种极端的形式存在了吧？

正是由于格斗事业的鼎盛发达，这个星球成了疯狂的赌客经常光顾的景点，每天来往的流动人口是常住居民的十倍！

也许在场上某个头颅掉下的瞬间你就会一夜暴富，或者一贫如洗……这样的刺激让每个赌徒都欲罢不能！

这座城市的街道条条都通向斗兽场。

这座城市最多的店铺是供赌客住宿的旅馆和供失意者麻醉自己的酒吧。

街头总是游走着两眼泛红或狂欢或号哭的酒鬼。

斗兽场之间穿梭而过的防弹悬浮车里，黑色的车窗后面，坐着匆匆赶往高级赌场的不知名富豪。

偶尔有两眼呆滞的小孩子默默坐在角落，一脸茫然。可能是因为他们父亲的尸首刚从斗兽场上抬下来，断了一家的经济来源。也可能是因为他们自己刚通过了今天角斗士的海选，荣耀和死亡交织的未来，让他们有些不知所措……

远处偶尔传来野兽的嘶鸣声。在这里，野兽也是格斗的一员，它们和角斗士没什么两样，每天重复着杀人或者被杀……

高大胖不喜欢这里。

梵卓从下船开始就将她裹在斗篷里一直抱着走。

他说不想让遍布这个星球的红色尘土玷污了心爱小妻子的脚面。

但其实，也许他自己也没意识到，人们总是下意识地不想让自己重要的人沾到不干净的东西。就像现在这样。

“自恃高贵身份的萨恩星血族，从不会来这里。我们暂时是安全的，会在这里做短暂的停留。”梵卓在她耳侧轻声说，“资金到手后我们就坐后天晚上那趟飞船离开。”

高大胖看着男人的侧脸，慢慢伸手搂住他的脖子，小声说：“我不喜欢赌博，不能用别的方式赚钱吗？赌博总是有输有赢的，太危险了。”

梵卓微笑：“这是最快的方法。后有追兵，我们无法慢慢来。放心吧，我从未输过。”

高大胖担忧地望着他，很想说大部分最后输得连裤子都没得穿的赌徒都是这么说的，但最终只叹了口气，亲亲他的脸，轻声说：“嗯，加油。”

直到两人站在某座角斗场一楼的战况赛程和赔率大屏幕前面，高大胖才意识到另一个问题：“你哪儿来的本钱做赌注？”

梵卓抬手，一把捏住正从大胖脖领里挣动着小爪子往外钻的小吱，冷哼道：“把它卖了就行了。狐焰还是挺值钱的，这里收购珍奇异兽的商贩也不少。”

高大胖大惊：“绝对不行！”

小吱泪奔：“吱——！”

梵卓看着慌忙扑上来扒开他捏扁小吱那只手的娇小妻子，忍不住笑道：“开玩笑而已。能卖我早卖了。狐焰这么稀罕，真的卖给识货的商贩，只会泄露我们的行踪。”

高大胖无语，那句“能卖我早卖了”真多余……

小吱却备受打击，十分愤怒，抖着一身被弄乱了的毛，哀怨地瞪了一眼梵卓，扭头三蹿两蹿跃上大厅立柱，转眼间便跑没影了……

高大胖：“它气跑了，怎么办？”

梵卓全然无视地继续盯着大屏幕：“参加四点的团体战怎么样？赚到本钱之后再赌一场，还能赶上角斗场晚七点的自助餐。这儿的野生星罗果酒味道还不错……”

高大胖："咦？你的意思是，你不仅要赌博，还要亲自参赛？！"

"嗯。"梵卓微微点头，指给她看屏幕左侧不断刷新的表格，"所以我不需要本钱。在这里，任何通过基础筛选的人都可以免费报名参加格斗，无论输赢，只要参赛，角斗士都会有很可观的报酬。根据比赛的危险程度和观赏程度，报酬会有所不同。当然，获胜的人还会赢得奖金和赌金分成，那通常是报酬的数十倍甚至数百倍。"

"无本万利啊……"高大胖喃喃。

梵卓轻笑："这就是为什么明知是送死还有无数的人前赴后继地参加，有人甚至以此为正职……当然，都干不长就是了。"

高大胖疑惑皱眉："等一下，为什么你会对这些这么清楚？"不是说血族自恃位高从来不来参与这种赌博活动吗？

梵卓看向远处："从前无聊的时候喜欢四处玩玩……"

高大胖无语。

"既然这样，那你为什么不干脆参加一对一的格斗呢？我看那个的报酬才是最高啊，本钱一下就出来了。团体赛的酬金要平分，低了一半多呢……"很快进入老板娘状态的大胖同志摸着下巴研究着公告板……

梵卓摇头："报酬的话，只要获胜，差别并不大。单人格斗太显眼了，团体战比较容易掩盖身份。"

"也对，"大胖点点头，"那么，加油吧，注意安全，跟队友好好相处噢。"

梵卓冷哼："如果他们不拖我后腿的话……"

高大胖："算了……不用好好相处了，让他们活着就行了……"

…………

资格筛选自然毫无悬念。

梵卓拿起没开刃的剑直接把测试挥剑腕力的柱子劈成了两半！主考官便战战兢兢地在他化名为"Mr.V"的表格上盖了合格戳……

梵卓把高大胖一路抱到了选手休息室，然后填了贵重物品寄存的单子。

由于塞维支星糟糕的安全环境，独自参赛的角斗士的个人物品容易受到威胁，所以赛事主办方一般会提供这种“贵重物品寄存”的服务——在角斗士上场期间保障其私人物品不受侵害。但如果角斗士死亡，主办方则可以无条件接收寄存物，并有权随意变卖处置。

高大胖，现在就领到了一只安全等级为S的寄存物小牌子。

出于对地球超市物品寄存箱的不信任感，大胖同学总觉得这个寄存好像也不怎么有把握，可是目前也没有什么更好的办法，只好凑合了。

梵卓把她放在椅子上，然后在椅子前蹲下来，严肃地凝视着她的眼睛嘱咐：“绝对不可以离开这个房间，绝对不能跟任何陌生人说话，绝对不要接受任何生物送的东西。”

高大胖乖乖点头。

旁边的绿皮肤参赛选手一边擦着额上的角，一边笑问：“女儿吗？”

梵卓冷冷瞥了对方一眼……

高大胖见势不妙，连忙主动搂住梵卓的脖子扳回男人的脑袋，噘着小嘴在男人的嘴唇上亲了亲：“老公加油！”

梵卓的脸色顿时缓和了不少，伸手拽着小小的凳子连人一起拖到身前，拥着香香软软的小妻子亲个够……然后指了指休息室透明墙的另一侧：“从这里可以看到场内，虽然距离比较远，被隔离了也听不到声音，但这样也比较安全。你就在这里观战，等我回来。”

被亲得头晕眼花的高大胖乖乖点头。

梵卓上场前，休息室那个全身长毛坐在总控台后面不停按着各种按钮的主管说了一句：“不必担心，本斗兽角斗场虽然比不上城里最大的格拉底艾特，但信誉是绝对有口皆碑的！您的寄存物在我们这里，比在宇宙第一银行的金库里还安全！哈哈哈哈……”

然而梵卓刚离开三分钟，高大胖就知道，对方的保证完全是放屁！

因为那长毛主管开始打电话，并说了这么一句话：“你那边缺人形斗兽员？哦，没关系，我这儿就有一只现成的。”说完，主管那只巨大的独眼在毛丛里朝着高大胖，令人毛骨悚然地骨碌了一下……

高大胖开始哆嗦……下意识地抓紧了椅子咬牙道："你……你怎么能做这种事？！你们刚刚才签了贵重物品寄存合同的！梵……我男人回来的时候不会饶了你的！"

"哦，别担心，他回不来的。"长毛主管抖了抖毛，发出一阵沙沙声……"今天他们的对手是战无不胜的底比斯军团，那个军团的头领可是一流高手，刀下从来没留过活口。与其等到那时候把死者寄存物品堆积在一起处理，不如现在就开始分流，我可是个有效率的人，嗯，非常有效率。"

高大胖真的惊恐了："不会的！他肯定会赢的！你们不能这么做！他很强的！真的！你们不能把我卖掉，不然到时候怎么向他交代？！"

"哼，每个人都是这么说的，最后还不是都死了……"长毛主管显然已经不耐烦再跟高大胖废话，打开侧门招进来一队工作人员，直接过来抓人！

高大胖慌乱地后退，脊背很快抵在透明的护罩上，从这里甚至隐约能看到刚刚上场的两队角斗士，虽然服装一样，看不出来哪个是梵卓，但大胖同志还是在敌人的步步逼近下本能地猛挠着护罩呼喊救命！

遥远的角斗场内的梵卓大人，当然听不见。

于是毫无战斗力可言的高大胖，很快被对方七手八脚地捉住。

长毛主管巨大的独眼眯起来，貌似很不满意："怎么这么弱啊？这样哪能有什么表演，估计就只是到场上去被龙兽吃嘛……"

"龙……龙兽？"高大胖几乎飙泪，那是什么东西啊？！

长毛主管又沙沙地抖了一会儿毛，似乎想通了，哼哼唧唧地自我安慰："算了，虽然最近更流行蓝皮肤、有尾巴的阿凡达人那种类型，不过好歹只要是人形的物种就是比较受欢迎的。就算只是被大卸八块，应该也有很多人愿意出钱看吧？嗯，好了，把她送过去吧。顺便把其他人寄存的东西也带过去，看看比兹内斯老头能不能出个好价钱。"

"大……大卸八块？"被拖走的高大胖垂死挣扎着，"不要啊……别送我过去！我自己出钱买自己还不行吗？！你卖掉我能赚多少钱我出双倍！

呜呜……”

可惜工作人员终于找到了大胖同志的发声器官，立即捂上她的嘴巴，牢牢捆好四肢，然后很有效率地塞进包装袋里运了出去……

物品寄存什么的，果然最不靠谱了。

45th Blood　跟食物打架咱从来没输过

观众激狂的呼声，在拱形的防护罩折射下变得更加震耳欲聋。

梵卓松松地握着斗兽角斗场统一提供的光剑，静静地站在原地，等着游戏开始。

从前他也曾下场玩过，并不是觉得有趣，只是觉得生命要刺激才有活着的感觉。

这一次，他却难得地有点非胜不可的压力。

果然有赚钱养家的责任在身，拼起来才比较有趣呢。

开战的鼓声响起，梵卓放松地转动手腕甩了个剑花。

自己这一组队员中身材干瘦的绿皮肤塞维支星本地人居多，战斗力并不强悍。倒是敌对组，从身形上就占了上风。小小总说血族身材好高大，如果站在这个斗兽场里，相信她就不会这么说了。

微抬头眯眼看了看眼前小山一样健壮得收不拢胳膊的希尔人，以及旁边鸵鸟一样膝盖后弯，上身却壮硕如野兽的芒斯特人，梵卓暗自琢磨着是等两边杀得差不多了再动手，还是干脆速战速决自己把他们都解决算了……嗯，希尔人的血有黏性，沾在衣服上好像很难洗呢……对了，这个队伍叫什么来着？

“先在角落里观察敌方战斗力是你的习惯？”许久未闻的纯正血族语突然从身后出现！

梵卓难得被惊得微微一震！

“你以为格斗跟打仗一样可以躲在幕后慢慢思考吗？”懒洋洋的声音略带挑衅，来人随便举起的两根手指十分不敬地跟亲王大人打了个招呼，然后调整了一下自己的面罩冷笑道，“如果对方有顶级高手，像你这种人早就被干掉了。”

“阿萨迈吗？……”难怪能让自己一点都没注意到他的存在。梵卓盯着两个多月不见的男人低声道，“这里可不是砂海贵族应该出现的地方。”

七同志冷笑不语，突然出手！刀光滑过梵卓刚刚站立之处，瞬间将残影砍得四分五裂！

“你在这里，就说明她也在吧？”

强盗先生一个柔韧的跃起躲开了背后袭来的梵卓的冷剑！单足立在场中央的立柱上，若有所思，仿佛……

“嗯……斗兽场的规则是胜者有权优先选择败者的所有物。这么说来，如果我在这里杀了你，她就可以归我了？”黑色的面罩下，血族第一高手忍不住期待地舔了舔嘴唇……面罩外，一双圣血族特有的红色瞳孔里满是兴奋！

亲王大人的剑第二次凶猛地迎头劈下！与强盗的刀撞击出一串激烈的火花！梵卓臂上用力直接将七从立柱上掀了下去！

“那不是不太公平吗？”取代对方站在柱上的梵卓，懒洋洋地甩了甩光剑，“如果我在这里杀了你，却没有任何好东西可拿呢……”

被羞辱的强盗大人冷哼一声挺身而上！

两人瞬间战作一团！

一时间满场只见剑光和残影！

塞维支星的观众虽然观赏肉搏战无数，却鲜少见到这样高水准的光速对决！短暂的死寂之后，振聋发聩的欢呼声、起哄声几乎掀翻了斗兽场上空的防护罩！连解说员的感叹声，也淹没在声浪里无法分辨……

“是你自己来参加格斗的，我若杀了你，Father 应该不会怪我……”阿萨迈凌厉的刀锋贴着梵卓的脖子狠狠插进斗兽场的地面！“等她的孩子出生太麻烦了，不如现在就让我全部接收！”

落了下风的亲王大人猛然起脚踢开对方！横身摆剑在空气中划出一道冷光的弧线！剑尖划破了七的侧脸颊带着零星的血珠隔开二人，梵卓微笑：“如你所愿，契约取消。”

被黑心政客绕进语言陷阱的强盗先生冷哼一声，抬手抹去脸颊的血痕，细小的伤口瞬间恢复！“少来这套！从来就没指望你遵守诺言，只有 Father 才会相信你这种人！”

“别这么说，”无耻的亲王大人抱剑挑眉道，“我也没想到会有毁约的一天。订立契约的时候我只想当个好丈夫而已，只是不巧，现在我还想当个好父亲。”

强盗先生咬牙切齿……

二人在生死之战中闲话家常一般的聊天，终于激起了其他玩命肉搏的队友强烈的不满！

一把沉重的金属巨型锤子突然狠狠砸在二人中间！激起一片尘土……

两边的怒吼声此起彼伏地扑来！

“这两个浑蛋在干什么？”

“这里不是贵妇人的茶话会！”

“不是来玩命的人都给我滚出去！”

“这俩人到底是来干吗的？！”

梵卓理理斗篷：“赚点旅费。”

七甩甩光剑：“打发时间。”

气到脑充血的众人……

“杀了他们吧！”“杀了他们！”“浑蛋！砍死他们！”

场内亢奋的解说员：“哎呀！场上出现了惊人的逆转！两队成员居然放弃对抗转而合攻起各自队伍中的人形生物来！身为敌对方的两人在短暂

的对视后竟然开始联手了！哦哦！好强的攻击力！他们是什么人？场上发生了什么？谁能来告诉我们究竟发生了什么事？！难道这是一种战略吗？哇……”

场内大屏幕：“叮咚！插播广告一则，东三 AH 场人兽对决即将开始，本场将由宇宙最庞大龙兽和人形生物同时出场！请感兴趣的观众移驾 F4 场馆链接专用通道，入场前 500 张特价票优惠 35%！限时活动，先到先得！叮咚！插播广告一则……”

…………

F4 场馆链接专用通道的另一侧。

东三 AH 场。

人兽对决。

高大胖同志小命将休。

“先生们，女士们！尊贵的无性别和双性别生物们！欢迎光临本城最豪华斗兽场的特别节目现场！今晚将为诸位献上三场精彩的人兽对决！场中央的巨型龙怪乃是来自宇宙彼端拽艮星的著名‘龙兽’！它们是最恐怖的庞然大物！它们的皮肤坚不可摧！它们的兽角能穿透一切盾牌！它们的利爪能瞬间撕裂最优秀的斗士！它们的对手能活下来吗？今晚将会有一场恐怖血色屠杀吗？让我们拭目以待！且看身形娇小的人形生物如何上演突破格斗极限的大绝杀！”

煽动性的解说掀起了全场的热潮！薄薄的电子门挡不住主持人残忍的旁白，以及场中踏步间震起阵阵烟尘的龙兽骇人的咆哮……

第一个上场的蓝皮肤人形生物几分钟之内就被撕成了两半！内脏和鲜血染满了斗兽场的土地……巨龙牙齿上挂着那人的半只手臂，低头撕咬着尸体残骸，鼻间喷出的腥臭之气几乎钻过电子拉门的门缝喷在高大胖的脸上……

高大胖同学在门的另一侧抖成一团，两眼呆滞地盯着巨龙齿间的尸体残渣，无意义地呢喃着“救命……救命……救命……”

旁边的绿皮肤人形同伴不耐烦地抽了她一巴掌让她闭嘴安静！

“救个屁命！斗兽场的隔离罩每个都是独立的！外面的人根本听不见你的声音！”那个据说是塞维支星当地人，有着绿色皮肤和额上对角的少女叉腰烦躁地喝骂，“有力气求别人还不如想想怎么干掉外面那只难看的食肉爬虫！”

高大胖捂着被扇红的脸，呆呆地看着对方愤愤地踢了一脚墙壁，用貌似俚语的奇怪语言叽里咕噜地咒骂着……

旁边看守她们的工作人员探过脑袋来大喝：“下一场3分钟后开始！你们两个谁先上？！”

高大胖立刻疯狂摇头：“我不去我不去我坚决不去！”

绿皮少女一把将她推到一边，挥舞着手臂积极争抢：“我去！我去！我要先上！”

高大胖惊异地瞪大了眼睛：“你疯了？抢着去送死吗？！”

绿皮少女回头冷冷地瞥了她一眼，嗤笑：“别傻了，这只龙已经受伤了，现在正是最好的机会。要是被你抢先杀了，我上哪儿去赚下个星期的饭钱？”摸着靴筒里的匕首，塞维支星人满脸杀气，“跟我抢钱，你还差了几百年！”

高大胖完全无法理解：“你……你很强吗？”

绿皮少女莫名其妙地看她：“这跟强不强有什么关系？反正都被绑来喂龙了，当然要尽量想办法降低损失。万一我能杀了它，那可就既能活命又有外快赚呢。”

“可……可是要是你死了呢？”高大胖觉得自己跟对方的思维好像分散在两个不同的宇宙维度……

“死就死咯，那就跟原本的结果一样，拼一把我又没什么损失。”绿皮少女一脸看笨蛋的表情俯视着高大胖，“你到底想说什么？”

高大胖哽住……是吗？生死都是家常便饭，活着的时候就要抓紧一切机会赚钱……果然只有这样的人才能在这种星球活下去吧？或者刚好是反过来，他们这样的思维正是这种生存环境造就的吧？

看着少女从玻璃门进去的背影，高大胖闭紧眼睛用力摇摇头！两手狠狠拍了拍自己的脸试图振作起来……其实那个塞维支星人说得没错，现在与其想这些有的没的还不如赶快想想怎么活命吧！

飞快地在自己身上摸索了一遍，高大胖郁闷地发现自己连一件能用来当武器的东西都没有。除了随身佩戴的耳后翻译器和腕链式去味剂，就只有一只装着阿萨迈银币的小口袋……总不能用这个巴掌大小的口袋闷死人家巨龙吧？

其实本来她还有一把攻击力很强的激光剑和一支梵卓带在路上玩的粒子冲击枪的，可是也被之前那变形星的小偷连行李一起偷走了。

高大胖很颓唐，正埋头郁闷着，场中突然爆发出一阵剧烈的叫好声！整个场馆都被震得嗡嗡作响！

高大胖诧异地抬头，只见那只巨龙的一只眼睛居然被戳得血肉模糊！而那个塞维支星少女的一条腿已经断了，此时正满手是血地握着匕首趴在巨龙脚下喘气……

没想到那女孩真的挺强的……高大胖连忙扑到门前大喊：“加油！”只要少女在这里把龙兽干掉了，自己就可以活命了。虽然这样一来明天自己还得迎战一头新的龙，但有一天的时间，梵卓绝对可以把她救出来！总好过现在就死掉……

绿皮肤少女跌倒的位置离门很近，似乎听到了大胖的声音一般诧异地往这边望了一眼，下一秒巨龙的脑袋就如铲土机一般狠狠地砸了下来！精瘦的绿皮少女顿时消失在尘埃之间……高大胖心惊胆战，全身发冷！

而那塞维支星少女却出乎意料的顽强敏捷！拖着断掉的腿就势滚到了场地旁边，躲过了致命的一击……

高大胖刚刚太紧张用力把手上的小口袋握得死紧！此时才意识到手心被硌得生疼。低头查看，意外地发现口袋角落里竟然还有一个小小的机械……而这个小玩意儿，让高大胖瞬间涌起了求生的希望！

场内受伤的巨龙因为疼痛已经有些狂暴！无头无脑地四处胡乱攻击着！而失去一只眼睛也让它动作的准确程度大打折扣。可是满地乱滚的绿皮肤少女似乎也已经体力告罄，挣扎躲闪的动作越来越迟缓……高大胖立刻判断出这是她活命的最好机会，也是最后的机会。

一旦那个塞维支星少女死掉，下一场就是她上场。

到时候场内没有任何助力，而巨龙也已经适应了独眼的状况，她就只有死路一条！

机不可失，时不再来。

高大胖突然拍开电子门的按钮直直地冲进了场内！

观众们顿时发出一阵惊疑亢奋的呼声！

解说员诧异的号叫声盖过了身后让她滚回来的工作人员的咆哮……

高大胖拿出当年100米测验的魄力玩命地冲过半场！拖住动弹不得的绿皮少女，试图将她从龙牙下拽开……

然而真的动手了高大胖才浑身冷汗地发现，自己想得太美了！

首先，她跑得太慢，横插过来的时候巨龙的第一击已经结束，少女已经被撞昏了……

其次，塞维支星人虽然看上去很精瘦，但不知道是不是密度大的关系，居然相当重！凭她的力气完全拽不动……

完了，计划从一开始就失败！

果然小说里少女斗恶龙的桥段都是蒙人的……

巨龙的头颅再次狠狠撞过来，高大胖下意识地抱住肚子蜷成一团缩在斗兽场的墙角……巨龙的鼻息和撞击激起的气流鼓起她的衣服！震动通过地面和墙面交织在她的身体里！但是，却没有任何切实的冲撞发生……

高大胖诧异地睁开一只眼，惊讶地发现原来龙的脑袋太大，而她又太小，蜷缩在角落时，斗兽场的地面和墙面形成了一个绝对死角！任龙兽如何努力，也挤不进来……

高大胖刚要松口气，就突然被一个湿漉漉的黏滑东西重重地从角落里抽了出来！

糟了！忘了对方可以用舌头的！

高大胖抱着肚子跌在场地外面，膝盖手肘撞得生疼的同时也无法再用墙角做遮掩，只能挣扎着在龙兽的脚趾和脑袋间乱爬着逃命……

此时巨龙的另一侧，之前被撞昏的塞维支星少女摇晃着脑袋醒来了……

狼狈躲闪的高大胖连忙声嘶力竭地在尘土中朝着绿皮少女大喊："吸引它的注意！"

喊声淹没在亢奋的观众呼喝声里……

"引开它的注意！让它把头低下来！我有办法干掉它！"她只能拼命地一遍一遍地喊，然后一遍遍地淹没在人群里……

高大胖的体力也已经耗得差不多了，怀孕以来很少做剧烈运动，虽然现在肚子还不算太大，但这样护着腹部蜷成一团在地上乱滚已经是极限，她估计对方再听不见，两三分钟后她就会彻底爬不动，然后被龙踩死了……

居然死在这种连高等智慧都没有的生物脚下，真是憋屈啊。如果梵卓在，或者给她一支火箭炮，现在就不该是她满地乱爬而应该是她踩着对方的尸体研究晚上的菜谱才对……

生死关头就容易走神的高大胖同志，有关晚餐的畅想未完，就被观众新一轮的喝彩惊醒！

龙的另一侧，那个已经奄奄一息的塞维支星少女突然蓄力跃起，在巨龙低头的瞬间再次将匕首插进了对方的眼眶里！龙兽惨叫一声！猛地甩开少女，就像所有眼睛里戳了一根刺的动物一样，不够长的前肢乱抓，悲鸣着将脑袋在地上乱蹭，试图把那个匕首蹭出来……

直盯着龙兽那平贴在地毫无防备的一侧脸孔露出的巨瞳，高大胖没空多想，以手撑地猛然起身，狠狠地扑了过去！

这大概是高小小同学高中体育毕业考试以来动作最敏捷的一次了！

拼命伸长了手，高大胖将手心里那小巧的器械用尽全力地按进了龙兽的眼睛里！其实场面一片混乱，她根本就没看清自己把控制器按进了哪里，不过很幸运的，大胖伸长的手臂刚好够到龙兽最柔软的眼睛，如果是其他地方，在坚硬鳞皮的阻隔下，凭高大胖的力气，根本就按不进去……

上天在挽救最后一个人类。

再次受伤的巨龙仰头长嘶，站立而起！愤怒至极地直朝着跌倒的高大胖狠狠咬了下来！

“不许动——！！”

人类少女尖厉的喊声穿透烟尘直达巨龙瞳孔上的控制器！龙兽庞大的身体仿佛被按了暂停键一般突然静止！

这样突如其来的转变让整个斗兽场所有看台上一片死寂……

“后退！”高大胖抱着肚子咳嗽，挥开身边的尘土，“继续后退！咯咯……趴下！趴在那里不许动！”

龙兽呜咽着步步后退，一直退到场地边缘才老实地缓缓放下四爪垂下头，趴卧不动了……

斗兽场里一片惊异的哗然……

解说员哑着嗓子狂喊着：“不可思议！到底发生了什么事？请看大屏幕上的慢动作回放……只是在眼睛上拍了一下，娇小的人形生物到底用什么能力打倒了巨龙？！”

激烈的口哨声和掌声潮水般涌起……

高大胖只捂着肚子低咒：“摔得我好疼……浑蛋！要是流产了，老娘就把你做成满汉全席！”

大胖同志攥紧了小口袋在场边瘫软地坐下，长吁一口气，发誓这次如果能活下来一定要好好感谢兰卡和七。

是的，高大胖插进龙兽眼睛里的，正是当初兰卡专门给她制作的控制器。

这个控制器最开始只是为了弥补人类力量不足以驾驭翼龙而研制的，

只要按进兽类的身体里，就可以通过分子电流直接控制对方大脑。高大胖当初就是靠这个驾驶花花龙的，后来跟花花混熟了，这个控制器也就可有可无了。

之后在高大胖离开城堡的逃亡途中，这个控制器和被强盗杀死的灰翼龙一起遗失在了蓝色沙漠里。本来高大胖自己都忘记这个小玩意儿了。谁想到当初在砂海有过一面之缘的七同志出任她的贴身护卫时，居然把这个控制器还给了她！

虽然高大胖不知道对方是怎么在茫茫沙漠里找到这东西的，但她知道对方肯定是因为觉得不值钱又没啥用才还给她的。因为当初一起被抢走的比较值钱的宝石啊，手镯啊，强盗同志就完全没还过……

怀孕期间根本就不能骑龙的高大胖，当时收到了这么个用不上的小玩意儿也没当回事，就随手塞在了小口袋的角落，没想到，今天此物竟然救了自己一命！

果然巧合创造奇迹，科技就是力量……

按照斗兽场的规矩，胜者可以活下去，并获得大把的奖金。

而高大胖此时根本就不在乎什么奖金了，一头尘土满身擦伤膝盖撞得青紫的她，现在只想拥抱自己的老公，好好哭一把……

然而高大胖刚扶着斗兽场的墙壁站直了身子，就突然被人从身侧狠狠地扑倒！紧接着锋利的匕首便直朝着她的胸口刺了下来！这样的变故谁也没有想到，高大胖几乎是眼睁睁地看着刀尖扎进了自己的身体！连惨叫都忘了……

跨在她身上的塞维支星少女瞳孔里一派平静，因手臂脱力颤抖而偏差的第一次攻击没能致命，少女费力地拔出匕首，因为手太抖，血太滑，匕首还掉下去一次，摸索着捡起来之后，那面无表情的外星少女瞅准了位置便第二次用力刺下！

对方的神态如此理所当然，让高大胖连问一句“为什么”的力气都没了……血液涌出的声音里，肺部刺痛，咽喉一片甜腥，眼前的景物渐渐模糊……混乱中，她似乎看到了梵卓惊怒的面孔，隐约还有小吱吐出的火团，高温扭曲了四周的空气……

高高扬起的匕首第二次到底有没有扎下来？高大胖已经不知道了……

失去意识前她只清楚地明白了一件事：她讨厌这个星球。

Band-aid No.3 番外·逃亡章

炅煛宇宙，十捷贝星团，左、右臂螺旋星系辖区犯罪记录：

·宇宙囚犯 PTB-9530-D1001 号：

姓名：哥利亚

星籍：迪弗梅申星人

分类：诈骗犯

性别：雄性

年龄：结茧前阶段

量刑：边际星球劳动改造五十万年

上诉：无

我的名字叫哥利亚。

父亲说那是在空中回旋的飞鸟的名字。

这种鸟一生不会落地，永远翱翔，永远自由，天空就是它的游乐场。

而我的游乐场是三棵树的范围。

父亲告诉我永远不能到最大的那棵树的另一边去。

小的时候我不懂为什么。直到有一天，我看到族人把父亲的尸体从树的那一端抬回来。我忽然明白了。

树的那一边意味着死亡。

族长抚摩着我的头告诉我永远不要到外面去。鸟儿长长地鸣叫着划过三棵树的上空……

天空很大，我的游乐场很小。

我们一族本质上是变形虫的一种，寿命非常短暂，数量也很少。

其实这片森林足够我们存活，可是族里的每一个人，都用自己的方式寻找着“外面的世界”。

有的人出去了，然后再也没有回来，或者只有尸体被送回来，比如父亲。

有的人小心地张望，比如我，每天都躲在树梢上久久地凝视远方。

有的人回顾以往，比如族长，总是向年轻人念叨些迪弗梅申星人曾经的辉煌。

有的人，则去书海里徜徉，比如我的妹妹歌莉娅。我族拥有数量惊人的文化典藏，所以那个世界也很宽广。

看到这些涵盖了各个星球、各种民族的典籍，以及丰富的游历笔记，我有些相信族长的话，也许迪弗梅申星人曾经真的很强大。

歌莉娅说，史书上记载着，这个星球曾经完全属于迪弗梅申星人。我族曾经是最自由的一族，我们特殊的拟态能力让我们可以最大限度地适应宇宙各个角落的生活，融入各种不同的族群。

四处游历才是迪弗梅申星人的天性，我们的世界从来没有边界。就像那种叫作哥利亚的飞鸟一样，一生翱翔，宇宙便是我们的游乐场。

那么为什么，我们现在要被限制在这个憋屈的森林，从生到死，不得出去？

属于我们的星球，现在究竟变成了什么样？

宇宙是我的游乐场。

这句话就像最有诱惑力的毒药，引得我眼睛发亮地看向远方。

仅仅张望，已经不能让我满足。对占领者的愤恨和流浪的渴望纠缠在一起，迪弗梅申星人的血液在体内“左冲右突”地呼唤着我出去闯荡！

族长面对我的道别，长长地叹气，触角抚摩我的触角轻声却坚定地告诉我："既然无论如何都要出去，就要闯得像样。给他们点颜色看看吧！"

我笑起来，什么也不怕地拉着妹妹出发。

歌莉娅是个温顺娇弱的小女孩，有一些笨拙，连变形的手法都还不太熟练。可是她是世界上最好的妹妹，无论哥哥做什么决定，她都会默默地支持。

我说，歌莉娅，我们出去玩，去树的那一边玩。

她便收拾好自己的小包裹，乖乖地拉着我的手，微笑着说，好。

好像树的那一边并不意味着死亡，好像我们真的是去玩。

歌莉娅，你是世界上最好的妹妹。

所以你死去的时候，我很难过。

从此以后，我是一个人了。

既然这个世界害怕我们，怕到要赶尽杀绝，我为什么还要遵守它的规则呢?

给他们点颜色看看吧。

只要我愿意，这个世界对我来说没有秘密。

没有我不能伪装的人，没有我无法到达的地方，没有我拿不到的东西。

让这个宇宙混乱真的很简单。

我不再缺钱，不再没有地方住，不再没有东西吃。

旅行最初的艰难现在想来如此遥远，当初为何那么傻呢?

可是为什么，现在的我还是会在午夜惊醒?坐在豪华的床上怀念曾经跟歌莉娅依偎着躲在漏风的屋檐下裹着一条毯子入睡。小小的歌莉娅会小声地说，哥哥靠过来一点，这样比较暖和……

因为那样真的比较暖和……

时间一天天过去，我已经去过很多地方，见过很多的人。

流浪似乎变得越来越无趣了。

我跟着旁边桌上的这对情侣很久了。

从一个星球到另一个星球，从一个景点到另一个景点。

歌莉娅活着的时候，我们也经常去一些知名的地方。因为她在书里读过，想去看看。看着她期待的表情，我也会带着满满的期待认真准备着旅程。当我们终于抵达目的地时，那一刻的兴奋无法形容……

歌莉娅死去之后，我经常这样毫无目的地跟着要下手的目标四处乱逛。我不关心他们要去哪儿，我只在乎他们有多少钱，以及失去那些钱以后会有多么绝望的表情。

可是这次的情侣，有点奇怪。

他们比我还随便。

这样恬淡平和的旅行，让我仿佛回到了最初，那时我牵着歌莉娅的手在花田里慢慢地走，有鸟儿成群地飞过，享受的是整个宇宙……

我决定快点动手。

这两个家伙太危险了，他们总让我回忆起跟歌莉娅在一起的日子，让我竟然因为想一直看下去而迟迟舍不得动手。

骗子的大忌是对目标产生感情。在那样的事发生之前，赶紧结束吧。

变成那个血族雄性的样子，我一边在心里熟练地编造着谎言，一边慢慢走向他们的房间。

宇宙第一酒店顶级套房，他们两个真的是肥羊。

还没编好骗小羊开门的话，就在楼梯上正面与之相遇，实在让我意外了一下。好在多年的模仿经验和长期以来的尾随观察让我没有露出破绽。接下来两个动作——直接跃过扶手的急切，唇上轻吻的爱怜小心——我拿捏得精确无比。

果然，见到这些平时的反应，对方的少许诧异已经消失无踪，仰头等着我开口说点什么。

沉默了几秒钟，我在脑海中飞速搜寻着此时最合适、最容易让对方把钱主动交出来的借口，然后将声带调整到最贴近那只血族雄性的频率，轻声道："我们换个地方玩吧。"

我知道这句话就相当于这两人撤离的暗号一样，此时说出来会吸引对方的全部注意力，让她注意不到别的不对劲。而之前那几秒钟思考借口的沉默，也会被当作被迫逃亡前难以启齿的歉意。一切天衣无缝。

果然，对方愣怔了一下，情绪明显从兴奋变成了低落，垂下脑袋，动作并不明显地将几张门票收回自己的小口袋里……那是她想去看的表演吗？现在大概很失望吧？

"嗯。"她再次仰起头的时候，脸上居然带了笑容，语气轻快地对我说，"正好，这次我们干脆去真的海底世界看看好了。"

她说得那么期待，好像不是要逃亡，而是真的在计划下一个旅行地点一样。让我不禁也自然考虑起哪里的海底世界比较好来……一瞬间，她仰着头乖乖微笑的表情跟曾经的歌莉娅如此重合，让我竟有拥抱的冲动……

我想我大概真的需要一个旅伴了。

温柔但坚强的，娇弱但乐观的。

拉着我的手，陪着我走遍世界……

低头拉起她小小的手，轻轻亲吻，我听见自己说："好。"

海底世界也好，随便哪里也好，我都可以带你去。

这个一时冲动的决定让我突然很兴奋地期待起新的未来！甚至已经不太关心他们到底有多少钱了。此时我更担心该怎样说服对方。

带着她逃离酒店的路上，我第一次为自己的身份懊恼起来。

要怎么开口？

说我是被驱逐的迪弗梅申星人，现在的职业是骗子；虽然我骗了你的钱，但我希望你不要生气，另外最好离开你男人，然后代替我的妹妹过来陪我吗？

我大概是疯了。

好在这个世界没容许我疯很久。

女孩想到了自己忘掉的那只宠物，便甩开我的手急匆匆地跑了回去……

看着她的背影，我犹豫了一秒钟，没有追上去。

一瞬间我退却了。

我的身份、职业，以及我在做的事，有哪一样值得别人留下来陪我？

族长告诉我，既然无论如何都要出去，就要闯得像样。

对不起，我一点也不像样。

忽然觉得好累，不想飞了，想落地，想回去。

我出来好多好多年了，却没为迪弗梅申星人做出任何事，只失去了我的妹妹和我的自尊。

为什么从来没有人告诉我，那只叫作哥利亚的鸟，除了飞翔，还做什么呢？

追兵来得如此之快。

直到被捕入狱，我都没有什么真实感。

大概那包骗来的东西销赃的时候出了问题。看来追捕那两个人的力量真的很强大，而且也很执着，仅凭着蛛丝马迹就能追到以难以捕获而闻名的我。

终审前，有一位大约身份很尊贵的男人单独与我见了一面。

那是个面容俊美不逊于那个血族雄性的男人，手里把玩着那袋东西中的一个小首饰问我，那两个人去了哪里？

我当然不知道。

会审没有任何结果，那个血族贵族似乎也没有生气，只在最后问我那个女孩怎么样。

我回答，很好。

对方点点头，对话便结束了。

麻木地听完宇宙法庭的审判，我将被押送至一个偏远的星球度过后半生。

我并不在意被关在哪里，因为这个世界上没有什么地方真的关得住迪弗梅申星人。

我可以逃出来，还可以把那个监狱搅得一团乱，甚至可以去萨恩星报复一下那群抓住我的傲慢血族。

可是我懒得做了，我真的累了。

我们一族寿命短暂，我想此时的疲倦大概就意味着我的生命快要走向终点了……

走出法庭的时候，天空中有羽毛洁白的飞鸟鸣叫着掠过，翅尖在云间画出自由的弧线……

父亲说哥利亚是一种飞鸟的名字。

这种鸟一生不会落地，永远翱翔，永远自由，天空就是它的游乐场。

可是父亲没告诉我，如果有一天它在风中飞累了，该做什么……

—哥利亚 · End—

…………

· 宇宙囚犯 PMF-9530-S0077 号：

姓名：爱雅

星籍：塞维支星

分类：谋杀犯

性别：雌性

年龄：长角初阶段

量刑：死刑

上诉：无

我叫爱雅，名字没什么意义，是姐姐用过的。

我有过很多兄弟姐妹，现在都死得差不多了。不过没什么关系，反正还会有新的出生的。

据说塞维支星人的生育率很高，是为了平衡高死亡率。

谁知道这句拗口的话是什么意思，反正知道我妈的确很能生就是了。

小的时候最常做两件事，一是带着弟弟妹妹爬到防护罩外面去看免费比赛，二是去斗兽场门口领哥哥姐姐的尸体。

家里总是有很多张嘴，要活下去就要多赚些钱。

这个道理我从很小的时候就懂了。

这个星球赚钱的渠道并不多，酒吧旅馆和角斗场的工作人员是要有门路的人才能做的。妓女又是技术活，而且单纯从寿命上比较的话，其实死得更快，赚的钱也不如角斗士多，我只是偶尔做做。

父亲就是个比较厉害的角斗士。厉害并不是说他很能打，而是他总能找到活下来的机会，所以经常能够在比赛里全身而退。在塞维支星格斗只有两种结果：一种是带着很多钱活着回家，另一种是带着很少的钱死着被抬走。所以不管过程如何，手段怎样，父亲能全身而退，就是厉害的。

家里所有人都很崇拜他。可是父亲更喜欢男孩子——他们更能打。

好在我因为性格像父亲，所以算是比较受宠的女儿。证据就是父亲也教了我一些格斗的方法。

我练得很拼命。

第一次获胜的时候，父亲摸了摸我的头。

布拉泽哥哥揍了我一顿，因为他随父亲一起进入斗兽场的资格被我夺走了。

能为这个家赢回食物的人，才会得到尊重和优先享用衣食的权利，他恨我是正常的。

我奋力地反抗，打断了哥哥的一条腿，然后狠狠嘲笑他。

后来布拉泽哥哥因为腿断了动作慢死在斗兽场上了。从那以后没有人再敢私下找我麻烦。

父亲最近的运气一直很好，参加的团体战总是获胜。

城里新来了一个厉害的蒙面角斗士，加入了底比斯队，战无不胜，打得又好看，所以团体战最近很受欢迎。连带着，父亲参战的报酬也提高了。有时战后领到的钱太多，一个人拿回去不安全，父亲就会带上我，等比赛结束了一起走。

昨天的格斗赛我又赢了，父亲很高兴，送了我一把匕首。

父亲说匕首很贵重，比我都值钱。

我很珍惜地把它藏在了靴子里，没人的时候才拿出来摸摸。

因为匕首很贵重，今天父亲没有让我像平时一样在斗兽场门口等他，而是小心地给我办理了贵重物品寄存。

拿着一个写着 B 的小牌子走进光洁明亮的大厅，我的眼睛有点不够用，这么豪华的地方，我还是第一次进来。忽然觉得自己沾着红色泥土的靴子踩在一尘不染的地面上很不合适……

排在我前面的一个白皮肤人形女孩被一个高大男人很宝贝地抱着，那个男人举手投足都很敏捷，看上去实力比父亲要强得多。他不知为什么对那个小女孩非常珍惜。我看到她拿到的小牌子是 S 的，那可是最高安全等级的寄存，等赢了要出好大一笔寄存金的。居然把钱浪费在这种事情上，我想那个看上去很强的英俊男人大概不怎么聪明。

哼，两个没吃过苦的傻瓜，看衣着就知道是有钱人。来这里凑什么热闹？想抱着好玩的精神来跟玩命的我们抢饭碗吗？你们会死得很难看！

那个不怎么聪明的男人好像根本不舍得让小女孩亲自走路一样，把她一路抱到了椅子上，两手圈着椅子，轻声嘱咐她白痴的注意事项……

宝贝成这样，真恶心。

我不屑地冷哼，低头摸摸靴子里的匕首。

父亲在一旁瞥了我一眼，笑着跟那男人套近乎："女儿吗？"

这是父亲的战略之一，团体战之前先拉拢同组成员中比较强的人物，在战场上才好争取更多生存的机会，以及对方大意的可能。

然而听了这个搭讪的问句，那男人的眼神却瞬间带上了骇人的杀气！

格斗场上锻炼出来的探知危险的本能，令我下意识地后退了一步！心脏紧张地乱跳……这个人，绝对不简单！

好在他很快被那个软绵绵的小女孩拽了回去，亲亲抱抱了一会儿，戾气全消，轻松上场了。

原来他们两个是夫妻。可是就算如此，这样的亲昵也让我觉得很好奇。

父亲和母亲一向是直接上床的，虽是夫妻，也从没有这些腻腻歪歪的行为。

既然这两人不打算交配，为什么还互相亲吻拥抱呢？

真是难以理解的两个生物。

可是……那样子看上去又好像很舒服……

我一边不屑，一边多瞧了两眼。

父亲上场前跟往常一样，什么也没对我说。

但我还是主动送他一直到出口，盯着他的背影直到消失在角斗场入口，祈祷着他依旧获得胜利！最近攒了少许钱，如果再拿一次奖金，说不定父亲肯给我买我求了很久的那个头盔……这个念头大概太贪心了，还没转完，就被一片黑暗打断了！

醒来的时候后脑一片生疼，看来是被人偷袭了。

听了看守者的对话才知道，斗兽场的老板觉得父亲他们必输无疑，所以直接把我们这些寄存物品处理了。

父亲的对手居然就是那个底比斯军团，看来真的要凶多吉少。

而我要跟龙兽打架吗？呵……还真是不给人留活路。

罢了，事已至此，抱怨也没用，还不如拼一把。

今晚总得有个人带食物回家。

一瞬间我忽然想起那个娇弱的小姑娘，她应该不需要为食物操心吧？那种养尊处优的家伙遇到这种事不知道是不是哭叫个不停？

片刻之后她就被扔进来了。事实果然如我预料的那样，她一直哭喊着“救命”“救命”“救命”。

真烦人，早想抽她一巴掌了，抽完了真痛快！

“救个屁命！斗兽场的隔离罩每个都是独立的！外面的人根本听不见你的声音！”我冲她怒吼道，“我才不想喊爸爸救命。有力气求别人还不如想想怎么干掉外面那只难看的食肉爬虫！”

对，这才是我现在应该做的事，我要冷静，要冷静！

“你，你很强吗？”

强不强有什么关系？很弱就可以不用战斗吗？这个星球不是这样教我的。

“可……可是要是你死了呢？”

连死亡的觉悟都没有，要怎么活下去？

可是活下去，真的好难啊。

为什么巨龙还不倒下？我跑得好累，断掉的腿好疼，战斗仿佛没有终结，不只是今天，不只是现在……

为什么那个女孩可以被人宝贝地抱在怀里，我却要一直在沙土中拼命呢？

如果我死在这里，会有尸体留下来给人领吗？

来领我尸体的家人，会为我哭泣吗？

不，我从没为哥哥姐姐的尸体哭泣过，我的弟弟妹妹大概对我也一样。

龙兽的咆哮声中耳边似乎传来一声很纤细的“加油”。

我扭头，看到那个娇小女孩的脸孔，她的眼睛里有担忧和鼓励的神色。那样的神色好陌生，我一时不知道该做什么反应……

没想到她会跑进来救我，更没想到她居然还想跟我打配合杀龙，最没想到的是，她居然真的赢了。

整个斗兽场都在轰鸣，掌声，口哨声，人群激动地呼喝……

我赢的时候他们也是这样喊的，当然，我死了他们会更兴奋。

这个恶心的世界没人在乎你。能捞就捞点，才是最实在的。

我的伤口很痛，应该有很长时间不能工作。而父亲，大概已经死了。

今后我需要一大笔钱来养这个家，这场比赛的奖金是个不错的出处。

最后活下来的才是胜利者，这个道理我从小就知道了。

无论是杀死敌人还是同伴，我从没有过罪恶感。

刀尖戳进去，她的眼睛睁得很大，表情难以置信。

不明白吗？你果然是养尊处优的小孩，不明白这个世界的残酷。所以去死吧。

再次扬起的手臂一阵剧痛！再也没有落下来……

我诧异而迟钝地转头，眼角余光刚看到被齐刷刷切断的手臂，整个人就飞了出去！

挣扎着从地上爬起来，整个斗兽场已经一片混乱！

人们尖叫着逃窜，号称坚不可摧的防护罩被火焰融化出了一个大洞！一个巨型的野兽冲进来三两下就杀了那头巨龙！蹲在地上抱着软绵绵小女孩的是那个眼神吓人的男人，此时他一眼也没看向我这边，正焦急地做着急救……跟着他到来的另一个蒙面男人，站在一片血泊中似乎很激动，指甲伸长，浑身都散发出骇人的气势，逼得那只跟他们一起到来的野兽也对他摆出了防备攻击的姿势！两个男人似乎发生了激烈的争执，可是我的血也流走了很多，实在不能支撑我看到最后……

我的身体渐渐冰冷，我想我大概要死在这里了。

真可惜，今晚我和父亲没有一个人带着食物回家去。

再次醒来的时候，我躺在了一张很干净的病床上。

全身疼痛动弹不得，只有神志是清醒的。

为什么我还能活着?

旁边静静坐着的黑衣男人回答了我的疑惑。

他冷冷地说："我有问题问你。"

我冷冷地回："你出多少钱？"

对话进行得很顺利。

他最后离开的时候带着隐隐的杀气说："你并非萨恩星居民或者殖民地附属民，按照法律规定，我没有权力杀你。不过，你也不会活着。"

我其实无所谓，他出的价很让人满意，我活不活着回去已经没有意义。

法庭最后的裁决是一级谋杀罪，判处死刑。

其实不管是法庭还是谋杀罪，在这个星球都是一个笑话。

反正结果都是他要我死，死的程序具体是什么，就不用计较那么多了。

行刑前我只要求把父亲送的匕首给我带着。

听说地狱也挺不好混的。

——塞维支星少女·End——

46th Blood 金字塔养胎记事

高大胖是在鸟叫声中醒来的。

清风拂面，窗纱飘动，外面绿意盎然。

大片大片单色的花田油画一般遍布窗外的平谷和山野，空气中也夹杂着植物特有的清香……

虽然屋顶是有点奇怪的高高的尖顶，但总体来说算是很普通的石质结构的小屋。

这是哪里呢?

高大胖眨眨眼，本来她以为自己受了重伤，多半要去见阎王。就算侥幸没死的话，也一定会被送回萨恩星接受治疗的。

可是这里，没有华丽的雕花窗沿和让人眼花缭乱的古董家具，也没有充满科技感的笼罩病床的保温气泡，更没有假人般美型外貌的侍从走来走去……自己身上盖着松软的被子，头下枕着有药草香的麦秸枕头，床头是朴实的没有任何雕琢的整块原木……

这里不是萨恩星。

高大胖试图抬手揉揉眼睛，却发现左手轻轻一动就带来一阵撕痛直达肩膀以及胸口。完全无法动弹……

“咝……”好疼!

试图挣动的身体立刻被床边的人按住。

“别动。医生说你的自愈能力很差，需要一个月以上的静养。”梵卓的声音低低的，难得听起来有点沮丧的味道。

高大胖看着他。

就像以前一样，男人的容貌没有半点变化，更谈不上憔悴什么的。

高大胖叹口气，沙哑道：“我想喝口水……”

亲王大人立刻拍拍手叫来人，头也不回地吩咐：“去拿杯水！”

应声出现在门口的人，却吓了高大胖一跳！

同梵卓一起宇宙旅行以来，大胖同志见到的奇形怪状的外星生物也算不少了，但面前的生物还是让她惊悚不已！因为这家伙下面长着正常的人形的身体手脚，从脖子往上却赫然是一个狼头！绿色野兽的眼睛和咧着的长满尖牙的大嘴正发出不满的呼呼声：“浑蛋！你再敢用招呼下人的手势叫我过来，老子就立刻把你们两个都扔出去！”

说是这样说，手里拎着的水壶、杯子却是一样没少……

高大胖瞪大眼睛看着狼头人动作娴熟地从一个椰子形状的水壶里倒出半透明的液体来，装满一朵胖胖的杯子形的淡紫色花苞，然后递到自己面前：“喝吧。这种草汁比水更温和，更适合大病初愈的人类饮用。”

高大胖盯着对方伸过来小心翼翼捧着花的粗糙的手，长着难看老茧的手心，尖长的野兽一样的指甲，以及关节上黝黑的毛……

花朵与怪兽。

高大胖本能地在丑陋的东西面前露出了闪躲的神色，她看向梵卓……后者便代她接过装草汁的小花，喂给她慢慢喝下。

凉凉温润的液体，带点回味无穷的清甜，滋润过每一寸干渴的喉咙，让她瞬间如饮圣药般精神起来！

舒适的感觉让高大胖立刻将外貌丑陋的狼头人划归进了可信赖好人的范畴！并为自己的以貌取人感到少许羞愧，于是略带歉意地盯着对方绿色的兽瞳感激道：“谢……谢谢你。”

梵卓同志不爽地轻哼了一声。

狼头人鼻子朝天地仰起头，貌似十分得意，伸出长长的舌头舔了舔自己的鼻尖儿和獠牙，龇牙道：“感谢就不必了，只希望你赶紧好，然后赶快干活还钱。”

还钱?

高大胖莫名其妙地转向一脸淡定的梵卓同志……

“我在战斗途中就闻到你的血味冲了出来，中断了比赛又砸坏了斗兽场，没赚到钱。”一穷二白的亲王大人瞥了一眼狼头人，“阿蒙拉星人的医术宇宙第一，要价也比较高，所以现在我们欠了不少医疗费。”

“还有食宿费！两人份食宿费！”狼头人马上补充。

高大胖：“……”

梵卓挥挥手：“你可以下去了。”

狼头人激怒号叫：“我说了不要对我用吩咐下人的手势！”

高大胖连忙打圆场：“对……对不起，他这人就这样，没有恶意，绝对没有恶意。”

狼头人喉咙里不满地咕噜着离开了，临走前还不忘细心体贴地又给她倒了一杯水……

高大胖吁了一口气……

梵卓坐在床边握住她的手，低头吻了吻，低声道：“对不起……”

“算了，你当了十几万年的亲王，想立刻把使唤人的习惯改过来也不大可能。”高大胖无奈道。

“不，我不是说这个。”梵卓抬眼看她，目光扫过伤处，握着她的手下意识地用力，“是为你受伤的事……”

高大胖微微诧异。

她第一次在高傲的亲王脸上看到现在这样悔恨与自责交织的表情，那样的表情就像一个骄傲惯了的少年咬着牙放下自己的自尊来认错，眼角眉梢都硬挺着，却又格外地不堪一击……

“我太过自信了，总以为自己足够强就恣意妄为，总是因为无聊就毫无顾忌地四处寻找刺激……”梵卓闭目，轻轻地、细碎地吻着她的指尖，“对不起，我不该随便带你去那么危险的地方……我答应你会做一个好丈夫、好父亲，却连一点保护家人的意识都没有……对不起……”

“梵……”她试图开口，却被男人止住。

“你被刺伤的地方离心脏很近，血怎么也止不住……塞维支星的医疗水平只够外伤急救，我带你来到阿蒙拉星的时候，你的身体已经开始变冷了……医生说以你的失血量很可能会造成腹中婴儿的供氧不足而死亡，更糟的是刺伤你的匕首上沾有龙兽的血，那是有毒的……如果处理不及时，你也可能会死……”

梵卓握紧大胖有点凉的手，声音难得有一丝难辨的颤抖：“治疗之后你一直昏睡不醒，不停地发高烧……医生说如果你今天还不能醒来的话，就算可以救回性命，大脑也会受到损伤，可能会什么都不记得，什么都要从头再来……”梵卓手下微微用力将大胖拉进怀里，紧紧抱着她胡乱地亲吻，“还好你醒了……”

高大胖被他细密的吻弄得睁不开眼睛，对方难以自抑的拥抱也让她有点疼。可是她明白此时男人的激动……苦守数个日夜的提心吊胆以及命悬一线的感觉会让人发疯！如果角色互换，她恐怕已经一头撞进男人的怀里号啕大哭了……凭血族的臂力，现在这个拥抱却让她只有伤口被压得有点疼，其实梵卓的自控力已经很不错的了。

脸被压在对方肩窝里，高大胖说不出话来，只能伸出没受伤的右手安抚地拍了拍男人的后背……

她其实并不怪他。

并不是说他做得没错。毕竟带着孕妇满世界奔波，甚至到杀机四伏的野蛮星球上，并不是什么值得炫耀的好男人行为。

梵卓太爱玩了，恣意妄为，很少顾虑他人。

也许是因为血族一向体质强壮，肉体很少受到精神影响，又没有家人亲缘之类的东西牵绊，独来独往才是血族多年孤独生活的常态，所以他们每个人都独立，强大又自我。

老幼弱小在人类社会是被格外照顾的，在血族社会则是被鄙视和践踏的。

梵卓并没有地球男性那种天生的爱护女性的概念，这一点细化到生活里感觉更加明显。更何况有显赫的爵位在身，梵卓根本是那种被伺候惯了的人，很多时候并不体贴。比如病人醒来时的那杯水，他根本不会想到要准备……

她一开始就知道梵卓是这样的人，随心所欲、颐指气使、傲慢又嚣张。并且，他可以因为无聊就做些出格的事，天性很坏，人品也不好。

可是，她爱上的就是这样的他。

高小小不是什么了不起的人物，但做了决定，就不会后悔。

从最开始她决定要接受这个男人的那一刻，就是打算连这些缺点都一并接受的。

有缺点又怎么样？有时会伤害彼此又怎么样？

哪怕同为人类，恋爱双方尚要慢慢磨合。更何况两人隔了大半个宇宙，以及一万年的时光。

发现对方的缺点，包容或者改正，争吵或者和好，然后两人携手走到最后，那才叫爱情。

两个完美无缺的人在一起，那叫配种。

…………

等到高大胖可以下床的时候，她才发现原来这个奇怪的尖顶石屋，就是一座三角形建筑的顶层。而这个三角形的建筑，赫然就是一座金字塔！

当腰上缠着一块布的狼头人拎着一根晾草药的叉子站在金字塔台阶之上时，金光照耀之下，高大胖同学终于明白自己对这个地方一直以来隐隐的熟悉感是什么了……

阿蒙拉，狼头人身的阿努比斯，再加上金字塔。

高大胖嘴角抽搐着发问："那个，你们星球的人是不是曾经到过一个叫作地球的星球？"

"当然！"名字叫作安普的狼头人骄傲地扬起鼻子，"我们的祖先为了寻找药材到过很多边陲星球！我们阿蒙拉人可是为宇宙医疗技术的普及与推广做出了巨大的贡献……"

“难怪你这么会治疗地球人……”高大胖点头。

“地球人的身体构造很精巧，算得上是高等智慧生物中最为合理的生物体构造之一了，不过这还难不倒我安普大人。”狼头人的鼻子越翘越高，“有标本在手，了解你们也并不困难。”

高大胖一愣：“你说有标本在手？等等，你的意思是你这里有人类存在？！”

狼头人继续点头：“当然。”

高大胖唰地站起来！激动让她的大脑有些缺氧的眩晕，但伸出的手还是准确地抓住了对方的手臂：“带我去！我要见他！”

狼头人有点为难：“你男人说了他回来之前不许你离开屋子……”

是的，在高大胖同志躺在病床上的时候，梵卓同志就出去打工赚钱了。

他们目前所在的这个部落，跟阿蒙拉星其他常见部落一样，是以研制和出口土特药物维生的。这里盛产的最著名的药物是一种补血药。药的主要原料是一种类似燕窝的半透明的茧，由住在部落背后悬崖上的野生长角蜘蛛分泌的黏液织成。

由于悬崖陡峭无比，极难攀爬，即使乘坐蝠鱼，也很难准确地靠近长角蜘蛛的巢穴，更何况这种蜘蛛本身也是很有攻击性的。而阿蒙拉星人虽然擅长医术，身体素质却并不好。而且多半脾气暴躁却没有什么攻击力。所以类似爬到悬崖上跟野兽抢夺药茧这种事，很少有人能做到。

然而，抢人家东西这种事，刚好是某人最擅长的。

所以梵卓同志最近在部落里其实还挺受欢迎的……

高大胖被对方拿梵卓的话堵住，没有办法，只好让步道：“那好吧，请你把他带来这里好了。他来见我总可以吧？”

狼头人琢磨了一下觉得可行，便雄赳赳气昂昂地去了，片刻之后，扛来一口人形棺材。

高大胖：“……”

狼头人打开棺材，开始一圈圈地往下拆纱布……

高大胖两眼灰暗："够了，谢谢你，拿走吧……"

她早该想到的，金字塔和阿努比斯，人类和阿蒙拉人，千百万年前的交集，所谓标本，当然以及肯定……是木乃伊吧……

梵卓同志晚上回家的时候听闻了老婆主动要求见其他男人的"出轨"经过。

第二天，安普哭丧着脸告诉高大胖那具放在仓库里的木乃伊不知道被谁打得破破烂烂了……

高大胖失语。

…………

出于对奔波生活的自我检讨，梵卓决定和高大胖在阿蒙拉星球定居到孩子出生。

这里的科技水平并不高，自然作物却蓬勃生长，且居民多半善良纯朴，居住环境十分平和美好。更何况难得这里有了解人类生理的高水准医生在，这无论是对未来的接生还是其他方面的孕期保健来说都是最好的。而阿蒙拉星不是宇宙联盟星球，对出入境控制得十分严格，外星人极少，这一点也有利于两人躲避萨恩星的追捕。

收留梵卓和高大胖算是这个部落几百年不见的特例。梵卓说是某人介绍来的，却不肯告诉高大胖"某人"是谁。只坦白了自己拿小吱当路费，换给了那个"某人"。

他不想说，高大胖也不强求。

她觉得作为妻子应该学会相信自己的丈夫。

更何况夫妻之间不是算账，有些时候难得糊涂会更好。

就像是对杀人凶手的后续处理，她的直觉也总告诉她还是不要问的好。

虽然很想念小吱，但现在她更关心的是，自己这次受伤会不会给肚子里的孩子造成不良影响。已经五个多月了，这个小生命越来越有存在感，高大胖本能地不想让他有一点不完美的地方……

对于高大胖的这个顾虑，安普很是嗤之以鼻，认为这种怀疑属于对他医术的挑衅！于是更加卖力地投入治疗，试图以事实证明阿蒙拉的医术绝对是天下第一！

然后事实果然很给他面子，一个月以后身体就调理过来的高大胖同志非但没有任何后遗症，而且已经活蹦乱跳无所事事得快要长毛了！

狼头人下了“可以自由活动”的解禁令之后，高大胖立刻要求加入部落日常工作！领薪水的那种。

梵卓皱眉道：“你不必工作，我帮他们赚到的钱已经足够支付账单和我们的日常开销。”然后转向安普鄙视地冷哼：“你们之前谈下的药材收购价简直是等着被敲诈！下次出口送货由我出面，你们跟着看就好，不许说话！尤其是你，安普！”

安普喉咙里直咕噜，却不敢反驳。

一众围观村民皆信服地战战兢兢点头……

高大胖失语，为什么这男人在哪里都能当黑心首领呢？

话虽这样说，亲王大人终究是不忍心让高大胖每天摆出一张“无聊至死”的脸，所以很快，大胖同志开始跟着安普在制药室里研究药材。

大胖已有之前跟随药剂师欧德的经验，所以此次药物学习之旅很是酣畅淋漓！

比起欧德偏重化学提炼的风格，阿蒙拉人的医药理念更加纯天然。就像是任何事物发展到顶峰都会返璞归真一样，阿蒙拉的医术与宇宙现在的流行医术有点像是中医与西医那样的差别。只不过比起体系已经很庞大的中医，阿蒙拉的医疗文化更加博大精深，面面俱到。

虽然高大胖目前的水平只能给安普打打下手，但她还是学得很起劲的。尤其是有关生产和育儿方面，她总是格外感兴趣。毕竟要做一个母亲了，虽然不是一个很强大的母亲，她还是希望能用自己的双手保护孩子的生命。

梵卓在学着做一个父亲，她又何尝不是在学着做一个母亲呢？

血脉真是种神奇的牵绊，将毫不相关的人们聚合在一起互相为彼此考虑。

有时望着阿蒙拉清澈的星空，高大胖也会想，自己真的是最后一个人类吗？既然有萨恩星和阿蒙拉星这样可以提供人类赖以生存的氧气和水的星球存在，那这个世界上会不会有其他人类像她一样，碰巧存活在茫茫宇宙某个角落呢？

如果真的有的话，自己该去找他吗？

然后两人生一大堆孩子延续血脉阻止人类灭亡吗？

想到那个被打碎的木乃伊，高大胖有点无奈地笑了……

从窗口蹑手蹑脚地走回床边，俯身亲吻她沉睡的丈夫……

自己大概不会去找吧。

是人类又如何呢？她未必会因为对方同是人类就爱上他。

正如她不会因为梵卓是只吸血鬼就舍弃两人曾经共同经历的种种。

他才是她想共度一生的那个人啊。

47th Blood　千军万马中遇到你

大胖亲吻她丈夫的同一时刻，宇宙的彼端，萨恩星。

帝都血族中央城堡议事厅。

一份联名签署的逮捕申请被放在金丝托盘里呈到三长老面前。

兽皮纸，银丝线，血痕封印。

下谏上的形式最郑重。拒绝受理无效。

辛摩尔长老单手托着那张谏书长叹一声，只能解开阅读……

“兹以全体圣血族之名，恳请吾族三长老亲赴他星，缉捕前亲王梵卓·德·琉珂赛特……”长老大人低沉威严的声音回荡在血族城堡华丽而阴森的高高穹顶之下……庄严的大厅内，分列两排负手而立的布鲁赫、雷夫诺，及其他众贵族，神色肃穆，冰冷无情。

“你们是要求长老会在全宇宙正式通缉梵卓吗？”辛摩尔长老念完全文，叹了一口气，将兽皮卷扔在桌子上。“贵族需恪守其准则，而其他人则有共同义务维护其尊严不容侵犯，在全宇宙发布通缉令实在有辱血族名声。”

雷夫诺冷笑：“只要对方已不是贵族，不就没什么可顾虑的了？梵卓擅自劫走繁育者流亡在外，就已经是表示要放弃他在血族中的地位了，不是吗？”

辛摩尔沉吟：“你的意思是要我们将梵卓从圣血族除名吗？那是很重的处罚。”

雷夫诺挑眉："带走繁育者，背叛全血族。无论在谁的立场看来，梵卓所犯之罪也不轻。"

"就算如此，激烈的惩罚手段也不能解决问题，只会激化矛盾。"

"长老大人是害怕跟梵卓正面冲突吗？阿萨迈一族不肯协助，只凭帝都的血族的确无人是梵卓的对手。但是如果三长老肯出面，情况就不一样了。"雷夫诺声音虽低，却充满了威胁的味道，"长老会对梵卓纵容已久，如今他的所作所为已经到了威胁血族安危的程度，长老会还是任其逍遥法外，是不是有些难以服众呢？"

"梵卓虽然带走繁育者，但并没有伤害对方的行为，还算不上威胁我族安危。希望诸位明白，比失去繁育者更糟的，就是血族出现内讧……"辛摩尔走过雷夫诺面前，冷冷扫视他一眼，威严道，"就算用强制手段，我们也不会让这种事发生。"

雷夫诺在长老的压迫下微眯眼，恨恨噤声。

庄严压抑的议事厅里一时竟陷入了尴尬的死寂……

一直沉默的布鲁赫却突然开口："梵卓的量刑由三长老裁决，对此我们绝不会干涉。但缉捕一事须立即推行，没有商量的余地！"

布鲁赫在公开场合正面顶撞他的Father辛摩尔长老还是第一次！议事厅中的所有人都不禁带着惊异的神色安静了下来……

雷夫诺也若有所思地侧头看向他。

布鲁赫却不看任何人，脊背笔挺，单手扶在剑柄上，双目直视案上的卷轴，用铁一般的声音说出不容置疑的反驳！

"长老会之前考虑到人类的体质无法承受过大的压力和辛苦奔波，所以虽有暗中追捕却一直不敢过于紧逼。这样的决定我们可以理解。但是，诸位都心知肚明，怀柔的手段是建立在繁育者保有绝对安全这个前提之上的。然而如今情况已经不同，有关塞维支星的报告相信诸位已经看过。

"繁育者险些命丧他星，至今生死未卜。我族未来已经受到直接威胁！梵卓不考虑后果的行事方式已经不值得长老会的信赖！等待已经不够，当务之急，是将繁育者安全带回萨恩星！现在的犹豫不决和诸多顾虑，只会造成无可挽回的损失！难道长老会要等到下一次繁育者濒死之时才肯采取行动？”

布鲁赫沉毅的声音带着无可辩驳的气势压遍全场，有着高高穹顶的城堡里鸦雀无声……

辛摩尔长老凝视了黑袍男人良久，最终慢慢走回座位上坐下，低声道：“军队不能盲目调遣，否则只是白白消耗资源。长老会必须先明确得知那两人所处的位置，之后才能签署通缉令。”

参议的贵族皆诧异地抬头……辛摩尔长老这段话的言下之意即是：只要找到人，我们就去抓！

虽然是有条件的命题，但长老会给出这样的承诺已经算是最大的让步了！雷夫诺等人大喜！纷纷以手抚胸敬礼表示赞同长老会的决议……

布鲁赫站在原地没有动。

“至于对于梵卓的处置，”辛摩尔沉吟了一下，叹气道，“将由长老会商议后决定。”

…………

众人纷纷离去的议事堂大厅里，乔凡尼亲王从后面赶上沉默着离去的布鲁赫，两人擦肩而过的瞬间，乔凡尼轻笑：“真是罕见，我还是第一次见到你当众弹劾别的贵族。”

“我说的有哪一点不是事实吗？”布鲁赫冷冷地看了对方一眼。

“的确都是事实。”乔凡尼仿佛没看见对方的眼神一样表情不变地微笑着，瞥了眼城堡外渐渐明亮起的天际线，戏谑道，“只是没有想到，平日里对梵卓的作为抱怨最多的人是我，最后真的把他解决的人却是从不出声的你。”

布鲁赫微震！停下了脚步，转向乔凡尼冷硬道：“不必冷嘲热讽。我的确不喜欢他，但从前他虽然行事不端，却从未出错。无论是军队还是政事，都无可挑剔。哪怕后来擅自离开帝都长居未十城，也未曾在工作上出过什么纰漏。既然如此，我不会因为自己不喜欢他就滥用职权加以陷害或者言语诋毁……

“但是这次不同。劫持繁育者，擅自开启圣地，让贵族后代受到致命威胁……无论哪一样都足够判他重罪！身为德高望重的贵族领袖，他的所作所为让血族蒙羞！无法无天到这个地步，不受任何惩罚才是错误的。解决他的人不是我，是他自己。”

略带鄙视地扫了一眼乔凡尼亲王，布鲁赫冷冷道：“说什么抱怨最多，别以为我不知道，梵卓逃离萨恩星也有你在中间出力。你最好祈祷别让我找到证据，亲王大人，否则您也一样难逃罪责。”

乔凡尼笑出声来：“别这么说，亲爱的布鲁赫公爵，那份贵族联名签署的正义凛然的追捕申请上，也有我的签名啊。”

“挽救血族利益于危难，这是身为贵族代表本来就该做的事，不签才是连起码的责任感也没有。”布鲁赫不屑地冷哼。

乔凡尼笑眯眯点头：“哦，对。不过呢，我只是因为雷夫诺公爵开的价够慷慨才签的哦。”

黑袍将军的表情难以置信，铁青了脸色甩袖离去！只扔下一句“无耻”回荡在空旷的城堡里……

乔凡尼站在原地一直看着他军人独有的笔挺背影消失在了正门，才拍拍手叫来了自己的坐骑，直接从窗口跳到了金色翼龙的背上！拉起缰绳，无聊道：“唉，果然还是两个人都无耻些比较好玩……”

金龙长啸一声，破空而去！

远处的山谷里，隐隐传来被拘禁的银龙憋闷的咆哮声……

…………

阿蒙拉星以人类的观点来看，算是一颗农业星球。

这里的大部分居民保持着比较原始的日出而作，日落而息的生活习惯。

高大胖夫妇二人，大概从来都没这么健康生活过。

虽然被当地的姑娘们嫌弃“眼睛不够小，嘴巴不够长，牙齿不够尖”，但勤劳朴素好脾气的地球小市民高大胖同学，还是很快就融入了阿蒙拉人淳朴的乡间生活，甚至交到了几个可以互相编辫子的女性朋友……

而梵卓大人，光凭那一手出神入化的悬崖采药绝技，以及冷静高超又黑心的谈判技巧，就足够让部落居民们崇拜的了。至于长相问题，基本可以忽略不计——何况人家梵卓起码还是有两颗牙比较符合阿蒙拉审美的……

高大胖发现，有些审美标准其实是全宇宙通用的。比如聪明的头脑，结实漂亮的肌肉，或者雄性厉害的捕猎、赚钱能力……这就像她虽然没有尾巴、长得也不毛茸茸，但也会觉得矫健的雄豹很美丽一样。

虽然种族完全不同，但梵卓无疑在这里也是受尊敬的一员。连带着让身为其配偶的高大胖享受的待遇也不错。阿蒙拉人甚至分给他们一个金字塔作为独立的婚房。而安普担心孕妇高大胖的健康，还专门给她配了一只温顺的短脚鹿，可以当作运输工具或者短途的坐骑。

当然了，部落里最值钱的采蜘蛛茧专用的蝠鱼，现在基本上也被梵卓同志占为私用了。偶尔两人会一起坐着蝠鱼去空中溜达两圈，惬意地看看日出，或者云雾缭绕的山谷……

就这样，两人各司其职，收入稳定，分成提高，有房有车，夫妻甜蜜，有子待产，可谓事事顺心，万分幸福。

不过，居安思危才是聪明人的行为。

高大胖发现，最近梵卓好像经常背着她跟安普医生商量什么事情。

旁敲侧击地打探了好几天，得出的结果却让她十分惊讶——梵卓竟然在询问用药物延长人类寿命的可能性！

高大胖有点糊涂。

“享受人类短暂而四季分明的人生”算是他们两人唯一的共同点了。这不是他之所以珍惜她的重要原因之一吗？难道梵卓现在连这点也开始嫌弃了吗？

“这算什么？你答应过我会让我以人类的身份自然死掉的。”高大胖皱眉。

“嗯，对。我现在不答应了。”梵卓的表情很平静。

高大胖难以置信对方的善变：“你……你……”

“对不起……”男人却很痛快地道了歉，伸手松松地抱住她，安抚小动物一样亲吻她的头发，低声道，“本来我以为，人类生命的脆弱才构成了你的可贵，我欣赏的就是这种脆弱和转瞬即逝，所以我会平静地接受你的死亡和离去。

“可是我错了。当初在塞维支星那个肮脏嘈杂布满尘土的斗兽场，当我看到你浑身是血在我眼前闭上眼睛的时候，忽然有一种奇怪的感觉，好像你再也不会睁开眼了……那种感觉很不爽。

“当我抱着你坐在空间舱里用最快的速度赶往阿蒙拉星的时候，你的血一直顺着我的手淌下来，我甚至可以清晰地感觉到生命在从你的身体里绵绵不断地流走……那种我无力阻止的感觉，更加不爽。

“那个时候我就明白，也许我曾经喜欢的是你短暂而精彩的人生，但现在，我不想放手的是你。如果现在的我已经没办法忍受你的离去，那么长久的相伴之后，这种感觉只会更加强烈！所以对不起，我食言了。我不想让你死去，我不许。”

本有些感动的高大胖，听到最后一句话便停住了感动，挣开了他的怀抱，反问道：“你不许？”

梵卓反手拉住试图与他拉开距离的发怒的小妻子，并不用力却也不容挣脱地攥着她的手腕，冷冷道：“对，我不许。如果你希望，我现在也可以假装同意让你作为人类那样正常地衰老死去。但是我不想骗你，如果那一天真的到来，我会毫不犹豫地用强制手段阻止你生命的消逝！如果药物无效，我宁愿在你身上装满机械义肢和电子内脏也不会让你死去！相信我，以血族的科技和阿蒙拉人的协助，我完全做得到！”

他是认真的……这样恐怖的告白让高大胖浑身僵硬，下意识地挣动了一下，也没能甩开男人的手，“你不能这么做……”她有点呆愣地喃喃。

“我当然可以。”梵卓口气平静，“无论是出于疾病还是衰老，到时的你都没有任何反抗的能力，我可以做任何我想做的事。”

“你想做的事……那我的意愿怎样都无所谓吗？”高大胖的声音也冷了下来。

“当然有所谓。”梵卓的声音并无动摇，“所以我才说对不起。”

高大胖觉得那口甜血又要涌上喉头来了！“你……你……”

“你的意愿很重要，如果可能，我希望尽量满足你的一切要求，哪怕是无理取闹的也无所谓。”梵卓拉起她被禁锢住的手，低头亲吻她的指尖，好像骑士宣誓效忠女王，又好像国王对战俘公主宣告占有……“但是，原则性的问题我不会让步。我是个自私的男人，我不想你死，就会不择手段地达成目的。”

高大胖盯着他，咬牙点头：“很好。”

当然不好。

这场对话，就像突然投进平静甜蜜生活中的小石子，让两人之间有了硌痛，却没有人肯先让步把石头丢出去。

于是冷战开始。

然而他们两个谁也没想到，夫妻二人的第一次冷战会一直蔓延到了分离……

也许正是由于阿蒙拉星居民恬淡和与世无争的民风，以及“宇宙医生”这样一个超然的地位，阿蒙拉星连抵御外敌的军队都没有，悠悠历史长河里居然也鲜有外星生物攻打过他们！

然而鲜有并不意味着没有。

这一天，总是艳阳蓝天暖暖风的阿蒙拉突然毫无预兆地蒙难！黑色的羽翼遮天蔽日，黯淡了半个天空……

大部分居民还没弄清发生什么事，就已经被大批训练有素的黑甲面具军团占领了自己的家园。

严格地说来，战役并没有发生。因为阿蒙拉星根本没有正规军。而对方的目的也不是宣告占领或者奴役人民之类的，只不过是战役中借道通行，短暂驻扎，顺便补给而已。

准确地说，只是路过。

可是这种霸道的路过，显然激起了暴脾气的阿蒙拉人的不满，零星的械斗时有发生。

然而双方的实力差距过大，哪怕是一对一的厮杀，血流满地颓然倒下的那个，也总是脾气暴躁、心地善良的狼头人……

黑甲军虽然装备复杂沉重，动作却敏捷得不可思议！力量又奇大无比，而且似乎十分习惯杀戮，几乎是没有任何停顿地砍倒阻碍者，然后兀自寻找着遮蔽物或者阴凉的泥土休息。

长着凶暴狼头却只会救人性命的狼头人，被路过歇脚的人形杀戮机器潮水般淹没并制服，大型部落据点很快成了大部队休息的地方，而野外也成了零星士兵找乐子的游乐场……

高大胖从半人高的亚麻草后面远远望见他们的一瞬间，就知道侵略军是什么人了。

他们的黑色军装和那脸上的面具，还有那个削铁如泥的粉碎枪，跟她从冷冻舱中醒来时见过的一模一样。

当初第一次见到血族士兵时，高大胖刚刚解冻，赤身裸体，一片茫然，满心恐惧。

现在，比当初更糟。

她不应该因为跟梵卓冷战就拒绝了跟他一起去镇上谈判销售草药的，那样她现在就不必惊慌地匍匐在草丛里一脸无助了。

她也不应该同意跟安普一起出来找草药的，那样她现在就不必在角落里矛盾着要不要出去救那只救过自己命的狼头人了。

没有时间再犹豫，黑甲士兵的粉碎枪已经瞄准了安普的脑袋！

安普这个暴脾气的笨蛋，居然还在龇牙咧嘴地朝着那个踩扁了他草药的士兵发出恐吓的咕噜声……

现在出来，未必救得下安普，也许会暴露身份，还会被捉回萨恩星。

可是不出来，眼睁睁看着救命恩人被杀，以高大胖虽然不断崩坏但本质上还算正直的道德底线，终究是做不到。

于是高大胖站了起来，用血族语大声说："住手！"

她赌的是对方忌惮她血族珍贵繁育者的身份，会给个面子放过狼头人。

但现实跟计划总是有些差距的。

围住安普的黑甲兵听到喊声后一阵骚动！纷纷看向高大胖的方向……

谁也没想到安普居然趁这个时机突然跃起，转身就跑！

对士兵来说，没有比逃跑者更可疑的了。

于是安普刚刚奔出两步，就被身后追袭而来的粉碎光线割成了十几块！一声都没来得及吭就变成碎肉掉在了地上……

高大胖眼前一阵发黑，下意识地揪住了身边的草！一句声嘶力竭的"不要"活活卡在喉咙里，在肉块的砸落声中彻底发不出了……

黑衣士兵们已经包围了过来！他们仿佛捕猎的兽群一样有点兴奋地靠近她，其中一人甚至直接伸手抓住了她的肩膀……

"人形生物！""是血族吗？""刚刚她说的是血族语没错。"

"女孩子吗？""是女孩子吧？""黑色的头发，长相很奇怪啊，是半血族吗？""奇怪，这里怎么会有血族？""管他呢，带回去吧！""将军最烦这种事了，你不想混了？""他又不在，反正古雷副将对这种事一向睁一只眼闭一只眼。""说的也是，嘿嘿……"

"可她是什么人？半血族怎么会在这个星球？""不是听说阿蒙拉星人喜欢收集各种宇宙生物的标本做医学研究什么的吗？""那她是标本吗？""谁知道……""喂！你是什么人？叫什么名字？"

高大胖的眼睛死死盯住安普的尸体，大脑还晕乎乎的，对周围的反应仿佛也迟钝了一拍……他们问她是什么人，他们不知道她的身份，这也许是件好事呢……

原来阿蒙拉人的血液是紫色的……紫色的安普……他今天早上还给大胖倒过一杯花露，被杀死前一分钟才手把手地给她讲解了黛德草的挖法……安普的手指真粗糙啊，上面还长了难看的黑毛，第一次见的时候就吓了她一跳……现在他的手指掉在他的内脏中间了，毛发被紫色的血染得湿漉漉的，有点恶心……

她好想吐……

他们好像问了什么？现在该回答问题吗？

啊，越来越想吐了……奇怪，我应该已经过了孕吐期了……

高大胖觉得有点喘不过气，眼前的景物好像也开始扭曲起来。她觉得身子沉沉的，下意识地想往下坐……

抓住她肩膀的士兵一把拽住她的手臂，揽住她的腰，阻止了她的眩晕！

“怎么回事？”“她好像被吓到了。”“不会吧？血族怎么会被吓得站不住？”“大概刚刚死的那个是她认识的人。”“啧，真是没用。”“也不说话……干脆带回去慢慢问吧。”“好主意！带回去慢慢审问。”

士兵们哄笑起来……

高大胖被这笑声惊醒！刚想说点什么，就被人用斗篷裹住，抱了起来。

抱着她的是个很高大健壮的士兵，他的臂弯比梵卓的更高些，也更冰冷坚硬且不舒服，这让她有种恐高一般的紧张感。当然，高大胖并不恐高，紧张也许只是因为自己的身体被刚杀了自己老师的陌生男人用同一只手抱着……

不知道是不是她有点害怕无助的表情取悦了士兵，哄笑声再次响起！

高大胖试着在裹紧的斗篷里挣动了一下，并无太大效果，抱着她的男人手臂更紧地压住她，这让她有点担心自己肚子里的孩子，于是不敢再乱动……

她觉得自己刚刚恍惚中好像听到了一个熟悉的名字，但又想不起来是什么……

浑浑噩噩中，便已经被这一小伙士兵带到了附近的部落，钻进了阴凉的金字塔。

士兵们把卷成春卷的高大胖放在角落，便分工明确地关窗的关窗，开启防护罩的开启防护罩……

高大胖隐约明白了这个屋子就是他们今天扎营的地方了。现在是白天，理论上是血族休息的时间，需要绝对的安静和黑暗。难怪他们在这个星球停留，大概是在找睡觉的地方吧？

黑甲战士们确定了场所的安全和光线隔离度之后，便纷纷放松下来开始脱去厚重的防护服，长嘘着气卸掉面具和盔甲……

从褪去的战袍后面互相交谈嬉笑着望向高大胖的，全是些在其他星球上难得一见的英俊面孔，果然萨恩星人的颜值还是很高的。

然而此时，这些漂亮脸孔上流露出的带着欲望的笑意，却比怪兽一样的阿蒙拉狼头人那裂开的大嘴，更加令她恐惧……

48th Blood　破坏恋爱的人会被牛踩死

“十三分队的人带了一个女人回驻地？”古雷副将放下手中的战报，轻笑，“阿蒙拉星上哪来的人形生物？”

“第七驻地关卡的卫兵的确看到是个女孩子，被大个子比格抱着回来……”传令兵小声嘟囔。

血族好色是天性，征战在外时轮休的士兵捉了女人来玩也是常事。古雷似乎对这个话题并不感兴趣，一边快速调换着屏幕跟第一指挥官连线，一边懒洋洋道：“脱了战袍士兵就有活动的自由，与军务无关的事别太声张就好。不过连原住民都能弄回来，这群家伙还真是饥不择食……看来这次的战役时间拉得的确太长了。”

说话间前方连线已经接通，坐镇宇宙空指部的诺菲勒将军似乎有点走神的脸孔出现在屏幕上……

辅佐官古雷大致汇报了一下萨恩星军队的修整和资源补给情况，正要结束通话，第二位传令兵便急匆匆地开启光束门闯了进来！越过众人直接在古雷耳旁小声地汇报了两句……还没来得及摘下耳机的古雷和耳机另一端的诺菲勒脸色同时大变！

“她现在在哪儿？”古雷唰地站了起来！“算了，直接带我过去！把十三分队的队长叫过来，还有军医！”

耳机里传来的命令让他脚下一顿！古雷挑眉诧异地按住耳机：“……将军？您确定吗？在这种时候？”

屏幕上的诺菲勒少年般俊美的面孔上露出狡猾的微笑：“当然。遵守血族法规是每个贵族应尽的义务。”

古雷雄壮的脊背寒了一下，只好敬礼道：“是，我会照办。”

“确认是她以后直接带来我这里，”诺菲勒轻笑，“没想到，三年之约竟要提前实现了。”

…………

辅佐官古雷一边急速奔走着一边试图回忆起高大胖的脸孔。

他跟她只有一面之缘，在某个贵族舞会入口处的短暂相遇，甚至没握过手。对方的长相算不上美，又是跟他无关的上层贵族之间争夺的女人，他当时并没放在心上，自然也没太记住样子。印象里恍惚是小小的一只，有着黑色的头发和小动物一样有点畏惧的眼神。

然而进入金字塔之后他看到的一幕，却彻底颠覆了之前的记忆！

房间角落的少女穿着普通的阿蒙拉星宽松白色长裙，上身的肩带已经被扯坏了，露出光洁圆润的小巧肩颈，弄皱的裙子下显出清晰的鼓起的腹部形状，少女紧紧抱着自己，身体看上去柔软而孱弱，眼神却像护崽的母鸟一般带着强烈的愤怒！逼得人不敢靠近……这样的气势让她与古雷记忆中那个弱小的女孩子判若两人。

房间的另一侧是愣在原地不知所措的士兵们，离少女最近的，是貌似被踹下床的大个子比格，还保持着跌倒的姿势僵坐在地，眼珠红红的好像被什么东西狠狠戳了一下……

跟着古雷赶来的卫兵们也是第一次见到孕妇这种生物，大家不约而同地盯着少女的肚子试图看出个究竟来……

轻叹了一口气，古雷甩袍朝着正拽着坏掉的肩带哀怨地团成一团的高大胖单膝跪下，以手抚胸行礼道：“失礼了，尊贵的繁育者，还请跟我们转移到比较安全的地方。冒犯您的士兵我定会严惩，还请恕罪。”

房间里所有不明状况的士兵都被长官恭敬的行礼和爆炸性的发言吓得倒抽一口冷气！难以置信地扭头看向床上的高大胖……

这只就是传说中的繁育者？！跟想象中的好像很不一样啊……

高大胖转过头，看清了眼前行礼的高大男人，硬朗的线条，金发碧眼，再加上脸上的伤疤……似乎隐约有些印象，但是到底是谁呢？是在帝都上课期间的Father之一吗？

“你是哪位？”高大胖皱眉，身份竟然这么快就被识破，想到要被捉回去养胎的未来，她的表情高兴不起来。现在只能祈祷捉到她的家伙不是什么厉害角色，最好是那种梵卓三两下就能干掉的养尊处优的笨蛋贵族了。

古雷愣了一下，无奈地自报家门：“在下是古雷·格尔菲斯，诺菲勒将军的辅佐官。”

“诺菲勒？！”

曾经温泉和舞会的一幕幕瞬间清晰起来！

那个第一次见面就打得她一身瘀青，又咬肿了她嘴唇的暴力小个子将军？

那个取代了布鲁赫成为目前萨恩星前线第一指挥官，忙着打下左、右臂螺旋星系的厉害少年？

高大胖的脸色，更难看了……

…………

平心而论，高大胖同志受到的待遇不坏。

沐浴、健康检查、新的衣服都提供得细致而周到，甚至桌子上还早早放好了一杯米由克汁。

行军途中还能做到这个程度算是很不错了，高大胖其实很意外那个看似毛躁的诺菲勒竟然还记得她喜欢喝米由克汁！不过，他不知道的是，现在的她其实很怕这个味道。自从怀孕以后，高大胖几乎闻到任何奶腥味的东西都会剧烈地反胃，更不用说喝了……

远远地绕开那杯饮料，高大胖在空间舱的角落坐下，担忧地望着舷窗外。

是的，现在她已经被转移到严密看护的宇航船之内，离开阿蒙拉星不知有多少光年了……

她没想到对方的行动会这么有效率。

梵卓，有没有追来呢？会不会找不到她呢？

两人明明在吵架，可是遇到危险自己第一个想到的人还是他。真是没办法的感情……

电子门唰地开启！古雷从外面走进来，先行了个礼，然后面带好笑的表情俯视着缩在角落的高大胖，放柔了声音问："怎么？不喜欢喝那个饮料了吗？还请见谅，目前的舰队没有携带可供人类食用的东西，无法提供更多的服务。不过我们很快就会抵达指挥中心了，主舰上应该会配备更丰富的食物。"

"食物"二字让消沉的高大胖同志突然灵光一闪！

虽然这招贱了点，但也许……行得通。

高大胖扭过头，起身主动走向古雷副将，故意拉开领子露出更多脖子，努力摆出诱人的模样，贴近对方压低了声音道："古雷先生，我想你应该听说过我的血是很美味的吧？与其忙着把我送给你的上司，不如……自己趁此机会先试一试，如何？"

卖力地放一会儿电。

再补上一个媚眼。

古雷死死盯着高大胖，突然转过身去背对着她，肩膀剧烈颤抖了一阵……

勉强调整回不太扭曲的表情，男人转回身来，也配合着她压低了声音贴近高大胖的耳旁回答："不用了，你的血只能喝一次的话，跟毒药也没差多少……另外，告诉你一件事，这个房间是全程监控的，你现在所说的话，诺菲勒将军他们，都听得到……"

"……"高大胖一把推开对方的脸，沮丧地耷拉着脑袋，一边慢吞吞地走回角落，一边把领子的扣子系回到最后一颗……

身后的古雷笑出声来，抱臂道："你对梵卓倒是忠心，居然想着贿赂我来逃跑。”

高大胖鄙视地瞥了他一眼：“这不叫忠心，叫专一。”

古雷的表情很迷惑。

高大胖也不指望对方能理解爱情这么高端的情感波动，扭头继续趴在舷窗上看茫茫星空……

男人却干脆走过来在她身旁坐下，懒洋洋地枕着两手靠在椅背上笑道：“帝都传闻都是说‘前亲王梵卓劫持了繁育者四处流亡’，不过现在看来似乎情况有点不同呢……你是自愿跟他走的吧？而且似乎不太想回萨恩星？”

“我说我不想回去你就会放我走吗？”高大胖冷哼一声，头也不回地低声道，“你知道吗，古雷？在我们地球有一句话，‘破坏别人谈恋爱的人是会被牛踩死的。’”

古雷疑惑：“那是什么意思？”

高大胖：“意思就是，把我和梵卓分开的人都会被一种叫作牛的头上长角的怪兽干掉！”

古雷严肃摇头：“那是不可能的。宇宙中已知的头上有角的生物，其攻击力都在血族之下。即使与我这样的蓝血族对峙也不可能获胜，更不用说诺菲勒将军那样的圣血族。牛是一种新的攻击性物种吗？”

高大胖：“不，是一种吃的。”

古雷：“……”

监控器的另一端，中央指挥舰。

支着下巴盯着屏幕的诺菲勒喃喃：“人类真是一种奇怪的生物啊……”

众副将纷纷点头……

…………

高大胖所在的小型运输舰在指挥中心登陆时，受到了隆重且让人不舒服的欢迎。

三军士兵黑压压地列队盯着你的肚子，绝对不是什么让人愉快的事。

迎出来的诺菲勒将军一边很绅士地牵着高大胖的手引她走下运输舰，

一边带着难掩的笑意拉长了声音道："遇到我，算你倒霉。"

高大胖扯了扯嘴角回应："谁倒霉还不一定，别高兴得太早。"

"如果你是指望梵卓来救你的话，可以省省力气了。"诺菲勒拥着她吻了吻她的耳侧，"我已经汇报了长老会，负责缉拿梵卓的特殊部队随后就到。如果你不希望他受伤，与其期待他来救你，还不如祈祷他逃得远远的……"

高大胖心中一凉，迎上对方幸灾乐祸的笑脸，心中更加愤怒！撇头躲开他的嘴唇，咬紧牙，手下使力试图推开他，对方却纹丝不动。

诺菲勒愣了一下，低头看了看她抵在他胸口的手，扑哧笑出声来："你还是一样没力气啊，这样也算反抗吗？"

言罢一把将她抱起来，在三军的注目礼之下，昂然走回了主舱……

人类高大胖，现在觉得又屈辱，又无力……自暴自弃地任侍从们围着从上到下地拾掇了一番，打扮得花枝招展的，然后被一路押送到了舞会大厅——为什么战役指挥中心这么严肃的地方还有一个舞会专用的大厅啊？血族真是无可救药且不知轻重地惯于做作啊……

诺菲勒把即将收复左、右臂螺旋星系的狂欢和捉回血族重要繁育者的庆功宴合并在一起，使这次舞会的规格有着前所未有的豪华！

长期征战缺乏娱乐的士兵们难得遇到这种全民放假的机会，纷纷放开矜持，下场寻找自己看上的美女/帅哥或大叔/大妈，相拥起舞，不亦乐乎。而三三两两聚成一团端着酒杯高谈阔论的男人们也不少，给舞会增添了不少喧嚣的味道……

高大胖自然没有享受的心情，黑着脸抓着碍事的裙子坐在一堆女孩子中间，接受众人好奇的目光和更加好奇且不着边际的问题……

出乎她的意料，军中的女性比她想象的要多得多——大概是因为血族女性的战斗力并不逊于男性。但是比较离谱的是，萨恩星的远征军居然一般都会携带一小队专职的高级妓女！这些姑娘风情万种，才艺惊人，而且身价高昂，甚至连一般的军官都根本买不起她们！于是美女们带点风尘味道的调情和勾引，也成了军中舞会的一大亮点……

身边的女孩子们一个个被男人们邀请走，每个牵着军官的手离开的少女都会收到一阵热烈的口哨声。这种颇有些粗俗的起哄行为在帝都是绝对见不到的。军中的舞会跟帝都的贵族上层宴会不同，少了几分眉目传情，多了几分直来直往，大笑和舞姿都添上几分豪放！

高大胖不禁也有些受到气氛感染，盯着舞池中央旋转的一对对，格外思念起梵卓来……

那一天他拥着她在夜凉如水的城堡露台上翩翩起舞，吻着她的嘴唇轻声说她的脚尖踏过他的让步……是不是正是因为她习惯了他的让步，所以当他不让步了，她就无法忍受了呢？

她还是生他的气，可是好像没那么坚定了。

说到底，他是因为爱她才不想她死去吧？如果真的不在乎，根本不必吵架。

心中隐隐有点后悔，高大胖攥紧裙子……诺菲勒之前的话让她有一种很不好的预感，梵卓这次还能全身而退吗？如果早知道上次的分别就是两人最后的见面，无论如何也不该让它在争执中结束……

沉浸在自己思绪中的高大胖甚至没注意到四周已经全部静了下来，而一只邀请的手已经伸到了她的面前……

“来吧，可爱的小姐，我正式邀请您共舞下一支曲子，不要拒绝我。”

高大胖缓缓抬起眼，盯着面前的男人，摇了摇头轻声道：“我不是小姐，我是梵卓的妻子。你应该叫我夫人。”

周围所有人都在倒抽冷气……

高大胖想大部分人应该根本不明白“妻子”这个单词的意思，他们只是震惊她居然拒绝了总指挥官的邀请！这是很驳男人面子的事，更何况从刚刚叽叽喳喳的女人间的交谈里可以得知，诺菲勒这人很少邀请别人跳舞。

当然，这断残暴成性也是众人为高大胖捏把冷汗的原因。

但是诺菲勒本人没有暴怒。

其实他应该很习惯才对，毕竟当初高大胖就已经干过这种让他很没面子的事儿了。当然，上次他也没怎么暴怒，只是一拳把墙壁砸了个窟窿……

如今经过两年多的战场历练，曾经的暴躁少年已经有涵养得多了，诺菲勒面对拒绝很有风度地微笑了一下，并没有撤回手，只盯着高大胖的眼睛轻声道："别忘了当初你答应我的事，'以后等我学会了，就跟你共舞一曲'。我想梵卓应该已经教会你跳舞了，不是吗？"

高大胖有点无力，好几年前的约定他居然还记着！这家伙为什么对找个舞伴跳舞这么执着？

无奈地叹了口气，大胖皱眉道："你好像很喜欢舞会？"

听到这个问题，诺菲勒抬眼淡淡地掠过整个舞池里各色相拥的血族伴侣，然后带上一丝有点冷漠和讥讽的笑意，轻声道："对，很喜欢。"

高大胖被他这个说不出滋味的笑容触动了一下，下意识地抬起手，放在了男人等待的手心里。

诺菲勒沉着地合起手掌微用力将她从座位上拉起来，牵着她在众人的掌声中一路走到舞厅中央站定，然后揽着她的腰摆出标准的起始姿势。

虽然跟梵卓比起来诺菲勒的舞姿明显有几分不熟练的僵硬，但仪态倒也称得上优雅，配着年轻军人的英姿勃发，别有一番吸引人视线的味道……

高大胖抬手放在男人的肩章上，随着他飘起的斗篷迈出了第一步……

出乎她的意料，他们两个搭配跳舞竟比跟梵卓配合要舒服得多！起码从高度上来说是相当合适的，高大胖的胳膊一点也不会架得酸痛。与血族身高的差距让她总有种活在巨人国的小矮人一般的自卑感，以及一种无力自保的失落。如今这份对等的协调感，在光影旋转之中竟让她有种回到了地球跟人类相拥起舞的错觉……

什么血族，什么逃亡，什么外星，统统都是一场梦……

那样就没什么可烦恼的了吧？

诺菲勒抱起她旋转了一圈，然后慢慢放下她的身子，拥着她的腰肢亲吻着她的发丝感叹：“你真轻巧，好像小鸟一样……人类都是这样习性可怕，外表小巧柔软的生物吗？我们两个说不定很配呢……”

高大胖有点走神涣散的视线对上男人红色的瞳孔和月光般的银发，她瞬间被扯回了神志！

她要认清现实，地球早就爆炸了。

她的丈夫下落不明了，而她面前的男人是捉住她的敌人！

高大胖猛地停下脚步，推开对方贴近的脸孔，后退了一步喃喃：“对不起……我累了，跳不动了，我想回房间。”

诺菲勒没动，只盯着她拉长了声音戏谑道：“真——的——吗？”

“你不是也说我很孱弱吗？”高大胖转过身背对着他，“人类是一种心理容易变态，生理也容易崩溃的诡异生物，你打算跟我配对的话，在这一点上最好做足准备。”

诺菲勒笑出声来，拍拍手叫来几位士兵：“送她回房间，注意看管。”

高小小头也不回，提起裙子直接朝舞会大厅外走了出去……

早就想到诺菲勒肯定会派人看着她，高大胖无所谓，也没指望现在能逃跑。

只是护送她的士兵小分队的军靴在走廊的金属地面上踏出节奏分明的敲击声，实在让“被护送”的高大胖很烦躁！

直到进了电梯，这些象征着强制拘禁力量的声音才安静了下来。

高大胖扁着嘴站在电梯里，只盯着红色的数字默念着楼层，期待着电梯快点到站，然后她好躲进房间里去琢磨逃跑的方法……眼角的余光掠过光洁如镜的电梯门，高大胖忽然意识到不对劲！

虽然并没仔细看，但原本她的身后起码应该有三位以上的黑甲士兵的。

可是此时，竟然只剩一个了！

下意识地转身后退了一步，脊背抵住电梯壁，高大胖紧盯着剩下的那个人看不出表情的黑色面具厉声问道："你是什么人？！"

那人却毫不慌张，缓缓抬臂，戴着金属护具的拳头越过高大胖的头顶，直接砸坏了电梯的紧急制停按钮！

高大胖惊恐地盯着对方瞬间靠近的强壮胸膛，外强中干地颤声问："其……其他人呢？"

男人在嗡嗡的报警声中抬手将面具推了上去，暧昧地轻笑道："都被牛踩死了。"

高大胖瞪大了眼睛……

49th Blood　这一次，我不会再放手

“公爵大人，前方战报。”

“导进第三屏道。”布鲁赫头也没抬地给出指示。

命令很快被贯彻下去了。

在频道切换的嗞嗞声中，连续工作了将近一个星期的布鲁赫略感疲惫地捏了捏鼻梁，闭目靠在椅背上……

他一向瞧不起那个男人，如今做起他的工作来，倒是有些敬佩了。

梵卓从未十城回来之后就被削了职位赋闲在家，一直处于被软禁的状态。原本的工作一分为二，执政官的位置由乔凡尼亲王暂时代理，同时长老会组织贵族重新选举，雷夫诺似乎对此很是积极……而军队统帅一职，则在辛摩尔长老的强力主张下，交由坐镇后方的他来接手。

这个权力分配，大概……是出于长老会对他的补偿心理吧？

那个本该归他所有的人，先是被梵卓暗地里私藏，后是被长老会明目张胆地隔离，归属一事，也不了了之……布鲁赫冷笑，缓缓睁开眼，呵……他们以为这样的补偿就够了吗？

走着瞧。

屏幕上的前线战报很简短，却让布鲁赫全身的血液都瞬间沸腾起来！

这是辛劳半年以来他第一次如此庆幸接任军队总帅一职的是自己而不是别人！

诺菲勒是个浑蛋，但这次总算做了件像样的事！

布鲁赫毫不犹豫地动身！参见长老会，封锁消息，调遣部队……平

时起码会在繁文缛节中耗掉一整天的程序，此时却在 2 个小时内便全部搞定！

应该说，如果不是要向长老会施压达成某项协定浪费了他不少时间，也许战报抵达的一个小时之内，布鲁赫就已经站在准备发射的战舰指挥舱里了！

等待和忍耐是最磨砺耐性的两个恶魔。

它们让渴望和亢奋在到达终点前的一瞬间成倍地增长！

此时的布鲁赫，稳稳地站在太空舱操控室宽广的透明隔离层前，静静凝视着窗外深沉到浓黑的星空，浑身却充斥着捕猎前的兴奋！瞳孔的血色浓得吓人，伸长的指甲甚至无法收回……

所有工作人员下意识地离他远远的，屏息静气、战战兢兢地操纵着机械，努力将战舰动力推到最高，速度杀到最快！

布鲁赫却只觉得穿梭舱走得实在太慢了……明明唾手可及的终点，在焦躁中看起来也仿佛忽近忽远，让人格外心痒难耐！

今夜，大约不宁……

…………

一片混乱警笛连鸣的主舰里，搜索的士兵全副武装地进进出出……

小型军舰整修场旁边无人注意的狭窄工具舱里，已经脱掉铠甲的梵卓坐在靠近门的地方，慢慢脱着手套，一边观察着外面的动静，一边调戏着高大胖：“没想到你脱衣服的动作这么快，从前怎么没见你施展过？”

“有你在不用我施展。”高大胖一边闷闷地嘟囔着，一边把头发上七零八碎的首饰拽下来，“这种紧张的时候你就只想对我说这个吗？”

梵卓笑起来：“那好，我们说点别的。你跟诺菲勒跳舞的时候是不是很舒服？是不是觉得比跟我跳要合适得多？”

高大胖扎头发的手僵硬了一下，含糊道：“你那个时候在附近啊……”

梵卓同志冷哼一声：“要再换个话题吗？”

高大胖：“嗯……这个……那个……哦，对了！等会儿要怎么逃走呢？”

梵卓低头看了看腕上的机械表："再过 12 分 34 秒会有三个救生舱从机舱侧门逃出，他们一定会认为我们在里面，到时会派出起码三批追袭部队，我们只要混在里面伺机离开就是了。这附近北纬 1766 度左右有一片虫洞穿梭区，如果能到达那里应该可以靠瞬间转移逃离。只不过……那个穿梭区是未列入宇宙规划的不稳定地带，我也不太清楚会被转移到哪里去。"

侧头看了眼乖乖坐着眨巴着眼睛认真听他说话的高大胖，男人忽然升起一股跟逃亡时分毫不相称的怜惜感来，伸手揽过高大胖，温柔地吻了吻她的脸颊："对不起，又要让你经历危险的事了……"

隔阂两人许久的冷战仿佛在这一刻的亲密摩挲之间消弭了许多，高大胖伸出手抱住男人，主动靠进对方怀里喃喃："没关系，安普说我现在正是孕期最稳定的时候，普通的跑跑跳跳都没问题……"一句话未完，高大胖想起了之前的事，声音哽住，呢喃变得更低："梵卓，安普死掉了……"

男人并不温暖的手抚着她的头发，无言地拍了拍她的脑袋以示安慰。

两人仿佛致哀一般默契地静了一会儿。

"其实血族并不适合战争。"寂静中的梵卓突然开口，清晰低沉的声音带点冷眼旁观的味道，"血族的人数本身就很少，无法构建庞大的军队，虽然个体战斗力比较高，但在硬碰硬的星际战争中其实很吃亏。赢得战役并不容易，即使赢了，有时甚至连驻守殖民地的兵力都分不出来。在这种情况下，想要建立稳定的占领关系，就必须从一开始就做到绝对威慑！所以手段残忍些，是没有办法的事……"

先给占领地留下"反抗必死"的印象，然后才能用绝对的权威弥补自身兵力的不足吗？噢……指战课的 Father 似乎讲过类似的内容呢，高大胖想。

"萨恩星的资源其实很匮乏，植被虽然茂盛，却无法提供血族需要的食物，更别提一个国家急需的各种金属矿藏了。半年雨季半年雪季的气候，让大部分动物也无法生存。而血族又是个奢侈而高能耗的种族……"梵卓叹口气，“这种情况下，想要维持生存就只能向外拓展，夺取别人的资源。血族不适合战争，战争对血族来说却是必须的。我们残忍，是因为我们想活下去。”

高大胖第一次听梵卓谈起这些事，这些话却让她首次从另一个角度看待这个种族！第一次开始觉得，他们也许并不是妖怪一样让她只能畏惧的生物，也许他们跟她一样，在想方设法地努力活着……

“战争的损失和伤亡都是相互的。人们都说血族是不死之身……”梵卓淡淡道，“的确，蓝血族士兵死了可以靠核重生，可是要等多少年呢？如果等待太过漫长，他们其实也就是死了。而散落在战场上的核，又有多少能幸运地被捡回来？圣血族也许难杀死一些，但我族现在一样濒临灭绝，长老们甚至沦落到要抓着一个无辜的地球人强迫交配的程度……”

梵卓自嘲地笑：“血族看上去如此强大，威耀四方，其实早已内忧外患，不过同样是个在宇宙中挣扎求生的普通种族罢了……”

高大胖沉默了一会儿，轻声道：“你这番话让我忽然觉得，为了谈恋爱就拒绝给一个种族延续希望的自己很不厚道。”

“……为什么你会理解到那里去？”梵卓皱眉，“那种事想也不用想。”

高大胖：“……你难道就没有一点内疚感吗？”

好歹他曾经做过这个星球的领导者，多少应该比她多点责任感吧？

梵卓：“一点也没有。”

高大胖失语。

梵卓：“我是个自私的浑蛋，你又不是第一天知道。”

高大胖叹气，仰面枕在男人腿上喃喃：“说的也是。”

梵卓低头轻柔地吻她：“你是我的妻子，并不是整个血族的。无论你有没有延续种族的能力，都是我的妻子。而你怀的是我的孩子，无论他是不是什么种族延续的希望，都是我的孩子。”

高大胖忽然有想流泪的冲动，伸出戴着戒指的手揽住男人的脖颈，仰头深深地亲吻她的丈夫……

舷窗外呼啸而过的宇宙流星尘埃，仿佛银色的烟花一般，细密地划过漆黑的夜空，逃亡中的两人相互依偎的工具舱，也被窗外的流星雨晃得忽明忽暗，仿如梦境……

…………

布鲁赫抵达空中军事指挥中心后得到的第一个消息，就是高小小不见了。

一瞬间那种擦着指尖而过的巨大失落感弥漫了全身，仿佛黑洞一般吸着他跌进愤怒的深渊！

“前亲王梵卓并没落网，所以人很可能是被他带走的。目前已经在全舰和附属舰队展开搜查……”古雷严肃地汇报着。他的顶头上司诺菲勒跟眼前的这位一向不和，别说正式接见了，连话都不愿意说。可怜他只能当夹在中间的传话筒。

“能让非编制人员轻易混入制造麻烦，管理松懈至此，诺菲勒将军也该自我检讨一下了！”布鲁赫冷冷发话，抬手叫来自己带来的护卫队，立即布置新的搜捕计划。

“梵卓生性狡猾，带着一个孕妇不可能一直在舰内跟我们周旋。既然敢来营救，一定早就准备了离开的方法。全舰队注意所有可调用的外抛式小型战舰、医疗舰、维修舰，救生舱和垃圾清理船也不要放过，所有驾驶员归队，立刻与座驾配对进行点名清查！”

“长官！”一脸焦急的传令官旋风般冲进指挥舰！“紧急汇报！主舰西侧有三架救生舱未经批准发射离舰！”

布鲁赫与古雷对视一眼，同时起身冲向了通往主舰西侧的传输梯！

“诺菲勒到哪里去了？！”布鲁赫的声音杀气腾腾！“主监视屏指挥处需要他坐镇，这种时候身为总指挥官居然不见人影！”

古雷连忙打圆场：“公爵大人请勿动怒，因为将军有情报优先获知权，所以他可能已经比我们先一步赶往西侧事发处了……”

听到这句话，布鲁赫的脚步却突然停住！

单手扶着走廊上的落地隔离窗，凝视着舰船外的无重力宇宙里渐行渐远的三个救生舱，男人的表情若有所思……

“说的也是，大家听到这个消息都会赶过去……”低喃了两句，布鲁赫扭头叫来自己的副官科勒，“你随古雷副官一起赶往西侧发射口，如果诺菲勒将军在那里，听从他的指挥。如果他不在，立即汇报我！其他人执行我之前的命令，密切注意一切可使用的小型舰！”

看着领命离去的众人背影，布鲁赫略微思索了一下，招来之前汇报的传令员：“带我去本舰速度最快的战舰整修处。”

…………

“不用一直抱着肚子，那里的冲击不会很大，抓牢扶手保持脊背挺直比较重要。因为战舰的速度是很快的，发射时对脊椎的压力会很大……”

梵卓动作熟练地帮高大胖调整着安全带，低头吻了吻她隆起的腹部：“我发现你有危险时总是下意识地先保护自己的肚子，这也是母性本能吗？呵……你还真是个好妈妈。那么如果我有危险，你会这样保护我吗？”

“我认为能对你构成威胁的攻击就算再垫上一个我，也安全不到哪儿去……”高大胖无力地看着某个习惯性跟自己的孩子争风吃醋的男人，可是迎上对方带点笑意和期待的漂亮眼睛，还是忍不住摸了摸对方的脑袋柔声道，“嗯，我会的。”

男人收到理想的答案，心满意足地站起来坐到旁边的驾驶位置上，一边开启防护罩一边安抚有晕船前科的老婆：“别紧张，战斗舰跟民航其实差不多，就是速度快点，另外可以杀人而已……”

高大胖：“……”

两人的对话随着防护罩的开启戛然而止！

看清视窗外坐在他们舰船顶端男人的那一刹那，高大胖的脸色煞白！

诺菲勒一副坐在草地上晒太阳的姿势，单腿曲起坐在驱逐舰的金属外壳上，微笑着朝驾驶舱里的两个人打了招呼，然后按了按自己的耳机。

梵卓停顿了一下，伸手拨开了控制板上的通话按钮，镇静地冷淡道：“诺菲勒，坐在那里的话，发射的时候可是会被烧焦的。”

诺菲勒的声音顺着舰内的扩音器传进来："梵卓大人，你我本是同族，你又是莉莉丝的Father，我本来不想干涉你的事，但这次帝都已经下了禁令，又派了人来迎接繁育者，身为保管人，我恐怕不能放你走呢。"

梵卓轻笑："诺菲勒，你我都明白，这里没有人能拦住我，何必浪费时间？"

"我的确不是你的对手，"诺菲勒轻巧地跳下舰身，斗篷飘扬地落地，起身指了指四周，"不过有人似乎是有备而来，不打算空手而归呢。"

原本只打开了一个缺口的防护罩忽然同时四面开启！露出了密布整个舰船停泊场的军队，牢牢包围住二人所在的这架驱逐舰！

高大胖还是第一次经历这样万人列队千钧一发的场面！暴露的慌张和担忧逃跑失败的紧张同时刺激得她的心脏也狂跳起来！她下意识地扭头寻找着梵卓，试图从男人身上获得一点安慰的力量……

而梵卓，不愧是见惯了大场面的人。在这样绝对劣势的情况下，表情也没什么变化。冷静的目光扫过包围住自己的军队，梵卓若有所思地淡淡道："帝都派来的人，是布鲁赫吧？"

诺菲勒没有出声，算是默认。

梵卓微笑："诺菲勒，莉莉丝没有告诉过你，布鲁赫也一样不是我的对手吗？"

诺菲勒愣了一下，刚要开口，就被一个冰冷的声音打断！

"梵卓·德·琉珂赛特，圣血族前亲王，血族正规军前统帅，帝都前代理执政官，因擅离职守，私自开启圣地，劫持贵重的繁育者并致其生命受威胁，以非军事人员身份非法潜入空中军事指挥中心军事重地，非法驾驶军用驱逐舰，杀伤在职军官，罪行累积，当受重罚！现剥夺其贵族身份一千年，并判处强制休眠极刑！行刑人，三长老。"

双层大门随着庄严的宣告声轰然开启！

出现在门后的三位威严的长者让停泊场上所有人都变了脸色……

圣血族的三长老！从未被挑战过的绝对权威！

因为干系太大，长老会的三人已经有十几万年未曾同时离开过萨恩星！高大胖作为千万年难得一见的珍贵繁育者，被正式接回帝都的时候也不过在接见仪式上远远地见了三人一面，甚至没看清对方的长相。

而此次，他们居然会同时出现在此！

如此重量级的罕见景象让所有人陷入呆愣，而梵卓一直淡定镇静的表情第一次有了“裂痕”……

高大胖在那“裂痕”里看到了一丝紧张……

大军围困，长老会出动，绝对的不利情况。

高大胖正转向梵卓想开口说点什么，随着一声刺耳的巨响，两人乘坐的驱逐舰竟然从中间被活活切成了两半！

高大胖瞪大眼睛看着梵卓的脸孔离自己越来越远……才下意识地伸出手去想拉住对方，却失去了平衡，随着其中一半舰体歪向了一边……

高大胖就像一只被捆在巨型战舰上的小老鼠，被安全带绑着跟半个舰身一起跌落……然而还没等受到任何实质的冲击，捆住她的安全带就被凌厉的剑光唰地挑断！身子一轻被人直接抱了起来！黑色的斗篷飘扬中阻挡了她的视线，只有倒塌的舰身撞击地面的巨响不绝于耳……

一片灰飞烟灭中高大胖看不到梵卓的身影，距离和噪声让她也听不到梵卓的声音，拥住她的臂膀让她无法回到梵卓身边，布鲁赫缓缓拉起斗篷包裹住她的身体，遮住了她的视野……

他抱紧她轻声说：“终于抓到你了……”

“这一次，我不会再放手。”

——Chapter Ⅲ · End——

Chapter Ⅳ　Blood is Hope
第四卷　血是希望

It connects past and future…

联结了过去和未来……

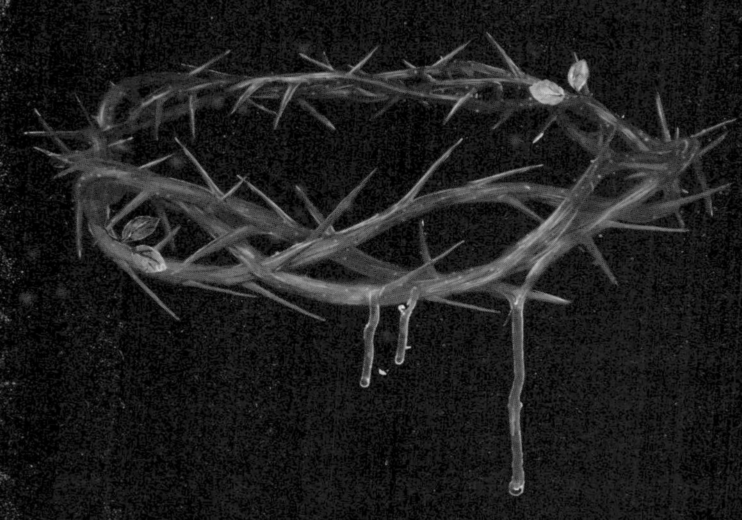

50th Blood　金屋藏娇是每只雄性生物的梦想

萨恩星上的雪季即将结束，飞雪不再那么大片，狂风也不再那么冷冽。零零碎碎的细雪在温和的夜风中已经有了几分轻柔春雨的味道。可是这份柔柔春雨遇到诺斯城的铜墙铁壁，也瞬间冻结成了冷酷的冰霜……

坐落于帝都北部山麓的诺斯城，本身就是作为帝都背山要塞而建的。高耸的城堡外墙，因海拔太高而常年积雪的塔尖，铁色外观，冷硬的线条，都给这座威严的城堡增添了几分不可逾越的冰冷气氛。而城堡的主人，一直以来都完美地继承了城堡本身的硬派气质，无论是哄女人，还是哄小孩，都不是他的特长，更不要说当这两种生物合二为一的时候……

“公爵大人，您回来了。”管家一脸诧异，主人竟然凌晨三点就回城堡，这可是在这位工作狂大人身上从未发生过的事！

“她呢？”布鲁赫一边摘着手套，一边面无表情地提问。

虽然是非常突兀的问题，管家却马上知道公爵大人是指哪个“她”。这座城堡里能让主人如此牵肠挂肚的女性，也没有第二个了。只是那位的表现，恐怕只会让常年不高兴的公爵大人更加不高兴……

管家犹豫着回答：“这个……躲在房间的棺材里不肯出来。”

果然，布鲁赫公爵立刻皱起了眉头：“她用过餐了吗？”

管家开始后背发凉：“这个……她说要睡觉，所以……”

男人的声音温度已经降到了零下：“从我离开到现在什么也没吃？”

管家的声音都哆嗦了起来：“这个……这个……”

“收拾行李。太阳升起之前离开城堡，不要让我再看见你。”

“咦？公……公爵大人！您听我解释……公爵大人！我……”

快步走上通往二楼的楼梯，将试图恳求的管家嘈杂的辩解统统甩在身后，布鲁赫面无表情地一路走到自己的睡房外才停下脚步。

深吸了一口气，轻轻推开门……

房间里奢华依旧，灯火通明，门窗紧闭。

台阶之上他常睡的黑色棺材旁边，被管家新放了一个同样款式的白色小棺材。做工和雕刻都是一等一的精致。

布鲁赫盯着那漂亮的小棺材心中冷哼了一声，觉得那愚蠢的管家开除得一点都不冤。

他走到棺材前面，抬手毫不费力地将棺盖推开些，露出里面柔软细腻的血红色丝绒内垫。然而……没有人！

布鲁赫的瞳孔瞬间微缩！然后，手上用力猛地将整个棺盖掀开！这才露出角落里蜷成一团闭着眼睛的小小。

原来她还在……

悄悄松了一口气，布鲁赫低头俯视着他新的所有物。

这个生物贵重又娇嫩，柔软又出乎意料的顽固，明明孱弱到根本不可能逃跑，却又总让人觉得随时会消失……

矛盾的小生物，他一向比较拿不准。比如一边撒娇一边咬人的毛绒吸血蝙蝠，或者乖乖跟他回家却不跟他说话的雌性人类。

就像此时，她抱着肚子低着头，垂着的脑袋一点一点的，是在哭吗？

布鲁赫不是很确定。

他想起当初她被他捕获的时候，并没有害怕哭泣。

在回萨恩星的途中，他通知她梵卓已经落网，很快就会被判刑。她也只是静静地坐着，没有吭声也没有流泪。

当他告诉她，长老会将把梵卓遣送回血族圣地执行强制休眠，休眠的时间没有人能确定，可能是千年，也可能是万年，而且等梵卓醒来后，很可能会记忆归零完全忘记她的存在，就算他记得，她那时也已经死了。两人只会错过。

她默默听完了，还是没有伤心哭泣。

他几乎以为她对梵卓的感情也不过如此了。

可是当他让她把手上作为戒指的梵卓墓地钥匙交出时，她却拒绝了。

她说这是他们的婚戒，是她与梵卓结为夫妻的证明，无论他是死是活，能否再见，她都会一辈子留着。

她的声音虽轻却毫无商量的余地。

这话没什么冒犯之处，他却莫名地很生气。

更何况，他从一开始就没打算跟她商量。他在她面前蹲下，强行拉住她的手，掰开她的手指，把那枚暗红色的带着小巧十字架的戒指利索地褪了下来……

戒指从她指尖离开的一瞬间，她却突然哭了。

眼泪无声无息地顺着她的脸颊淌下来，滴在他的手背上……

她的泪水带着她的体温，热热的，让他的皮肤有点灼烧的感觉，胸口也发闷起来……

布鲁赫并不想再体验一次当时的感觉。

所以现在，他立刻在棺材前蹲下来，伸手强行托起对方的脸庞，仔细观察……那上面并没有任何水痕。

小小默默抬眼看他，又平淡地垂下了眼帘。没有为自己的下巴被男人的手捏住而表示愤怒。确切地说，她根本毫无情绪波动。

这样的无视让布鲁赫莫名地不爽起来，口气也不知不觉地带上了点严厉的味道：“孕妇不该经常蜷着，就算没有怀孕，女性也不该以这样难看的姿势睡觉。如果要休息，应该在棺木内放松平躺，两手交叠在胸前，这是最基本的保持优雅的睡姿。我曾经教过你的，这么快就全忘了？”说到最后，口气已经带上了一丝恼怒。

“你已经不是我的老师了。”对方干巴巴地回应。

布鲁赫沉默了一下，突然低喃：“说的也是。”言罢撤回了托着对方下巴的手，然后干脆直接伸臂把小小从棺材里抱了出来！

高度的变化和男人坚硬的怀抱让她不安地挣动了一下："你干什……"

"我的确不是你的老师了，"布鲁赫抱着她，轻松制住她的反抗，平静道，"按照人类的说法，我现在是政府指派给你的法定配偶，应该算是你的'丈夫'。"

小小沉默……

这就是除了戒指事件以外，她讨厌他的第二个理由了。

小小被捉回来之后第一个要求就是要见兰卡。

布鲁赫却冷着脸告知她，前亲王私人总管，萨恩星首席机械师西里·凡·纳普鲁斯，因涉嫌非法侵入帝都最高管理网络并破坏圣地军事监控系统，在梵卓逃离后被监禁待查。而原长老会科研院民俗分院博士兰卡·鸢·戈蓝蒂斯，竟然私自劫狱，与西里双双出逃！现在两人是血族悬赏捉拿的宇宙通缉犯，即使带回萨恩星也必须面临审判和处刑，不可能与她见面。

这个消息给小小的打击，如同瞬间切断了她与这颗行星最后的联系，让她立刻进入了警惕的自我保护模式，不肯再与布鲁赫之类的其他血族交流。

之前高大胖从养胎的研究所逃离的事件也证明了，研究院的安保真的漏洞繁多，而单论可用的武装力量，甚至比不上一个拥有自己军事领地的圣血族贵族。这让长老会坚定了"繁育者还是应交由有实力的贵族轮流看管"的想法。显然，目前担任萨恩星军事统帅，拥有多年领军经验和自己的死忠战力的布鲁赫公爵，是上佳人选。

他的任务就是确保繁育者的安全、健康以及顺利生产。

他的权利是与之交配直至拥有莫诺赛特家族血统的后代出生。

他是她的新丈夫，比梵卓更合法。

"为什么不吃东西？"新饲主布鲁赫盯着转手宠物高大胖扭到一旁的侧脸，声音严厉，"我不知道你想达到什么目的，不过我可以告诉你，只要是以绝食威胁的要求，我都不会答应。所以奉劝你早点放弃这种愚蠢的手段！”

高大胖慢慢转过脸来：“我为什么要绝食？”

布鲁赫：“管家已经告诉我了，你一直不肯用餐。”

“那是因为我要睡觉……”高大胖深深地吸气，“你以为现在是几点？研究院的那群家伙没告诉你人类是晚上睡觉、白天行动的吗？凌晨三点你把我从被窝里拽出来逼问我为什么不吃饭？！”

布鲁赫同志此刻再一次坚信，那个误导情报的笨蛋管家真是开除对了！

“你要是真的担心繁育者的健康，就把我放回去继续睡觉。”高大胖打了个疲惫的哈欠，冷淡地转开脸。

布鲁赫犹豫了一下，再次确认了一遍：“你不会绝食？”

“不会。”高大胖语气平静，“如你所说，你并不是那种因为对方采取极端手段就会让步的人，我也没那么傻，用糟蹋自己身体的方法求敌人。再说我现在是个母亲，就算为了胎儿着想我也不会那么自私。”

将军大人隐隐地松了口气……

敌人吗？那就敌人吧。比起完全不说话，暂时先这样也好。

布鲁赫一路抱着小小回到棺材旁边，却直接越过了小白棺材，把她放进了自己的黑木棺材里。然后开始解开绊扣和军章，褪去进门以来还没来得及脱的斗篷……

高大胖呆坐在比自己的棺材略硬一些的大棺材里愣了一下：“为……为什么把我放在你……你的……”

“作为你的配偶，我有权跟你睡在一起。”布鲁赫回应得理所当然。

“我才不是你的……谁要跟你……等等，为什么你在脱衣服？！”高大胖瞪圆了眼睛连连后退！“现在才凌晨三点！才三点！血族哪有这么早睡觉的，你是小学生吗？！”

“那么，我等到八点再来跟你一起睡就可以吗？”布鲁赫停下解扣子的手平静地问。

高大胖再次沉默了……

其实自己应该早点适应这种事的，没有保护者在身边，又打不过人家。在绝对的力量对比下，拒绝也只能停留在口头上，这根本是个对方可以为所欲为的状态啊！反正该发生的事早晚都会发生，如果自己的心态调整不过来，难受的只能是自己而已。

对，要淡定冷静，淡定冷静……

高大胖深呼吸了一次……然后转身迅速爬出了男人的棺材！

将军大人愕然地看着大胖逃窜一般飞快地爬回了自己的小白棺材！并且从里面费力而笨拙且自欺欺人地关上了盖子……

啊！啊！去他的冷静淡定！

高大胖抱头做鸵鸟状……她高小小就是一个普通的二十岁地球女青年！怎么可能习惯一天一个老公地换着睡！

其实她自己也明白不管是徒劳的拒绝，还是现在自己掩耳盗铃的行动，都完全没有意义。她也知道，如果布鲁赫愿意，徒手砸了她的棺材把她拽过去拆零碎了当抱枕睡都可以。可行动上，还是忍不住自欺欺人地躲一会儿是一会儿……

棺材外面传来轻微的开启声，高大胖知道逃避游戏结束了……

然而出乎意料的是，棺盖并没有被整个掀开或者砸碎，而是只推开了一小条不会让她感到不安的缝隙，外面的光线漏进来，温和中带着一点呵护受惊小动物的小心……

“我想……你也应该明白，你散发的气息很美味，光是抱着你睡觉就会让我们很舒服。”布鲁赫的声音从缝隙里传进来，“我现在非常口渴，但你刚经历长途旅行，直接失血对身体不好，所以跟我一起睡是最好的双赢办法。我不想强迫你，所以到底要直接提供鲜血，还是跟我一起睡只提供血气，由你自己决定，怎么样？”

说完这句话，布鲁赫停顿了一下，思考着是不是应该加上“每天”这个定语。想了想还是作罢，既然她有作为母亲的觉悟，就绝对不会做损害胎儿健康的决定。睡在一起可是比抽血要轻松多了，所以这个交易的结果，他不用担心。

棺材里久久没有回应，布鲁赫低头看着那窄窄的缝隙，这个角度只能看到小小光裸的脚背，小巧圆润的脚趾踩在血红色的丝绒上，强烈的颜色对比下，那晶莹可口的粉白色泽让他有点心猿意马……

“今天……还是血吧……”艰难的决定终于从缝隙里飘了出来。

居然选择了献血！公爵大人心里多少受到了打击……

奇怪？为什么觉得不爽呢？明明有血喝，是件更高兴的事啊。

布鲁赫闭了闭眼，把杂念从脑海中挥去。刚抬手要把棺盖掀开，就被里面伸出的小手拉住手腕！

“可是不要用咬的，你叫人带抽血的工具上来吧。”缝隙里的声音这次一点都不艰难，十分果断痛快，“这样也是可以的吧？”

的确可以，反正自己只是想尝到那个味道而已，获取的方式并不重要。布鲁赫低头看着对方搭在自己手腕上的手指……可是，为什么会觉得有点可惜？

皮肤接触的部分，明显感受得到血族与人类的不同。从对方指尖上传来的温暖，让人不禁幻想着那层薄薄的肌肤之下奔腾流淌的生命之泉，应该也是这样的温暖、诱人，散发着甜美的气息吧？

等到意识到的时候，布鲁赫发现自己已经在低头轻舔对方的手腕了，血牙也已经伸了出来，锋利的牙尖马上就要冲破脆弱的人类肌肤……本来在耐心等他回答的小小大概吓了一跳，唰地抽回手！然后啪地合上了棺盖！

被关在外面的布鲁赫同志有些挫败。

无声地叹了口气，直起身，看了眼小棺材，然后转身走出了房间，男人拍拍手叫来新的管家，冷着脸吩咐：“明天起把那个小的棺材撤掉。”略思索了一下，又补充了一句：“弄张床来。”

…………

金属城堡里的娇弱地球人，今天起得比较晚……

“公爵大人，您回来了。今日怎么这么晚？军务很忙吗？”

“嗯。她起床了吗？”

“是的，正在梳洗。”

“新的床……她喜欢吗？”

“这个，呃，她什么也没说。”

“……”某人的脸色，晴转多云……

“但是她在上面睡了很久，还赖了会儿床，这应该是很喜欢的意思了吧？”新管家连忙安抚，“我听说地球人，尤其是华夏人种，是不喜欢直接用语言表达感想的生物，更多时候要看他们的行动。”

某人的脸色多云转晴：“你知道的倒是不少。”

“嘿嘿，去研究所借了不少相关资料来看……干一行爱一行嘛。”新管家搓手赔笑，“其实公爵大人要是想改善跟繁育者的关系，不如多研读一下人类心理学。与其让对方接受自己的想法，不如先读懂对方的想法，然后想办法影响她。”

在管家的循循劝导声中布鲁赫大人停下了脚步，冷冷地俯视着对方开口道：“是谁推荐你来就任的？”

新管家微愣：“呃，萨恩星高级管家协会……”看到男人冰川一样的眼神，连忙利索地吐出后半句，“辛……辛摩尔长老！”

“去收拾行李，你被开除了。”

“咦？公爵大人！长老并没有别的意思，您应该明白作为您的Father，辛摩尔大人一直是站在您这边的，我并不是作为监视者被派来……”

布鲁赫依旧“屏蔽”掉背后的争辩声，三步并作两步来到卧房门外，悄无声息地推开门，却意外地看见房间里的小人儿已经穿戴整齐地坐在沙发上翻看他的法律书了。

她穿着他亲自为她选的裙子，洁白柔软，轻巧得像一片云朵。粉紫色晶莹的小花装饰的肩带下露出纤细的锁骨和粉白的小肩膀。看上去……美味极了！

她看书的样子跟她上课的时候一样认真。细细地看，慢慢地记，笔记上的字体圆圆的，垂下的睫毛忽闪着……

布鲁赫静静地在门口站了一会儿，才出声道："如果你想了解萨恩星的法律系统，来问我就好。以你的语言水平，从头研究法律书籍可能要花很多时间。"

全神贯注的小小显然被吓了一跳！猛抬头确认了门口的人，才一声不吭地转过脸去。

又是这种非暴力不合作……布鲁赫大人微微恼怒，跨进门来到沙发上故意贴着她坐下，抱臂靠在沙发背上做闭目养神状，长腿一伸便将小小堵在沙发角落里动弹不得。

他等着她来推他或者开口叫他让开。

她却依旧安静地坐在原地，继续翻书……

房间里一时恢复了寂静，只能听到偶尔的充满质感的书页哗啦声，以及窗外隐约传来的不知名的鸟的鸣叫声，婉转温柔，显得连空气也更加寂静。城堡的细长玻璃在地毯上投下一格格的光影，让整个房间都充满着午后带着睡意的舒适平和……

布鲁赫意外地很喜欢这种感觉。

他不是个愿意花时间哄女人的男人，与床伴交流时往往也是对方叽叽喳喳地缠着撒娇居多。血族的女性要么泼辣强悍，要么充满个性，如果与之共处一室，绝对没有这样安安静静的时刻。

所以对布鲁赫来说，性事只是生理欲望的发泄，如果真的想要精神上的放松，还是得一个人待着。

可是现在，他发现这样也不错，内心有种很平静的感觉……

“那个……我在萨恩星算是拥有完全权利的行为人吗？”

小小的声音从安静的彼端传来，仿佛带着一点不真实，让布鲁赫恍惚了一下，才反应过来。

“你问这个干什么？你是繁育者，身份高过普通贵族，不必跟平民比较。”

“是吗？那好。”高大胖费力翻过那本巨大的硬皮书，指给布鲁赫看关键的两行字，“萨恩星血族宪法规定：拥有完全权利的行为人，人身自由不受限制，公民意愿不受强制……所以，你没有权力关着我。就算你是我法律上的丈夫也不行！”

男人面不改色，一边伸手帮她托着那本沉重的书，一边淡淡道：“我并没有关着你，这里没有任何一扇门上了锁。只要你能走出去，随时都可以离开。”

高大胖咬着嘴唇仰头凝视了他一会儿，恨恨地丢开书，兀自郁闷地嘟囔：“别以为成了‘丈夫’就了不起了，在地球还有一种抗衡婚姻的方式叫‘出轨’好吗！”

第二日拿着研究院呈上来的长达十五页的《地球语“出轨”历史溯源及内涵外延调查报告》，布鲁赫大人苦笑……这样的生物怎么能不关着？

其实他明知道，凭她的臂力，就算城堡的门不上锁，她也是推不开的。更不要说遍布城堡的监视器和巡逻侍卫这些阻力。她是走不出去的。

梵卓城堡所有的大门都为她打开，布鲁赫城堡所有的大门都为她关闭。

他说了谎，其实他是想关着她的。

51st Blood　人家娇让不让你藏还是个问题

宝物藏在城堡里，宝物藏在城堡里。
推开大门记得关，否则宝物会不见。
派只火龙守东边，派只水龙守西边。
丝绒包裹宝物盒，羽毛盖住水晶锁。

推开大门忘了关，宝物转眼就不见。
东边火龙在睡觉，西边水龙飞上天。
丝绒撕坏一个角，羽毛折断第三片。
到底是谁传出去，宝物藏在城堡里？

“公爵大人，您回来了，一周视察辛苦了。”

“嗯。她最近做了什么？”

“睡觉，吃饭，做园艺。”

“园艺？”

“是的，小小女士购买了一些盆栽自行种植，似乎是为了打发时间。”

“进行危险品种核查了吗？”

“当然。都是些不太常见的熏香用药草，没有危险性。”

“嗯……不用拘泥于她要的那几样。随便什么珍稀贵重的花草，只要她喜欢就都买回来。我给她的账户资金无上限。”

“呃……”管家的表情略微尴尬，“小小女士似乎并没有动用公爵大人赠予她的账户。”

布鲁赫皱眉："那她哪儿来的钱？"

"似乎是她与前亲王梵卓大人流亡的时候一起在阿蒙拉星球赚的钱。"

公爵大人的脸色史无前例的难看……

管家在这冰冷的气氛下噤若寒蝉……

"把那个账户封掉。"

"啊？是……是。"

缓缓爬上旋转楼梯，无声地推开镶嵌了宝石的大门，那后面不再是他看了三千年的熟悉布置。

银质雕花的暗红色蛛网形天花板被换成了简洁的白色天棚，巨大精致的水晶吊灯被换成了光线柔和的天然荧光飘浮球，黑色庄严的地板被铺上了乳白色的毛绒地毯，冰冷的金属双耳骷髅花瓶也被一排结着粉白浅绿花苞的朴拙陶盆代替……一向跟棺材气氛没差多少的布鲁赫公爵的卧房，此时被改造得生机勃勃，充满了罕见的柔和的女性气息。

这一切，都是因为宝物同志表示：太华丽的花纹看久了眼晕，太黑暗的颜色看久了压抑，太冷硬的房间住久了想死。

而孕妇的情绪是很重要的，所以改造工程几乎不需要得到房东同志的批准，就在长老亲批，国库划款，国有工程部门、运输部门、采购部门通力合作的举国支持下，大刀阔斧地启动了，不久即已竣工……

花苞淡淡的香气弥漫在房间的空气里，城堡外的风透过打开的窗户吹进来，在防护层上隔去了全部冷意，只留下清新温和的徐徐暖风缓缓拂过窗口的踏脚沙发；上面的小小此时半靠着软垫，膝盖上摊着书本，一只手压着一本笔记，另一只手里还攥着几片不知从哪儿拽下来的叶子，歪着脑袋打起了瞌睡……

散开的鹅黄色纱裙上浅青的藤蔓刺绣，跟她手中的绿叶和身后陶罐里的植物交错在一起，让她看起来像是绿林里的小精灵一般天真无邪，毫无防备睡着的样子柔软又可爱……

布鲁赫站在原地轻笑了一下，无声无息地反手关了门，慢慢走过去，低头看了看她膝上的书，确定只是普通的园艺书之后便轻轻收了起来。瞥了一眼她的笔记，上面全是他看不懂的文字，偶有几个蠢蠢的图画，线条太过简单，看不出是什么东西。

人类是种干什么都不精确的生物，画出来的图例也总是失真的，这在布鲁赫看来完全不能理解。如果让血族画个简笔画示意图，那么无论是他还是梵卓，都是可以把一部粒子冲锋枪的立体透视图以精确的比例缩影呈现在纸上的。

他曾经这么做过一次，结果被她评价为“很无趣”。

人类“有趣”的标准他真的不太明白。

翻了翻那个笔记本，上面没有多少新东西，大部分还是从前的课堂笔记。三号管家提议把这本见证着两人唯一和睦时期的笔记放在小小能看到的地方，以勾起其对美好时光的回忆，据说可以影响现在对待对方的态度——人类是很容易受记忆影响的生物。布鲁赫默许了，只提醒管家把其他科的笔记都撕了。

小小果然注意到了这个笔记本，并且确实拿去用了（因为没有其他本子用），也确实翻看了从前的内容（主要是疑惑怎么本子突然变薄了），但她更关心房间的改善效果……至今没看出来。

挫败地丢开本子，布鲁赫同志很郁闷地在小小身旁坐下。单手支着头，眯眼凝视着这个难养的家伙……

她还是不爱搭理他，也不肯跟他一起睡，宁愿选择更痛的抽血的方式，也不愿意靠近他的身边。

布鲁赫觉得不满足。明明已经弄到手了，为什么还是觉得不够呢？想要的难道不是她的血吗？不是那份顺着喉咙流下的甘醇吗？

原来宝物不是用丝绒裹着、用羽毛盖着就够了的。

藏起宝物的人，想要的究竟是什么？

又是一阵轻风吹过，小小腮边的发丝被拂起，然后落在了她的嘴唇上……布鲁赫盯了那颤动的发尾一会儿，抬手关了窗户，手指顺着对方的脸庞滑过，挑去那根绕着嘴角不肯离去的调皮发丝，取代的，是落下的吻……

即使不敢用力，也感受得到那份香软嫩滑……不行，这家伙实在太像食物了，总会让人联想到好不好吃的方面。咬紧伸长的血牙扭开头，布鲁赫对自己的自制力很失望。肩上却忽然一重，温暖的香味从肩颈间拂过，转头间茸茸的感觉蹭过脸侧……

她睡得迷糊，失去了平衡，软软地歪在了他身上，垂着小脑袋，靠着他的肩膀睡得正香……

不能动！布鲁赫想，僵僵地、笔直地坐在原地，保持着肩膀的位置精确地停在她歪脑袋的方向。

不能动。一动，她就醒了。一醒，就会跑了。

天色渐明，外面的阳光越发强烈，透过窗户笼罩着两人，将一切都晒得暖洋洋的，仿佛连体温也在渐渐上升……

布鲁赫沉默着闭上眼，很久都没有动。

…………

所有人都以为只是打发时间的园艺，小小却摆弄得很认真。孱弱的移栽幼苗在她精心的照料下日益茁壮起来，长出叶子，结出花苞。

布鲁赫认为如果只是喜欢花草，不必这么费力，中庭的温室花园随时为她开放。但小小似乎并不感兴趣，宁愿弄得两手泥土也要自己培育。对于记录植物成长情况比自己是否按时吃饭还关心。

研究院的人告诉公爵大人，这种行为叫作“移情”。

当想做的事不能做，想见的人不能见，行动受到控制的时候，人类就会倾向于做另外一件在允许范围内的，需要一定努力的，能够看到成果以自我满足获得心理安慰的事情。而且往往会相当投入。这其实是逃避现实的一种表现。

布鲁赫并不觉得小小有表现出要逃避现实的倾向。但如果她已经认命地开始转移注意力，而不是整天想着梵卓，就是好事。因为时间只会继续推进，旧人总会被新人无情地代替。繁育者的想法能改变，无论是对其他各方还是对她自己来说，都是最不痛苦的。

小小花盆里的花苞绽放的这一天，布鲁赫给她带来梵卓审判的结果……

“已经决定明日行刑。”他看她一眼，“你要去看吗？”

小小转过头来，有点惊讶：“我可以去吗？”

“因为是在圣地的公开审判，只要是圣血族贵族都可以列席。”布鲁赫淡淡道。

小小失望地转回头去，嘟囔：“我又不是圣血族……”

“你是我的伴侣，所以你能否出席，决定权在我。”布鲁赫解开肩扣，褪下斗篷，缓缓走到她的身后，“你想去吗？”

小小沉默……

她心里其实很纠结。布鲁赫肯定是不想听到她说“想去”的，如果她这么回答了，说不定他反而不让她去。可是她如果回答“不想去”，那就真的一点希望都没了吧？怎么办……她好想去，就算只能最后见一面也好……

布鲁赫垂眼看着她低头思考时露出的柔润后颈，肌肤晶莹细腻，让人很想吻上去……可是他靠近，她就逃掉，而她现在身体金贵，他又不能硬来。更何况，他也不想看到她一脸不情愿地躺在他身边。

“没有什么话说吗？”收回视线，布鲁赫转身解下佩剑，开始除去外袍，“你不感兴趣更好，那么我要休息了……”

“我想去。”小小的声音从背后传来。她伸手拽住男人褪到一半的外袍，仰头看着他，带点恳求地轻声道，“带我一起去。”

布鲁赫垂下眼睫凝视她良久，淡淡道：“你用什么来交换？”

小小拉着他衣袖的手，下意识地紧了一紧……

…………

第二日正午过后，圣血族齐聚萨恩帝都城外的圣地。

阳光普照的时刻，是人类昏昏欲睡的晴朗午后，却是吸血鬼绝不会出门的休眠午夜。太阳下的行刑，是只有圣血族才得以参加的仪式。哪怕是被剥夺贵族身份，圣血族的落魄时刻也不容平民目睹，这大概就是贵族式的奇怪自尊心吧。

小小随布鲁赫抵达之时，圣地内已经站了不少贵族。黑压压的一片肃穆人群，配着高傲冷淡的银发红瞳，和背景那古老精致的墓地，如此和谐！吸血鬼独有的阴暗华丽的气质完全压倒了周围繁盛植物的生机，只留阴森肃穆之感，让小小几乎很难想起当初这里作为她与梵卓宣誓结婚之地的美丽……

小小微微低头，抬手整了整颈上的细纱，银白色的刺绣针脚若隐若现地遮盖住颈侧的咬痕……

她的出现吸引了所有人的目光。

娇小人类少女手中色泽娇嫩的捧花和脚后雪白的裙摆，在风中与一片血色暗黑格格不入……

血族在正式场合的着装一向是庄重的黑色，斗篷的内衬则是血一般的鲜红，高耸的肩饰，华丽的宝石，配上苍白的皮肤，尖利的指甲，俊美的容颜，这群生物仿佛暗黑的祭司，强大美丽又妖异，与一切光明之物背道而驰……

明明是两个世界的人，为什么自己会跟这种生物中的一只成为恋人呢？小小有时候会想。看，他们悄悄地侧眼看着她，从斗篷的缝隙和高耸的衣领下送来让人毛骨悚然的渴望目光，又傲慢又贪婪，无论如何也不会让人产生好感。就是旁边牢牢抓着她的手的男人，那份冰冷也让人一点也不想靠近。自己怎么会看上这么危险的对象呢？

可是梵卓出现的一刹那，所有的疑问便都被抛在了脑后……

要什么理由呢？因为他就是他啊。

哪怕经历了兴师动众的拼杀拘捕，哪怕被剥夺全部身份沦为阶下囚，如今出现在众人面前的依旧是那个风姿绰约、气场强大的亲王！

华丽的银发，天神般的侧脸，伟岸的身躯……哪怕双手被反缚在身后，也丝毫不影响他不可一世的步伐和漫不经心的微笑。懒洋洋的视线仿佛巡检自己的士兵一般扫过全场！无论当初有没有在申请状上签名的贵族们在这样的目光下都下意识地垂下了头颅……血族对于力量对比的感知，几乎是天生的。

而当那个视线与人群中的小小对上时，便仿佛瞬间凝结，随着男人微缩的瞳孔，立时静止不动了。

他看着她，眼角渐渐带出笑意，轻轻开口说了句什么。

小小没听清，周围的贵族们却都变了脸色。

布鲁赫拉着她的手忽然变得死紧！

梵卓停下脚步，就那样站在原地，静静地看着她的方向。他身后的押解官面面相觑，却都不敢妄动，纷纷仰头望向高台上的三长老……

小小忽然明白，这就是他留给她的时间了，而这时间不会很多。

她低头，做了她一直以来都在准备的事——扬手将捧花扔进祭祀的火坛里，然后毫不犹豫地朝着梵卓走过去……身后的布鲁赫一把拽住她的手腕，她甩开，加快了脚步朝着她的丈夫跑过去……

布鲁赫诧异地看着自己的手——从来没有过的事，他伸手抓她，却抓了个空！她绣着银线的白色柔软裙角从他的指尖擦过，仿佛一只飞走的蝴蝶，不堪一握，转瞬即逝……

布鲁赫抬头，视线却随着动作跌落……

不，是他身边的所有人都瘫倒在地！包括梵卓。

可是她跑过去了，像一只轻巧雪白的飞鸟，越过一地的黑色贵族，跑到她丈夫的身边，伸手搂住他的脖子，仰头亲吻他的嘴唇……然后，本已经僵硬跌倒，无法开口的梵卓便轻笑出来，细吻着她的脸颊轻声问：“你是怎么做到的？”

是啊，她是怎么做到的？

推开大门忘了关，宝物转眼就不见。

到底是谁传出去，宝物藏在城堡里……

布鲁赫最讨厌这首童谣。他一向不喜欢没有逻辑和道理的事，比如，根本没有人知道所在地的宝物，到底是被谁偷走的？

可是此时，他忽然想起了小小当初读到这首童谣时发表的感想。

她说：谁说宝物一定是被人偷走的了？难道宝物就不能自己想离开了？

她吻着她的男人轻声说："这次，要不要换我救你？"

52nd Blood　地球式劫法场

是啊，区区人类，是怎么放倒战斗力完全不在一个等级的血族的呢?

也许大家已经忘了，我们的高大胖同志，可是当过化学家兼药剂师欧德的徒弟的。这种手工提纯小厂私造药物的事，某人已经相当熟悉。而欧德同志是以向砂海的阿萨迈一族兜售活血化瘀药剂维生的。所以对于什么药物能阻止圣血族肢体僵硬，什么药物能加剧这种僵硬，最为了解。

虽然高大胖被关在布鲁赫城堡里不具备精炼药物的条件，但大家别忘了，大胖同志还有第二位老师——返璞归真的宇宙医生阿蒙拉星人安普！那可是用乳香和绷带就创造了埃及几千年历史的种族！把化学元素还原到寻常可见的几样药草进行整合，正是他们的专长。

高大胖一直当盆栽培育的两种植物，绿萼帝兹花和白蕊乌兹草，分开来看只不过是比较少见的熏香观赏植物，但当两种植物达到成熟期以后，只要配比正确，经过提纯和混合，在高温作用下，就会产生致使血族肢体严重僵硬的气味分子！

只是把捧花扔进火里焚烧的手段虽然粗糙简陋了点，但效果还是有的。更何况血族的鼻子是相当灵敏，这也就不幸地意味着，他们被放倒的时候也会相当利索……

大胖得意："就是这么回事。我聪明吧？"

梵卓轻笑着露出舌尖上被咬破的叶片："这么说这个叶子就是解药了？"

大胖点头："一般自然界的有毒植物解药都是出自它自身或者生长在它周围的植物身上，这个叶子就是一种寄生在这两种花根部的蔓草的尖端嫩叶。”

梵卓挑眉：“难怪你会在大庭广众之下主动献上热情的舌吻，还以为是因为小别胜新婚，结果只是为了把叶子喂给我……”

大胖：“你汉语进步不少。”

梵卓：“被关押的日子很无聊，我把兰卡整理的《华夏语大辞典》翻了一遍。时间不多，只记住不到百分之八十吧。”

大胖不甘示弱：“我……我种了两棵草！”

梵卓安抚道：“好，好。”

大胖郁闷地继续解手铐：“这手铐怎么回事？看上去这么细，却怎么也拽不开！”

梵卓轻笑：“那是三长老亲自锁上的，你一拽就开了他们也不用混了。”

大胖为难：“那怎么办？你能自己挣脱吗？这种烟雾制造的僵硬坚持不了多久的，我们得快点！”

梵卓低头看着她，没有出声。

高大胖明白了。

她早该想到的，要是能够挣脱，他早就跑了，还用等她来救？

暗蓝色若隐若现的细丝在梵卓苍白的两手上结出仿佛封印一般的花纹，轻若蝉翼，却坚不可摧！高大胖的手指稍一用力，就被划破了！血珠顺着细丝滑落，滴在泥土里瞬间消失……

周围一片吸气声！

“太浪费了……”梵卓低喃，坐下放低身子，轻舔她的手指，动作柔缓优雅得仿佛在享用美味的下午茶，一点焦急逃亡的意思也没有。

高大胖恼怒：“别舔了，现在是吃饭的时候吗？你不想逃走了？”

梵卓动作停下，缓缓抬眼看她：“哦，我们要怎么逃走？”

高大胖停顿了一下，扯了扯裙脚：“嗯……因为是临时得到参观行刑的机会的，我也没有什么详细的准备……其实药草本来也是种了打算我自己逃跑用的……反正，我就是想，先放倒其他人，然后救出你，然后咱们两个再逃走……至于怎么逃走还没细想，而且我也没想到你会被锁住了解不开……这个锁难道没有钥匙吗？”

梵卓：“三长老上的锁，钥匙自然也在他们那儿。”

高大胖转身，怒气冲冲地揪起辛摩尔长老的衣领！“识相的就给老子交出来！”

梵卓：“喀喀！太熟练了……”

辛摩尔长老此时除了眼珠什么也动不了，但还是极力从眼角送了个鄙视的眼神给土匪大胖……高大胖顿时爹毛！

梵卓笑出声：“算了，小笨蛋……受到威胁就屈服，那就不是血族了。这种涉及尊严的问题，就算赔上性命也不会让步。贵族对此还是很坚持的，尤其是顽固的老头子。与其跟他浪费精力，不如过来让我亲亲你……”

高大胖郁闷地放倒长老，不死心地搜了一番，没摸到任何类似钥匙的东西，倒是搜罗出来一堆不知道是不是受贿得来的珠宝，臭美用的小镜子、小梳子和定型摩丝，其中居然还有一块女式香帕……辛摩尔长老盯着一地私人物品两眼充血！四周倒地的血族如果不是僵硬不能动估计全都得脸皮抽搐！只有梵卓大人一个人坐在一边很不厚道地笑得很大声……

“真的没有……”搜了半天身几乎快把三长老扒成半裸的高大胖闷闷地站起来，看了一眼快要燃烧殆尽的捧花，愁眉苦脸，“怎么办，已经快烧光了……这样下去，烟雾散尽以后他们就会恢复行动力。可是如果打开圣地的防护罩，新鲜空气一进来，他们一样可以复原。你的手又解不开……就算能离开圣地，接下来要怎么办呢？刚才过来的时候看到外面列了好多士兵的，我们只有两个人……”

梵卓静静地听着她嘟囔，他那自始至终平静的目光仿佛早就知道了她的考虑不周，知道了这不过是个转瞬即逝的、没希望的希望。

高大胖真的低落了。原来英雄救美没那么容易。抢了公主就跑的魔王也不是谁都做得来的。劫狱这种事，需要周密的计划、过人的胆识、足够的恶人素质，以及充沛的破坏热情！仅凭着小市民的作恶天分，又是在消息闭塞、人脉断绝的情况下，想当着所有圣血族的面凭一己之力救出亲王，果然是太天真了……

高大胖耷拉着脑袋，垂头丧气地走回梵卓身边，软软地靠进他怀里，喃喃：“对不起……我太笨了……”

梵卓的声音从头顶传来：“你竟然想要救我，对我来说这已经是个惊喜了。”

高大胖：“我没看出来你哪里惊喜……”

亲吻头发的声音继续从头顶传来，梵卓轻笑：“呵……我可是的确很高兴的，高兴到可以对你脖子上的某些痕迹忽略不计。”

大胖顿时如触电般唰地弹起！下意识地抬手捂住缠了纱巾的脖子：“这个……这个只是……”

梵卓微笑，打断了她的解释：“才一阵子没见，你就瘦了不少。”言罢冷冰冰地瞥了一眼远处动弹不得的布鲁赫……

小小沉默了一下，然后默默地盯着他，轻声道：“不是教过你吗？一日不见，如隔三秋……”

圣地的风，柔软地卷着青草的香气吹过。两人几乎同时想起了当初在此地那场温柔眷恋的只有两人的婚礼……

原来古老的诗句，都是真的。

原来一个人可以为另一个人这样牵肠挂肚、茶饭不思……

两人彼此凝视着，梵卓的眼神变得如海洋般温柔，对她轻声道：“过来吻我。”

对方这样带点勾引的表情一本正经地说出这样的话来，让高大胖突然觉得有点不好意思。

飞快地扫视了一圈四周黑压压的贵族，她有点脸红地依偎进男人的怀里，犹豫着仰头闭眼，轻轻地吻了吻他的嘴唇……

梵卓静静地接受了她有点羞涩的吻，一改往日立刻狂风暴雨回吻的习惯，居然一直乖乖地享用到了最后，直到小小的嘴唇离开，才微俯身在她的额上亲了一下，轻声道：“我现在没办法拥抱你，所以你来抱抱我吧……”

她喉咙里微微哽咽了一下，伸手紧紧抱住了他……

“你会等我吗？”

“绝对不等。”

“我不会睡很久……应该。”

“那也不等。”

“呵……”梵卓低头在她耳旁轻声叮嘱了一句，最后笑道，“那就来叫醒我吧。”

“嗯。”小小紧紧抱着他，用力点头答应。

…………

圣血族前亲王梵卓·德·琉珂赛特的处刑仪式被意外情况搅和得乱七八糟。处刑人全都静止不动，长老被当众羞辱，全军统帅布鲁赫公爵的娇妻当众跟别的男人卿卿我我，受刑人最后自己躺进沉睡之地擅自睡了……

高大胖同志这次把能得罪的、不能得罪的全都得罪了。

辛摩尔长老取消了繁育者直接上诉长老会的特权，把高大胖全权交托给布鲁赫处理，同时交给他的还有开启梵卓墓地的银币。而布鲁赫公爵其实在这次的事件中比谁都丢面子，事后高大胖看到他那比城墙还黑的脸色就不敢对任何决议说个“不”字……

花花草草被扔出去了，三号管家被开除了，行动被二十四小时监视了，大门上锁了，窗户密封了，园艺书被清空了，作息被强行调整到跟血族一样昼伏夜出了，床被撤掉了，必须跟布鲁赫睡一起了，吸血再也不用针管了……高大胖琢磨着，她跟囚犯的区别大概就只有不用当着别人的面上厕所了，虽然偶尔会被观摩洗澡。

就这样，在苦闷的关禁闭生活进行了半个月之后，高大胖金丝雀一般的幽禁生活里终于迎来了一位不速之客。

此人就像当初擅闯梵卓城堡一样肆无忌惮地走进来，肆无忌惮地溜达到“金丝雀”的房间，肆无忌惮地弄坏了门锁，肆无忌惮地送来了一样东西，肆无忌惮地开了个黑心价钱，然后肆无忌惮地走人了……

在全帝都都知道布鲁赫公爵心情不好，凡是靠近城堡某房间者格杀勿论的时候，还能做出这种事来的男人，已经不是“有胆量”可以形容的了……

真的商人，头可断血可流，零头不能抹，商机不放手！此人就是乔凡尼亲王，萨恩星永远的奸商，让我们为他鼓掌……

高大胖：“在这里见到你真让人惊讶，你是怎么进来的？”

乔凡尼：“翻墙。”

高大胖：“……你真的一点都没脸红呢。”

乔凡尼：“有什么可脸红的？这事梵卓亲王也干过。”

高大胖：“把他列为衡量标准本身就是个问题……好啦，你来是要卖我什么？”

乔凡尼，满意点头：“看来梵卓把你调教得真不错。”

高大胖：“不要说这种歧视女性的话好吗？什么叫他把我调教得不错？买菜砍价可都是我教他的！”虽然后来他比大胖还厉害……

乔凡尼脸色发黑：“原来是你干的……我说他怎么越来越抠门了！他以前从来不讲价的！”

高大胖咬牙切齿，这王八蛋从前到底从我男人那儿黑了多少钱……

乔凡尼从斗篷里掏出一只小布袋，丢给高大胖：“代人转交，货到付款。”

小布袋在大胖手心里蠕动着……

高大胖好奇地打开，里面钻出一个毛茸茸的小脑袋！

“小吱？！”

“吱——！”（胖胖！）

“哪个浑蛋把你塞在布袋里的？！”

“吱——！”（就是他！）

高大胖不满地转向乔凡尼：“起码应该用笼子装吧？”

小吱：“吱……”（那也没好到哪儿去……）

打断了一人一兽欢喜的久别重逢时的亲亲蹭蹭舔毛活动，乔凡尼大人清了清嗓子：“其实此次亲自前来，还有一件事，我想跟你谈一笔交易。”

高大胖：“不干。”

乔凡尼：“我还没说是什么交易……”

高大胖：“什么都不干。梵卓说了，让我别跟你说话，会被骗。更不能跟你做交易，会被吃掉。”

乔凡尼：“他就是个大骗子，他的话你也信？”

这句话异常有说服力啊。

乔凡尼：“放心，我不会吃掉你的。这次不过是想要你那日放倒所有贵族的药剂配方。我听说科研院事后调查过那两种植物，却无法达到你使用的效果。而长老会也曾经找过你，但你似乎对配方守口如瓶，明白说吧，要怎样的价码你才肯说？”

高大胖看看他：“这个配方对血族来说算是威胁种族安全的大规模生化武器了吧？这在地球，可就是原子弹的价格。你恐怕出不起。”

乔凡尼：“别担心，你只负责开价，有人会付钱。另外，我们这儿的原子弹很便宜……”

高大胖：“反……反正很贵。”

乔凡尼挑眉环视了整个房间一周：“是吗？不过我想，对于被禁闭的你来说，金钱大概没有什么意义吧？”

高大胖顿感无力：“确实如此……”比起捞钱，此时最重要的事，应该是逃走才对吧？“那好，不如这样……”

乔凡尼：“等等！不要提把你弄出去什么的，那是不可能的。同样的事我不会做第二次，现在我可是在努力证明自己是良民。”

“……”真的有人会信吗？

侧头看了看肩膀上正尽情享受自己精气的小吱，高大胖若有所思了一会儿，打定了主意。转向乔凡尼微微一笑，提出了一个出人意料的问题：“喂，你打架厉害吗？”

乔凡尼：“啊？”

…………

乔凡尼走后，归来的布鲁赫带着阴森森的怒火开除了第四位管家，撤换了全部警卫，处置了城堡安保负责军官，并做了一个新的决定——他要随军出征，带小小一起。

前线的诺菲勒连战连捷，战线已经推进到左、右臂螺旋星系的彼端！大批将领需要在前线拼杀，但后方广大的新开疆土也急需强有力的领军坐镇。不能上战场又领军经验丰富的布鲁赫无疑是最佳人选！

另外，高大胖已经临近预产期，萨恩星本土科研所分娩经验全无，更糟的是所有血族都无法抵抗人类血液的诱惑力，未来那一场生产，可想而知，会十分惨烈……

相比之下，已经纳入萨恩星殖民地的阿蒙拉星，不仅拥有了解人类知识又不怕血味的医生，而且环境相对安全，对于待产孕妇来说更适合居住。

而乔凡尼的探访和其他血族贵族的旁敲侧击也让布鲁赫不厌其烦、防不胜防。单独将高大胖留在这样的国内，他不放心，不如随身携带，反而避免了很多麻烦。

于是，血族开拓战后方作战指挥中心正式选址于阿蒙拉星，新任指挥官布鲁赫公爵将于十四小时后上任，并携带家眷。

高大胖同志的血族军队之旅，即将展开……

53rd Blood　血族随军手札 VS 人类随军日记

《科勒随军手札》01：

高小小夫人病倒了。

外面盛传是因为梵卓亲王被强制休眠，繁育者伤心过度，精神抑郁，才会病倒。新鲜的地球式爱情滋润了无聊又没节操的血族，转瞬间“伤心”“抑郁”之类的词就成了网络流行语。而繁育者在圣血族圣地说的那句“一日不见，如隔三秋”甚至光荣入选本年度十大最煽情美句！一时间萨恩星全球掀起中文学习热……

但事实上，并不是那么回事。

我想夫人之所以生病，大概不是因为亲王，而是因为布鲁赫大人。

虽然大人为携带繁育者出征罗列了很多冠冕堂皇的理由，但担任他的副官三百多年，我很了解这个男人——他八成只是想把喜欢的东西带在身边而已。多半只想着什么“好不容易弄到手，怎么可能再分居两地？当然要每天看得到，随时摸得着，最好是关在笼子里藏起来自己悄悄养”之类的……

可惜有些生物，是不适合关起来养的。

阿蒙拉星拥有宇宙知名的美丽原野和乡村，本是疗养胜地，但如果无法出门，也就没什么意义了。夫人唯一的爱好盆栽种植，在圣地迷药事件之后就被全面禁止。而为了胎儿的健康着想，居住地里所有含有辐射的电脑、电视、收音机，或者其他任何当今社会可供娱乐的电子机械全部禁用！就连书籍也被严格筛选限制，干净无趣得让人忍不住掬一把同情泪。

在这样笼中鸟一般枯燥的安胎生活中，夫人唯一的乐趣大概就是跟其他生物交流一下了。问题是，布鲁赫大人那样的男人，不仅要自己看得着摸得着，还不许别人看，不让别人摸……如此这般，正常的人际交往便也断绝了。

兰卡博士已经逃亡在外，夫人现在的主治医生是阿蒙拉本地雌性，名字叫古娜。根据其背景资料来看，这个古娜似乎曾经还是夫人在这个星球做学徒时的朋友。布鲁赫大人特意指定了这个人，我大概猜得到他的意思。不过很可惜，由于之前的萨恩星军队占领行动，这位被占领地的雌性似乎对血族抱有恨意，虽然出于阿蒙拉人纯良的天性和从前的交情还不至于伤害夫人，但也不肯跟她说话了，每次都是例行公事般检查完就走。

夫人的人际圈原本就如同一片旷野，现在又被从前的友人讨厌；所以来到阿蒙拉星疗养对孤单的夫人来说真是适得其反，雪上加霜。

无事可做，无话可说。

这样闷着，不生病才奇怪。

“为显示占有权而经常舔舐母狮子毛皮的公狮子，通常会造成两种后果：一是舔秃母狮子的皮毛；二是被母狮子反咬一口。同理，雄性过度的独占欲往往无法让雌性感受到爱意，反而会造成雌性心理上的抗拒，如抑郁；或生理上的抗拒，如发怒还击……”——节选自萨恩星兰卡博士《论雄性独占欲在繁殖行为上的利弊体现》

阅读随感：那个小小的人类，不像是会突然张开血盆大口反抗的类型。所以布鲁赫大人啊，她大概快要被舔秃了……

宇宙历 BL9530 年 / 雨季 / 第二月 / 独月日

记于阿蒙拉星血族联军指挥总部

PS：军官食堂供应的艾尼玛浓缩血块太难吃了……

《大胖无聊随军日记》01：BL9530 年 /7 月 /18 日 阴

我被关起来了，很无聊。

古娜不搭理我了，很伤心。

而且没她帮忙，我怎么逃跑？得想办法挽回我们的人兽之情啊……

布鲁赫总是搂着我睡，他身上太冷了，我感冒了。

今天发现辅佐官科勒居然有记日记的嗜好！

下次要偷来看。

…………

《科勒随军手札》02：

夫人抱着狐焰睡着了。

巨大的神兽软软地趴在地毯上的时候就像一块质量上等的毛皮，蓬松的尾巴盖住她蜷起来的手脚。藏得如此严实，害我找了好一会儿才发现夫人在哪儿……呼，还好没开启最高警报……

自从生病后夫人时常会有些低烧，因为怕冷而格外喜欢靠近温暖的生物。身为冷血动物的血族在这方面是不占优势的。不过她黏的对象是动物总比是人要好些，上次那个被夫人迷迷糊糊抱住的阿蒙拉星狼头仆人死得真冤……对了，死者善后赡养费问题还要通知财务部处理一下，对夫人这边也该编个合适的仆人调职理由才好。

话又说回来，这只狐焰本身也是个麻烦，有它在中间妨碍，本来就不受欢迎的布鲁赫大人更难靠近夫人了。可是贸然杀了它，夫人大概会更生气。布鲁赫大人为此恼火不已，在议政会上弹劾乔凡尼亲王数次，可惜对方皮糙肉厚刀枪不入，大人也不便采取更强硬的措施。毕竟因为享有优先繁育权的事，布鲁赫大人如今在贵族中已经引起了不少嫉恨和不满。更何况还有心怀不轨的雷夫诺公爵在一旁煽风点火，等着坐收渔利，此时并不适合与更多贵族起冲突……

狐焰突然翻了个身！低低地呜咽了一声，蜷到一边去低头舔自己肚子上被踢乱的毛。

嗯？被踢开了？夫人醒了吗？

立即上前查看，发现对方并没有醒来，只是闭眼皱着眉低低呻吟，脸蛋红红的，呼出的气都很烫……

抽出温度贴，粘在她的额头上，跳出的数字显示低烧已经发展成了高烧。

连线通知医生立刻赶来。

连线汇报布鲁赫大人。

翻查《地球人饲养手册》第五章第十六条：“高烧时的人类需要及时降温（注：可以使用冰袋，请勿将患者直接塞进冰箱）。”

原来如此。

合上书，寻找冰袋。

发现已经用光了，冰箱里空无一物。

无奈思索三秒。

开门，钻进冰箱。

手放在夫人额头上降温。

对方迷糊中舒服地叹气，下意识挪动着靠近，搂住我的手臂不放，脸蛋也蹭上来……

我配合地弯下腰给出整只手臂。

对方不断磨蹭、抱紧……

呃……

细细的脖子露出来了，粉嫩飘香，滚烫的脸颊贴着我的手心……

好像有点，糟糕……

靠得太近了，血气甜美得让我有点头晕……本以为这段时间天天随侍在她身旁应该已经习惯了，没想到血液在高热下气味更浓，杀伤力成倍增强！

完了，对方的脸越来越模糊了，我的瞳孔好像开始扩散了……

冷静！

呃，牙好像伸出来了……不好，指甲似乎也……

“由于血族是味觉记忆生物，如果品尝过上等血液，通常无法再接受味道较淡的普通饮品。地球人的血味过于浓醇，如果没有相应的大批繁殖手段，并不适合广泛推广。否则容易造成杯血难求的供求失衡局面。”——节选自财政部长乔凡尼亲王《地球人血液调查及市场应用可能性汇报》

阅读随感：也就是说，喝过一次，生不如死！

呜……来人啊！救命啊！我要咬了啊！谁来救救我啊！

宇宙历 BL9530 年 / 雨季 / 第二月 / 三月日

记于阿蒙拉星血族疗养院

PS：今天不知为何，总觉得食堂供应的艾尼玛浓缩血块更难吃了……

《大胖无聊随军日记》02：BL9530 年 /7 月 /21 日 晴

不好，被科勒撞见我和变大的小吱一起睡觉。

唯恐他意识到小吱为什么会变大的问题，故意缠住之，纠缠磨蹭，转移注意力。

成功。

布鲁赫把科勒拖出去呵斥了，也没注意到小吱变大的事。

大成功。

只是没想到真的变成高烧了，据说当晚我不但主动抱着布鲁赫睡觉，还四肢齐上纠缠不休……唉，丢脸。

可是，总觉得今天他身上格外的凉爽呢……是我的错觉吗？

《科勒随军手札》03：

难得的，夫人今天跟布鲁赫大人说话了。

“听说你要杀掉我的医生。”

“她治不好你。不称职的人必须承担失败的责任。”

“有你这样苛刻的上司，下属们真可怜……俗话说‘前七天后七天’，跟医生无关，感冒没有半个月是不会好的。”

“我不相信没有科学依据的‘俗话’。”

“……”好无趣的男人……

“那些不是你需要担心的事，新的医生明天上任。如果他依旧治不好你，我们总会给你找到下一个医生。”

“布鲁赫……你焦急什么呢？我只是感冒而已，放着不管也会好的，又不会留下什么影响你繁衍后代的后遗症，最多只会影响现在我肚子里胎儿的健康。反正孩子又不是你的，要焦急也应该是我呀。”

“是不是我的有什么区别吗？无论如何它都是血族珍贵的后代。”

“哦……真意外，连拖油瓶都可以接受，原来血族是这么大方的生物啊……为什么梵卓总是表现得很小气呢？”

“那是个性问题。”

不，是人品问题吧……

“嗯，我想也是。布鲁赫你的心胸一定很宽大吧？单论品格，你的确比梵卓强得多，你做我 Father 的时候我就这么觉得了……公平地说一句，虽然我讨厌你，但你的确是个好老师。”

“谢谢。”

“那么，我心胸宽大的 Father 应该不会因为我的主治医生动作比较慢就把她杀掉吧？”

“……不会。”

“那就好。”

不是吧……大人您竟然这样就让步了？！这还是那个说一不二，从不改变决定的布鲁赫大人吗？！

“在自然界中，拥有繁殖能力的雌性在两性交往中往往会占据比较优势的地位，在对话上更为强势……”——节选自辛摩尔长老《宇宙繁殖百观简记》

阅读随感：布鲁赫大人婚后的未来令人担忧啊……

宇宙历 BL9530 年 / 雨季 / 第二月 / 双月日
记于阿蒙拉星血族疗养院
PS：布鲁赫大人还在郁闷静坐，军官食堂快关门了，我们今天大概要错过饭时了。

《大胖无聊随军日记》03：BL9530 年 /7 月 /27 日大雨

布鲁赫要杀掉古娜。
那怎么可以？
得要点手段救回来。
妈妈说，对男人要先戴高帽，再提要求。
爸爸说，妈妈说得很对。

…………

《科勒随军手札》04：

夫人病好了。
布鲁赫大人担心她再憋出病来，允许其在血族控制范围内随意走动。

夫人提出想看看普通军官的一日生活，就开始像一条尾巴一般兴致勃勃地跟着我。

“咳，夫人，普通军官的一日生活没什么好看的，总帅的一日生活才比较有意思啊，去观察他吧。”

那样大人一定会很高兴的——虽然表面上大概看不出来。

而我也可以安全活到年假了——虽然希望大概渺茫……

“布鲁赫吗？”夫人撇嘴，“我实在不觉得除了面无表情地工作，就是面无表情地坐在一边看我玩的无趣男人，有什么值得观察的。”

“……”有那么一瞬间，我竟然无法反驳……啊，男人太无趣了真是灾难。

今天跟我行礼的军官表情都很怪异。

汇报时的眼神不在我身上，而是统统越过我的肩膀飘向我后面的某人。

本想走快点甩掉她，但我一加大步伐，就能听到后面急促慌乱的脚步声和有点疲惫的喘气声……她是孕妇吧？如果累出三长两短的，我大概百死难辞其咎。

于是今天，大概是我在指挥总部移动速度最慢的一天。

“辅佐官大人，电梯来了，请进。另外还有第七分队的报告，这里……”

“等等。”

“嗯？”

“别关电梯门。”

“咦？为什么？”

“不必多问，按着电梯键，继续汇报。”

少顷，她微喘着跑进来了，飘起的柔软纱裙拂过一整个电梯里僵硬的军装……她倒是乖乖地站在角落，吸溜着手里的一罐饮料，问题是太过芬芳的血香，迅速填满了狭窄的电梯……

“好了，关门吧。”

不，看周围男人的表情，大概一点都不好。

哎呀，那位副队长的牙伸出来了；哦，那个传令官的指甲也……啊，真是的。

“夫人，您这样跟着我，我很困扰。”要在窄小的空间里同时放倒四个张牙舞爪的职业军人真的很累啊……

“噢，对不起科勒。可是跑了半天了，我实在很渴……要不这样，明天我背个小水壶来，就不用耽误时间去买饮料让你等我了。”

“我想问题不在那里……”还有明天啊？

“你讨厌我跟着你吗？”她哀怨地仰头看我，然后低落地垂下脑袋，“那好吧，我自己一个人逛好了。”

我确信在她话音落下的那一瞬间，人来人往的指挥部大厅里所有虎视眈眈的军官是同时静止了一下的。

好吧，真的放这只肥羊入狼口，布鲁赫大人不会让我等到年假的，大概明天就得去太阳底下自裁了……

“等等！是我不好，请您不要一个人走，请务必一直跟着我！”

“可以吗？噢，科勒，你真是个好人！”

“为……为人民服务……”算了，就把她当作比较尊贵的尾巴好了。

问题是，尾巴的问题总是很多。

“科勒，你们不需要吃饭吗？”

“需要。夫人请不要动桌子上的文件……军人有专用的军官食堂……夫人，那面墙上的立体地图也请不要碰，我好不容易把布军沙盘做好……的……”

咔嚓……哗啦……

“啊……对不起科勒……”

"算了……请您过来这边坐下好吗？"

"噢……科勒，吸血鬼的食堂是卖血的地方吗？"

"从某种程度上来说，是的。"

"那么是从装菜的大盆子里给每个人的餐盘里像浇咖喱那样舀上一勺血浆，然后窗口大妈欢笑着说'不够再添，干血管饱，鲜血第二勺半价'之类的吗？"

"……并不是那样。"

"那墙上会贴'节约光荣，浪费可耻''禁止在公共场合情侣喂饭'之类的标语吗？"

"不会……难道地球会那样做吗？"好诡异的标语。

"嗯，好怀念呢……我高中经常在食堂吃饭呢……"

我愣了一下。

因为这句话她是笑着说的。

两个月来我第一次看到她笑着说话。

我想，我大概找到能帮布鲁赫大人改善两人关系的突破口了。

"科勒，你们都是几点起床呢？晚上也睡在棺材里吗？以你的军衔还需要值班之类的吗？"

"军事作息是一般是从日落到日出，如有特殊情况，白日也会作业。就算是军官也是跟普通士兵一样睡在休眠舱的，因为这样可以最大限度地节省空间，保证安全。至于值班，身为总帅副官，我并不需要负责外部执勤。"但目前因为负责你的安全，所以会有针对宫殿的内部执勤。不过这个，还是不说的好。

"原来如此，"她领悟地点点头，然后仰头提问，"那你晚上是直接洗洗睡？都不需要去嫖妓吗？"

"……"

我真讨厌陪地球人……

当晚，大人盯着我的眼神很可怕。

“科勒，听说你让小小跟着你在馆内跑了一天？”

“不……那个……虽然是事实，但起因是……”

“不仅将一个孕妇累得气喘吁吁，而且在她面前打架斗殴！据说当时空间狭小，很容易波及她？”

“的确空间狭小，但我并没有……而且当时的情况不允许……”

“不仅如此，你甚至在她请求离开的时候，还强行要求她‘务必一直跟着你’？”

“您听我说，那都是因为……”

“以上这些馆内都有录音，其他军官也都可以做证，你有什么解释吗？”

“我……”

“百口莫辩，不白之冤，六月飞雪，众口铄金，三人成虎，跳进黄河也洗不清……”

——节选自《地球成语流行100句·网络版》

阅读随感：我要辞职！

宇宙历BL9530年/雨季/第三月/独月日

记于阿蒙拉星血族联军总部总帅办公室

PS：忽然注意到军官食堂的墙上的确有“禁止在公共场所随便咬人”的标语，大概从地球人的角度来看，这种标语也挺诡异的吧？

《大胖无聊随军日记》04：BL9530年/8月/1日 小雨

全馆走遍，指挥总部大致构造了解。

军官站岗时间了解。

阿蒙拉星血族布军方位了解。

虽然考虑了食堂下毒的事，但没想到他们是派发凝固血块的，很难动手脚呢……

不知为何，布鲁赫今天晚上忽然拉着我的手去逛食堂。

只能想到这种约会地方吗？这男人果然很无趣。

就这样，各种文化差异和误解，在异种生物之间微妙而复杂地继续着……今天的宇宙也很欢乐呢。

54th Blood　雄性追逐雌性注意事项 100 条

示好，是雄性追逐雌性时最常用的手段。

“戒指？”小小疑惑歪头。

“是的，听说这是地球人宣誓结婚的必备道具。”科勒微微欠身，拉下托盘上的丝绒盖布，露出里面精致珍贵的红宝石戒指，“这一对红钻情侣对戒是特别定做的，采用最纯粹的伽比星上等红钻，不仅美观大方，而且还有调节人体血液循环的医疗作用……”

收到珠宝的女孩却冷淡地转过了头：“我不要。”

“咦？您不是说过喜欢红宝石吗？”看电视购物的时候……

“科勒，你知道结婚戒指的含义吗？”高小小皱眉，支着下巴看他。

“当然，我查阅过相关文献了，伴侣契约的缔结道具嘛。其实是这样的，布鲁赫大人对于当初强行夺走您手上戒指惹您哭泣的事一直很介意，所以这次才特意……”

“弄个替代品？”高大胖无奈叹气，“我说科勒，不管你查的是什么资料，那本书都可以扔了。你们根本不明白，重要的不是戒指，也不是上面镶了什么宝石。”

“这样……那重要的是什么？做工吗？还是材质？”

“……”高大胖转身出门。

“莫非您更喜欢用圣地钥匙手工制作的那种？喂！等等我，您到底喜欢哪种？我记录一下，可以重新定做啊……”

而示好遭拒，是雄性追逐雌性时最常遇的状况。

…………

高大胖今天收到一只大件的礼物——花花龙。

老友相见，格外惊喜！

胖："花花？真的是你吗？"

花："咕嗷——！"（胖胖！）

胖："哇！你长胖了好多耶。"

花："嗷！"（打击！）

科勒："咳，夫人，花花当年是只幼龙，现在它只是长大了。"

大胖激动地抱住花花的一只脚趾："居然已经长这么大了！呜呜……你也长大了啊，时光飞逝啊，说起来已经两年多了，当初跟你分开的时候还以为再也见不到你了……啊，话说你怎么会在这里？"

科勒："两年前曾有个商人带着它来拜会布鲁赫大人，大人一掷千金连价都没讲就把它买下来养着了，似乎是期待日后能让某人开心一下。"

大胖："科勒，那句'连价都没讲'里面似乎饱含了许多怨恨呢……"

辅佐官科勒掏出当年的财务账本默默计算……

胖："……"

"咕嗷。"花花低下巨大的脑袋，想像从前那样撒娇地蹭蹭大胖，却在碰到她隆起的肚子前就被一只有力的手臂拦住！

"后退！"布鲁赫冷冷地挡在大胖前面，直视着飞龙的眼睛发出命令，"蹲下，把翅膀收起来！我带你来不是为了让你用笨重的身体压到她的，如果你胆敢惹出什么麻烦，我会立刻叫人给你套上缰绳送到前线去！"

"嗷……"花花委屈地看了高大胖一眼，鼻子里喷了喷气，拢起翅膀，闷闷地蹲下了。

"你做什么！"高大胖有点恼火地推开男人拦在她身前的手臂，"不要像训狗一样使唤我的龙，我很久没见它了抱抱它也不行吗？"

布鲁赫："你也很久没见我了，并没有要求抱抱我，我认为这不是必须行为。”

“……”为什么这男人能用这张棺材脸说出这么不搭调的怨妇台词来？而且我们昨晚不是还睡在一起吗？什么时候“很久没见”了？高大胖头疼抚额，“如果你不想我们接触，那到底是为什么要把它送给我？”

布鲁赫同志略微思索：“那我把它装在笼子里好了，你可以在玻璃墙外面看看它，如何？”

“……”大胖恼火得拂袖而去！

花花幸灾乐祸：“咕嗷。”

布鲁赫缓缓回头，冷冷地看了眼昂头摆尾的某龙，吩咐科勒：“今晚小小的菜谱就定为龙肉好了。”

无力的科勒：“大人，求求您不要再让夫人更生气了……”

弄巧成拙，是雄性追逐雌性时最易犯的错误。

…………

“已经第九个月了，现在激素的作用比以往都强烈得多，那么……”医生古娜合上体检文件，面无表情地望向正在系扣子的高大胖，“最近性欲很旺盛吧？”

高大胖同志惊悚抬头：“你……你说啥？”

“不用尴尬，这对孕妇来说是很正常的事。长期没有性生活，激素的作用曲线又在峰谷期，饥渴也是可以理解的。事实上现在胎儿已经完全稳定，基本发育完全，适当的交媾活动没有任何伤害，反而有助产的作用。你可以试试看，我想你身边等着跟你交配的雄性应该不少，实在没有的话我也可以推荐本族的……”

“够了，不要再提那个字眼了！”高大胖惊恐抱头，“我没有那个意思！绝对没有！”

古娜凝视她一会儿，无奈叹气：“性冷淡吗？这也是个问题……”

“才不是！”大胖抓狂，“我又不是动物，想做就随便找一只来做！这种事我当然只想跟喜欢的人做！他不在身边我有什么办法？！”

古娜继续凝视她一会儿，点点头：“也就是说，其实还是想做了？只是没有对象是吗？”

“你到底是怎么听我说话的？”高大胖眦目欲裂：“是感情问题啊，是因为圣洁的爱，好吗？！”

“你用这么可怕的明显是欲求不满引发暴躁的脸孔说什么圣洁的爱，实在让人一点认同感也没有。”古娜耸耸肩站起身，“别担心，我会安排的。保障孕妇身心健康平衡是我的职责。那么今天的检查到此结束，你去叫布鲁赫进来。”

“你的目的太明显了吧……”大胖扭头看到布鲁赫，“为什么你已经进来了……”

一脸公事公办的布鲁赫，转向医生：“今、明两天都空下来了。那么，我需要做到什么程度？有时间上的要求吗？深度呢？”

崩溃胖：“你不要一脸严肃地问这么猥琐的问题行吗……”

古娜：“只要孕妇没有感到不适都可以。”

布鲁赫：“了解了。”

大胖：“不要无视我啊……我不想做啊！”

古娜：“这么抗拒吗？没办法，那只好换个人了。布鲁赫大人，您的副官有空吗？”

布鲁赫：“……”

高大胖：“……”

那之后，科勒有一个星期没出现……

铲除其他竞争对手，是雄性追逐雌性时的常用手段。

…………

高大胖在脚抽筋中醒来。

时间大约是黄昏，加了防护罩的卧室里一片昏暗。

其实怀孕以来，随着肚子越来越大，高大胖就如同其他孕妇一样，小腿抽筋也就成了常事。但这次抽得实在太厉害，她痛得几乎坐不起来！

当然了，横在她身上紧紧搂着她的某条胳膊的人，也是阻力之一。

疼得冒冷汗的高大胖扭头狠狠地瞪了一眼闭目沉睡的布鲁赫。那张安详的脸让她很想一拳挥上去……

本来我们严谨的布鲁赫大人是没有搂着人睡的习惯的。他总是穿戴整齐地入睡，睡姿永远是标准的棺材式，贵族般优雅地挺尸，起床的时候一身军装绝对连一个褶皱都没有，堪称贵族休眠礼仪的楷模！

相比之下，梵卓同志裸睡的习惯则源远流长。而且从高大胖那儿习得了人类之床的构造之后，身为享乐主义的急先锋，梵卓亲王便立刻抛弃了干硬的棺材板，转而投入了柔软的床褥间……虽然这对血族来说属于没规矩没素质的行为，但对高大胖来说，无论如何，肌肤的触感也是远远强过熨烫过的坚硬笔挺军装的。所以比起穿戴整齐的僵尸布鲁赫，高大胖更喜欢裸尸梵卓……

全天负责保卫高大胖安全的副官科勒，比他的长官更先发现人类对床伴的选择倾向性问题。于是，当天工作结束的布鲁赫同志就收到了来自属下的礼物盒。内含丝质睡衣一套，教导如何利用睡姿加强宠物与主人亲密度的绘图指导手册一本。

血族的天才将军布鲁赫大人很快自学成才，并举一反三地意识到那层薄薄的睡衣脱了更有利于缩短彼此间的距离……

所以很快，科勒就只送裤子了。

高大胖还在抽筋。

她推不开男人的胳膊，而自己巨大的肚子也让她动弹不得，脚趾几乎绞在一起的扭痛让她忍不住呻吟出声，声音带着委屈的哽咽飘荡在凌晨冷冰冰的空气里……

“你宁愿痛到哭出来，也不肯向我求助？”布鲁赫的声音低低地带着不悦扫过她的头顶。

“噢……”高大胖拧着眉费力地睁眼，从泪蒙蒙的睫毛缝隙里看到男人无声无息地起身，半跪在床上，单手轻握住她的脚，慢慢地来回活动着帮她缓解肌肉痉挛……他的动作缓和而细致，力道掌握得恰到好处。高大胖觉得就是自己亲自动手恐怕也未必有他做得好。

男人低着头的姿态沉稳而认真，好像在研究某种精密仪器一样全神贯注。窗外还未完全褪去的日光透过过滤层凉凉地落在他光裸的背上，滑过他结实匀称的肩膀和用力时微微隆起的手臂肌肉，在混沌的黄昏中勾勒出一尊堪称完美的男性躯体的雕像……

高大胖费力地用手肘支着身体坐起来，对方垂下的头与她近在咫尺。男人军务繁忙，曾经利落的短发因为无暇打理长长了许多，此刻柔顺地落在肩膀上，在昏暗的光线下流动着带着圣洁感的朦胧银光……从这个角度看上去，有一点像梵卓。

她下意识地伸手，想碰触他的头发。

布鲁赫却在这时抬头看了她一眼。

冷峻的眉眼，笔直的眼神。

跟她的丈夫是完全不同的人。

这是一张充满强烈男性气息的军人面孔，跟容貌华丽到妖孽程度的梵卓明明没有一点相似……

她收回手，轻声说："你不用做到这个程度，我不会感激你的。"

他盯着她收回去的手，低声喃喃："我不需要你的感激，我要的是别的东西。"

高大胖看了他一会儿，泄力地倒下去闭眼闷闷道："我没有办法。"

布鲁赫在黑暗中无声地苦笑了一下，然后贴着她躺下，伸手搂住她，将她扳成侧卧的姿势，让她的脊背紧靠在他的怀里，脸颊停在他的唇边……"侧卧的姿势对孕妇更好，这个睡眠姿势造成肌肉痉挛、呼吸不畅、呕吐反应的概率都比仰卧小得多。"

"你对待产知识了解得不少。"高大胖在他臂弯里嘟囔。

"梵卓可以背下整本地球语辞典，我当然也可以查阅一些阿蒙拉星的医疗典籍。"

布鲁赫慢条斯理地理了理怀里人蹭乱的头发，伸手拉过被子盖住大胖。他琢磨着这个时候是不是可以亲她的鬓角一下，因为从气氛上来说感觉很顺理成章，但从效率上来说他自己也不太明白这个亲吻有什么用，不是做爱的前戏，也不是激情后的互相爱抚，为什么他会想亲亲她呢？

高大胖自嘲地轻笑了一下，蹭动着翻过身，面朝向搂住她的男人，轻声道："看，这就是你们之间的区别。梵卓会去学习我的语言，因为他在乎的是了解我的想法；而你则会去翻阅记载人类生育方式的古籍，因为你在乎的是地球人怎么生更好，还能生几个。"

伸手卷过身上的被子隔开两人，高大胖盯着对方的眼睛平静道："所以不管你想要什么，我都给不了，也不想给。"

布鲁赫躺在原处，被从温暖的肌肤上推开，他刚刚灼热起来的身体迅速地在空气中变凉……

"就是这样。晚安。"她最后说，然后毫不留恋地闭眼睡了。

他依旧盯着她的鬓角，现在他有充足的时间来冷却吻她的冲动了……

良久，他只在黑暗中对她说："记得侧卧。"

…………

"记得侧卧？在这样一段对话之后你就对她说这个？"乔凡尼单手抚额，"哦……我亲爱的布鲁赫大人，泡妞泡成你这样也真算是个奇葩了。"

"乔凡尼亲王，请注意您的措辞！"一圈立体屏幕环绕下的布鲁赫总帅咬牙握拳，声音难得有些狰狞！别怪他情绪失控，在萨恩星最高军政会议上被众人围观失败，可不是什么舒服事。

屏幕上的雷夫诺认同地耸肩："我看梵卓完全可以放心地休眠个够了，估计十万年以后等他苏醒的时候，会发现布鲁赫还没追到他老婆呢……哈哈！"

"闭嘴，雷夫诺！"

"够了。"一直沉默的三长老终于发话，辛摩尔大人做了个众人少安毋躁的手势，两手交握道，"请诸位不要过于苛责。与血族不同，人类是情感纤细的生物。在他们认为自己处于被利用的位置时，是很难敞开心扉接纳他人的。繁育者现在认为自己被我族当作繁育工具，自然会对布鲁赫有抗拒心理。”

“不能用更直接的方法吗？”雷夫诺露出嫌麻烦的表情皱眉轻哼，“为何一定要照顾繁育者的心理？按顺序进行交配生产就是了，反正凭人类的力量根本无法与血族抗衡……得了，布鲁赫大人，你不用瞪我，我知道你心里肯定在想着一样的事。呵呵，天天守着这么美味的合法所有物，你应该比我更心痒难耐吧？还装什么呢？”

“不要以为所有人都跟你一样是笨蛋。”布鲁赫冷淡地抬手，啪地关了雷夫诺的显示屏！

辛摩尔长老头痛地揉着太阳穴：“布鲁赫，现在是会议中，身为总帅请不要随便把人踢出去……唉，罢了，你的意思表达得也没有错，强行繁育的行为的确很愚蠢。如果母体受到伤害或者极度抗拒生产，那么无论是母体的健康状况还是漫长孕期中可能出现的突发情况都会对胎儿造成威胁。因此在这里先警告诸位拥有繁育权的贵族，日后严禁使用强制手段进行繁育，明白吗？”

众人纷纷应诺。

会议结束后的辛摩尔长老，第一次被他的学生恳请留下。仿佛多年前的课后一样，那时他的学生还把他崇敬地当作这个宇宙一切答案的来源。然而那骄傲的学生不再向他问问题已经很久了，因为他学会了自己去这个世界里找答案。只有真的碰壁了，无措了，才会回头看向他的导师，就像现在这样。

辛摩尔长老不禁感叹时光飞逝，同时也颇觉欣慰，无论如何，他还是他的Father……

“Father，”布鲁赫低头行礼问道，“我究竟该怎么做？强硬会被厌恶，示好也没有任何效用，主动靠近只会被拒绝。她执着于与梵卓之间的感情，顽固得似乎没有一点改变的可能。我究竟，该怎么做？”

“布鲁赫，我的孩子，你知道这世界上最强大的是什么吗？”

“宇宙爆炸能量？……黑洞逆作用力？”

“都不是。”辛摩尔长老凝视着他的学生，“这世上最强大的，是‘时间’。在这个宇宙里，没有任何能胜过时间的存在。感情也好，执着也好，漫长的时间可以磨灭一切过去，也可以产生一切未来。而血族，是这个世界上最习惯于漫长时光的种族。在这一点上，人类绝对不是我们的对手。

“的确，繁育者对梵卓的感情很深。可是在时间面前，什么都有可能改变。布鲁赫，你要记住，现在与她朝夕相处的人是你。她看到的，听到的，甚至讨厌的对象也只能是你。当你占据了她生命的大部分时，她已经无法忽视你。所以，用你的耐性去感化她吧。

“别担心，你绝对不会输，因为我们是血族，千万年的等待，我们早已习以为常……”

耐性，是雄性追逐雌性时的必备品质。

55th Blood　老谋深算的地球人

其实辛摩尔长老的理论没有错，时间的确是最强大的——如果有时间的话。

布鲁赫怎么也没想到，她会走得这么干脆利落。而且就在他以为渐渐开始有希望的时候……

而对高大胖来说，这只不过是她筹备了很久的必然结果。

从时间，到地点，到帮手，到退路，甚至麻痹对手的方式，她都考虑到了。曾经因为欠考虑而失去了一次绝好的英雄救美的机会，这一次，她不打算再失败。

时间回到两个月前。

劫狱失败后，乔凡尼亲王翻布鲁赫家的墙跑来小小房间做生意的那一天：

高大胖："喂，你打架厉害吗？"

乔凡尼："……啊？"

高大胖："那就交换吧。我给你令血族僵硬的药的配方，但相对地，我要你的血。"

乔凡尼大人感兴趣地挑眉，大脑里则飞快地敲着算盘："我的血吗？要多少？"

高大胖："一小管就可以。不过在那之前我要确认一下你的实力。"

乔凡尼微笑："这个嘛……在帝都的贵族里来看的话，大概不是梵卓的对手。”

也就是说，横扫其他人没问题是吗？真意外，看来这家伙的亲王果然不是白当的。

高大胖：“成交。”

狐焰，是一种会根据获得的精气能量大小而变化攻击力的生物，当初血族第一高手阿萨迈的一滴血就让它变成了巨型杀伤性武器！乔凡尼的血虽然不如七的厉害，可变个大型猛兽出来应该是不在话下的。

高大胖晃晃手心的血液采集瓶……嗯，劫狱必备攻击性武器准备完毕。

…………

时间回到半个月以前。

高大胖说服布鲁赫放弃处决医生古娜的第二天：

大胖：“这是什么？为什么送我项链？”

古娜：“算是你救我一命的谢礼。里面加了些药草，是根据安普留下的配方调制的，相信对你来说，会非常有用。”

啊……是吗，去味剂啊……果然在布鲁赫那里救下她是做对了！

大胖忍不住放松地笑起来：“古娜，我们还是朋友吧？”

古娜，斩钉截铁：“不是。”

大胖：“……”（打击！）

古娜：“你丈夫的种族侵略了我的故乡，这点我绝对不会忘记，我们阿蒙拉星人的记忆力一向是很好的，所以我大概会记恨上很多年。不过正因为如此，我也记得曾经我们一起在安普的药草房里编辫子的时光，大概也会记上很多年……”

大胖微笑：“是吗？可是人类的记忆力可是很差的。比如，我现在已经完全不记得是谁送了我这条项链了。”

古娜满意点头：“那就好。”

小心地把去味项链放进盒子里……嗯，越狱必备消除痕迹道具入手。

…………

时间回到一周前。

布鲁赫因为送花花龙送得不够彻底惹大胖生气之后：

布鲁赫："小小呢？"

科勒："夫人去温室森林里玩了，最近她似乎喜欢在那里散步，一玩就是一天。"

布鲁赫："是吗？她喜欢那里啊……"

科勒："是的。可是那个森林的树木太过茂密，夫人又太娇小，经常被植被遮盖住不见踪影，实在不利于摄像头进行监视，您看是否需要禁止她再去那里？"

布鲁赫沉默了一会儿。小小病恹恹的样子、坐在椅子上呆呆地看着窗外的样子和因为只能在笼子外面看一眼花花而生气的样子，纷纷滑过他的脑海……

"算了，随她吧。"难得有个让她觉得开心的地方。

科勒敬礼应道："是。"

布鲁赫略思索了一下，屈指敲敲桌面："核查一下整个森林，清除所有可能威胁她安全的昆虫和野兽！"

科勒："请放心，那里没有那种东西。本来就是观赏性温室，里面都是些软绵绵的观赏性动、植物而已。"

布鲁赫："很好。我记得那个温室是密封的吧？再加固一遍守卫系统，她在里面的时候，一只冰蝇都不能放出去！"

科勒敬礼："遵命。"

可是大人啊，这其实还是一种变相的软禁啊，只不过是换了个大笼子而已啊……

至于高大胖，当然不是为了呼吸负离子才去森林里踏青的。

这个温室是阿蒙拉人为了培育药用植被而建的，当初她曾经跟着安普来过很多次——从安普的制药小屋里。

发明了金字塔的阿蒙拉人是建筑的奇才，这座星球上有着太多至今还没被血族发现的地下通道。甚至房屋墙壁里都藏着密室！当然，高大胖对建筑学知道的也不多。不过现在，她只要知道森林中央向左走九步的第五棵树是通往小屋的密道入口，就够了。

在森林里一玩就是一天的假象，为逃离创造了时间。

而曾经的制药小屋，现在则被占领军改造成了供下级士兵娱乐的小酒吧。

那里，是有女性出现也不会让人觉得突兀的地方。也是闲杂人等众多，最容易趁换班时间混进军队的地方。

高大胖抚摩着紫色的树叶深深吸气……嗯，逃跑路线准备完毕。

…………

时间回到三天前。

医生建议增加适量床上运动的当天晚上：

布鲁赫："那么，开始做吧。"

高大胖："……怎么可能做？不管是从心情上还是实际可操作性上都不可能吧！"

布鲁赫："你不需要操心技术层面的问题，我会解决的。"

想怎么解决啊？！

大胖无力："我，我先去洗个澡……"

布鲁赫倒是愣了一下："洗澡……是表示愿意的意思吗？"

大胖拉着毛巾闷闷道："不是，只是谨遵医嘱。"

大胖的背影消失在浴室门口，布鲁赫同志依旧愣在原地。

仿佛这个"Yes"来得太快，让他觉得有点不真实。

科勒贴着耳朵悄悄说："布鲁赫大人，我想夫人的意思应该就是同意了。恭喜大人，终于成功了！我立刻去准备！"

布鲁赫略微迷茫："奇怪……成功是这么快就能得到的东西吗？"

科勒："大人……"大人已经被习惯性拒绝折磨成这样了吗？……

洗完澡出来的高大胖，诧异地发现某人居然笔直地坐在沙发上翻阅军报文件！

高大胖无语……这算什么？故意摆谱吗？（不，他大概只是在试图找回真实感……）

甩甩头，一鼓作气率先脱掉热气蒸腾的浴衣光溜溜地钻进被子里，在沙发上男人灼灼的目光下别扭地调整了数次姿势，高大胖同志深吸了一口气，觉得自己其实还是很紧张的。可是要麻痹对手，就要先让对方吃到甜头，不下点血本是不行的。

"咯，那个，你在看什么？"大胖在紧张中没话找话。

"前方战报……什么的……"大胖勉强自我压抑地胡乱回答。

"啊，好……好看吗？"大胖越发不知所云地提问……

"……还行。"已经不知道自己在回答什么，满眼都是沐浴后水嫩嫩的粉红色，鼻腔里都是弥漫了整个房间的血香气……

"那个，诺菲勒他们还没打完仗吗？好……好像已经很长时间了啊。是……是吧？"随着男人的步步逼近，某人开始后悔"麻痹对手战略"，临阵退缩地试图扯开话题中……

"是啊，很长时间了……"完全没被干扰，继续死盯着眼前的美味，口中念念有词地靠近中……

"如……如果是你去的话，应该很快就会获胜吧！诺菲勒那家伙真是毫无效率啊，果然将军什么的还是要你来当最合适了！科勒他们也很崇拜你的，还说你是帝国领军奇才，十万年难得一见！你看地球上的形容词都是百年难得一见，换成血族就以十万年为单位了，宇宙文化真是差距大啊……哈哈……哈……"某人，已经紧张爹毛到口不择言……

而布鲁赫，倒是在这番话后突然安静下来了。

默默地在大胖的床边坐下，垂着头沉默良久，男人低声道："是不是奇才都无所谓。但血族这一万年来的战争损耗太大，每一场战役都有统帅死去，可用的将领实在已经不多……你说这场仗打了很久，没错，真的是太久了……”

高大胖很少见到他抑郁难伸的样子，忍不住也安静了下来，默默听他说。

布鲁赫微微叹气：“如果是从前，戈菲、南雅尔、莉莉丝他们还在的时候，无论是谁都可以派去协助前线指挥。而前线的将领也不必孤军作战，最起码背后总有可以依靠的同伴……如果他们还在，这场战役绝对不会打这么久……”将手里的战报扔在床头，布鲁赫转向她轻声道：“你说如果我去，很快就会赢。其实我也这么觉得。”

高大胖暗想：大哥，你也太自恋了吧？

男人轻轻勾了一下嘴角：“不过，我大概没那个机会了。”

这个勉强可称为笑容的表情，充满了壮志难酬的苦涩，让高大胖不禁愣了一下。

啊，对了，他是他们一族最后一个人，一旦死了，就是灭族。身为一个将军，他却注定永远不能上战场……一瞬间，她忽然觉得他有点可怜。

“可是，如果你有了后代，情况就完全不一样了，对吧？”她轻声说，抬眼盯着他的眼睛，“所以我是你最后的希望，对不对？”

他看着她，也轻声说：“不，你是整个血族最后的希望。”

高大胖微微震动！

她第一次意识到，那个一直纠结于恋爱结婚生子追求平凡人小幸福的自己，从某个角度来说是很自私的。只肯活在自己的世界里，只关注自己一个人的爱情。而对方在乎的，却是一个家族的延续，一个星球的未来，一个种族的存亡。相比之下，高大胖莫名地觉得自己很渺小。

其实仔细想想，带着身为“血族希望”的她远走高飞的梵卓也是很自私的。他对待血族远远没有布鲁赫那种赤胆忠心忧国忧民的热情。倒像是一个历尽千年的冷眼旁观者，看透了规律和消亡，已经懒得再去拼搏、改变，只百无聊赖地找些自己感兴趣的事做做，打发一下没有尽头的时间……不知道是不是那永不消磨的记忆耗掉了他的热情，铸造了他潜意识里的冷漠。

她和他是两个自私而冷漠的人，反倒是这个按理说身为第三者的布鲁赫，要比他们都正义得多。这个世界真是太混乱了……

高大胖叹了口气，伸手主动抱住布鲁赫，缓缓偎进他怀里，低声说："来吧。"

男人微震……

她靠在他胸前继续说："我会把这个孩子顺利生下来。然后，我答应你，一定会给你一个后代。可是我有一个要求——那之后，你要放我离开。我只是个普通人，没有你那么高的觉悟。看着你们灭族我做不到，但更重要的还是我自己。"她仰头亲亲他的下唇："所以我给你们一个孩子，就一个。"

布鲁赫沉默着接受了这个轻得如同羽毛拂过的吻……然后抬手，缓缓地，坚定地，推开了她!

"这算什么？"男人的声音里没有温度，"你在怜悯我吗？"

被拒绝的高大胖完全愣住："……什么？"

布鲁赫站起来，眼神变幻莫测地俯视了她一会儿，最终面无表情地拉过床单盖在她的身上，低声道："我不需要你的施舍。也不打算放你走。如果你没准备好留下，我可以等。无论多久，我都能等。但你带着怜悯的施舍，我不要。"

他说完，便头也不回地离去。

高大胖呆坐在原地，良久，长出一口气……

"唉，圣母的尺度真难把握啊……"低头看了看从对方怀里摸出来后就压在床单下的圣血族徽章，高大胖微微一笑……嗯，中央指挥楼各层通行证入手!

…………

时间回到一小时前。

并没发现军装上的众多徽章里少了一枚的布鲁赫，刚刚接到诺菲勒大战告捷喜讯的同一时刻，高大胖正披着戴帽子的斗篷，坐在小酒吧的吧台前，盯着墙上的投影钟默默地倒计时。

梵卓被行刑前告诉她的那句话——因为要防着其他人听见——说得很暧昧，像在念诗一样打着哑谜。凭着凡人的智商，大胖同志还花了一点时间才想明白那句话的含义。

他说："打开睡美人城堡的钥匙在宇宙的彼方，收藏了爱的回忆的地方。"

"睡美人"的故事是当初在欧德小屋时她讲给他听的，此时用来比喻被迫沉睡的梵卓倒也合适。"打开城堡的钥匙"应该是指开启圣地的钥匙吧？说来那枚七给的银色硬币后来的确再也没看到过，估计是被梵卓收起来了，但是收在哪儿了呢？"宇宙的彼方，收藏了爱的回忆的地方"，高大胖想了很久才想到，那大概是指他们蜜月旅行时在炅煛宇宙尽头的梅尔星上租的那个邮箱。那么钥匙，大概就在那里吧？

那个邮箱的密码的确只有她知道，藏在那里的话，倒是个万无一失的好地方。只是梵卓，在那个时候就已经留了后手吗？可怕的男人……

不管怎么说，先取回来吧。

血族的军用运输舰每天在后方基地和前方各个占领星之间往返着，开往梅尔星的船并不多，但偶尔也有。高大胖上次跟着科勒在指挥总部乱跑的时候，就悄悄地背下了阿蒙拉—梅尔航班表。而今晚，一个小时之后，就将有一架宇宙飞船起航前往那里。

高大胖耐心地等着，同时在心里默默回忆着航班登机口的位置和整个指挥大楼的构造图。正如科勒所说，军队的作息是日出而休，这个时间来小酒馆打发时间的士兵们，多半是换班之后、睡觉之前来喝上两杯的，那之后就会回到科勒提过的那个集体休眠舱。而去往那里的路上会经过她要去的登机口。所以到时只要跟着醉醺醺的士兵们走过去，就不会引起任何人的注意。至于到了船上，凭着她顺手拿到的那枚贵族徽章，驾驶人员必定会给她安排一个不错的休眠舱。飞往梅尔星的航道上常年盘旋着严重的磁风暴，一旦起航，便很难再和总部联络上。这对她来说，反而更安全一些。

对自己的计划和准备都很满意，高大胖心满意足地又喝了一口杯子里的药酒。充满植物清香的酒味让她有点沉醉。这个酒是古娜推荐的补血药酒，很适合孕妇饮用。不过高大胖倒是没想到，区区果酒的后劲儿却相当大，大到让她的视线都有些模糊起来，甚至有种错觉，总觉得酒保似乎一直盯着她……

可惜，那不是高大胖的错觉。

其实从她跨进这家酒吧开始，酒保就盯着她了。

在这样一个布满缺乏教养的下级士兵和聒噪的卖笑女的地方，她的一举一动，仔细看都非常突兀。而酒保，碰巧就是这样一种经验丰富、眼睛够毒的职业。

在酒保先生看来，这个尽量让自己不起眼的少女，坐下的时候姿势标准脊背笔直，两脚文雅地并拢微侧，两手总是乖乖地交叠着放在膝上；一口标准的帝都官话，点酒的时候甚至会对酒保说“请”和“谢谢”；身上没有一点劣质烟草的味道，黑色的头发柔顺干净，散发的完全不是军队标配洗发剂的香气；喝酒的时候每一口都控制得恰到好处，绝不发出粗鲁的声音，也不会溅出一点飞沫；放下杯子时会用手指流畅地轻垫一下，动作优雅，不发出一点声响……完全，就像是一个受过严格礼仪培训的贵族！

一个疑似贵族的女孩却出现在下级士兵聚集的酒吧，全身上下都蒙在斗篷里，而且还是奇怪的黑发，实在让人无法不在意。

酒保微笑，主动上前搭话：“要再来一杯吗，小姐？”

“啊？呃，不了，谢谢。这酒后劲儿很大，喝多了会头晕的样子。”

“这样啊，那么要不要我给您倒杯冰水？”

“啊，好的，请多放点冰块。”

“没问题，请稍等。”酒保转过身，一只手取下架子上的冰桶，另一只手则灵活地将他的“在意”敲打在电脑键盘上，然后发给了付钱让他留意的人……

…………

时间回到现在。

科勒慌张地向他的上司汇报了高小小在温室森林里失踪的消息之后，布鲁赫的脑海中出现短暂空白的同时，高大胖在登机口被拦住了。

贵族的徽章没能让她顺利进门，反而引起了安检人员的怀疑。

“贵族的下属？哪个贵族的？”那个红色头发的年轻军人抱臂皱眉打量着她，“看你黑色的头发和眼睛，应该是半血族吧？阿蒙拉星上能养得起半血族宠物的贵族，只有总帅大人。”

大胖心虚地小声喏喏：“我……其实我就是……”

红发军人大声地嗤笑：“哈，你想说你就是总帅大人的宠物吗？所有人都知道总帅大人自从接收了繁育者之后，别说宠物了，连床伴都一个不留！你如果要装成总帅的爱宠，起码也该先打听清楚啊。”

高大胖愣了一下，心里翻腾过奇怪的感觉，嘴上只喃喃地应付着：“我，我其实并不是总帅的……”

“哦？”红发军人挑眉，脸上的表情已是全然不信，“那么你到底是谁的下属？报出直属长官的名号来！”

“我……这个……我……”

“她是我的人，放行吧。”

突然插入的男人的声音让两个人同时浑身激灵地回头！

看清了来人是谁，红发军人立刻绷直了脊背立正敬礼道：“长官！”

高大胖则露出了惊讶的表情：“怎么是你……”

56th Blood　更加老谋深算的吸血鬼

小小坐在椅子上，无意识地抚摩着手指上的银色戒指。

上次赠送戒指被拒之后，布鲁赫并没有气馁，很快就打造了第二对出来，到底硬套在了她手上。这次铸造戒指的材质居然是开启圣地的银币的一半，比梵卓墓地钥匙的分享权还要大手笔。工艺细腻，纤细精致，华美无双，远远胜过梵卓随手扭的那个小十字架……高大胖不明白布鲁赫一个大男人干吗这么执着于这种小细节的攀比。

“瞧！她在抚摩自己的手指呢……”“细微的动作也能做，真的是人形的呢，跟血族几乎一样啊……”“我还是第一次见到繁育者，跟传说的不太一样嘛……”“可是好像的确可以生产后代，你看她的肚子……”“我听说人类是很香的，怎么没有味道？”“估计带了某种去味剂吧？真的有味道长官还敢让她坐在这儿吗？”

周围的目光越来越炽烈了，高大胖不自在地在椅子上挪动了一下，脑袋垂得更低。

军用宇宙舰的前台大厅里，陌生的军官来来往往，经过时都悄悄瞄上两眼独自坐在前台沙发上声名远扬的某人。同时在心里各自疑惑，为什么她会在这儿呢？

“喂！你们几个不要在这儿围观了，都没事可做吗？”

“咦？古雷副将！”“是！对不起长官！”“我们马上归队！”

驱散了围观人群，古雷依旧带着那脸略显不正经的笑容走到高大胖的沙发旁，微欠身行礼："失礼了夫人，抱歉让您久等，临时接管巡航舰需要一些手续，所以诺菲勒大人要晚点过来。"

高大胖乖乖摇头："没关系。不过，你们为什么会在这里？"

是的，在登机口被拦住本以为逃跑失败了的高大胖，居然意外地碰到了老熟人，本该在前线指挥战役的诺菲勒！更诡异的是，他居然什么都没问就把她带上了船！

听到小小的疑问，古雷略微诧异："怎么？您还没听说吗？前方战役大捷，左右臂螺旋星系已经实现全线占领，这一次的殖民计划顺利完成，现在只剩交接仪式和庆功宴了。"

高大胖愣愣："打赢了？"

古雷微笑："是的，打赢了。因此现在所有远程运输舰都被临时征用来运载前线士兵回总部整编。所以很遗憾，这艘舰船不会开往您计划的目的地梅尔星，而是要去前线。"

高大胖变了脸色……

"原本计划是这样的，不过嘛，"古雷瞥了她一眼，"居然在这里遇到您，也许将军现在的计划有所改变也不一定。"

那是什么意思？

满心疑惑的大胖同志被一路领到舰船的指挥舱。舱门一开，高大胖就瞪大了眼睛！

宽敞的指挥室里一片造型简洁的银色，整面透明的舱壁外便是浩渺无际的宇宙星空，站在这个空间里，仿佛飘浮在太空中，让人震撼眩晕得头重脚轻……

在视觉冲击下，下意识地向后跌坐的高大胖被里面走出的男人一把拉住手臂！轻揽着腰搂进怀里……

"已经怀孕的人可不能随便摔跤。"

"诺……诺菲勒？"

许久不见的暴躁少年，此时穿着总帅的军装，脊背笔挺，眉眼冷峻，在夜幕的映衬下，完全褪去了青涩，看起来就像个成熟的大男人。也许是眼神，也许是笑容，也许是背景效果的作用，让高大胖总觉得对方比刚刚在舱门前相见时更加高深莫测……

“很久不见，你似乎瘦了些。”诺菲勒挑眉，“我听说孕妇应该会为了胎儿储存营养而变得胖一些才对。怎么？忙着计划逃跑所以吃不进东西吗？”

高大胖沉默。

很明显对方已经知道她是要逃跑了。他会怎么做呢？把她押送回去还给布鲁赫，还是顺手占为己有，还是干脆突然抽风放她逃走呢？

诺菲勒转头吩咐指挥室里正在操作飞船的军官们：“你们都出去。古雷，你也是。”

古雷：“将军，我是您的副官……”

诺菲勒：“我说出去。”

古雷：“将军，有些事还是不要贸然……”

诺菲勒：“古雷。”

古雷：“属下在。”

诺菲勒：“滚出去。”

…………

“为什么站得那么远？”诺菲勒背着手站在透明舱壁旁，凝视着外面的夜空，声音在空无一人的指挥室里回荡……“靠过来些，我不会吃掉你的。”

高大胖一动不动。大灰狼对小白兔也是这么说的，还不是该吃就吃？

撇过头瞄了一眼警惕地缩在角落的高大胖，诺菲勒嗤笑：“你现在怀着孕，我能把你怎么样？只是想跟你说说话而已，过来吧。”他抬手轻轻拍了拍身边的操作台：“坐在这儿。”

高大胖瞅瞅他，转头看了看操作台，目测了一下高度，沮丧道：“我爬不上去。”

诺菲勒愣了一下，旋即大笑出声，俯身抱起大胖直接放在了操作台上，埋在她颈窝里笑个不停：“你还是一样没用啊……人类的身体总是这么小小的呢，真可爱……”手掌顺着她的脊背腰肢拂过，男人轻声道：“呵呵……

如果我是人类的话，大概会很受欢迎吧？”

高大胖本来很想反驳他，就算变成人类，受不受欢迎也是要看个性的。然而随即又想到貌似现在男人只要脸好看基本就可以横行天下，再看看诺菲勒那张轻松秒杀六岁到六十岁的英俊少年脸孔，索性噤声了……

男人的手掌继续向下，试探着摸了摸高大胖隆起的肚子：“这里有一个生命吗？真不可思议……嗯？！”诺菲勒惊讶地抬头，看了眼小小，不确定道：“刚刚孩子好像动了一下……”

而高大胖，比他更惊异！

要知道，从怀孕到现在，她还从来没出现过所谓的胎动。之前她都是自我安慰因为是吸血鬼的后代嘛，也就是半个僵尸，所以不动也是正常的……没想到，今天居然突然动了！

“我也不确定……你……你再摸一下！”

诺菲勒很配合地再次抚摩了一下，高大胖肚子里的小胎儿不负众望地再次给了点反应。新奇的反应让两个人都很亢奋，尤其是从未见过孕妇的诺菲勒，本来略带冷漠的口气也缓和了下来，忍不住多问了几个关于这个小生命的问题：

“它什么时候才会出生？”

“预产期是在下周，应该很快了。”高大胖略带幸福地抚摩着肚子。这是第一次，她有了要赋予世界一个新生命的真实感，这种真实感让她莫名地很自豪。

“喔……”诺菲勒若有所思，“这是梵卓的孩子，长得会像梵卓吗？还是像你？”

高大胖：“不知道呢。不过我希望像爸爸，毕竟梵卓的脸好看……”

诺菲勒笑出声：“我倒觉得像你也不错，很可爱……那么，叫什么名字？”

高大胖：“男孩的话就叫亚当，女孩的话就叫莉莉丝。”

诺菲勒愣了一下。

高大胖继续说：“本来如果是女孩的话是打算叫夏娃的，可是听了兰卡的圣经进化论，我决定还是不要给孩子起那个名字了。”

诺菲勒沉默了一会儿，轻声问：“你还不知道孩子的性别吗？”

高大胖摇摇头：“研究院怕透视激光给未知的人类与血族的混血儿造成什么可怕的变异，而阿蒙拉星的医术是天然派，不主张生产前探测胎儿性别。”

诺菲勒：“你没想过有雌雄同体的可能性吗？”

高大胖：“别说那种惊悚的话啊！”

诺菲勒大笑：“开个玩笑而已。不过，既然已经临近产期，在这个时候逃亡不会太危险吗？”

“正是因为马上要出生了，才不能再等下去，必须马上逃走。”高大胖转过头，凝视着隔离罩外无边的夜空，“我有预感，我的孩子很可能会继承我的血液或者生育能力，而无论是哪一样，都足以让它因此一辈子被囚禁在血族城堡里。就算他什么能力也没有，我也敢肯定，只要他一出生，就会被长老会研究院带走，然后在实验室里度过一段漫长的时光，甚至可能是一辈子……身为一个母亲，我不能允许那样的事。我希望我的孩子拥有正常的童年，一生能按自己的意愿生活……我想尽可能地保护他。”

诺菲勒垂目俯视她良久，低头在她的额头上亲吻了一下，低声道：“好，我帮你。”

高大胖捂着额头诧异抬头：“你帮我？为什么？”

诺菲勒：“你是要问理由，还是要接受我的帮助？”

高大胖沉默，随即严肃道：“你要怎么帮？”

诺菲勒：“我不会把你遣送回阿蒙拉星，这艘飞船的目的地是前线，抵达后的机场停泊着不少战役中收缴到的敌方小型舰，如果其中一艘失踪了，相信不会有人注意到。而就算有人注意到，因为是敌方战舰，我们并没有收编在册，也无从追踪起，所以我不知道你去了哪里。至于看守失职的错误，在战役获胜的功劳下两者相抵，我应该也无须承担什么责任。更何况最开始弄丢了人的，可是布鲁赫自己。”

高大胖点头：“不愧是梵卓教出来的手下，果然够无耻。”

诺菲勒但笑不语……

…………

布鲁赫接通本舰指挥室的时候，高大胖正捧着一本战舰驾驶速成手册昏昏欲睡地研究。

她很诧异自己居然在白天就困成这样。这也让她意识到，也许自己进入这个指挥室时那种头重脚轻的感觉并非只是因为视觉冲击……仔细想想，她从在酒吧里就开始头晕眼花了。这种眼前迷蒙，四肢迟钝的感觉……莫非，真的是喝醉了吗？

"布鲁赫长官，别来无恙。"指挥室里突然响起的诺菲勒的声音，把半梦半醒中的高大胖惊得一激灵！

随着沙沙作响的信号连接声，布鲁赫铁青的脸孔出现在了屏幕上。

"诺菲勒，小小在你那里？"

"呵，这么快就追查到了，你还真卖力呢。"诺菲勒懒洋洋地支着下巴，坐在指挥员的椅子上，"是的，在我登机前碰巧遇到她。担心她是要逃跑，就干脆抓起来带走了。长官，您应该奖励我啊。"

布鲁赫冷哼："不必嬉皮笑脸，你以为我是傻瓜吗？如果真的担心她逃跑，应该立刻将她遣送回联军总部，而不是带走！"

"嗯，能让区区人类溜出来的联军总部，看守能力实在堪忧。我怎么能放心把血族贵重的繁育者送回那么漏洞百出的地方呢？"

"你……"

"别担心，布鲁赫长官。小小我会带到前线指挥总部，刚好庆功宴也会在那里举行，您过来的时候就可以见到她了，不是吗？"

咦？……高大胖诧异抬头，他不是说，要帮忙逃走的……

布鲁赫微微皱眉，透过屏幕凝视着面带冷笑的诺菲勒："我不信任你，诺菲勒。"

"你不必信任我。"诺菲勒轻笑，伸手将有点浑身发软的小小揽在怀里故意展示给布鲁赫看，"你只要知道，你要的人在我这儿，想要回去就过来取就够了。当然了，如果没有能力取回去，那么按照血族的规则，这个东西就该归有能力保管的人，不是吗？”

好像有点……不对劲。高大胖挣扎了一下……

布鲁赫的视线扫过男人搂着她的手臂，冷冷开口：“不必等到晚宴。是我的东西，我马上就会拿回来！”

啪的一声，屏幕被调暗！只留下无规律的雪花在上面沙沙地闪动着……

高大胖垂头喃喃：“你根本从一开始就没打算帮我逃走，对不对？”

诺菲勒并不否认地亲了亲她，把她抱起来，轻轻放在了指挥室唯一的软椅上。

高大胖愤恨地抓着他的衣领：“你骗我……”

诺菲勒轻笑：“呵……我骗的人多了……”

越来越强烈的困意袭来，她终究撑不住，慢慢合眼睡了过去，抓着骗子的手，也松了……

…………

高大胖仿佛一直陷在一个仿佛真实又虚假的梦中。沉沉浮浮，看到了很多熟悉的面孔，有的还活着，有的已经死去了。腹中不时传来阵阵疼痛，让她在半梦半醒中又不断被拉回现实……

直到最后一次被拉回来的时候，她听到了男人激烈的争执声。

“从之前我就觉得不对劲。您到底打的什么主意？当初第七分队发现繁育者的时候您居然让我首先通知布鲁赫将军！说什么这是血族应尽的义务，全萨恩星都知道您跟布鲁赫将军一向不合！您当时那么做，只是为了把他引过来吧？因为您知道梵卓大人不会轻易放手，所以一定会有一场恶战，只是您没想到三位长老会跟过来，结果事情完全脱离控制变成一场单方面的缉捕行动了，对不对？”

“古雷，你的想象力很丰富。”

“是吗？那么这次又是为了什么？故意挑衅布鲁赫将军让他到前线来，

争夺繁育者吗？我不觉得您对繁育者有那么强烈的执着，因为我知道您心中的第一位一直是……”

“古雷，你的废话太多了！”

“将军，您只是被我说中了才恼怒吧？身为辅佐官，我有义务从旁纠正您的言行。本来无论是争夺繁育者还是跟布鲁赫将军作对的事，我都不想干涉您，但如果您在这些无关紧要的事情上投注过多的精力，我就必须及时提出劝谏。毕竟，身为将军，您有义务以军务为先。”

“你指什么？”

“您明白我的意思。这次索纳斯星人全面溃败本来就迅速得有些奇怪，他们与血族征战多年，实力强劲，不是这么轻易就会被击溃的种族。然而获胜后您却不专心处理疑点，加强戒备，反而接到了一条总部发来的内线汇报就丢下前线事务直接飞回去堵人！我军阵地的机场上停满了敌军的战斗舰，您不加快清理收编工作，反而带走了所有分队长官，留下一大摊未竟事务就撒手不管，专心准备什么庆功宴……我的意思就是，您太玩忽职守了！”

“古雷。”

“什么？”

“你啊，真是一个优秀的辅佐官，尽忠职守，观察细致，头脑灵活……”

“什……？谢……谢谢……”

“可惜啊，你不知道从古至今，太聪明的人，总是死得很快吗？”

锋利的指甲突然穿透肌肉皮肤的扑哧声，滑过紧闭着眼的高大胖的耳膜！

一瞬间，那种恐怖的杀气让她肌肉紧绷，浑噩全无！

“将……军……喀……咕……”

有血哽在喉咙里的声音，血滴滴答答落在金属地面上的声音，也许还有飞溅在透明防护罩上的声音，可是高大胖都分不清了……

“古雷，你照顾我这么久，也算有情有义，我不会毁了你的核的……”诺菲勒的声音轻轻地飘荡在充满血腥气的指挥室里，在一片黑暗中温柔得让人浑身战栗！“……不过，今生还是……永别了。”

重物倒在地上的声音，渐渐微弱的咽气声，灰化的飒飒声……

近在咫尺的死亡气息让高大胖畏惧又无可忍耐地微微睁开眼睛，在睫毛的缝隙里惊恐地窥视……

胸前开了个洞，浑身是血的古雷，正在空气中渐渐地化成灰烬……

面无表情地站在他旁边的诺菲勒，银发淡淡的色泽在星光下显得很冷酷，被蓝色的血沾湿了的右手上，锋利的指甲还未收回，鉴赏般轻轻拈着一颗带着微光的核，血色的瞳孔略带笑意地瞟向眯眼偷看的高大胖：“醒了吗？醒的还真不是时候呢。”

大胖在心里呐喊：妈妈，救命！

57th Blood 反派除了杀光主角毁灭世界以外也没什么特别爱好

带着鲜明的血腥气的危险气息缓缓靠近了小小，笼罩了她的呼吸……

诺菲勒俯身压住抵死装睡的某人，像撒娇的小孩一样枕在小小的颈窝，轻笑……可怕的呢喃清晰地在她耳侧响起："不用装了，你都听到了对不对？"

高大胖喉头紧张地咕嘟一下，小声道："没……没有。孕妇的记性都是很差的，我其实已经忘了你们在说什么了，真的！不，应该说本来就没太听懂，真的真的！"

男人不置可否，仿佛漫不经心地用手指玩弄着她散在颈侧的发丝……

高大胖只能听到空气中自己紧张的呼吸声……

血族高大结实的身体很沉重，压得她有些透不过气来。而肚子似乎也越来越疼……

"诺菲勒……"她小声恳求。

"放心，我不会杀你的。"吻了吻她的嘴唇，男人轻笑，"你是我重要的诱饵。三年。当初约好的，现在时间刚刚好，不是吗？"

她惊讶地看他……从那么久之前，就开始计划了吗？

"我要杀的只是布鲁赫，"诺菲勒松手，缠在他指间的黑色发丝零零落落地掉下来，"不过，如果你碰巧被波及，不幸也死了，我是不会管的。"

他笑得毫无罪恶感。

高大胖一时失语……沉默了半晌，终究忍不住出声问："可是布鲁赫是血族统帅，你杀了他，不就是背叛了血族？"

“那又如何？”诺菲勒笑着坐直了身子，“反正我早就背叛血族了。”

她惊异地瞪他！

男人抬手指着防护罩外星辰浩渺的宇宙的彼方：“契约在莉莉丝死去的那场战役之后就已经订立。我曾发誓要布鲁赫付出代价，如今就是支付的时候了！

“说来有趣，我是血族里最积极叫嚣要杀死布鲁赫的人。可是也许正是因为我把愤怒如此直白、如此孩子气地表现出来，反而没有一个人当真。计划进行得这么顺利，连我自己都很惊讶。这么久以来，居然没有一个人怀疑我。就连一直在我身边的辅佐官古雷，也是直到今天才觉得不对劲。可惜，已经晚了。

“现在有三分之一的血族军队在前线，那里，佯败的索纳斯星战舰和埋伏军队已经到位。另外三分之一的血族军队会在庆功宴的时候由后方军事总帅布鲁赫带到。想要全歼血族战力，就是现在了。

“而布鲁赫，将作为首个把血族带入死路的统帅而载入史册！这个耻辱足以掩盖他之前所有的战功荣耀。这样一来，即使我杀不死他，作为血族的罪人他也没有什么尊严再活下去了。既然他为了胜利的荣耀什么都可以舍弃，那我就毁了他的荣耀……这才是最棒的报复，不是吗？”

高大胖听得目瞪口呆：“你……你因为私人恩怨就要那么多无辜的血族士兵甚至是整个萨恩星给你陪葬吗？这样是通敌叛国吧？难道你一点爱国心都没有吗？你可是个将军啊！”

“爱国心？”诺菲勒疑惑地歪头，“哦，你是指对血族的效忠吗？呵……为什么你觉得我会在乎血族怎么样？”

“因为你也是血族吧。”

“哦……那我问你，难道因为你是人类，就从来没产生过希望所有人都去死的念头吗？”

“没有。”高大胖果断摇头，“我是好青年。”

“呵呵……真的吗？”诺菲勒血色的眸子带着平静的邪恶盯着高大胖的眼睛，仿佛能直直地看到恶毒的最深处……“我听说，你在人类中也不算漂亮的，以人类的标准来说，你又高又胖，长得也不够美丽，应该经常会受到不公平的对待吧？偶尔会被同类嘲笑的眼神扫过吧？是不是很少被当成女孩子对待呢？站在别的女孩身边从来没有自卑过吗？告诉我实话，难道你从来没有不甘心过，从来没有一次暗暗地恨过周围的人吗？”

高大胖愣住。

她想到自己的高中生活，想到“高大胖”这个带点嘲笑成分的外号，想到大合唱时总是被套上男生校服塞在最后一排，想到校园舞会时自己永远是幕后打杂的那个……她羡慕舞台上的女主角那飘飘的裙子，会在漂亮女孩的面前觉得自卑，也会为掩饰自己的身高体形而下意识地含胸驼背……

可是，可是，尽管如此，她也从来没有，一次也没有因此而希望所有人都去死过。

因为她相信改变的力量。她相信，只要努力，有一天她也会变得苗条漂亮，自信迷人。更何况这个世界上总会有不以貌取人的一群人。

但诺菲勒的情况大概不同吧？他的身体不老不死也不会变，他所在的种族全民唯美且固执异常。就连半血族的兰卡，也是撩着头发满不在乎地鄙视说“那小子太矮”的……诺菲勒他没有“改变”这个希望可以相信。

“我……并不喜欢血族，从以前就不喜欢他们。总是追捧些徒有其表的东西，虚伪又傲慢……”诺菲勒望着窗外，“所以我不在乎血族，我在乎的只有莉莉丝。莉莉丝死了，其他的什么都无所谓了。”

这……这真是可怕的毁灭主义思想！

因为自己最喜欢的没了，所以自己不怎么喜欢的也都去死吧！去死吧……这家伙简直任性得就像叛逆期的青少年一样！只不过青少年的任性无非是爹妈多花点银子，而他的任性却要全血族来埋单！

高大胖头痛抚额：“你说的莉莉丝……是那个我们在温泉初次见面的时候你提到的女人吗？莫非布鲁赫杀了那个女人？”

“没有。但她是为布鲁赫而死的。”

那就更没理由报仇了好吗？人家一个愿打一个愿挨，你掺和个什么劲儿啊！

“她肯为他死，应该是很喜欢他吧？你这样报复布鲁赫，岂不是浪费了她的牺牲？”高大胖试图努力规劝。

“并不是你想的那样。什么自愿牺牲……莉莉丝是布鲁赫的伴侣，”诺菲勒不屑地哼了一声，“我是不知道她看上那男人什么，大概只是因为是同属莫诺赛特家族吧……科斯蒂摩尔战役的时候，布鲁赫身陷险境，是莉莉丝冲出重围拼尽全力杀到他身边，让他吸血挽回体力，才救了他一命。可是那个男人却丢下同样需要补充血液的莉莉丝，为了抓住什么获胜的机会就一刻不停地领军突击敌军总部去了！”

诺菲勒目光冰冷：“战争赢了又怎么样？这个世界上总是要打打杀杀，有赢有输。今天赢了，说不定百年之后又输光了。那些殖民星球的领主千万年来不断更迭，几个世纪之后谁还记得你的胜利？如果只是为了史册上那几句话，他就用我的莉莉丝来交换这场胜仗，那么他死有余辜！他不配做莉莉丝的伴侣，也不配做联军领袖，不配当个男人，更不配在史册上供后人瞻仰尊敬！”

诺菲勒攥紧了拳咬牙道：“如果他当时哪怕肯停留一会儿跟莉莉丝交换血液，那么失血过多的莉莉丝也不会那么快就失去行动能力，不会在我赶到之前就……”

“死去了？”

“不，消失了。”

“咦？消失？”

“嗯，当时战役的地点在宇宙空间很不稳定的地带。经常会有小规模的空间扭曲，吸入周围的物体，然后消失得无影无踪。战后无论如何也找不到莉莉丝，就是生物探测仪也没有反应。所以当时军方的判定是死亡。”

“啊，那有没有可能，莉莉丝还活在某个地方呢？”高大胖挠挠脑袋，“我以前听说，宇宙有黑洞和白洞两种存在。黑洞吸入物质，白洞吐出物质。所以，有没有可能莉莉丝在这里被吸走，却在另一个地方被吐出来，好好地活着呢？”

诺菲勒抬眼看她：“就算如此，被吐在没有氧气的真空宇宙里，她要怎么活？”

高大胖冷汗……果然扯这些科学东西的时候，人类跟血族是没有可比性的……

“对……对不起，我没想到这一点……”

诺菲勒：“哼，算了，这倒也是个好想法。消失就是有这点好处，爱她的人可以相信她永远活在某处，而恨她的人可以相信她已经死了。”

“是啊是啊……”就这么相信吧，放弃复仇吧。

“但是，对我来说，那样远远不够！”诺菲勒冷冷道，“我要让害她消失的男人付出同样的代价！”

高大胖一愣：“同样的？你的意思是……”

轻微的空气撕裂声近在咫尺地响起！大胖诧异地回头，然后惊恐地发现不远处的空气仿佛被烘烤得扭曲了一般褶皱着！而它附近的一把椅子，眨眼间就消失在了那个口袋一样的褶皱里！

接着扭曲的空气恢复如常，一干二净的，仿佛什么都没有发生过……整个过程不到两秒钟，而那个焊接在地上的椅子已经无影无踪了，只有惨白的金属碴留在凹陷的地板上……

高大胖汗毛直竖！扭过头颤声问：“那个，我说，当年那个科斯蒂摩尔战役的战场不会就是……”

诺菲勒，一脸平静：“在这里。”

不要啊——！

俯视着一脸崩溃的高大胖，诺菲勒轻笑：“要小心哦，这个地带空间扭曲出现的频率很高，位置随机，如果不及时躲开，可是会被吞噬的。”

高大胖颤抖含泪：“我……我有一个问题。如果，我是说如果，刚好扭曲空间吞噬的地方是宇航船的舱壁，会怎么样？”外面可是真空的宇宙啊！

诺菲勒微笑："那就大家一起死喽。"

高大胖："你疯了吗？！"

诺菲勒欢笑："你才发现吗？"

…………

跟疯子，尤其是还很冷静的疯子，是说不通道理的。

因为通常他们的逻辑思维比你还好，意志比你还坚定。

能花这么多年，铺这么长的线，下这么黑的手，对方要杀布鲁赫的心思实在很纯粹、很强烈。

高大胖不觉得自己几句话就能改得了诺菲勒的想法。

莉莉丝的死亡的确是个悲剧，但事实上布鲁赫也算受到惩罚了。莉莉丝是他最后的族人，她的消失就意味着布鲁赫自己也失去了上战场的机会。然而，他是个军人。就算让他那时重选一万次，他大概也会选择夺取胜利一万次！

其实应该说，这一切不过是两人价值观的分歧而已。在布鲁赫的世界观里荣耀和责任是第一位的，国家的利益就是他的终极使命；而对诺菲勒来说，他的世界是围着莉莉丝转的，莉莉丝就是一切。所以他根本无法理解放弃莉莉丝的布鲁赫，自然也不会原谅他。

高大胖此时很同情布鲁赫，但更同情她自己。她可不想肚子里还没出世的孩子也跟着陪葬。无论如何，她都要活下去。

她是这么想的，想的过程中，又睡着了一次……是的，那该死的头晕眼花越来越严重了。

高大胖开始觉得这大概不全是喝酒造成的，现在想来，酒保给她倒的那杯冰水估计是加了料的。她相信诺菲勒应该不至于想毒死她，估计只是些让她昏昏沉沉丧失抵抗力的迷药而已。

现在，诺菲勒离开控制室去迎接到来的布鲁赫了。他杀死了自己的副官古雷，可是军队交接总得有人去做。为了不引起军队的怀疑，他在场面上还得照常应付着。

高大胖抱着肚子在躺椅上蜷成一团，还没想到逃跑的办法，指挥室的大门就忽然打开了！

“小小！”布鲁赫的声音难得地带了点焦急。

“别进来！”大胖猛地坐起来试图阻止！可惜人类的动作太慢了，她口中的最后一个字抵达布鲁赫耳膜之前，防弹大门就已经在他身后严丝合缝地关闭……

大胖无力抱头……

现在就只能指望布鲁赫有阿萨迈第一高手那样的蛮力，可以赤手空拳掰开防弹门了……

然而，很显然，他没有。

听到大胖惊慌的喊声，布鲁赫已经意识到不对。此时他只能转头默默地看了一会儿紧闭的大门，然后放弃地转身，踱到了指挥台旁边，皱着眉试了试控制面板……

“我已经试过了，没用。”高大胖支着下巴无力地在一旁哼哼。

布鲁赫看了她一眼，蹲下，伸长指甲，直接撬开了控制台下面的钢板！继续皱着眉鼓捣复杂的电线……

“那个也试过了，没用。”高大胖指了指一边变大的小吱，以及它旁边一块被挠坏的钢板。

布鲁赫看了一眼小吱，站起来，走回大门的手动控制器旁，挥拳刚要砸，又放下了手……“这个也试过了？”

高大胖点头。

控制器上一个钝物砸出来的可怕凹坑，赫然入目……

布鲁赫默不作声地走回高大胖身边坐下。

满宇宙的星星在两人头顶忽明忽暗……

“他有什么计划？”

“杀了你，通敌卖国，让三分之二的血族军队陪葬。”

“哦。”布鲁赫点点头，“那么……他没对你怎么样吧？”

“聊了会儿天，逗了会儿肚子里的小宝宝，喂了点安眠药。”

“被关在这里……你比我想象中镇定很多。”

“还好，你要是经常被关着，也会习惯了。”

“如果我不再关着你，你还会逃吗？”

“会。”

“哦，那么这个装置还是装对了。”

高大胖愣了一下：“什么装置？”

话音未落，就被男人猛地压在了躺椅上！身上的连衣裙也被刺啦撕开！上身一凉，衣物直接被褪到腰间……

“你干什么！你疯了？在这种时候发情！”高大胖奋力挣扎！

“别乱动！”单手压住她试图耸起来的肩膀，手臂夹住她乱抓的手，男人的手掌细细地抚摩过她光裸的脊背……

“别碰我……救命啊！小吱救我！”高大胖拼命号叫！

布鲁赫抬脚踹开忽然袭来的狐焰，随手抓起茶杯里的汤匙甩出去，利索地将巨兽的尾巴尖儿钉进金属地板！

狐焰惨叫跳动！呜呜哀鸣着试图蜷着身子舔自己受伤的尾巴……

“呜哇哇……小吱！布鲁赫你这个大浑蛋！”高大胖飙泪……

“嘘，不要吵……”男人耐心地按住她，紧贴着她后背肌肤的手指甲微微伸长，“可能会有点痛，你忍耐一下。”

大胖泪眼模糊地回头：“什……啊——！好疼呜呜！你干什么？……”

锋利的指甲划破肌肤，仿佛精确的手术刀一般，破皮开肉直达目标！手指翻转，以最快的速度撬起藏在血肉里的小小金属片，布鲁赫两指夹住那片微型芯片一气呵成地从肌肉上分离取出！

高大胖已经疼得叫不出来了，只死死抱着布鲁赫的胳膊，狠狠地咬着对方的手腕，不停地淌眼泪……

“结束了。”少顷之后，男人淡淡地说，低头轻柔地舔吻着小小单薄的脊背上血肉模糊的伤口，破损的肌肤在圣血族具有痊愈力的唾液作用下渐渐恢复原样……

“你浑蛋……”她趴在他胳膊上哽咽。

“是，对不起。”他轻声说，一下一下轻轻地吻她的脊背。

“竟然往我身体里装芯片，你这个变态……大变态……”她继续哽咽。

“是，对不起。”他脱下斗篷裹住她，抱起来亲吻她落满泪的脸颊。

她继续哽咽，抬手愤恨地推开他的脑袋：“呜呜……王八蛋，快用那东西把我们从这里弄出去。”

布鲁赫有点想笑，但还是忍住了，耐心解释：“这个只是发信器，单纯标示位置的东西而已，只能发出规律恒定的电子波。”

高大胖愣住：“那怎么办？”还以为是通信器之类更高级的东西呢……

“我可以手动抑制电波的发出，这样就会形成频率变化的信号。但是只能表达些简单的内容。这次领军前来的是我，科勒留守本部，如果他收到这个信号，虽然不知道发生了什么事，但会按照危机条例启动紧急预案，撤回本部的军队。但如果他根本没注意监视屏上的信号……”布鲁赫看了她一眼，没有说下去。

“你说撤回军队是什么意思？”高大胖忽然发问，“等等，你发信号救的是军队？那我们呢？”

“对方蓄谋已久，我方毫无准备。血族军队本来数量就不多，索纳斯星又有伏兵在，这种情况很难应付，能救回尽可能多的军队就已经是万幸了。不可能再为了一两个人硬碰硬。”布鲁赫平静陈述。

有那么一刹那，高大胖觉得自己多少可以体会到当时被丢下的莉莉丝的怨恨了……

58th Blood　我们能否重新来过

“你在生什么气？”

“我没生气。”

“你气我优先救别人而不是你吗？”布鲁赫两手交叉着坐在躺椅上，侧头看向另一端缩成一团的大胖。

“我没生气，你想多了。”高大胖闷声道，揪着斗篷把自己裹得更紧。

“是吗？”布鲁赫抬手理了理大胖身上皱成一团的斗篷，“一般来说，你生气的时候很少对人大喊大叫，倒是经常像现在这样蜷成一团，找个什么东西把自己盖起来，躲得远远的不理人……”

高大胖惊讶地看了他一眼，停顿了一会儿，叹气道：“我并没有生你的气，造成这一切的是诺菲勒，你只是没有更好的办法，只能选择损失最小的方案而已。”

听到她淡淡的话语，布鲁赫忍不住微微动容……

高大胖却继续道：“当然了，虽然你一点用都没有，不仅帮不上忙，还在我身上凿了个窟窿，害我淌了一摊血，而且还是为不相干的人淌的，但是我真的不生气，一点儿也不生气……”

布鲁赫：“……”

“对不起……”良久的沉默后，布鲁赫轻声道，“我一定会救你出去的。”

“要怎么救啊？你自己都出不去吧？”高大胖不抱希望地哼哼。

布鲁赫：“诺菲勒要报复的对象是我，你应该只是诱饵而已。现在我来了，你的用处也没有了。我若缠住他，他应该无暇顾及你。你找到机会就立刻逃走，从这里出去一路走到舰尾就是逃生舱的放置处。使用逃生舱的自救课程你应该修习过吧？”

高大胖：“啊，是的，在帝都的时候貌似上过这个课……”不过也差不多快忘光了。

布鲁赫：“在混战的情况下，士兵一般无法迅速判断来人身份，所以只要是人形的生物，我军应该都会当成自己人不会伤害。如果碰上的是索纳斯星的战士，那就记住要屏住呼吸。索纳斯星人没有视力，全靠听觉判断方位，所以只要不发出声音，就算直直地从他们面前走过应该也不会被发觉。”

高大胖：“咦？这么说来，不用呼吸又没有脚步声的血族，岂不正好是他们的克星？”

布鲁赫：“没错……呼……不然你以为我族是靠什么跟触须伸开后攻击范围将近十米的生物作战的？单论个体战斗力，索纳斯星人比血族高了可不止一两个档次……呼……”

对话到现在，高大胖终于发现，原本坐姿笔直现在却渐渐躺倒在椅子上的男人，貌似有点不对劲……

“你怎么了？”

“没事……呼……”

怎么看都不像没事吧！

“你……在喘气耶……”血族身体机能没混乱的时候是不会喘气的，“而且指甲也伸长了。还……还有牙……”高大胖诧异地看着男人那指甲缓缓伸长的手，正仿佛自我压抑一般，颤抖着压住另一只手腕……

“你的血里……有什么……”艰难地挤出几个字，布鲁赫还没来得及说完后面的话，高大胖就已经呆住了！

男人头顶正上方的空气在一声轻微的撕裂声之后，迅速开始了扭曲化！

那个熟悉的情景是……空间裂缝！

高大胖瞳孔猛缩！没心思再听布鲁赫说什么，猛伸手拽住男人的衣领！借着自己倒下去的体重狠狠用力！牵连着两人一起滚倒在了地上……险些与噩梦般的宇宙吞噬之口擦肩而过！而布鲁赫衣服上的腰扣和高大胖斗篷的一小块边角，则代替他们成了牺牲品，同时消失在了转瞬即逝的裂缝里……

一切在两秒内恢复平静。

高大胖跌坐在地惊魂未定……

布鲁赫保持着摔倒的姿势趴在她身上一动不动……

刚刚那一下摔得她腹中突然抽痛了一下！而男人又死沉死沉地压得她差点断气，她的怒火终于忍不住烧了上来……

“布鲁赫你到底在搞什么！血族的听觉不是很灵敏吗？怎么反应这么迟钝！居然还要我救你……布鲁赫？等等！你……你在干什么？！”

趴伏在她身上的男人，根本没在听她说什么。头也不抬地搂着她的肩膀，埋首在她身上，咬住她胸前的搭扣，突然发力！直接撕裂了她裹住身体的斗篷！仿佛终于无法压抑一般，猛抬手按住了她试图撑起自己的手臂！然后便混乱地吻了上来……

高大胖吓了一跳！一边奋力推搡对方一边试图后退！“布鲁赫！你起来！你到底怎么了？怎么忽然……啊！”

吵嚷的嘴唇被堵住，带着强烈雄性气息的唇舌激烈地侵入，翻搅得让人完全抵挡不住！这个吻太深，一直触到了喉咙！直到她难受得挤出眼泪来，对方才喘着气退开些……带着阴森之气低沉地问：“你……吃了什么？”

你的舌头！王八蛋……高大胖真想狠狠抽他一巴掌！但现在她只能先忙着喘气……

“有……尼配塔酒的味道……你喝了药酒吗？”布鲁赫喃喃，“难怪我舔了你的血也会亢奋……是诺菲勒给你喝的？”

“什么？你在说什么？”高大胖又怒又茫然！什么酒啊……嗯？等等，

难道是指在酒馆里喝的那些？

浑蛋！那两杯东西到底掺了多少种非法添加剂啊？这个星球还有没有《质保法》？！

“尼配塔的汁液对血族来说是兴奋剂一样的东西……让人感觉变迟钝，欲望却变强烈……”布鲁赫半合着眼，轻轻舔咬她的脖颈，脸上显然是充满情欲的表情，连平时冷硬的声音也放得柔软了些，“随便喝下这么危险的东西，你太不小心了……”

“你也十分不小心地随便喝了我的血，根本没资格说我好吗？快点起来！别开玩笑了，这种时候怎么可能做这种事……你有听到我说话吗？布鲁赫！”

“嘘，安静些……我不会做到最后的……”

“最……最后是什么意思？怎么可能安静！你……啊！不要咬我啊浑蛋！”

“别吵……就一会儿……我需要……稍微多些……才能冷静下来……”

“拜托你现在就冷静吧！啊……住……住手……别这样，你别这样，真的很疼……”

没有甜言蜜语，劈头盖脸的亲吻粗鲁而热烈，抚摩揉捏的动作野蛮而充满了情欲……这不是平时温情款款的亲热，只是充满了原始欲望的，公兽对母兽般的扑倒舔咬！想为自己身体里翻腾的激情寻找一个突破口，像动物般用力磨蹭大胖的身体，舔舐吸吮，耳鬓厮磨，咬噬皮肤留下带着血色的痕迹，抓住什么仿佛都不够，指甲也跟着发泄般收紧用力……

她被这样野蛮的求欢逼得退无可退，男人强有力的胳膊禁锢着她无法挣脱，掌控性的绵密的吻隔离了里面与外面的世界，让狐焰的怒吼声在她听来仿佛也隔着帘幕般模模糊糊的……狐焰那炽热的火球压来，被男人随手拉起散落在地上的斗篷卷住抛向了一边，只是短暂的激烈殴打声之后，被打断的纠缠便又回到了原样……

药效似乎又上来了，高大胖困得睁不开眼睛，觉得自己好像要晕过去……腹中一阵前所未有的剧烈抽痛却让她瞬间清醒过来！

脑子还未反应过来，喉咙里已经发出了一声尖厉至极的惨叫！

身上的男人似乎也被这声惨叫惊了一下，停下了狂乱的动作。

然而此时高大胖已经管不了布鲁赫了，腹中胎儿的变化牵扯了她的全部精力！甚至连被剥光的上半身也没空遮掩，只顾蜷着身子单手抱着自己的肚子急促地喘气：“好……好疼……怎么回事……从来没这么疼过……”

布鲁赫保持着跨坐在她身上压着她手腕的姿势停顿了一会儿，突然喃喃：“难道是要分娩了？”

高大胖差点被这句话吓得晕过去！

“别……别开玩笑了！现在？在这里？这种情况下？绝对……绝对活不下来的……啊——！”

第二轮激烈的抽痛凶猛袭来！竟似比第一下还要疼得多！高大胖的指甲狠狠地抓着坚硬的金属地板！用力得仿佛要在上面留下惨白的痕迹……

第三次抽痛之后，高大胖开始害怕了。因为她发现，每次疼的时候她都以为这世界上没有比这更疼的了，然而到了下一次，她就会发现自己错了……

这还只是宫缩阶段而已，痛楚的程度跟真的生产时那种扩张和撕裂比起来，不过是小儿科。她怎么可能熬得过去？！

一瞬间疼得满脸冷汗的大胖同志甚至产生不想生了的退缩念头……

又是一阵剧痛汹涌而来，高大胖的眼泪很快被逼了出来，惨叫也开始增添了新的内容。比如“王八蛋梵卓！用得着你的时候你都死去哪儿了？！”，或者“呜哇哇，你是这世界上最差劲的爸爸！”，或者“为什么我要一个人在这种地方生孩子啊，我生了不给你了！浑蛋”……

这种时候，要独自扛过去，好凄惨。

布鲁赫的手伸过来，握住她狠抓地板的手：“你这样会受伤。握着我的手吧，如果想抓就用力抓。”

“我才不要！”甩开男人的手，高大胖继续抱着肚子啜泣，眼泪顺着眼角淌到紧贴的地面，她咬住嘴唇低骂，“呜呜……浑蛋……这种时候，为什么你不在我身边……这种时候，为什么陪着我的是别的男人……”

被甩开的布鲁赫没吭声，只默默地重新拉起高大胖的手，紧紧握在自己手里。

她睁眼瞪着他，急促地喘着气，然后借着新一轮的疼痛把指甲狠狠掐进他的手心里……

他好像没有感觉一般，不动不叫，只是一直把头扭在一旁，不看她。

“你干吗……扭开头？”她在疼痛的间隙咬牙挤出几个字。

“你的喘息声让我很亢奋。”他说得面无表情、毫无愧意，“如果一直看着你，我可能会再次扑上来。”

高大胖简直要目瞪口呆：“你……你是畜生吗？！”

布鲁赫闭目道：“你要我怎么办？你的血气，呼吸，甚至存在本身，都会不断地引诱曾经尝过你血味的人。那种滋味只要一次就会刻骨铭心！喉咙干涸得要死，我想舔你，想咬你，想进入你的身体，想把你从头到尾一口吞掉！这样的念头每天都疯狂盘旋在我的脑海……如果我真的是畜生反而好些，因为畜生，不用忍耐……”

高大胖看着他唇边的尖牙，用力得几乎要咬破他自己的嘴唇，忽然莫名地觉得很悲哀……

“遇到我，你们还真是倒霉。”

无与伦比的滋味，也许从一开始就没有尝过，反而会比较幸福一些。

布鲁赫沉默着没说话，他需要集中精神来自我压抑。

高大胖也不再说话，她需要集中精神来对抗疼痛。

当渐渐适应了疼痛之后，高大胖发现，布鲁赫实在是个很不会安慰人的男人。

如果此时在这儿的是梵卓，他起码会紧紧抱着她，轻声软语地哄着，吻着她的眼泪骗她说很快就不痛了。

而布鲁赫，就像是个不习惯做这种事的大型动物一样，只会安静地默默坐在她旁边，然后在她疼痛的间隙，伸手摸摸她的头……好像是在安抚鼓励她，又疑似只是在弄乱她的头发。

但他握紧她的手，却无论如何也不再放开了。

只有两人的戒指，在每一次痛苦紧握之后，在彼此的手上留下淡淡的痕迹……

防护罩外的星空铺天盖地，清晰得仿佛能直接掉在两人头顶。一串串飞落的流星，近得好像贴面燃放的烟花，耀眼，灿烂，却转瞬即逝……这样的光景让高大胖想起了当初跟梵卓两个人挤在狭小的飞船工具室里的时候，外面是百万追兵和忽明忽暗的星空，里面是他和她，激情拥吻，亡命天涯……

“布鲁赫，布鲁赫……”她轻声唤他。

“嗯。”他低低地应。

“我在想，我大概是真的喜欢梵卓的。”

布鲁赫微微侧头，眼神冰冷：“你想说什么？”

高大胖仰躺在地上，望着头顶的星空喃喃：“其实以前，我总觉得自己大概潜意识里只是想在这个陌生的世界找个可以依靠的存在，所以才会接受梵卓的。也许爱情的成分并不高，也许也不是不可以接受别人。有时我也会想，我干吗要把自己逼到这么窘迫的境地？干吗要跟你弄得这么僵？干吗总是得奔波逃亡呢？如果想找人依靠，换个人不就行了吗？

“可是，真的跟他分开之后，我发现无论是其他贵族，还是你，明明都比已经落魄的他更可靠，人品也比他好……可是我还是只想要他。”她苦笑，“实在是好没道理……”

这个无奈又有些甜蜜的笑容落在男人的眼里，就好像小小的火花，零碎的冰碴，只在最细嫩的地方留下最微小的伤口，却让人断断续续地不断刺痛下去……

“这个世界上没有不可改变的东西。”布鲁赫低低地说，“只是时间还不够而已……”

他说得那么坚定，像在说服她，又像在说服自己。

“在这个星球上，第一个遇见你的人是我。”布鲁赫喃喃，好像回忆起了从前，“第一个吻你的男人是我，第一个抱你的男人也是我……我是你的Father，是你唯一合法的丈夫。从一开始，你就是被判给我的……”他垂眼看着她的脸庞，“我明明有无数次机会拥有你，却总是彼此错过。”

“布鲁赫，我们会错过，是有原因的。”她望着他轻声说。这世界上有些事勉强不得。

他低头亲吻她的手和无名指上的戒指：“那么我会把它找出来，然后彻底消灭。”

她摇摇头，抽回手说：“你还是不明白，这不是打仗，消灭敌人就够了。也不是强行占领了，再打上自己的标志就是赢了。”她摸摸手上的戒指：“就像我们两个虽然戴着更精致的结婚戒指，也并不能改变梵卓才是我的爱人这个事实……”

布鲁赫盯着她指间曾经他以为象征着占有，现在看来却如此虚弱可笑的戒指，紧紧地握拳沉默……

良久，他突然伸手，拉住她的手指缓缓褪下那枚戒指，然后很利索地摘下自己手上的那枚，又从身上摸出开启梵卓墓地的银币，一起放进高大胖的手心里，托着她的手淡淡道：“你说得对，我一点也不明白你到底要什么。可是，你可以告诉我，我可以从头学起……至于戒指，现在我也许还没有资格戴上它，但我不会总是错过。总有一天，我会让你心甘情愿地将它戴在我的手上，而不是梵卓的。”

他的手心合起来，包住她的，然后微用力将她拉近，吻上她的嘴唇……

“如果这次能够活着回去，让我们重新来过。”

…………

其实宇宙的深处并不是纯粹的黑色。

星辰，烟云，爆炸，流星，带着火光的陨石群，共同照亮了最致密的黑暗，将它调和成一种摩卡咖啡一般浪漫而柔和的色调……

可是发生在这片宇宙里的一切，却从来不浪漫，也从来不柔和。

复仇与背叛，延续与灭亡。

此时，在这个大得望不到边际的宇宙的某个角落，无数的士兵正在被屠杀，造价高昂的战舰一艘接一艘地陨落，它们毁灭得那样快、那样多，远远望去仿佛最残酷的烟火……

而更多的战舰正在高速地撤离，它们黑压压地驶过，背景是同胞化成火球的悲鸣，仿佛是逃亡的蜂群，遮盖了附近恒星的光芒，将宇宙变成更浓更冰冷的咖啡色……

舰船的阴影之下，曾经满壁星光的指挥室内此时格外黑暗。

谨遵贵族礼仪，诺菲勒冷笑着将手套掷向布鲁赫，宣告了决斗的开始。

四周太黑，高大胖看不清他们的动作。

只有两柄反光的剑，偶尔在黑暗中交错碰撞，划起的弧线和火花闪过她的视网膜……

按理说，诺菲勒绝对打不过布鲁赫。

可是此时，一个是什么也不在乎的抱着必死的决心来复仇，一个担忧着自己的军队心神不宁又中了让感觉变迟钝的药剂，结果，并不好说。

高大胖此时是坚定地希望布鲁赫赢的，因为她想活下去。也许还因为那句“我真的不知道该怎么做，让我们重新来过”微微触动了她的情绪……

最后一艘舰船从他们上空驶过，星辉重新落下的一刻，高大胖的腹中传来迄今为止最剧烈的一次疼痛，她实在忍不住，呻吟出声……与此同时，腿上一阵热意，水渍湿透……

居然偏偏在这个时候，羊水破了……高大胖捂着肚子皱着眉，有苦说不出。

微弱的味道迅速被血族灵敏的鼻子捕捉到，激战中的两人几乎是同时朝这边望过来!

高大胖抬头，视线与布鲁赫对上的刹那，忍不住惊叫:“小心!他偷……”

嚓!

很轻微的，剑刃穿过肉体的声音。

高大胖呆呆地看着仍旧担忧地望着她的布鲁赫。

他反手握着剑，头也不回地上挑着插进试图偷袭的诺菲勒的胸口!不偏不斜，正是圣血族唯一会致命的，心脏的位置!

带血的剑尖从诺菲勒的背后戳出，映着星空的光辉，形成了一点刺眼的银色……

诺菲勒持剑的手松脱，剑柄在金属地板上撞击出绝命的回响……

高大胖松了一口气，浑身脱力地跌坐在了地上，背靠着墙壁缓缓滑下……抬头苦笑着刚想跟布鲁赫说点什么，就变了脸色!

那一刻窗外流星划过，耀眼非常，亮如白昼，转瞬即逝，两人头顶的空气可怕地扭曲着，突然张开了通往地狱的大门……

刚取得胜利的布鲁赫，比他的敌人迟一步发现异变。

他试图抽身的时候却被对方一把抓住了手腕!

诺菲勒死死抓着布鲁赫持剑的手，毫不犹豫地把剑往自己的心脏里扎得更深，把对方拉得更牢，他此时的笑容几近狰狞……

那一刻诺菲勒知道，终于到了可以对仇敌说“去死吧”的时候了。

那一刻的高小小忽然意识到，这是最后了，她应该对他说些什么。

然而时间和空间的裂缝却比所有人都迅速得多。

在诺菲勒发出第一个单词之前，在高小小想到最后一句话之前，它就利索地带走了本应该听到它们的那个人和诺菲勒的半条胳膊……

顷刻间，烟消云散。

流星飞离，光华过去，指挥室里再次恢复昏暗。

两人静静地留在房间里，第三个人的气息消失得如此干净！一切仿佛从没存在过，从没发生过，从没与他们的人生有过交错……

高大胖继续她靠着墙壁滑下这个未完的动作，呆呆地回想着布鲁赫消失前最后看向她的眼神。那是怎样的眼神，而那一刻她又该对他说什么？

他说得对，他和她，总是错过……

…………

远处有隐隐的爆炸声传来，这个主舰早已被扭曲空间破坏得差不多，而索纳斯星与血族的战火也渐渐蔓延到这里了……

小小已经没有力气爬起来，现在的她本该虚弱地躺在产房里，被戴着消毒面罩的医生们呵护着，旁边是紧张地握着她的手安抚她的丈夫，所有人小心翼翼地迎接肚子里那个小小的生命。

可是现在，四周除了战火，就是死人，要么就是快死的人。

“我们两个大概要一起死在这儿了……对不起……”她趴在地上半昏半醒地喃喃。身旁的大门却带着咔咔声缓缓打开了……

高大胖诧异地抬头，看到满身是血的诺菲勒无力地放下握着遥控器的手，急促地喘气：“……你走吧，我不想杀死名叫莉莉丝的女孩。”

高大胖望着他，没有吭声。

诺菲勒也不理她，一把抓过旁边已经变小的狐焰，强行将手上的血滴进它的嘴里，然后像是用尽了最后的力气一般重重地倒在了地上，只余微弱的喘息……

在光芒中变大的狐焰抖了抖毛，径直走到高大胖旁边，前腿微屈，低头拱进她身下，小心地将她调整到自己的背上，然后站起身，回头望了刚刚赐它血的男人一眼，便毫不犹豫地跃起，四爪落地无声地飞速冲出大门朝着舰尾飞奔而去……

濒死的大魔王轻声自言自语了些什么，统统被疾驰的神兽甩在身后，高大胖什么也没听见……

…………

实在到了临近分娩的阶段，紧闭着双眼的高大胖几乎觉得只要狐焰颠簸得稍微大一点，都会让她不小心生出来。

而下腹难以忍受的疼痛也越来越剧烈……

终于抵达救生舱的时候，高大胖已经疼得两眼昏花！望着天文乱码一般的控制屏，她根本不知道自己都输了些什么，按了哪些按钮，目的地选了哪里……

震天的爆炸声和照亮了半个宇宙的火光之中，小小的透明救生舱便这样仓促而慌乱地从节节爆破的主舰中脱离了出来！

时隔数年之后再次躺进救生舱的高大胖，这次没有被冷冻。这次，清醒地见证着自己的逃亡。

飘浮在宇宙中，仿佛赤身裸体徜徉在星空。

暗色的天幕中，没有上下左右，没有从前以后。

千万年的星辰在身旁掠过，她渺小不安地不知所措……

此刻没有安慰的怀抱，没有安抚的话语，就连那不善言辞的笨拙的抚摩，也没有了。

缓缓抬手遮住眼睛，眼泪不停地流下来……她不知道是因为太疼了，还是别的什么……

59th Blood　据说腹黑基因更易遗传

宇宙历 BL9530 年。

灵煛宇宙左臂螺旋星系索纳斯埋伏战役一举名震宇宙！近半数血族军队全灭于此役，萨恩星两大最高军事统帅阵亡，珍贵的繁育者失踪，血族元气大损！殖民星球原住民纷纷借机发动起义，萨恩星对外占领军大批溃退……

仿佛一个积累已久的契机。

血族对外局势如此恶劣之时，萨恩星本土的蓝血族居然也借圣血族政府焦头烂额之际发动暴乱！处于下层阶级的蓝血族要求推翻圣血族的少数人统治，建立蓝血族政权。而一向在贵族庇护下选择中立的半血族竟有半数加入了起义军！

福无双至，祸不单行。

外有诺菲勒将军叛国投敌重伤血族军队；内有雷夫诺公爵退出长老会议事院，公开宣称站在起义军阵营，要求废除长老会贵族政权，建立联合议事政府。

而民间盛传贵族圣地已无法开启，圣血族无后继之力，又无永生之地，只能背水一战！偏偏血族军事领袖本已不多，经此一役所剩无几，如今内忧外患，又无可用之才，只能左支右绌，勉强应付……

在外，血族耗时数千年建立起来的左、右臂螺旋星系广袤殖民地，在一个月内便被迫收缩回 30 万光年以内不到十个资源星球的范围！在内，萨恩星本土起义军节节胜利，横扫南半球！圣血族军队只能死保帝都，势力范围被压缩在区区四个城之内……

骄傲的圣血族，曾经称雄左、右臂螺旋星系的顶级强悍殖民者，几乎是在顷刻间便土崩瓦解……

看来梵卓说得很对，貌似强大的血族也不过是这茫茫宇宙中挣扎求生的物种之一，灭亡的时刻到来的时候，并不比其他种族顽强到哪里去。

…………

索纳斯埋伏战三年之后。

宇宙历 BL9533 年。

炅炅宇宙尽头，右臂螺旋星系梅尔星，法瑞泰精灵森林。

阳光晴好，鸟语花香。

斑额紫目的蜥蜴懒洋洋地趴在长满金色苔藓的大石上吐着卷卷的舌头，偶尔有绝地松鼠晃动着三条色彩各异的尾巴擦着人的脚踝，毛茸茸地一闪而过，树顶的蓝焰鸟无辜而灵活地转动着小脑袋，用银色的喙整理着胸前的羽毛……

树林外的风带着青草和树叶的清香拂过，吹动了大树下娇嫩花瓣上晶莹的露珠，凉凉地抖落下来。偶尔有不知名的啼叫声从远处传来，更显得四周静静的，一片闲适……

这是个野餐的好天气。

莉莉丝："妈妈，这个能吃吗？"

大胖："莉莉丝，把那只怪兽放回去。"

被捉住的倒霉怪兽："嗷——嗷——！"

莉莉丝："妈妈，为什么它一直惨叫呢？"

大胖："那是因为你揪着它的尾巴……西里，把粒子炮拿出来准备着，免得母兽听到叫声找过来把我们都踩死。"

西里："是的，夫人。"

大胖："莉莉丝！我说了把人家放回去！你到底是从哪儿捉来的？"

莉莉丝："就在那边的山洞里呀。"

兰卡掏出仪器："等等，莉莉丝，你放回去之前先给我做个切片取样。

穿着隔离服我行动很不便呢……帮我按住它的尾巴。”

大胖：“兰卡，你不要教坏小孩子。”

莉莉丝兴致勃勃：“兰卡阿姨，我还捉了只瑞比兔，要切片吗？”

兰卡：“叫我姐姐……瑞比兔太常见了，不要。”

莉莉丝：“哦，那我可以吃掉它吗？”

瑞比兔浑身颤抖眼泪汪汪：“吱……吱……”

大胖：“怪可怜的，放了吧。”

莉莉丝楚楚可怜地以45度角抬头仰望：“可是妈妈，我好饿啊，怎么办……”

大胖：“去找兰卡。”

兰卡头也不抬地指指西里：“先吃他凑合一下吧。”

扛着粒子炮尽职守卫的西里：“……”

高大胖叹着气把大石头上的蜥蜴赶走，拍了拍灰尘挽起裙子坐下来，无力地闭目深呼吸……

三年前，她在混乱中其实根本就没能对逃生舱做任何设定。

但那艘舰船本身就是驶往梅尔星的运输舰，虽然后来被诺菲勒临时征用，但这样的小细节并没有更改。于是当时射出的逃生舱便按照原始程序，自动设定了目的地：梅尔星。

而终于活着着陆的高大胖从昏迷中睁眼的一刹那，还以为自己到了天堂。

因为在她眼前的，是一个明明已经死去的人。

“欧德？……为……为什么……你会……在这里？”

“少废话，躺好！你不想因为产后大出血而死吧？”一脸镇定的药剂师欧德依旧是一副凶巴巴老头子的样子，只是此时变成了黑发黑眼，而他操作各种医疗机械的手脚也明显变得灵活有力了……

“欧德……你的样子……”难道，变成半血族了？

“嘿嘿……这么惊讶吗？只是跟贵族的一个交易而已。”

啊啊，原来如此。

这么说来，当年她的确没有亲眼看见欧德死亡。当初她还以为他选择去政府机构自然死亡是为了照顾她的心情，现在看来，原来内有玄机。

说来也是，既然亚伯是梵卓假扮的，那么深入检查过亚伯身体的欧德没道理不会发现亲王的伪装。也就是说，当年在她离开地下室的那段时间里，他们两个达成了某种协议。所以欧德才会跟亚伯合作，帮他在她面前继续掩饰。

现在看来，这个协议的内容，大概就是梵卓赐血把欧德变成半血族了。

圣血族的血是很珍贵的，绝大多数蓝血族就算想要成为半血族也没有机会。可是大部分主动要求成为半血族的人多是为了保留永远的青春，像欧德这样五感衰退濒临老死时却要求变成半血族的，实在罕见。

高大胖有问过欧德是否值得。血族最重视的美貌和感官享乐都没了，以这样丑陋的姿态活上一万年，不会痛苦吗？

欧德的回答很经典。他说，想做的事，一万年也不够。

“我还没有找到永久性治疗阿萨迈一族的血液活性剂，我还没有攻克压制人类血液气味的去味剂，我还有太多的事没做，太多的谜团没解开。如果就这样死去，然后一片空白地重生浪费时间从头再来，或者压根儿就不再从事这一领域的研究，让我迄今为止的努力全部中断，我绝对无法忍受！”

是的，对一位痴心的科学家来说，未竟的科研事业比无趣的一万年更让人不甘心。

虽然对高大胖来说，因为实验没做完不想死就用自己的永生换取一万年的寿命这种事，她绝对不会做。但她尊重并且景仰科学家这种崇高的自我牺牲精神。

这个世界，就是因为有欧德这样肯在某一领域为了某项事业全情投入的狂人，才会不断进步吧？

而欧德的存在对高大胖来说是幸运的。

没有阿蒙拉医生在旁，在陌生的梅尔星上，且不说医疗的难度问题，如果当时是其他血族医生在的话，光凭高大胖分娩时的血味就足够让她死上很多次了！因此丧失嗅觉闻不到血气的欧德，反而是接生工作的完美执行人。

高大胖后来才明白，梵卓让她到梅尔星找钥匙的那句话，她理解得太肤浅了。原来钥匙不仅是指真的钥匙，还有欧德这个梵卓早早埋下的医生备胎。

以及，两个意想不到的熟人……

从产房醒来的高大胖，在见到守在床边斗嘴的兰卡和西里的一刻，突然觉得很温馨。熟悉的毒舌美人兰卡，任劳任怨的管家大叔，曾经城堡里吵吵闹闹的日子重现在眼前……在宇宙里漂泊逃亡了这么久，这一刻，某人终于有了找到组织的感觉。

好累啊，终于，可以停下歇歇了吧？

三年时光，对整个星系来说是以血族衰亡为导火线的混乱的势力调整阶段，对高大胖来说，却是前所未有的安静平和的育儿期。

小宝宝是个黑发黑眼的女孩，除了雪白的皮肤、美丽的容貌和尖尖的小牙以外，从外貌上几乎看不出圣血族的任何遗传。听说深色的基因更容易覆盖浅色基因，果然是真的。

不过，随着小宝宝以惊人的速度长大，高大胖渐渐发现，女儿发怒的时候瞳孔貌似会像圣血族一样变成血红，指甲也会伸长，而且无论是力量还是速度，竟然都胜过已经成年而且是男性的西里！

女儿足够强大，可以自己保护自己虽然是好事，但在心智还未成熟到可以自我控制的时候就拥有旁人无法制止的强大力量，绝对不是什么好事。

三年里，被莉莉丝弄坏的玩具、机械、武器、建筑，极大地提高了机械师西里同志的业务水平……而被莉莉丝弄伤的动物、活人、怪物、外星人，则一定程度上增进了兰卡和欧德的医疗技术……

好在，按理说最容易被弄坏的孱弱地球人高大胖，倒是一直安然无恙。

在兰卡他们看来，小莉莉丝是一个完美地结合了人类和血族优点的优秀生命体。她拥有血族的强大五感和力量，又能像人类那样调节自身的体温，没有肢体僵硬的危险，不怕阳光，不需要保持阴凉潮湿，可以从血液中汲取能量，也能像人类那样以杂食动物的生存方式将身边的一切动、植物变成食物。最重要的是，莉莉丝的卵子具有人类那样一胎多子，一生多胎的强大繁育能力！至于是否还具备血族好色无节操的品质之类的，现在孩子年纪太小，还有待观察……

总之，这是一个对环境的适应能力极强，完全可以在宇宙恶劣的条件下生存繁衍的全新的优秀物种！濒临灭种的血族可以瞑目了。

然而，进化总是有利有弊。

也许正是因为莉莉丝过于强大的力量，或者是由于具备了繁殖新生命的能力，也可能是因为维持恒定体温需要许多能量，她的肉体为了支持这种高能耗，就需要不断摄入营养。跟十天半个月喝点血就能存活的血族，以及食量很小的人类不同，小莉莉丝总是肚子饿，看到什么都想吃……

高大胖牵着女儿的小手上街的时候，总是一不留神就发现某只无辜路人被莉莉丝咬住了，或者某天发现背包里被塞了某个物种不明眼泪汪汪一脸惊恐的“储备食物”，又或者超市里付完钱一转身，就发现跑来搭讪小莉莉丝的怪叔叔的脑袋被吞掉了……

好在，孩子还是好孩子，其本性还是十分纯真乖巧的。一般只要高大胖让她把人家吐出来，她都会乖乖吐出来。

大胖：“下次不许随便把人家的宠物龙吃掉了。”

莉莉丝眨巴着水汪汪的眼睛：“对不起，妈妈，我知道错了。我去跟他们道歉，妈妈在这儿等等我好吗？”

大胖：“嗯，好乖。”

片刻之后……

舔着嘴一脸心满意足走回来的小莉莉丝：“妈妈，我们回家吧。”

大胖：“道过歉了？他们怎么说？”

莉莉丝，歪头想了想：“他们什么都没说。”（没来得及……）

大胖：“哎呀，真是没礼貌的大人，小孩子主动道歉了他们也不说句‘没关系’，真是世风日下，人心不古……”

莉莉丝：“没关系，妈妈，我不介意的。”

大胖感动……看看，多么纯洁、善良、心胸宽大的好孩子啊！她完全不像她爸那么腹黑阴险，真是太好了……

俗话说：“龙生龙，凤生凤，老鼠的儿子会打洞。”

大胖，你就别指望太多了。

…………

野餐在太阳西沉的时候结束，兰卡和西里终于能脱掉闷热的防护服，舒服地叹着气，在夜色中扛着粒子炮，拖着大怪兽的尸体，护送着高大胖母女，欢欢喜喜地往家走……

逃亡中的兰卡、西里为了不引人注目，只在梅尔星的郊区租了一栋带田园的三层小房子，然后在一楼装满武器机关；把二楼改造成实验室，把欧德放进去养着；最后在花园里种满维特草，在后院养了一群肉肉龙，静待高大胖的到来。

而等到五个人住在了一起，一些之前没有考虑到的问题才渐渐显露出来。

支持化学实验的开销是很大的，进行武器机械改造的开销也是很大的，而养一个非常能吃的孩子的开销跟以上两者是不相上下的。所以，很快地，房子里的五个只会花钱不会赚钱的笨蛋就变穷了……穷光蛋们很快想起了梵卓的好处，翘首企盼起亲王大人来。

莉莉丝刚出生的时候，萨恩星一片政治动乱，再加上整个星系的宇宙航路都被截断了，回去救人明显不可能。如今三年过去，该独立的独立，该占领的占领，航路重开，贸易恢复，萨恩星的政局也进入拉锯战状态，也许，是时候把我们唯一会赚钱的男人唤醒了……

救爸爸的计划被众人放上了台面。然而就在高大胖烦恼着怎么向小莉莉丝解释“爸爸”这个陌生的成员的时候，一位意想不到的访客到来了，帮她将这个问题提前摆上了议程。

这一天，野餐归来的众人惊讶地发现，他们的花园被里三层外三层列阵整齐的军队黑压压地围了个密不透风！黑色的铠甲在夜色中毫不反光，远远看去仿佛一片噩梦般的阴影覆盖了高小小的家园……

所有人都在这一刻警惕起来！

兰卡扔下野餐篮，掏出粒子炮，拽起裙子系在腰上，一脸亢奋地拉下护目镜，咧嘴轻笑：“好久没活动筋骨了啊。”

西里将高大胖挡在背后，一边利索地组装着狙击枪，一边沉声道：“夫人，请您带着莉莉丝小姐退到树林后面去。”

高大胖也紧张起来！对方能这么准确地找到这里，说明早就知道他们的身份。而她的身份无论对血族来说，还是对血族的敌人来说，都是大大的不妙……

难道，又要开始逃跑？

高大胖皱着眉，屏住呼吸回身拉起莉莉丝想要躲到大树后面，却伸手抓了个空！

高大胖惊恐抬头，竟发现小莉莉丝居然趁着大人们忙于构建防御体系的空当，自己蹦蹦跳跳地直朝着重兵包围的房子跑过去了！

围住房子的黑甲军队很快发现了莽撞靠近的小生物，队伍中微微起了一阵骚动，盔甲和武器紧张的擦动声被夜风远远地带来……

大胖同志几乎要晕过去，下意识地尖叫：“莉莉丝！回来！！”

60th Blood　血族传说

其实自从诺菲勒事件之后，高大胖有考虑过放弃“莉莉丝”这个怨念缭绕的名字。

但是，从另一方面来说，又恰恰是这个名字救了她们母女一命。所以说不定，这是个运势很强的名字，可以保佑她的宝贝女儿在未来的人生中再逃过一次致命劫难。

比如此刻，她眼睁睁地看着小莉莉丝跑进军备森严的龙潭虎穴，心中一片绝望。然而，五分钟之后，莉莉丝居然就被一个高大的男人抱着，从房子里面安然无恙地出来了……

银星在薄暮中爬上天际，照亮了夜色。

男人银色的长发披在盔甲上，莹莹微光中流畅如泄，银丝般在夜风中飘动……

他的眼睛温和地望过来，没有焦距的瞳孔好像什么也看不见，又仿佛什么都看得一清二楚……

看清来人的面孔，高大胖有点脚软脱力的感觉，扶着树舒了口气，喃喃：“一大人……”

小莉莉丝坐在男人的臂弯里兴奋地朝着她妈挥挥手：“妈妈快看，家里来了一个好漂亮的变态哦！”

高大胖：“……”

兰卡和西里：“……”

沉默的三军将士：“……”

“呃，一大人……刚刚莉莉丝说的话请您不要在意，真是非常对不起，因为我以前怕她被坏人拐走，就告诉她凡是拉着她的手说要给她好吃的让她跟着走的陌生人都是变态，叫她不要靠近。”高大胖干咳了一下，“我想她大概是误会您了。”

旁边的兰卡小声地说：“我想她没误会……”

旁边的西里默默点头……

男人捏捏莉莉丝的脸颊，微笑道：“没关系，小莉莉丝很可爱，闻起来也很香，养得很好呢。”

什么叫养得很好？孩子是菜园里的茄子吗？

莉莉丝用小胳膊抱住男人的脖子，毫不吝啬地赞美：“你闻起来也很香呢。”扭头用星星眼看向大胖：“妈妈，我可以吃他吗？”

“不行！”这两个人真是半斤八两……

一大人笑容诡异：“如果互相交换血液，那就是缔结伴侣的契约了哦，小莉莉丝……不，严格说起来，契约很久以前就缔结了。”

高大胖抱过一脸茫然的莉莉丝，无奈道：“一大人，契约什么的先不说，这孩子说要吃的时候，可是真的吃，血肉横飞的那种。所以为了您的人身安全，还是不要纵容她的好。”

“嗯……你们回来之前我跟欧德也聊了一下。看来，人类与血族的后代的肠胃是可以像杂食动物那样消化固体食物的。听说莉莉丝的卵子还能够在体外形成受精卵？如今看来，长老会的期待似乎实现了呢……”一大人不在意地轻轻微笑着说，又若有所指地笑道，“现在血族死伤过半，人口数量锐减，我想长老会是绝对不会放过这颗血族希望之星的。”

听到后面这句话，高大胖顿时收起了笑容，垂眼冷淡道：“抱歉，我是不会让莉莉丝回去供你们研究或者繁育后代的。”

一大人摆摆手：“别紧张，我并不是来谈这件事的。而且到底要怎么做，似乎也不该由你决定，而应该是莉莉丝自己选择，不是吗？”

高大胖一愣，抬头看向男人。

的确，她虽然是她的母亲，但并没有资格替莉莉丝决定她的人生。

想要怎么过活，是否回归母星，是否要挽救她的家族，这应该是莉莉丝来决定的。

毕竟每个人的人生观都不同，就像她高大胖绝对不会为了科学或者血族献身，但不代表别人也是这么想的。比如欧德，比如布鲁赫。

也许有一天，她的小莉莉丝也会选择走上她无法理解的道路……

"这件事暂且不谈。"一大人向后靠在椅背上，品了一口杯中血红的酒液，"这次前来打扰，其实是另有所求。我们希望你能交还圣地钥匙，并且唤醒梵卓。"

"'我们'是谁？"小小警惕地提问。

"长老会为首的圣血族议事会。"

"嗯？"高大胖挑眉，"奇怪，阿萨迈一族不是从来不参与政事的吗？这次居然帮帝都做事？"

一大人微笑："没办法，其他人都死光了。"

高大胖："……"

"圣血族仅存的能统领全军的人就只剩下乔凡尼亲王和我这个闲人。布鲁赫死后宇宙军群龙无首，只好让我临时代理最高统帅稍加整合。而帝都军要与蓝血族起义军作战，不仅是乔凡尼，连小七都被长老会借去了……"男人有点无奈地揉了揉眉角，"现在血族急需将才，让任何有能力的人白白在圣地休眠都是一种浪费，所以长老会迫切需要梵卓回归。至于我，也觉得统帅一职应该让更有经验和手腕的人来接任才对。无论从哪个角度来看，梵卓都是挽救血族于危难的不二人选，不是吗？"

高大胖心想：不，这人只是因为不想干了想找个替死鬼而已吧？

众人觉得，他只是不想干了，只是因为懒得管了，一定只是因为懒而已！

"当然，这只是官方的原因。"一大人放下酒杯，"其实我之所以想把梵卓叫醒，还存了一些私心。站在蓝血族一边的雷夫诺虽然是个叛徒又是个笨蛋，但这次我倒是赞同他的观点。圣血族的少数人统治，本来也差不多该到头了。

“经过索纳斯战役的重创，如今萨恩星 80% 的土地上居住着的都是蓝血族，95% 的人口是原住民。蓝血族的智力水平并不逊于圣血族，千百年来他们一样在发展壮大。如今的战争已经不是个体战斗力决定一切的时代了，勉强让不到人口 5% 的少数贵族凌驾于全民之上，本来就是岌岌可危的事。

“蓝血族不是圈养的牲畜，他们会思考，会为自己的权益抗争。就算强行采用洗脑的教育手段，他们也总能接触到外面的世界。而如今，不分阶级的联合代表执政是全宇宙的政治趋势，蓝血族总会意识到这一点，总有一天，他们会不满现状，而萨恩星这种古老的阶级关系总会崩溃的。只不过现在，碰巧到了那一天而已……”

高大胖：“真令人惊讶，我以为贵族都是很骄傲地维护自己的地位，绝对顽固得无法通融的呢！没想到像您地位这么高的贵族居然能有这么变通的想法。”

“多谢赞美。”一大人晃了晃酒杯，“但事实上，有这种想法的贵族并不只有我而已。比如乔凡尼所在的艾瑞斯若赛特家族那样长期从事现代金融贸易的几大家族，本身阶级观念就很薄弱。因为他们的财富是通过商贸而不是特权来累积的，所以对他们来说，比起矛盾尖锐、动乱频繁的贵族执政模式，相对稳定的联合政府反而要好一些。但是……当然了，如你所说，顽固守旧的贵族依旧是大多数，长老会就是其中的代表。”男人微笑着直视着高大胖道，“所以，我们需要梵卓。”

高大胖认同地点点头：“推翻长老会打倒旧势力吗？的确，这种离经叛道的事他干起来最手熟了。”

一大人笑起来：“能得到你的认同是最好了。另外，说到圣地的钥匙，现在似乎两把都在你手里吧？”

高大胖犹豫了一下，还是点了点头。

一大人：“从某个角度来说，你也相当厉害呢……”

高大胖撇嘴："随便就把关系血族生死的珍贵钥匙借出去的人，最没资格这样说吧。"

男人轻笑："说的也是……不过，圣地是圣血族的归宿地，长老会一定会不惜任何代价把钥匙要回去的。所以……"

高大胖咬了咬嘴唇："您是要提醒我注意一下人身安全吗？"

一大人摇摇头，笑容和蔼："不，我想说这正是个狠宰他们一刀的好时候，千万不要放过。"

高大胖："你……到底是站在哪边的？"

一大人："我站在正义的一边。"

所有人：正义，再见了……

…………

圣地之匙，从上古流传至今仅存两枚。

因涉及圣血族存亡的秘密，一直由贵族权威谨慎保存，寻常血族不得见。

一枚银币钥匙存在于帝都，由历任最高统帅守护。

另一枚则藏在人迹罕至的砂海，由血族第一高手阿萨迈一族保管。

两枚银币钥匙如同双重保险，既相互制衡，又相互保障。任何一枚出现闪失时，另一枚都可备用，不至于让圣血族彻底失去宝贵的圣地。

不过，大概谁也没想到，这两枚珍贵的钥匙有一天会落在同一个人手里，而且这个人还根本不是血族……

高小小独自坐在顶楼的房间里，打开小小的宝物盒，凝视着里面的东西。

一枚银币，当初由七交给她，然后梵卓骑着飞龙带她开启了圣地，在那里向她求婚，跟她交换了誓约的吻，后来梵卓被强制执行睡眠后由布鲁赫保管，最终由布鲁赫交给了她……

另一枚银币，本来是两只戒指，被那个死板冷硬的男人强行套在她手上，以证明她是他的妻子，可也在生死关头的一刻由他亲自取了下来，只留下一句没有后续的“让我们重新来过”……

这两枚银币，对其他人来说只不过是冷冰冰的圣地钥匙，对她来说，却是见证了两段感情的宝物……

而现在，她要用这个宝物，去给她和她的孩子还有她的丈夫，换取一个未来。

小小最后抚摩了一遍两枚带着流光的银币，然后合上了盖子。

…………

再次踏上萨恩星的土地，让高大胖有种奇妙的感觉。

最初，是作为异种，被将军强行押送到帝都，身上接着各种电线放进玻璃箱里供血族参观。

然后，是作为繁育者，乘着亲王的飞龙，风风光光地被帝都人民用期待又贪婪的眼神迎接。

现在，迎接她的帝都仍是隆重而华丽的。哪怕经历了数年战乱，依旧风华不减。那是血族的傲慢。然而在貌似风光的外表下，贵族那曾经独有的慵懒放松和满不在乎已经一去不返……

两旁列队护送的军队警惕着！警惕着外面随时可能攻进来的敌人，也警惕着他们要迎接的客人——她的女儿是人数锐减的血族的未来，她的选择决定着血族的延续，她的手里握着开启贵族圣地的钥匙！

高大胖第一次站在了一个可以跟血族对等谈判的位置！

这在六年前，她作为食物被豢养在城堡里天天盯着窗外的雪景思考逃出去后怎么活的时候，想也不敢想。

前来迎接的辛摩尔长老华丽的袍角跟当年一样不疾不徐地扫过议事厅光洁的地板……这位老人看上去比以前稍微阴郁了一些。这也是可以理解的，他的爱徒死了，他的人民反了，他的地盘缩小了，他的棺材也打不开了……

高大胖还是很可怜他的，所以她没有浪费时间施展任何她已经记不大清楚的贵族见面礼，而是直奔主题地递给老人一张写在兽皮纸上的合同书。

高大胖："在右下角签字就行了。"

辛摩尔脸色阴沉："这是什么意思？难道你是回来谈条件的吗？"

高大胖看看他，然后利索点头："对。"

辛摩尔捏着兽皮纸的手气得发抖，"那么，起码也应该有双方谈判的过程！你直接将起草好的契约拿给我签算什么？你这是在要挟血族吗？！"

高大胖想了想，微笑点头："对。"

"你！"那一刻，辛摩尔长老的脸变得那么绿，其色泽浓度仅次于她当众扒他衣服的那一次！

"人类真是趁火打劫的卑鄙之徒！"长老大人在契约书上愤愤签字的时候这么说着。

"胡说，我们地球人一向本性纯良。可是辛摩尔长老您知道吗，"高大胖遗憾地摇摇头，"中国有句古话叫作'近朱者赤，近墨者黑'啊……"

缔约仪式之后，辛摩尔大人表示他被勒索了很愤怒。

一大人则表示谈判结果是繁育者个人能力的体现，个人努力的结晶，跟他无关。

乔凡尼大人接受私人采访时表示，作为新手来说还算发挥得不错，但其实合同条款完全可以宰得更狠一些……

某位不愿透露姓名的官员则表示，中国文化很伟大，中国古话具有高度的概括性，十分值得我族学习……

就这样，整个帝都在纷纷扰扰的媒体热炒和小报造谣中，迎来了万众期待的梵卓大人的唤醒仪式！

数年战乱之下，血族人民开始期待一个英雄出现，能拯救衰落的血族于水火！

其实，就算梵卓复出，他能不能拯救众生也还不一定。但未知的希望总是最让人期待的，大众们反而对这个躺在棺材里睡得正香，什么成果也还没干出来的家伙寄予了厚望……

也许长老会也藏了借此鼓舞民心的心思，唤醒仪式被弄得很是隆重。一向禁止围观的圣地，在这一天却授予了萨恩星广电总局全球信号转播权！

穿着防护服的工作人员全方位地架设着摄像机，立体传导器，剧组导演忙作一团……敌我双方无数血族民众在家、军营或小酒吧里围着电视机等着收看现场直播……

长途旅行后蓬头垢面的高大胖被拖去强行化了妆，做了头发，最后还被套上一条价值不菲的白色女神款连衣裙。然后在总导演数次暴喝“卡”之下，总算记住了走位、唱词，赶在日出之前完成了开棺彩排……

…………

尽管已经看了半天预演，当阳光普照大地，高小小裙裾飘飘地在晨风中，两手托起光辉闪耀的银币折射光线正式开启圣地之时，长老会的数位元老还是激动得热泪盈眶，仿佛在老眼昏花中看到了血族复兴的希望……

高大胖不是很明白他们的激动，带着一大片外来者的赞叹声踏进这个她来过两次的地方，她此时的感觉跟前两次还是一样。

这是一座美丽的废墟。

她不否认它的美丽，也不否认它的神秘，可是那也改变不了这是座废墟的事实。死守着这个可能是高明的祖先留下的财产，并且有可能不是避难地，有什么用呢？

血族应该向前看了。

高大胖站在一旁默默地看着贵族们进行着冗长的仪式，然后开启梵卓的坟墓，折腾良久……弄不醒他。

时间一分一秒地过去，黔驴技穷的长老会终于想到了目标物的老婆也在这里。毕竟叫老公起床这种事应该是老婆最熟练的，于是辛摩尔用眼神示意高大胖过去试试。

高大胖昂首挺胸地在一圈摄像头的围观中走下了台阶，姿态优雅，貌似胸有成竹，其实心里完全没底……她怎么会知道如何叫醒休眠的吸血鬼？又不是童话故事，王子吻一下公主就解了百年魔咒，美女亲一下野兽就破了恶毒魔法。

高大胖站在梵卓的透明棺材外面凝视男人完美无缺的侧脸良久，终于在万众焦急的等待中开了口……

“所有人都出去。”她说，“然后把圣地关起来。”

众人在疑惑中纷纷撤出……

旁边的欧德不赞同地皱眉道：“你要用血引他醒来吗？”

高大胖点点头：“我相信生物本能比爱情童话好使，叫野兽起床的话，食物要比吻有用。”

欧德：“这点我同意。只是如果唤醒的是他的兽性本能，后果可能很严重。”

大胖：“说的也是……那么你和莉莉丝留下来。”

欧德：“如果你是指望我跟圣血族打架的话，事先声明，我会逃得比你们两个都快的。”

大胖：“……”

其实高大胖他们对于梵卓醒来会兽性大发的担忧是过虑了，因为事实是，高大胖的血顺着指尖在男人的唇上滴了半晌，都没有任何动静。

大胖：“怎么回事？是血量还不够吗？”

欧德：“是不是你变得不好吃了？”

莉莉丝：“不会啊，妈妈好香，我都快忍不住了！”

“那也得忍着！”高大胖低头疑惑地琢磨了半天，“难道一定要脖子上的血才有效？还是必须是心脏里的？”

两手扒在棺材边上，高大胖探进半个身子直盯着不动不醒的男人刚要看个仔细，就突然被抓住手臂搂住腰，整个拽进了棺材里！

“呜哇——！你……”

“喂！你没事吧？”

“妈妈？！”

水晶棺材里莹莹的流光中，男人的手臂紧紧扣着她，湿润的舌头舔上她惊慌微张的嘴唇……一个带点血腥味的吻。

“睡美人应该是被吻醒的才对，不是吗？”男人久违的华丽低音带着淫靡的气息吹拂过她的耳侧，梵卓舔着嘴唇轻笑，“你的味道还是这么诱人呢。”

高大胖忍不住搂紧他的脖颈：“是啊，因为我是全宇宙唯一的一只。”

夫妻见面分外激动，阴暗墓室里一派温柔旖旎的粉红气氛。

而圣地外面观看直播的贵族和民众们，终于迎来亲王大人的苏醒，也是一片可喜可贺的沸腾欢庆……

围观群众里面唯有一个最小的不干了。

莉莉丝十分不爽地嘟着嘴：“为什么他可以亲妈妈？”平时明明只有我才能亲的……

莉莉丝：“他到底是谁？”

欧德：“是爸爸。”

莉莉丝：“爸爸能吃吗？”

欧德：“你放过他吧……”

这一刻，全球转播的镜头里，晨光笼罩着圣地，夫妻重逢，孩子第一次见到父亲，落魄的血族唤醒了他们的“撒手锏”，无助的人民等来了他们伟大的亲王。新的后代，新的希望，一切看起来都是那么生机勃勃，仿佛充满着无限可能……

也许，这会是个新的开始，谁知道呢？

就让我们这样相信吧。

尾　声

血族传说，莉莉丝是世界上第一个女人，亚当的第一任妻子。

传说中，她是不会衰老的美女，拥有乌黑的长发以及柔软似蛇的身躯，依靠吸收精气而存活，见到她的男人没有一个不被迷倒。

她是执掌夜晚和生殖的女神，是所有人形生灵的祖先。

她赐予了世界生命……

这个宇宙里最难的，不是航天，不是探海，也不是研制核武器，而是制造生命。

人类的卵子过冷即冻结，而血族的精子过热即死亡。

这样矛盾而脆弱的结合，只能在几乎无法被机械模仿的，可以根据外界变化做出精密的自动调节的母体里，缓慢地发育成胚胎。

这是个低效并且十分危险的繁育方式。并不能挽救一个面临灭亡的种族。

可是，人类与血族的混血后代却不同。

因为具有一半血族基因，莉莉丝的卵子与血族精子结合的能力更好，适应性更强。生命力强大的受精卵甚至可以离开母体在培养皿中存活。

而这些受精卵，同样具备了繁殖后代的能力。

更重要的是，这些二度混血的后代竟然可以与蓝血族结合！

如同传说那样，她赐予了生命……

兰卡曾经问过小小，圣血族与人类在生物构造上如此相似，难道宇宙里会有这么巧的事吗？

可是，她忘了问另一个问题：圣血族与蓝血族在生物构造上更加相似，这又是怎样的巧合？

三个面临消亡的种族，不会在茫茫宇宙中白白相遇。

同样没有繁育能力的蓝血族与圣血族之间的联系，竟然就是人类。

对峙征战互不相容的蓝血族与圣血族兵戎相见多年，最终和谈的契机，却由一个他们共同面临的危机带来。当一个又一个全新而强大的混血儿陆续诞生时，种族间的隔阂因为血液的融合而变得不是那么清晰了。

争取独立权益的蓝血族有了更充分的与圣血族分享政权的理由。

傲慢守旧又岌岌可危的圣血族有了接纳蓝血族的借口。

亲王的执政方针因他宝贝女儿的贡献，终于突破长老会的重重阻碍，正式提上了日程，变成了法律。

延续多年的内战硝烟散去……重整旗鼓的新血族们，更加强大、更加开放。

而这种崭新的血缘联系，让血族社会前所未有地团结起来！

一个年轻、强大又团结的民族，不会消亡！

仿佛是本能，或者是天意。

生物在无法生存下去的时刻，要么消失，要么进化。

比如泥盆纪晚期由海洋到陆地的大迁徙。

鱼儿们爬上陆地，长出了脚和肺，是为了活下去。

它们不再是鱼，它们与陆生生物混血繁衍，成为两栖类、爬行类，却能至今活在宇宙里。

再比如，濒临灭绝的血族和已经灭绝的人类。

人类给血族带来了繁育的能力，血族给人类带来了更适应宇宙环境的进化。血的融合挽救了失去家园的人类，也挽救了濒临绝种的血族。

而这样的延续不是尽头，也没有尽头。

也许有一天，萨恩星上的新血族也会迎来他们的世界末日。

也许那一天，也会有最后一个血族女孩幸运地钻进冷冻棺材，在宇宙里漂流上一万年。

也许当棺盖打开的那一天，她也会找到这样一个星球：

她和他，为彼此带来希望……

渴望她的血。

她是食物，是欲望，是联结彼此的纽带，是血族繁衍的希望！

这世界本就是这样延续。

血与血融，代代相承，物种进化。

Blood × Blood

——Chapter Ⅳ · End——

Band-aid No.4　番外·后来章

该隐·瑞帝克罗西，蓝血族，帝都考利芝学院 5944 级毕业生。

目前正在烦恼找工作的事。

在学校里，该隐算是个各方面都平平的普通男性，这让他在找工作时并没有多少竞争力，却总能出乎所有人意料地获得大把的面试机会！这要托福于两个因素：

第一，是他的名字。

随着新血族的出现，兰卡博士的《圣经新解》代替了从前的“血族来源论”，转瞬间从学术界流传到舆论界然后风靡全球！很多新生血族被命名为“该隐”“亚当”“夏娃”之类，以纪念血族的祖先们。人事主管们在茫茫简历之海中看到这个名字，往往会把他误认成优秀的新血族，然后优先提出个人档案……

而第二个有利因素，就是他的长相。

该隐同学长了一头黑发，骨架不是很高大，虽然瞳孔是深灰色，但在光线昏暗的地方还是经常被人们误认成黑发黑眼体格较小的新血族。新血族融合了人类和血族的优点，感情更细腻，思维更敏捷，适应性和学习能力都更强，他们一出现在社会上，就备受各大公司的青睐，基本上是各大人事主管们优先考虑的对象。长得形似新血族的该隐同志，总是在简历照片筛选中就会被留下来，幸运地获得面试机会。

然而形似，毕竟只是形似。

所以真正的面试之后，平凡的该隐同学总是失落地空手而归。

而这一天，在他郁闷归家的途中，却在一个意外的时机遇到了一个意外的人。

那是个娇小的女生，被一群高大健壮的血族男人围堵在路旁幽暗的小巷里，形势看起来很不妙。

该隐在巷子口停下了脚步，犹豫了一会儿。

英雄救美、惩奸除恶这种事不是每个人都做得来的，尤其是他这种普通人。

所以再三考虑之后，该隐同志打算当作没看到。

他刚抬起脚，便听到一声还带点稚嫩感觉的女声从巷子里传来："不要！"

该隐再次落下了抬起的脚。

啊，不管了，死就死吧！他想。

于是他闭着眼睛冲进巷子里，一股脑儿地撞开最前面堵住那女孩子的高大男人，两手伸开护住身后的人，拔高了声音道："请你们马上离开！我已经报警了！"

因为紧张，他的声音有点哆嗦，但气势还是十足的。

他身前和身后的人，在这样英勇的行为面前，同时静止了一下。

然后为首的那个高大男人露出不耐烦的表情，朝他伸出肌肉结实的有力手臂来："这家伙搞什么……"

一瞬间，该隐同学的本能便告诉他，他不是对方的对手。

血族自我保护的生物天性让他很想逃走，但他还是奋力拦住了对方伸来的胳膊，紧紧攥住男人的手腕，就像所有比较弱势的小动物一样，在面对强敌时便奓起毛，咬牙提高声音，露出最凶的表情虚张声势："不要碰她！浑蛋，马上滚开！"

他身后的女孩子瞪大眼睛看着他。

而他面前的高大男人，显然被激怒了。暗金的眼睛微眯，脸上的肌肉微微抽动："你说什么？无礼的家伙，真是找死……"肩膀微动，高大男人的另一只拳头刚要挥起，却止住了！

高大男人越过该隐的肩膀看了一眼他身后的女孩子，眉头皱起，似乎想要开口说什么，却又露出犹豫的表情，停顿了一下，收回拳头，对手下们低喝道："我们走！"

男人们离去，小巷子里恢复了平静。

该隐盯着对方直到他们的背影消失，才长长出了一口气，回头笑道："你没事吧？唉，真是丢脸，我吓得腿都软了……"

女孩子没说话，依旧带着一点好奇仰头盯着他。

该隐也低头借着月光打量她，才发现这是个很漂亮的孩子。乌黑的长发有着柔和的光泽，直直长长地垂下来，显得她像个精致的娃娃。黑色的眼睛瞪大的时候亮闪闪的，小巧的嘴巴很粉嫩，脸颊也带着可爱的健康粉色……呃，没想到现在的女孩这么小就开始化妆了，该隐想。

这样的粉色他并不陌生，他在班上几个时髦女孩子的化妆包里就见过。血族习惯学习更美丽的东西，新血族有着迷人的黑发和玫瑰色的脸颊，这让这几年市场上的黑色款染发剂和落霞色腮红销量异常火爆起来！连黑色隐形眼镜也大受欢迎……由于这些东西在从前跟禁忌的半血族联系在一起，所以血族国民都是不屑使用的。可是近年来，由于执政官夫人的出现和新血族的强大，反而渐渐变得受欢迎了。

活的新血族他还没有近距离见过，倒是执政官夫人——那个传说中赐予了血族生命，被称为繁育者的地球人——他在学生时代跟着其他同学在礼堂的圣地开启仪式直播大屏幕上看到过一次。

由于仪式是在白天，所以镜头里有些太亮的阳光让他的眼睛不是很舒服，只记得那个娇小的黑发繁育者，看上去就像个未成年的少女一样，在晨风中显得很柔弱。白色的裙摆飘起来的时候，轻轻柔柔的像一片云朵，仿佛整个人都会随风飘走，让人觉得心也跟着忐忑不安地悬着，只想赶快拽住她，然后找根绳子拴起来。

该隐仔细看看面前的女孩子，大概因为身形娇小、黑发黑眼的关系，看起来跟那个女人竟然有点像。

当然，眼前的她比她漂亮多了。

那位夫人的容貌实在算不上漂亮，但是眉眼的线条都很柔和，跟血族深邃分明的五官完全不同。当她低头吻她丈夫的时候，便给人一种难以形容的、温柔的感觉……该隐很喜欢那种感觉，那让他觉得温暖又平静。

让他意外的是，原来在他的同学中不止他一个人有这样的感觉。

当时教授分析了这种倾慕的心理，说这很正常，因为拥有繁殖能力的雌性在哺乳和育儿阶段的雌性激素很充沛，那也就意味着这时的雌性会不自觉地散发一种吸引异性和幼崽的气氛，包括表情、动作、眼神、气味，等等。总结地说，就是“母性”的感觉，很容易让雄性心动。而这种感觉，正好是没有生育能力的血族女性所不具备的。

该隐同学点头表示很科学，有道理，然后转身买了一盘圣地开启仪式的纪念光碟拿回家收藏，闲的时候就翻出来看看……

面前的女孩子一直不说话，该隐有点尴尬，挠了挠头道：“呃，既然你没事，我就先走了。”

转身，才迈出了一步，就被拽住了衣角。

“我好害怕……”她娇娇嫩嫩地说，毛茸茸的睫毛下聚起了少许惹人怜爱的泪水……

“不要丢下我一个人。”她又说，然后像抱住大毛熊玩具一样紧紧抱住他……

啊，原来是害怕吗？难怪她一句话也不说，什么表情也没有，他还想她怎么这么镇定，原来是吓呆了吗？也是，一个小女孩遇到这么一群坏蛋，肯定吓得连哭都忘了。

于是该隐伸手安抚地摸了摸她的脑袋：“别怕，没事了，你住在哪里？我送你回去。”

女孩子抱着他的腰，埋着脑袋摇了摇头。

“咦？是没有地方住还是不记得住在哪儿了？那你有什么认识的人吗？

我叫他过来接你？”

女孩子继续摇头，低着头几乎快钻进他怀里。

该隐有点无奈：“不然我送你去警署吧？那里很安全，会有人照顾你。”

女孩子忽然抬头，踮起脚伸长了手拉下他的脖子，扬起下巴用力亲了他一下，然后像小动物一样搂着他的脖子趴在他怀里，声音带着撒娇的味道：“我想待在你身边……”

该隐，男，蓝血族，应届大学生，无业。

此时脖子上挂着一个美少女，呆滞地站在阴暗的巷子里，经历着人生第一次道德伦理和欲望的辩证思考——到底要不要把对方捡回去？

如果，他有幸遇见高大胖，后者一定会苦口婆心地劝他：路上的东西别乱捡。尤其是那种看起来可怜无害的。比如卧在门前的大狗狗啊，或者被坏人调戏的小狗狗……

可惜，该隐没遇到过高大胖前辈。

所以，他无知地捡回去了。

…………

小莉莉丝回到城堡的时候，她的爸妈正在吵架。

西里：“小姐，您回来了。科勒副官今天没能把您带回来，您父亲很不高兴。等下见到梵卓大人的时候请小心言辞。”

莉莉丝：“嗯，知道了。西里叔叔，真难得在白天看到你呢，还没睡吗？”

西里：“因为您又不在，阿萨迈大人过来拜访的时候生气地敲坏了客厅的古董桌子，走的时候还踢坏了走廊的珐琅大门……我还在计算财产损失。”

莉莉丝：“算那个有用吗？反正再算也不会减少，知道了准确数字只会更心疼吧？”

西里面壁低落：“请您别管我……”

莉莉丝："……"

其实莉莉丝的父母算得上是血族的模范夫妻，两人很少争吵。

当然，并不是因为没有矛盾。人类和吸血鬼共同生活，总会有互相看不顺眼的地方。但两人是患难夫妻，感情一直深厚，她的母亲又是个忍耐力很强，性情温和乐观的女性，所以很多可能的争吵都在相互体谅中消化掉了。

可是有一个问题，她的母亲从不让步……

"我不想永生，不管用什么办法都不想。"高大胖说着，垂眼慢条斯理地给狐焰梳着毛，"就是因为有一天会死去，活着的每一天才充满了紧迫感和乐趣。如果不会死，我怕我会感受不到活着的乐趣。这点你不是最有体会吗？你说'不会死亡也就无所谓活着'，那为什么还要强迫我也来经历你的痛苦？"

梵卓坐在沙发另一端，单手支着头，一边进行夫妻吵架一边翻看着政府资料："没错，如果没有活着的乐趣，永生是会很痛苦。但是相对地，只要能找到新的乐趣，就会结束痛苦。"

高大胖："哦？那你找到了吗？"

梵卓停下翻动资料的手，抬眼看着她："找到了。不过在找到它之前，那段空白期实在太久，让人忍无可忍，我再也不想经历一次。所以，我绝对不要失去这个好不容易找到的活着的乐趣。我要它陪着我，直到永远。所以就算是需要强迫对方，我也不会让步。"

高大胖沉默……

房间里只剩兰卡的记录笔唰唰的书写声。

莉莉丝："兰卡阿姨，你既然在，为什么不劝架？"

兰卡："叫我姐姐……开玩笑，怎么可能阻止？这么珍贵的人类与血族交往观察记录怎么可以错过？两人现在辩论的问题正是哲学上著名的永恒论！其间还牵扯到爱情观、时间观、地球世界观、血族世界观、自然演变观，以及人定胜天理论……啊啊，夫妻吵架真会创造出科学与哲学啊！”

莉莉丝扭头，小声地说：“说实话，我觉得他俩之所以会心浮气躁地吵起来绝对跟她也有点关系……”

西里更小声地说：“你不是一个人。”

高大胖抬头：“莉莉丝，你回来了？小七今天来找你……”

莉莉丝：“我知道，他把咱家的桌子弄坏了。”

高大胖：“我不是想说这个……什么？桌子坏了！可恶啊，怎么他每次出现都要拆我家房子！”

莉莉丝跃跃欲试：“我可以揍他吗？”

高大胖：“你消停会儿吧，真以为人家打不过你吗？人家只是看你是女孩子让着你而已，他认真起来你早就死了！要知道当年你爸都不是他的对手呢。”

梵卓：“咯。”

高大胖：“其实我怀疑你爸也打不过一大人，所以当初才把你卖给阿萨迈他家换圣地钥匙的……”

梵卓：“咯咯。”

莉莉丝可怜兮兮地仰头：“妈妈……我真的是小七家的童养媳吗？”

高大胖一口水喷出去！“你从哪儿学来的这个词？！”

兰卡：“那个，天色也晚了，大家洗洗睡吧……”

众鬼：“……”

高大胖一口否定：“什么童养媳？要喜欢谁，要跟谁结婚，是你自己决定的事，不用理大人当年的约定。那个交给你爸去搞定，反正他最擅长毁约了。”

梵卓：“咯咯咯。”

莉莉丝欢呼：“那太好了！妈妈，其实我今天就喜欢上一个人！教我怎么勾引男人吧！”

高大胖被惊吓得手一抖拽掉小吱一撮毛：“你……你刚才说什么？”

梵卓从文件堆中抬头："这种事应该来请教爸爸我吧？"

高大胖回头怒道："你在干什么？不要纵容她！莉莉丝才十四岁，这是早恋行为！"

梵卓不屑地挑眉："典型的地球人狭隘思想，年龄有什么关系？捕获配偶这种事要趁早出手，从小锻炼，以后才会在激烈的竞争中获胜。"

大胖："这不是动物世界……"

梵卓："怎么不是？"

莉莉丝星星眼："爸爸，您真博学！"

大胖："莉莉丝，不要拍他马屁。兰卡，西里，你们也不同意这么小的孩子早恋吧？"

兰卡一脸亢奋地猛按自动笔："开玩笑！未知领域的新血族择偶倾向和异性交往记录哎，生理、心理全方位近距离观察哎，这么珍贵的研究对象，你觉得我会不同意吗？"

西里温和地凝视着小莉莉丝和兰卡："没关系，只要大家高兴就好。"

高大胖抚额绝望离去："我不管了……"

小吱："吱……"（放开我的毛……）

众人离去后的书房，气氛有一点紧绷。

莉莉丝站在离他爸爸不远不近的角落里欲言又止……

梵卓头也不抬地继续翻看着文件："听科勒说你今天拒绝了护卫跟随？有什么特别的理由吗？"

莉莉丝盯着自己的脚尖："嗯……遇到个有趣的家伙，我不想吓到他。如果知道我的身份，他大概就不会像之前那样对我了。"

梵卓点点头，在古典的印花信纸上签上名，把信笺递给一旁的秘书官："那就去吧，不过下次注意对科勒副官礼貌一些，他并不是爸爸的副官，只是受他原本的长官所托来照顾你的，没有那么好说话。"

"嗯，我知道了。"莉莉丝乖乖点头行了个礼，然后转身拉开门，"那我回去了，不然他醒来会发现我不在。"

梵卓停下笔，抬起头淡淡道：“莉莉丝，如果你只是想勾引他的话，不用太卖力。不过，如果你是想要对方也爱上你的话，戴着面具开始一段关系可不是个好方法。”

莉莉丝停下脚步转回头：“这是经验之谈？”

梵卓得意微笑：“不，我成功了。但你不行。”

莉莉丝不服气道：“为什么我不行？”

执政官大人垂眼继续签文件：“你知道的。”

莉莉丝在书房门口愣愣地站了一会儿，然后带着一脸被看穿的不爽气鼓鼓地走了……

该隐醒来的时候，惊讶地发现自己昨天捡回来的小女孩居然钻进他的棺材抱着他的胳膊睡着了……他轻手轻脚地抽出胳膊，起身去厨房榨了两杯艾尼玛汁，端着托盘回到卧室的时候却赫然发现自己的棺材旁边站了个陌生男人！

他的手下意识地一抖，托盘哗啦一下倾斜……那男人却瞬间闪身到他跟前，扬手敏捷而轻巧地接住了散落的杯盏——连同里面洒出来的饮料——仿佛电影倒带一般无声无息地将所有东西复位！

该隐愕然地看着对方惊人准确而迅速的动作。这个男人银发红瞳，眉眼俊雅，身材高挑，一身黑衣遮住半张面孔，肢体动作敏捷得仿佛某种野生动物，身上的气势也十分骇人！那种危险程度跟昨晚那群健壮男人完全不是一个档次！几乎只用眼神就让他下意识地颈后发麻、脚下发软……

男人眯着眼上下打量了他一番，貌似从鼻子里发出了一声很不屑的轻哼……然后侧头，看了眼还在沉睡的女孩子，便转身跃出了窗户！仿佛一阵掠过的风一般，瞬间消失在了该隐面前……

一切发生得太快，该隐同志几乎以为自己只是看到了幻觉。

可是棺材里的小女孩身上的确是被盖上了一件斗篷。

做工精致，质地上乘，显然不是普通人用得起的。

大概是那个陌生男人留下的吧？他究竟是什么人？这个女孩又是什么人？

而且，好奇怪，血族休眠时为什么要盖斗篷？

早餐的时候，他对小女孩提了这件事，对方也只是用茫然的表情盯着他，然后低落地啜着杯子里的血浆嘟囔：“原来斗篷不是你给我盖的……嗯，该隐，你不喜欢我吗？”

该隐同志有点无力：“我连你的名字都不知道……”

“我不能告诉你我的名字。”女孩子望着他，然后笑眯眯道，“不过你可以给我取一个新的！”

该隐凝视她一会儿，叹气：“你啊，是半血族吧？”

之前看到她的黑发黑眼和少女体态就隐约有这种感觉了，现在从她的举止和习惯看来，果然如此。大概她从前的主人是个贵族吧？不知道是不是那个陌生男人……

该隐一脸不赞同道：“叫我给你取名字，是要我做你的主人吗？”

女孩子愣了一下：“咦？不是……”

他认真地看着她的眼睛：“听好，你不用这样做。联合政府建立以后就已经废除宠物契约制度了。就算是半血族，也拥有平等公民权。所以你不必再依附于他人，可以去社会上找个正常的工作，过自己想过的生活。”

想到今早那个站在她睡床前的不速之客，他又补充道：“如果你从前的主人还纠缠你，你可以到法院起诉他。现在贵族制度也已经废除了，就算他是圣血族，也必须遵守国家法律，你不用怕。实在不行，我也会帮你。”他不好意思地笑笑：“好歹我也是主修法律的。虽然现在还没找到工作……”

女孩子的表情从莫名其妙渐渐转成了微笑，最后趴在桌上歪头看着他，甜甜道：“该隐，你真是个好人。”

该隐，男，好人，他此时还不知道，这个世界上，好人总是容易被坏人缠上然后变得很倒霉的。

…………

小七从城堡的窗户翻进来的时候，刚回到城堡的小莉莉丝正在洗澡。

浴缸里的水热气蒸腾、温温蕴蕴，小小香炉里袅袅的香氛拂动着周围的纱帘，乳白色的细纱仿佛也成了雾气的一部分，缥缥缈缈的……

虽然血族有更加现代化的清洁身体的手段，莉莉丝还是更青睐这种耗时间的泡澡。也许是因为从小跟在人类妈妈身边养成的习惯，也许，只是因为这样更有女人味。

血族第一高手的身影无声无息地出现在纱帘后面，从落地到起身的动作矫健而流畅，影子的形状很挺拔，很好看。莉莉丝丢掉手边的激光剑，重新躺回浴缸里，擦掉脸上的泡沫，理了理头发，等了半天，对方却没进来。

“没想到你居然真的天天去他那里……不知道你看上那家伙什么。”男人隔着纱帘说，带着一贯的不屑冷哼道。

莉莉丝鼓起腮帮，吹着面前白白的泡沫：“他是我的救命恩人啊，女孩子很容易爱上救过自己的英雄的，你不知道吗？”

小七挑眉：“他救你？得了吧，那家伙弱得恐怕连五岁的你都打不过。”

“那又怎么样？英雄又不是力气大才能当的。他以为我被坏人欺负，马上就跑来挡在前面保护我呢。明明自己都吓得腿软，却还挺着脖子护住我。”莉莉丝单手支着下巴，笑眯眯地戳着面前越来越高的泡沫，一脸沉浸在快乐回忆中的甜蜜笑容……

小七冷哼：“真愚蠢。凭你的战斗力还需要他来多事？居然把你当没用的女生，还护着你？哈哈……”

莉莉丝抬手，一把拍掉了面前的泡沫！

然后唰地站起来，哗啦拉开两人间半遮半掩的浴帘！

赤条条地站在男人面前，她面无表情地盯着对方的眼睛，一字一顿地说：“我本来就是女生。”

男人微微惊愕，视线下滑，扫过她被高温蒸得粉嫩水润的皮肤和仍显青涩稚嫩的身体，最后落在了一边……然后似乎想到了什么似的，皱眉道：“你啊，不是在哪里都这样吧？”抬手扯下自己身上的斗篷，扔到对方光裸的身上，男人不爽道：“不要随便在别的男人面前裸露身体，你也多少有点贵族的自尊吧。”

莉莉丝没理他的话，恼怒地甩掉那件黑色微凉的丝滑斗篷，光着脚从浴缸里跨出来，赤裸着身子径直走到男人面前，紧紧贴着对方健壮的身躯，然后伸长手臂搂住男人的脖颈，拉下他的面罩，踮起脚，仰头凑近对方薄薄的嘴唇，轻声吐气……

“我讨厌你。”她说，然后松开手，低头看了看男人毫无动静的下身和一直放在身侧的手臂，沉默了一下，便转身拽过一旁的浴衣披在身上，狠狠踩过对方掉在地上的斗篷，昂着头走出了房间……

留在原地的阿萨迈无声地叹了口气。

他的脖颈上还残留着女孩手臂带着香气的湿漉感，在空气中凉凉地蒸发着……

他抬起手，又放了下去，最终只是缓缓握紧了拳头，却没有擦去……

…………

该隐最近的运气开始变得很差。

面试机会连续被取消，毕业论文也被打回来重做，去超市买东西发现信用卡被吊销，开车闯了紫灯也被拘留了24小时，就连走在路上都会被不明物体击中……新伤连着旧伤，霉运接着噩运，唯一算得上好事的，大概就只有在最近的一次财经界招聘会上当众被财政部长叫去单独召见了，然而……

本以为自己任职有望的该隐同学，忐忑不安地抱着简历在对方的办公室等了一个多钟头之后，那笑容神似某种狸兽的乔凡尼大人，居然只是在批阅文件的间隙上上下下地打量了他一番，就挥挥手送客了！

乔凡尼大人好过分……贵族们就这么喜欢无耻地耍弄小老百姓吗？

基于以上挫折，该隐牵着小莉莉丝到超市买晚饭的时候依旧很沮丧。

莉莉丝趴在货架上兴奋不已：“新出的紫菜包饭口味的艾尼玛血浆耶，我们晚上就吃这个好不好？”

该隐心不在焉：“噢……嗯……”

莉莉丝担忧地仰起脑袋："该隐哥哥，是钱不够吗？别担心，我有个攒硬币的小袋子，之前你乱丢的零钱我都捡起来了，现在有不少了呢！嗯，我看看……刚好够买一个的！我们两个分着吃好不好？"

该隐："不……不是因为钱什么的，只是突然觉得自己挺没用的……"伸手摸摸莉莉丝的头顶，该隐微笑："没关系，你喜欢的话就全都给你吃好了，不用分我一半。"

莉莉丝仰头凝视他少顷，有点感动地默默搂住对方的手臂……顺便抬脚把货架上砸下来的大箱子踢回去！

该隐："刚刚好像有一声巨响……"

莉莉丝："幻觉，幻觉。"

其乐融融的两人在到达收银台之前都没有想到接下来会发生的事。

"莉莉丝小姐！"

一切就以这一声惊喜的呼唤开始……

"莉莉丝小姐。"那个笑容灿烂得有点杀伤力过强的圣血族男子优雅地靠在收银台前，对着莉莉丝打招呼，"要找到您还真不容易呢。之前盛传您去民间找了个蓝血族男人玩我还不相信，现在看来似乎是真的啊。"

该隐的表情很惊愕。

莉莉丝？黑发黑眼的莉莉丝，会被贵族尊称为"您"的莉莉丝，这个星球上只有一个吧……

开玩笑的吧？

可是对方是银发贵族，就算现在废除贵族制了，圣血族的血统也改变不了。他们不会专门来超市对着他开玩笑！

而莉莉丝的表情，则很不爽。

她的不爽直接反应到了恶狠狠盯着对方的眼睛里和牢牢抓着该隐不放的手臂上。

来人却并不介意她不爽的目光，微微一笑道："听说您拒绝了阿萨迈大人的邀请，那么您今年雪季晚宴的舞伴人选还是空缺的了？现在有什么中意的对象吗？”

他停顿了一下，侧头瞥了一眼仍在呆愣中的该隐：“您不会说是他吧？呵……我想您应该知道，十大家族以外的闲杂人等是连邀请函都拿不到的。开玩笑的戏耍也差不多该停止了，跟平民玩下去有什么好处呢？喜欢他的话就多给些钱带回城堡里好了，何必花这么多心思？请您不要因为游戏耽误了正经事啊……”

该隐的表情，仿佛被狠狠刺了一下！

他抽回被莉莉丝抱住的手臂，默不作声地到收银台付了钱，然后离开了。从头到尾，都没有回头看她一眼。

莉莉丝下意识地想拉住他，却终究没伸出手。因为她发现，自己没办法毫不心虚地说出“我是认真的，没有戏弄你的意思”或者“我没有蒙骗你、利用你的好心”这种话。

她看着他头也不回地走出去，直到身影消失在门口。

“满意了？”莉莉丝转身，抓起那瓶紫菜包饭口味的艾尼玛血浆扔在对方脸上！

银发男人轻轻松松地扬手在空中接下，笑容不变：“还没，要是您真的愿意当我的舞伴我会更满意。”

莉莉丝冷冷地瞪他一眼：“谁在问你？我问的是长老会！”

男人按了按耳后的通信器，轻笑：“您都知道的嘛，”然后不解地歪头：“既然您知道肯定会被阻止，为何还要折腾一番？”

莉莉丝看着他，突然冒出一个笑容，微微贴近了对方，面颊凑近，对着男人的耳侧轻声道：“关你屁事？”

男人愣在原地，直到莉莉丝离去才回过神来，一边回味着刚刚靠近时闻到的血香，一边下意识地打开手里的罐装紫菜包饭口味艾尼玛喝了一口……

“噗——！”

…………

城堡上的月亮悬得高高的，一左一右，银光洒满亲王大人的办公桌。

梵卓手里的羽毛笔流畅地写画着，在古典的纸张上留下很有质感的沙沙声……

莉莉丝沉默着走进来，径直绕到巨大的办公桌后面，爬上爸爸的膝盖，沮丧地坐下来。

梵卓手下不停，只抽空低头亲了亲女儿的头顶，哄小猫一样地拍了拍她。

莉莉丝叹气："我被甩了。"

梵卓："哦。"

莉莉丝："长老会的人出来搅局。他发现我一直在骗他以后就头也不回地走了。"

梵卓："嗯。看吧，跟我之前说的一样。"

莉莉丝不爽地鼓起腮帮："爸爸，您是不是也不喜欢我跟平民在一起？这次您是站在长老会那边的吗？"

梵卓停下笔，看看生气的女儿，轻笑："长老会之所以妨碍你，是因为你只能跟圣血族产生后代，跟蓝血族无法结合。如果让你跟那个叫该隐的小子在一起，纯属浪费有效基因。可是你觉得爸爸我会在乎这种事吗？"

莉莉丝晃了晃悬空的小脚丫："嗯，不会……那么爸爸，是我的伪装技术太差了吗？为什么您能成功我就不行呢？"

"跟技术无关。"梵卓抬手理了理女儿软软的头发，"你妈妈之所以会接受我，不是因为我骗术高超，而是因为我是绝对的真心。当初谎言被揭穿的时候，她虽然没有生气但说的也只是'你太狡猾了，我甘拜下风'。让她真的爱上我，那可是很久以后的事了……"

莉莉丝盯着他："您的意思是说我对该隐不是真心的？"

梵卓笑了笑，提起笔继续写起来："这个嘛，你自己应该最清楚。到底想要什么，希望怎么做，真正在乎的是谁，你从一开始就很清楚，不是吗？"

莉莉丝呆呆地沉默了一会儿……

梵卓大人抱着小女儿静静地工作。

小女儿最后走的时候噘着嘴小声问："那爸爸，您是什么时候才让妈妈说出'我爱你'的呢？"

无所不能的梵卓大人瞬间僵硬……

久久没有回音……

当晚，梵卓夫妇的卧室里传出如下对话：

"呃……梵卓……你今天怎么没完没了的……"

"我爱你。"

"嗯……我知道。"

"为什么你不回答'我也爱你'？你从来没对我说过'我爱你'这三个字呢。"

"啥？都老夫老妻的了，那么肉麻的话我怎么说得出口？"

"我就一直在说啊。"

"你脸皮厚嘛。"

"……"梵卓大人眯起眼，阴森森道，"再来一次。"

"对不起！对不起！！我爱你！我爱你！超爱的……"

于是，明天梵卓大人终于可以回答女儿的问题了。

…………

该隐刚打开门厅的灯，就看到莉莉丝像小狗一样坐在台阶上等他。

他走到门口，却没有开锁，只隔着水波门淡淡道："你在那儿做什么？"

听到该隐的声音，莉莉丝立刻转过来，靠在门边伸出指甲挠了挠门，看了看该隐的脸色，终究没敢真的破门而入，半天憋出一句有点别扭的"对不起"。

该隐忽然有点想笑。

这对她来说挺不容易的吧？这位血族真正意义上的公主，大概长这么大还没对谁道过歉。

“莉莉丝大人，你不用对我道歉。只是以后也请别来戏弄我了。”他淡淡地说。

“我没有戏弄你的意思！”莉莉丝提高了音量，“骗你是我不对，但我不透露身份是有理由的……因……因为要是你知道了我是莉莉丝，就不会把我当普通女孩一样照顾了。”她的声音越来越低，最后一句话该隐几乎竖起耳朵才听得到。

他有点愣怔：“什么？”

“整个帝都……能打败我的人也没有几个。”莉莉丝低声说，“你也听说过的吧？新生的混血贵族拥有超强战斗力什么的……的确，我不需要大人的照顾，也不需要被人放在身后保护，就算没人管我也不会死。周围的人意识到这一点之后，就不把我当需要保护的对象看待了。”她抬头看看他，“其实你也一样吧？以前，我也曾经这样坐在门口等过你一次，你回来的时候紧张得不得了，还呵斥我说女孩子深夜坐在外面太危险，以后再也不许出来等你了……可是刚刚，你想都没想过我一个人坐在外面会不会有危险吧？”

该隐下意识辩解：“那是因为……”

“因为我根本就不会有危险。”莉莉丝平静道，“没错，就算有袭击者也不会是我的对手。可是，就算战斗力很强，我也是女孩子。比起这种放心，以前那样的呵斥，还让人舒服些……”

她转过头，视线落在门边小小的花丛上：“还记得我们第一次见面的时候，你把我护在身后吗？虽然只是场误会，但我很感激你，是真的。那时我突然冒出一个想法：或许在一个不知道我是谁的人身边，反而会被当成柔弱的女孩子对待也说不定……”

该隐微微动容：“你……”

莉莉丝收回视线，优雅地行了个礼，认真道：“这段时间我过得很开心，你是个好人。我的确骗了你，利用了你的好心，你生气也是应该的，但是我没有高高在上地戏弄你的意思，这也是真的。”

他低头望着她，轻声道：“嗯，我知道。”

的确，与其说是利用，不如说是一个太强又太骄傲的小孩在努力从大人那里骗取一点爱怜吧？这样的她让他觉得有一点可怜……

于是他打开门，温和道：“进来吧。雪季快到了，不要坐在地上。听说人类和血族的混血儿是有体温的，你很冷吧？”他心想：对了，难怪之前那个男人会给睡着的她盖上斗篷……其实早该注意到的，这孩子根本不是半血族。自己有的时候真是相当迟钝，会被骗得团团转实在也没什么可抱怨的。

莉莉丝呆呆地仰头看着那扇紧闭的大门在眼前开启，然后很快醒悟过来，像只被原谅了的小动物一样，扑过去一头扎进他怀里……

凌晨的时候，另一位不速之客也来拜访了该隐的房子。

那个男人像上次一样，一阵夜风之后就突然出现在了他的棺材边，蝙蝠一般无声无息。

该隐望了一眼窗户，开始觉得这人大概根本不知道进屋是可以走门的……

“她呢？”开门见山地提问。

“已经走了。”简洁明了地回答。

“说是要找个地方闹别扭去。”该隐又补充了一句。

蒙面男人明显地愣住，略思索了一会儿，转身欲离开。

“要我告诉你她去哪儿了吗？”该隐好心地在他身后提高声音说道。

男人转过头瞥了他一眼：“不用你多事。”

他找得到她，从小就是这样。

当她发脾气或者郁闷地躲起来哭的时候，就算所有人都不知道她在哪儿，他也永远能找到她。

该隐靠在窗边看着男人的背影消失在远处的屋顶上，喃喃自语：“明明就一直被当作女孩对待嘛，都没发现吗？到底是小孩子……”

莉莉丝也是，这个人也是，真是当局者迷。

…………

白天的圣地静悄悄的，连鸟鸣声都没有。

用高大胖的话来说，就是充满了墓地的气氛。

阿萨迈扫视了一圈，确定附近没有其他可疑气息，便踢开断掉的枯树干，在那个小小的洞前面蹲下来。

“你究竟在闹什么别扭？”他侧头瞥了眼旁边刻着莫诺赛特家族族徽的石碑，“这个坑你是怎么搞出来的？”

“反正我力大无穷，粗鲁残暴，毫无女人味，把人家的坟地挖个坑出来很奇怪吗？”小莉莉丝抱膝团在里面，情绪低落地嘟囔，“你干吗来找我？肚子饿了？”

小七冷哼：“我只有想吸血的时候才能来找你吗？”

“你只有想吸血的时候才会来找我。”莉莉丝转过脸不看他，“而且还来得很勉强。其实你一直觉得我没有妈妈好吃对吧？”

小七皱眉：“你为什么会这么想？”

“我们第一次见面的时候，你咬了我一口，然后说‘味道不一样’。”莉莉丝的口气十分不忿，“那表情分明就是说我比较难吃！”

七同志：“……”那么久以前的事居然还记得，女人真是麻烦的动物。”

“你咬过妈妈对吧？”莉莉丝继续喃喃，“我都知道的，一叔叔当初跟爸爸签订了契约，说用妈妈后代的血液作为替代品，让阿萨迈一族退出繁育者之争。我只是不合格的替代品吧？是勉强收下的童养媳？其实你更想要的是妈妈的血对吧？”

七看着她：“你是因为这件事才拒绝我当你出席雪季晚宴的舞伴？”童养媳是什么？

“不是。”莉莉丝瞪着他，“那是因为我看到你背着我爸邀请妈妈做你的舞伴！”

七微愣……好像的确是有这么一回事。

因为梵卓作为执政官要出使其他星球，小小作为执政官夫人要代其主持晚宴，但是那个孱弱的人类独自一人出现在一群血族面前的话，根本无法让人放心……

“那是有原因的。”

沉默了半天之后，男人只冒出这么一句话。

莉莉丝几乎气炸……

“不止这一次！”莉莉丝磨牙，“从以前就是这样！如果我和妈妈同时出现在你面前，你一定一直盯着她！看到她要摔跤会拉住她，看到她手里东西多会帮她拿，看到不怀好意的人接近她你就悄悄解决掉，连树上掉下来的虫子你都会帮她在半空中弄死……你对她完全就像照顾女孩子一样，我也是女孩子啊！浑蛋！难道我不会摔倒、力大无穷、打架从来不输，而且觉得虫子很可爱就不需要被照顾了吗？！”

无语的小七：“……”

该怎么说呢？应该说是当初被聘为她的护卫的时候养成的习惯吧……而且他有帮她捏死过虫子吗？

莉莉丝盯着沉默的男人半晌，终于发飙！

“你没什么想说的吗？！”连解释都没有一句吗？还是根本不屑跟她解释？

小七垂眼看着一边：“那是因为她太笨了。”放着不管的话可能会死掉。

声音冷到冰点的莉莉丝：“你只想说这个吗……”

开始丧失耐性的强盗先生站起身冷哼：“原来你只是为这种无聊的事发脾气，真是小鬼。”

“是啊，反正我是小鬼。”开始自暴自弃的莉莉丝，兀自抱膝嘟囔，“反正你不管怎样还是觉得成熟女人比较好吧？对着小鬼连那里都站不起来吧？一点反应也没有……好歹我的身体还是挺好看的吧！浑蛋……大人了不起啊？等我长大了也一样丰乳肥臀小细腰！哼，干脆我去找长老会研究院也给我注射生长激素算了，三个月就成年，到时候迷死所有人！就是不让你碰……”

“够了，闭嘴！”男人突然低喝，猛地拽开她抱着膝盖的手，扳住她的下巴，露出血牙的薄唇粗暴地吻上她的嘴！唇舌堵得严严实实，津液暧昧地交换，喘息也统统被吞没……小莉莉丝十四年的人生里第一次受此冲击，瞪大的眼睛半天收不回来，一吻结束仍旧急促地喘着气……

七把面罩拉回去，淡淡道："我可从没跟她做过这种事。"

莉莉丝把脸埋在膝盖间，嘴角悄悄翘起来……

男人继续说："快速生长的方式是很危险也是极不人道的，长老院当年是为了弥补战后人口断层才出此下策。我不希望你也去做那种事。你根本不需要急着长大，血族的耐性一向很好，既然我可以等上十四年，就不在乎再多等上几年。"男人低头看看她，抬手擦过她濡湿嫣红的嘴唇："我比任何人都期待你长大，别挑战我的忍耐力。"

莉莉丝抬手握住男人的手指，放在嘴里轻轻咬着他的指尖，眯起眼睛笑道："嗯，你是让我别总勾引你吗？"

被调戏的小七："……"

莉莉丝盯着他的眼睛，舌尖湿漉漉地滑过他的手指间……

男人终于忍无可忍："够了！出来！"

莉莉丝疑惑地歪头。

"洞太小了，我进不去。"

莉莉丝笑起来……很利索地从小坑里爬出来，勾着男人的脖子扑进他怀里！

朝阳升起来，天地间一片暖色，拥抱的两人背后墓穴深处隐隐的流光，也辉映出了点点幸福的金色……

"小七，我小的时候经常收到梅尔星寄来的明信片呢，那上面是爸爸妈妈从前的旅行日记。妈妈总是写很多话，爸爸则只给我写过一句话……却让我受益匪浅呢。"

"什么话？"

"不告诉你。"莉莉丝狡猾地笑起来，"对了小七，等我长大了咱们也去环宇宙蜜月旅行吧！"

“环宇宙是无所谓，不过蜜月是什么？”

“到时候你就知道了。”

“还有啊小七，我妈是我爸的哦。”

“知道了，烦死了。”

…………

To 我未来的孩子：

你妈妈是我的，没你的份。

From 你爸

该隐，男，应届毕业生，在一个临近雪季的黄昏，打开家门前的邮箱时，意外地收到了萨恩星执政官大人亲笔签发的聘用通知书！此刻的他因为终于找到了工作而欣喜若狂，还不知道他入职后的第一个工作将是起草一份半胁迫性的订婚协议。

“看中的东西要趁早套牢，打上标签，昭告所有相关人士。这，是出生前爸爸就教我的道理。”莉莉丝龇牙一笑，十分得意。

小七同志此时在遥远的砂海，莫名地打了个喷嚏……

——番外·后来章 End——

Chapter V　Blood × Blood

第五卷　血脉相连

You and me, meet in this universe…

你与我在这宇宙相遇……

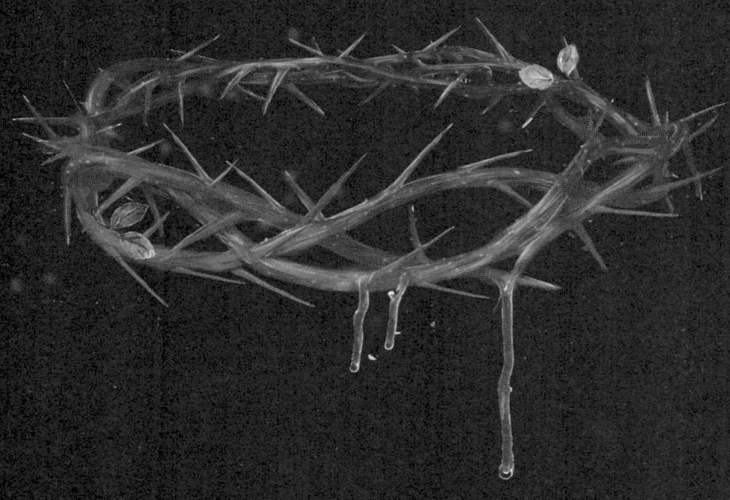

I 梵卓·永生

So the LORD said,“You will be a restless wanderer on the earth.”

Cain said to the LORD,“My punishment is more than I can bear.”

“It’s more than I can bear...”

“梵卓大人，您醒来了。”长老淡淡地说。

仆人恭恭敬敬地递上丝质长袍，梵卓赤身坐在圣地沉睡之所流光漫漫的棺材里，表情漠然。

“辛摩尔长老，真难得见到您来迎接新人，这不一直是迈卡维长老的工作吗？”

长老盯了他一会儿，轻轻叹气：“果然记忆不会消失吗？梵卓大人，等下还请抽空到研究院一趟，让工作人员采些数据。另外……迈卡维长老六万年前开始休眠，而我做这个迎接新人的工作也已经有五万年了。这一代的圣血族，全部都是由我迎接的。请别再说那样的话，会让人觉得怪异。”

棺材里的男人沉默。

视线滑过一旁仆人递上来的长袍，那已然是截然不同的时代风格……

“梵卓大人，您醒来了。”

他漠然地点头，起身穿上衣服。

再一次的苏醒，当然，记忆依旧没有消失。这样的感觉就像是将人生无限地延长下去，没有止境。

忘了那些，去外面的世界吧。

做好自己的工作，四处旅行一下，跟漂亮的孩子欢爱……总有许多新鲜的东西能让他忘记漫长生命的无聊。

只是，他不再跟迎接他苏醒的人打招呼，因为那一刹那会让他觉得自己是个永恒的老怪物。

…………

“……以上，是我的作战计划！我可以打赌，三个月，三个月之内！我军就能让索纳斯星人退后 5 万光年！”

面前的小个子少年意气风发，表情坚毅。哪怕迎着所有贵族鄙视和不赞同的目光，依旧坚持自己的想法，勇往直前，无所顾忌。

真不错，充满了新鲜生命的活力。

梵卓，一向是喜欢这样的人的。

他笑起来：“很不错。”

年轻的小伙子受宠若惊，“谢……谢谢您，梵卓大人！”

他慢条斯理地翻着计划书，这个小个子让他想起从前在军营的同伴：“……不错，很有勒森巴将军的风范，我相信你会做得更好。”

小伙子的表情很茫然。

“勒森巴是谁？”他悄声问旁边的人。

年轻的贵族们都不知道答案。

角落里一位喜欢研究血族史的贵族小姐轻声道：“十万年前尼斯科特战役的副将，以勇猛著称，不过大概七万年前就战死在外星系了……那个是上一代的人……”

上一代的人。

梵卓沉默着合上了计划书。他还记得他大笑着喝酒的样子，凯旋时帝都少女们对着他尖叫……如今，已经需要翻动史书从落满尘埃的文字中确认他的名字和职业了吗?

呵……上一代的人。

“咳，这个计划虽然不错，但过于大胆冒进，我想托瑞多长老不会同意的。”一旁的贵族男士试图用建设性的发言缓和突然僵硬下来的会场气氛。

梵卓揉了揉鬓角，拉回情绪，缓声道：“的确，托瑞多是个麻烦……不过有辛摩尔在，我们不用太过担心，这种程度的方案，他会放手一搏的。虽然也是顽固老头子，但辛摩尔大人算是三长老中最不顽固的那个了，不是吗？”

会场的众贵族面面相觑，一时间无人开口。

然而最终，总会有那个指出皇帝没穿衣服的老实孩子站出来……小个子少年瞪大眼睛莫名其妙道：“辛摩尔长老？他不是已经去沉睡了吗？”

梵卓提笔签字的手顿在半空中……

啊，这样啊。我的同伴，我的敌人，甚至见证着我曾经存在的人，都已经按部就班地融进时间长河了……为什么我还在呢?

…………

“醒来的感觉如何？”

拥有一头坠地银色长发的男人默默地站在他背后，打破了梵卓独自凝视圣地灰色墓地的宁静。

“糟透了。”他低低地说，手指拂过圣地里历尽千万年风吹雨打的石碑残骸，微微用力，“一，有时候我会觉得，自己跟这些石头没有两样。不会死，不会变，不会忘。所有人都在向前迈进，只有我被遗忘在时间的角落，记着从前，没有以后……好像活化石一样，真是糟透了……”

被称为一的男人轻笑：“那么你算是找到同伴了。”

他抬头看他。

这个男人也很特别。

梵卓的记忆不会消失，仿佛不会死的人永远永远继续着一个漫长到没有终结的人生。

而他，则是很久很久都不曾沉睡，只是如一个历史的见证者一般默默地醒着。

这种同伴般的归属感让梵卓莫名有些安心，他的视线扫过对方的脖颈，微笑：“需要一个伴侣吗？”

一大人淡淡地笑，弯起的眼角在圣地的晨光中看起来很柔和：“是的。但不是你，你的伴侣也不是我。”

他走开几步，离开圣地前微微回身，轻声道：“互舔伤口的人从来不是好伴侣，因为我们只能分享伤口有多痛这个话题。”

梵卓认同地点头：“说的也是。”

“我要去寻找能让我觉得人生充满活下去的乐趣的人。”他轻笑，“这是个很有挑战性的事业，你也去找你的吧。”

梵卓并不十分热衷，只挑眉随便道：“也许吧，有一天。”

一大人进入沉睡之地的时候，让梵卓有一种被背叛的感觉。

这个世界上，最后一个能证明曾经的他确实存在的人，最后一个能跟他在黄昏的窗口谈论十几万年前某个坏脾气的老朋友的人，最后一个能在无聊的晚宴上跟他动作一致地晃着高脚杯里的红酒感叹口味不如当年柯蒂斯庄园的人……也离去了。

是的，那个男人只是很少休眠，并不是不会沉睡。

也许在某种程度上，自己能理解他。

但他，终究是孤独一人。

因为友人的痛苦结束而觉得还在痛苦的自己被背叛了，还真是自私的想法啊……

梵卓望着长长的餐桌上两只晶莹剔透、造型古典的高脚杯，他在那里坐了很久。

安静的大厅里空无一人，只有他独自坐在长桌的末端，望着两侧空着的座椅，回忆曾经坐在这里的同伴、恋人、友人……

风吹过，冷冷的，清清的，让人身心都空了……

上帝说：“你将永生不死地，在大地上一直彷徨下去……”

该隐说：“那样的惩罚我无法承受……”

…………

他开始相信阿萨迈的话，去寻找一个伴侣。

贵族，半血族，蓝血族，男人，女人……他试过那么多人，多到让梵卓亲王的花名甚至远播到宇宙彼端他的敌人那里。

可是他没找到。

再次苏醒的一大人，却比他先找到了。

那是个太过普通的孩子，让他难以置信，又充满好奇。

他甚至趁一不在偷偷地勾引对方，亲吻对方的嘴唇，吸取对方的血液。因为他实在太想知道，觉得活着充满兴奋感那是什么样的感觉。

可是他依旧不知道。

然后，便是那场战役。

宇宙盛传血族战无不胜。

其实这个世界上从来没有战无不胜。

只是看谁输得少一些罢了。

黑洞、白洞、腐蚀射线……这个宇宙里能伤害不死之身的血族的东西太多，所以梵卓格外爱战争。死亡的威胁让他觉得自己真切地活着。

也许正是因为这样，梵卓对死亡的态度一直很漠然。而这种冷漠，反而让他成为一个杀伐决断的优秀统帅。排兵布阵，阴谋阳谋，牺牲舍弃，他从来都是冷酷果断。

士兵的战死，在任何战争中都是不可避免的。

所以当他看到从不参与政事军事的阿萨迈，为了那个濒临战死的人冲出指挥舰的时候，诧异和一种奇怪的情绪瞬间将他淹没……

梵卓痛恨自己漫长的生命，可是同时，他又下意识地本能地害怕失去它，因为他除了生命，除了自己，一无所有……

愿意用生命去救对方，那是一种怎样深沉而激烈的感情？

他不解，又羡慕，羡慕得不知所措……

战后双目受伤的阿萨迈拒绝了移植机械眼。

“没有她的世界，看不看都无所谓。”他说，浅淡的笑容与从前并没有太大区别，却让人觉得什么都空空的。

没有她的世界我不要，那是怎样一种决绝的感情？

梵卓不懂，却羡慕得全身发痛……

无论是梵卓，还是一，都不是感情丰富的人。

他们活得太久，见得太多，所以冷漠。

可他们不知道，冷漠也是一种执着，将自己隔离在世界之外的执着。

一个人有多冷漠，就可以有多专情。两种执念，是一样的。

“你违令拨回军队来救我，我欠你一个恩情。”一说，“找到你的伴侣了吗？”

“没有。”

“去找吧，我会帮你。”一继续说，“只是找到她之后，无论如何都不要再失去她。”

抬手拉下蒙住眼睛的纱布，一大人轻轻地伸手将它扔出城堡的窗外。高空的风呼啸着将那片柔软的白纱卷走，飞过山谷，飘落悬崖……

“因为那样的痛苦，你无法承受……”阿萨迈靠在窗边，轻声说。

Cain said, “Lord, the punishment is more than I can bear.”

"It' s more than I can bear."

"It' s more than... I can bear..."

他坐在空旷的房间里，安静地流泪，一直流泪……谁也没有看见。
他的朋友们都已经离去。
他枯燥的生命，还有无数个万年。

——梵卓·永生 End——

II　布鲁赫·微火

帝都吸血贵族莫诺赛特家族正统公爵。

Father 是萨恩星实际掌权者，德高望重的三长老之一。

现职血族联军最高统帅。带领萨恩星血族联军四方征战，资历两千四百年。所向披靡，战无不胜，斩获大小行星无数，为萨恩星开拓了大片疆土。

工作起来苛刻严谨，没有一分拖泥带水，不苟言笑也不够浪漫温柔。

比起灯红酒绿的晚宴更喜欢血与火的战场；比起奢侈花哨的贵族服饰更喜欢利落的军装；比起花言巧语的调情更喜欢直奔主题的上床。

从以前到现在，布鲁赫将军都以他独树一帜的，充满雄性阳刚风格的形象，在血族中占据着数量庞大的拥护者。虽然不是时下流行的视觉系华丽型男人，但身边也从未缺过追求者。

所以，他自己也没想到，最后会沦陷在这样一个普通水准以下的小生物手里。

我的妻子是个相貌普通的人类。

个子小小的，身材扁平，四肢肉肉的，小孩子一样的体型，一点也不符合血族高大俊美、凹凸有致的标准。

脸蛋儿圆圆的，眉眼跟血族深邃的五官比起来要扁平得多，完全不符合我们传统的审美，更称不上美艳。就是在蓝血族里也不过是中下档次的相貌，放在美人云集的圣血族里，更加不起眼。

薄薄的嘴唇毫不性感，跟血族艳丽的红唇不同，总是浅淡的粉色，有时甚至有点苍白的感觉……对了，研究院说她有轻微贫血的迹象。也许我该控制一下吸血的频率。可是她的血太过美味，实在让人按捺不住……

没错，虽然她其貌不扬，可是我的妻子，是堪称血族美味毒药的存在，一滴血就足以令吸血鬼们疯狂！

即便是从军多年耐力惊人的我，闻到她甜美的血香，也很难控制住自己。

瞳色变暗，血牙伸长，指甲总是不知不觉地伸出来，下意识间就已经进入了狩猎的状态！血族是渴望着鲜血的野兽，她的味道总是激发出我们心底的疯狂……

纤细脆弱的脖子，轻易就能咬破的娇嫩肌肤，牙尖能感到猎物轻微的挣扎和无助的颤抖，接着便是源源不断，温热滚烫，甘醇无比的鲜血，蜜汁一样淌过舌尖，滋润干渴了千年的喉咙……那样的滋味太美妙，让人哪怕只是幻想一下，也会本能地亢奋起来！

“好痛……够了吧？”她皱着眉，微微喘着气推我。

她不喜欢被我的嘴唇碰触。

“别动……”我轻声说，舌尖舔过吸血时留下的齿痕，伤口迅速止血，很快愈合。感谢上天，圣血族的唾液可以加速伤口痊愈，这样让我多了一个舔舐她的理由……

她的脸庞变得通红，连小小的耳垂乃至脖子都泛起了可爱的粉红，娇嫩羞涩的样子很动人，让我忍不住想做些多余的事……

“喂！你干什么？！”她的手抵在我的胸膛上奋力推搡！眼睛睁得圆圆的，又惊又怒，满脸通红地瞪着我，“你……你……你怎么舔我的……啧！”她甩开头，掩饰窘迫般弯腰去捡刚刚因为突然被我抱住而掉在地上的画册。

画册大大小小很多本，也许因为慌乱，她总是捡了这本，掉了那本。

对了，我的这个小妻子不仅相貌平平，还很笨拙。

事实上她几乎没有任何特长，跟宫廷里那些歌舞骑射、天文地理各有所长的优秀女性们没有任何可比性。而跟个体战斗力排在宇宙前位的血族比起来，她的力气小得要命，动作也总是慢吞吞的，实在是毫无可取之处……

我到底看上她什么了呢？

微叹口气，半蹲下身子迅速帮她把书都捡起来，麻利地按照形状大小理成整齐的一摞，板着脸递给她。

她看看我，有些犹豫地伸手接过。

我很喜欢她这个时候的眼神，带着试探和犹疑，好像某种怯懦的小动物。那种警惕和楚楚可怜，让人更想扑倒了欺负一番……

可惜，小动物总是害怕大型猛兽的，我想她大约很怕我。

所以才会马上抱着书离开。

桌子上的茶还在冒着袅袅的香气。

看来，在我来之前，她很明显是想在庭院的摇椅里打发一个舒适的午后的。

我静静地站了一会儿，然后在她坐过的椅子上坐下，手指支着额头闭目养神，微微叹气……我必须得接受一个事实，我的妻子不仅相貌平平，十分笨拙，而且一点也不喜欢我。

我为何非要给自己找这样的生物当妻子呢？

当然了，主要的原因是，她可以代替没有繁育能力的雌性吸血鬼给血族产下后代。而我作为莫诺赛特家族最后一个人，如果不想灭族，就必须跟她生下孩子。

这是长老会的决定，我算是履行政府义务吧。

只是义务而已，我并不打算被妻子干扰到我的私生活。

可是，抱过她柔软温暖带着香味的身体，再接触雌性血族僵硬冰冷的身躯，不知怎的，总觉得兴奋不起来了……

虽然也不是特别在意她，可是看到别的男人、动物或外星生物碰触她，或者跟她搭话，或者靠近她（三米之内）总是稍稍有些不爽……

“别摸她，她是可以让你碰的吗？杀了你！浑蛋！”为什么这家伙总是毫无防备地跟陌生人说话？被捉走吃掉怎么办？不要随便笑啊，女孩子对男人露出甜美的笑容不就跟说“Yes”没有两样了吗？跟园丁都能笑着攀谈，跟我却没什么可说的吗？

“科勒，那个园丁是谁？明天之内把他辞掉，换个女的。”

“……是，大人。”

看到这个小妻子，或者只要在她附近，我都会莫名地焦躁起来。

对血液的渴望，想要碰触她，被躲避时的郁闷，带着嫉妒心的不爽，相互交杂……扰乱我一向系统清晰的思维，搞得到处都乱糟糟的。

这样一点都不像我。

我明明最讨厌这种纠缠不清的事，一向喜欢单刀直入、速战速决的。

说的也是，有什么好纠结的，生孩子而已。赶快抱着她强行让她怀上我的孩子就是了！

她是经过政府审批的，我合法的妻子，柔弱无力根本不可能反抗我，而且现在就毫无防备地躺在我的床上睡着了，我要怎么做都可以吧？

想怎么做都可以呢……

仔细看看，她睡着的样子真是可爱啊。

因为是人类，所以脸颊总是泛着红晕，这种健康的粉红色映衬着单薄细碎的睫毛，看上去脆弱又可口……薄薄的嘴唇很娇嫩，有点像是新生的婴儿，让人很想用力地吻下去，蹂躏成暧昧的绯红色……小小的身体，抱在怀里的时候非常舒服，好像小鸟一样轻巧……光滑的皮肤，温暖的身躯，带着甜香的颈间……

“嗯……梵卓……讨……厌……好痒……”她在半梦半醒中呢喃。

我抱着她细碎轻吻的动作戛然而止！

全身的热血也飞速冷却下去……

动情的时刻却从妻子口中听到其他男人的名字，这样的屈辱，实在让人忍无可忍！

是的，这个相貌平平，十分笨拙，且不喜欢我的女人，已经有喜欢的人了。

这样一来，几乎连最后一点可取之处都没有了。

然而，为此不甘心到想要杀人的自己，才是最难看的吧？

无论是那个初次见面时就想将她抱回家的自己，还是趁着她前任饲主犯错欣喜若狂地去长老会争取饲养权的自己；无论是卑鄙地调用血族军队在全宇宙缉捕她的自己，还是排除万难挤掉所有竞争者强行夺取她作为妻子的自己，都够可悲的。

然而最可悲的，莫过于现在想要侵犯一个一点也不喜欢自己的女人，企图留下一个孩子来作为两人牵绊的自己了……

有生以来第一个让我如此在乎的人，却完全不在乎我。

为什么你只肯爱那个男人？

我要怎么做才能让你爱上我？你告诉我……

月光透过城堡的雕花窗落在枕边，她的睡颜如此安详。

听说人类会做梦，可是她的梦里不会有我。

拉起她的手轻轻亲吻她的指尖……

就是这双没有多少力气的小手，当初在那片恐怖的密林里，颤抖着抱着我的尸骸努力拼凑。我知道你很胆小，当时你一定怕得想哭，可还是没有放弃我的生命。

我想你对我还是有着微小的感情的，不是吗？

只是那点火花太过微小，想要变成热烈的爱是如此困难，在轻微的冷风中毁灭掉却如此容易。

我所能做的，只有守护，然后等待。

轻吻你的嘴唇……我发誓等待。

无论多久，无论什么时候，我都会等下去。

因为我是血族，千万年的等待，我们习以为常。

Ⅲ　诺菲勒·魔女

“虽然这话由我这个Father来说有点奇怪，但那孩子是个真正的魔女，长老会最好重新考虑让她担任诺菲勒Father的事。”梵卓大人说完，然后起身离开。

“话虽然这么说，但品德优秀的贵族们也都试过了，诺菲勒·德·琉珂赛特每次复生都会给血族惹来大麻烦，这次换一个性格特别的Father也许反而会有奇效。”长老会不确定地沉吟。

“尊贵的长老们，培育下一代不是以毒攻毒。”已经走到门口的梵卓轻笑，“而且莉莉丝的性格不叫特别，那叫邪恶。”

这段对话，发生在一切一切都没发生之前。

那时还没人知道近千年后萨恩星的毁灭危机，还没人知道诺菲勒会背叛整个血族，也没人知道未来的血族之母也被命名为莉莉丝。

此时的莉莉丝，是邪恶魔女的代名词。

…………

“莉莉丝……”

梵卓站在熏香浓郁到让人掩鼻的宫殿外，撩起一缕华丽的紫金色纱帘，露出里面几乎占了半个寝宫房间大小的猩红色大床。苍白的皮肤，蛇一样纠缠的黑发金发银发，交错的肢体，在这样的血色下映衬得淫乱无比……

“莉莉丝，长老会下达了新的任务。”梵卓亲王面无表情地平视着眼前的一切，传达着帝都最高层的指令。

床上的人们被这样冰冷的声音惊到，半血族宠物们带着因药物作用而涣散的眼神，衣衫不整地从床上翻滚下来行礼，两男一女光着身子埋着头在亲王大人的冷眼下匆匆跑出房间去……而大床的主人，却姿势不变地又吸了一口混入迷幻药粉的细烟，满足地缓缓叹气，轻轻跷起光滑修长的双腿，懒洋洋地应了一声："任您差遣，我尊敬的 Father。"

"闭嘴。"扬手丢给对方一个薄薄的烫金信封，梵卓转身离开，"不要那样叫我，我之所以是你的 Father，是因为没人愿意当！"

"干吗？真冷淡呢。"莉莉丝挑眉，捋了捋凌乱的银发甩到光裸的肩上，放下交错的大腿，两只细长的手指夹着那带着长老印章的信封，暧昧地吻了一下，轻笑，"那么梵卓大人，既然不是 Father，您要不要跟我试试呢？"

已经走到门口的男人眼神冷淡地回头。

床上的女人猫一样眯起眼睛，舌尖舔过信封上男人的手指刚刚碰触的地方，笑得柔软又诱惑："我知道的哟，梵卓大人的名声可没比我好到哪里去。大人不是会被这些无聊的伦理束缚的人吧？反正所有人都知道，血族，本来就很好色，不是吗？"

梵卓看了她一会儿，转回身走到床边，迎着对方挑衅般的微笑单膝跪在床尾，俯身抓住女人的手腕，一把将她拉起来！

光裸的身子在这样大幅度的动作下突然被展开，让对方的表情有点愕然，长长的发丝飞扬在空中纠缠在男人的手臂上……

"起来，穿好衣服，去厕所把药都吐掉，我们现在就去圣地。"

…………

莉莉丝从没想到，自己也有成为什么人导师的一天。

这个世界还真是疯狂……

她叼着烟裹着一件花纹冶艳的丝质外袍站在一群袖口领口严丝合缝的黑压压贵族里，在圣地清晨微寒的空气里露着穿着吊带丝袜的大腿，抱臂冷眼看着那个即将称呼她为 Father 的少年从沉睡之地慢慢地走上来……

那是个即使扔在美人云集的圣血族里也称得上俊美的孩子。精致的五官，凛冽的气质，最棒的是他的眼神，狼一样警惕，野性十足，真是漂亮。

莉莉丝拿下唇上的烟，在所有人的窃窃私语中朝他微笑："不错嘛，小野狗，要不要来一口？”

“莉莉丝？！”

“太不像话了！”

“长老，还是恳请您重新考虑 Father 的人选！”

众人纷纷点头附议……莉莉丝则好像早就预料到会是这样的结果一般，朝着所有人挑逗地笑笑，转身摆了摆手，独自离去……

女人们嗤之以鼻。男人们从短暂的呆愣中回神，干咳着加入讨论，“还是交由巴索菲利克家族吧，那一族以沉稳著称……”“从前又不是没有试过，结果还不是……”“嘘……”“不然还是请莫诺赛特出面吧，跟莉莉丝同族，移交手续……布鲁赫大人也要严谨得多……”“但大人军务繁重，恐怕没有足够的精力照顾……”

众人讨论的空隙，没人注意到那刚苏醒的少年甩开侍者的手，径直朝着已离去的女人追了过去！

他从后面抓住她的手腕，固执地拉住她，上下打量了一番，然后侧头，“莉莉丝？”刚刚听到其他人好像是这么叫的。

被拽住的女人表情从微讶到微笑，最后吸了一口烟，缓缓吐在少年脸上，勾起嘴角：“要叫我 Father，小诺菲勒。”

他被烟呛到，咳嗽不止……

她面带微笑，眼神闪烁……

…………

如果一定要选出圣血族里最漂亮的女人，大部分贵族虽然嘴上不敢承认，但心里默念的都是同一个名字——莉莉丝。

是的，她的美继承了血族的最大特色，阴冷，黑暗，妖冶，勾魂摄魄，美得如此邪恶。

美丽的女人是毒药，如果她们正巧还性格恶劣，那就没有解药。

诺菲勒从学校回来的时候，莉莉丝正坐在城堡最高的窗口抽烟。

高处的风很大，她却只穿了一件男人的宽松衬衫，半系半开的扣子下露出圆润的胸部和修长的大腿，长长的银发飘出窗外，远远地看上去，她整个人都仿佛浮在半空中一般……

诺菲勒转头看看明显刚经历过一场淫乱派对的房间，弯腰捡起一件睡袍走到她身后给她披上，两手伸长了从她背后抱住，把睡袍裹紧，将那件碍眼的男人的衬衫遮得严严实实……

“莉莉丝，你是不是不开心？”他轻声问。

“怎么会？”魔女狡黠地微笑，细长嫣红的指甲掸落轻飘飘的烟灰……“才刚爽过，喝了美酒，坐在这里慢慢抽根烟，欣赏欣赏领地的美景，现在正是我最舒服的时刻。”

“是吗……可是我听说，很多人是因为受过伤，想逃避，才会如此放纵自己……”他更小声地说，还没说完就被对方的大笑声打断！

“哈哈哈……你啊，今天上了荷莫格鲁宾教授的心理学课吧？”莉莉丝细长的眼睛暧昧地望向身后，“才学到了皮毛就想回来分析我吗？”

少年诺菲勒涨红了脸。

“哼……真是天真。”她冷淡地说，抬手挥开抱着自己的少年，以及披在身上的睡袍。

“为什么恶人总是得有理由才行呢？这样才能让世人安心吗？什么童年的创伤，凄惨的经历，战争的打击……堕落一定得有个借口？”她单手支着窗台，侧过脸来看他，睫毛在夜色和飘扬的银发下闪着星星点点的迷人光泽，嫩红的嘴唇画出柔软的曲线，“你就没有想过，我可能天性就是如此邪恶吗？”

诺菲勒没说话，只呆呆地站在原地，视线甚至不知该往哪里搁。

那个坐在夜风中的女人太美了。又美丽，又危险，诱惑着他，却又从不让他捕获。

她说自己天生邪恶，可是在他看来，魔女是不会有这么纯洁的姿态的。那一刻白衣飘飘银发飞扬的她，仿佛传说中在窗边短暂停留整理翅膀上羽毛的天使，洁白的、纯粹的、带着自由自在的圣光……

年轻的男孩总是不敢直视自己喜欢的女人，却一定会抓住各种时机，从远处、从角落、从不经意的擦肩而过里偷偷地看着对方。

可是越看他越觉得，这个女人真是烂透了。

没有同情心，没有道德感，没有任何责任意识，脾气暴躁，冷酷无情……她总是毫不慌张地说谎，毫无愧疚地诬陷别人，毫不羞耻地滥交，毫无道理地殴打仆人……偏激、固执、阴暗，又神经质。她仿佛没有心，也不懂得爱，只是那样肆无忌惮地活着，给所有人添着麻烦，让所有人过得都不痛快……

怎么会有这样的女人？难道这个世界上真的有恶魔这种东西？

诺菲勒有时会恨她恨得咬牙切齿，几乎想要当场掐死她为民除害！可是更多时候，只要她轻轻地碰触他，眯起眼睛暧昧地对他微笑，让那轻软甜美丝绒般的话语擦过他的耳侧，他就拿她完全没辙……

说不定她真的是魔女，所以一颦一笑，都是毒药。

…………

诺菲勒在学校和贵族间的生活，并不如意。

他身高上的缺陷给他招来很多有意无意的嘲讽或者怜悯的眼神。而无论是哪一种，都令人生气！

就像大部分男生一样，诺菲勒宁愿在外默默忍受也不能容忍让家人得知自己被欺负的现状。所以当他带着毕业舞会没有舞伴的结果回到莉莉丝的城堡的时候，心情是很沉重的。

他在城堡顶上那个莉莉丝曾经坐过的窗口站了很久，静静地凝视着窗外空旷的景色，心中翻腾着无限黑暗的情绪……

所有人都让人恶心！有什么了不起的！一群以貌取人的白痴！

凭什么？凭什么！凭什么？！

他不比任何人差！财富、智力、成绩，甚至样貌，他不比任何人差！

连卑微的半血族都有陪同的舞伴，那些蓝血族平民都成双成对，为什么他却是众人选剩下的那个？

诺菲勒很努力，虽然总是装出冷淡的样子，但其实他比谁都更害怕被人嘲笑。

所以无论是成绩、比武、考试、实验、课外教学，甚至小小的演讲，他都要做到最好！他要一直站在优秀的位置，才能勉强维护起脆弱不堪的自尊心，骄傲地站立着。

他甚至试着主动向那些瞧不起或者同情他的人示好，为的只是不要孤独一人走在校园里。

可是最后的最后，代表血族荣耀的结业晚宴上，他还是被选剩下的那一个。

仿佛隔夜的残羹冷炙，被人讥笑或者同情地看上一眼，然后跨过去，丢在身后。

那些明明不如他，却用讥笑的眼神看着他的人全都该死！

那些养尊处优，站在道德制高点上俯视着同情他的人全都该死！

真是愚蠢的种群，恶心的贵族，什么舞会，无聊的相互比较，全都该死！

诺菲勒觉得自己冒出这些阴暗想法，想象着所有人都死去，笑脸淹没，大地一片荒芜的时候，真的毫无罪恶感。

说不定其实不只莉莉丝，自己也是个天生的恶魔。他有时会这样想。

“没有舞伴？太没用了吧？”

那个大概这辈子从没为外表烦恼过的魔女，毫不留情地在晚餐时揭开别人的伤口。

长桌的另一端，诺菲勒的脸庞微微涨红。

他想装作不在意，可是却做不到。

她，其实是他最不想被得知的人。可她是他的 Father，这一点总是躲不过。

“扑哧……”那女人笑得十分讥讽，十分恶毒，“别傻了我的小野狗，就你这样的身高还想有什么女人跟你出去吗？就算她们肯跟你出席舞会也不过是出于怜悯，或者跟别人打赌输了，又或者只是想趁机敲上一笔钱……”

“我知道。”他声音极低，带点咬牙切齿的味道。

“啊等等……你该不会还抱着什么‘只要你足够优秀，别人就会忽略身高这个缺陷，看到你的优点’之类的愚蠢想法吧？”莉莉丝微笑着单手支着下巴看着他，“我劝你死心吧。从最初到现在，每一代从休眠中苏醒的诺菲勒·德·琉珂赛特都是孤独终老的可怜虫。你每一次都会很努力，做到出类拔萃，做到顶尖优秀，可是每一次都没有任何用处。啊……我猜这么多年来跟你睡过的女人大概也屈指可数吧？哦，我可怜的诺菲勒，别担心，我会帮你买来听话的半血族宠物的，你可以在它们身上发泄……”

“够了！”他猛地站起身！真真正正地咬牙切齿地打断女人的话，“我说过了，我知道！”

迎着男人血红得近乎狂乱的眼神，莉莉丝不为所动，淡淡道：“可你看起来不像是知道了。毕竟……你每一代，都在重复同样的命运。”

诺菲勒愣住，停顿良久，低下头去沉沉地笑：“这一次不会。”

他说完，便毫不犹豫地离开了。

魔女坐在桌边轻轻地笑，好像刚卖出了最蛊惑人心的魔药。

那一年的毕业舞会，诺菲勒根本没有出席。在他的同级生沉迷在杯盏交错的欢声笑语中时，他已经通过了长老会的审批，获得了军部辅佐官的位置。

从军队入手，所有人都以为诺菲勒只是想用能力证明自己的价值。

只有他自己，也许还有魔女，才知道，他要的不是证明，而是变革。

这是一个埋藏深远的秘密，这份情绪埋得那么深，直到近千年后，才突然爆发，生灵涂炭……

…………

也许是习惯了她的人生如戏，诺菲勒从没想过，魔女也会有沦陷的一天。

所以当他看到莉莉丝抚摩着那个男人礼节性地落在她手背的吻淡淡微笑时，一种奇怪的感觉贯穿了他的全身！

这种感觉就像是他认为不会为任何人停留的黑鸟，有一天却主动落在了男人的肩膀上，含情脉脉地用眼睛望着对方，谄媚地用头上的翎羽蹭着对方的脖颈一样……

一瞬间席卷而来的嫉妒，翻天覆地！甚至带上了隐隐的鄙视和反胃，仿佛心中的某种坚持、某个偶像堕落了一般，让他伤心、失望，甚至莫名地愤怒！

那个死板的布鲁赫，他有什么好的？

诺菲勒很想大声地问出这句话来，他有什么好的？

她跟他完全是不同类型的人，没有一点共通之处，他究竟有什么好的？！

可是这句话，诺菲勒从来没有说出口过。直到莉莉丝死去的一刻，他也没有问过她。

因为总觉得，好像一说出口就会变成现实了。

他不想从她口中听到确认的答案。

莉莉丝与那个男人结为伴侣的事，让他深深地觉得受到了背叛。

可是她背叛了他什么，他又说不上来。

也许是他太过一厢情愿地在心底以为，她跟他一样不会有伴侣，她跟他一样终究是孤独一人的。

莉莉丝很美丽，可是所有的贵族都不会将她选为缔结契约的对象，因为她美丽得太危险了。

诺菲勒痛恨她的邪恶，可又自私地希望这份邪恶能永远保持下去，因为他知道，一旦她柔和又美丽，那么她就不再是孤独的，不再是属于他的。毕竟，她是血族最美的女人。

布鲁赫的点头首肯也令他恼火！这个男人难道毫无常识吗？莉莉丝的名声还不足以吓退这种视名誉为生命的伪君子吗？他到底想要什么？这种正直的人就去明亮的高台上接受众人的欢呼拥戴吧，为什么要来插入他和莉莉丝的生活！

她与他在长老见证下相互轻咬脖颈缔结契约的那一刻，少年诺菲勒烦躁得不知所措……

她是别人的了。

她是别人的了……

莉莉丝很快成了布鲁赫的左右手。

她可不是只有脸漂亮的女人，单论战斗力，在血族女性中也是数一数二的。

布鲁赫那时是血族联军前线的最高长官，莉莉丝是他的伴侣，是跟他平起平坐的军官。

诺菲勒很努力地出生入死，每一场战役都不要命地拼杀！他在挣扎着往上爬，他想在列队阅兵时站在长官的行列，而不是作为下级远远地接受她和他的巡视，他只想离她近一点。

在那场战役中，当诺菲勒找到被布鲁赫丢下的莉莉丝时，他的心中有一瞬间甚至是阴暗的狂喜！

瞧，那个男人跟我们完全不同，他舍弃你了吧？

看清楚吧，你也快点舍弃他吧！

“莉莉丝，莉莉丝……”他抱着她，轻唤她的名字，主动献上自己的脖颈，“快吸我的血，如果你敢这么轻易地死在这里，我不会原谅你！”

“布鲁赫……是你吗？你为什么回来了？”她睁开眼，瞳孔却很涣散，过度失血造成了视力的下降。

“我不是布鲁赫，你看清楚！我是诺菲勒！”他紧紧地抱着她，“别在我怀里叫那个男人的名字……”

“呼……布鲁赫……”她吐出一口气，很是虚弱地喃喃，“我很爱你……很爱你……”

“别说那种话，真令人生气……你想让我掐死你吗？快点吸血！”他咬破自己的手腕，直接将血滴进她的喉咙里，血浆顺着她半敞的唇舌淌下的样子，让他莫名地有些亢奋……

“莉莉丝……”他的声音低哑起来，抱紧了对方的身体，用尽了全身的力气才憋出埋藏了许多年的话来，“莉莉丝，跟我走吧……我爱你！我爱你！比什么都爱，比任何人都爱你……求求你看着我，求求你也爱上我吧，跟我走吧……只有我们两个人，从今以后，永远在一起……”

少年紧张得全身发抖、手脚出汗的告白，被魔女有些尖厉的笑声打断，她不断地笑，几乎把喝下去的血又吐出来，呛得直咳……

“别傻了，我的小野狗。在我眼里，你连男人都不算呢……”她说，口气如此可恶。

“行了，不要做那些异想天开的幻想，快点把脖子伸过来，我还没喝到多少呢，根本没力气站起来。”她继续说，带着一贯的颐指气使。

真是奇怪，明明是个坏女人，明明任性又傲慢得无可救药，她说的话却总是有男人听。

诺菲勒静静地看着她被血污弄脏的嘴唇，战斗中撕破的衣服和稍显凌乱的银发，忽然明白这样的女人只要还活着一天，就会不断地去勾引蛊惑男人。她不会属于他，他不会是她特别的人。

他看着虚弱到全身无力的她和不断出现在四周的空间扭曲，一个念头突然冒出来，然后忽忽悠悠地越变越大……

如果，如果她死了，那么便谁也得不到她了。

任何男人都不行，包括布鲁赫。

莉莉丝不是那么容易被杀死的女人。此时此刻的机会，也许再也不会有第二次。

他直直地盯着她，然后站起来，缓缓地后退……

如果他注定没办法与她并肩站立，那么就让她永远被封存在一个谁也无法触及的地方吧。只有他知道她在哪里，只有他会想念她，她也只有他。

莉莉丝惊讶地看着诺菲勒后退，她的表情仿佛在瞬间就明白了什么。

她低下头，轻轻地笑起来："告诉你一个秘密吧，诺菲勒……"

他的脚步顿住。

"每一代的你，都会爱上我。"她轻声说。

他感觉心脏仿佛受到了重击！

"可是每一代的我，都会爱上别的男人。"莉莉丝眼神飘向遥远的地方，"你总是不能如愿，总是满怀怨恨，总是会做出些损人不利己的事，总是会让每一代的血族头疼……"

他愣愣地盯着她，说不出话来。

"你以为，长老会为什么这么坚持要素性不良的我做你的 Father？"莉莉丝勾起嘴角，依旧露出那种狡黠而邪恶的笑容，"他们想要满足你一次，想将破坏降到最低……可是他们不知道，我坏的程度超乎他们的想象。"她温柔地，近乎是迷恋地盯着他，"怎么能让你满足呢？你永远得不到我，永远只能在心里纠葛，这样，你永远，永远也忘不了我……"

他缓缓抬手，捂住窒息的胸口……

空间裂缝在这一瞬间出现！几乎眨眼间便吞没了对面的人！连一点反悔的时间也不留给他。只在空气中留下一句缥缈的"我永远……都是你心中第一位的女人……"

战场上瞬息万变，没有人留意一个圣血族的消失，也没有人知道事情的真相。

诺菲勒已经不知道自己是在悲痛，还是愤怒，还是后悔，还是别的什么。

那个魔女，在生命的最后时刻也将他玩弄于股掌之间。

她赢了，这一生，他只能想着她。

可是她却消失了。

这份强烈的感情，无处寄托，无处宣泄，几乎把他逼疯。

他需要一个迁怒的对象，他太懦弱而不能选择自己，所以他选择了布鲁赫。

对的，是那个男人夺走了本属于他的女人。

是那个男人丢下她不顾。

是那个男人的虚荣心害死了她。

都是那个男人的错。

对的，他要报仇。

那就开始计划吧，开始奋斗吧，开始叛变吧……总要找点事做。

他不敢停下来，因为一旦停下来，唯一的发泄对象已死的激烈情绪就会把他淹没……

…………

"你走吧，我不想杀死名叫莉莉丝的女孩。"

他喘着粗气，抬眼看着高大胖。

诺菲勒并不讨厌这个人类女孩，甚至在一定程度上，他很感激她曾经与他共舞。不是出于施舍，也不是出于怜悯，他感觉得到，那是出于一种同类的共鸣，虽然不多，但毕竟也是共鸣。舞池里旋转的他与她，是平等的。

只不过她是真正的在宇宙里孤独一人，而他却是同类包围下的孤独一人。

那样的气味，另一个女人身上也曾有过。

诺菲勒闭上眼睛，静静地感受最后的生命气息从体内流走……

在生命走到尽头的一刻，他回忆起莉莉丝坐在窗口身穿白衣，银发飘扬的样子，仿佛天使，其实却是恶魔……

他想起她与他初次见面的样子，那个女人独自抱臂格格不入地站在人群里望着他，轻笑着说："不错嘛，小野狗。"

那一刻她的身影在风中显得很单薄，孤单得让他忍不住一直看着她，只看着她，直到下意识拉住她的手腕，轻唤："莉莉丝……"

留在我的身边。

——诺菲勒·魔女 End—

IV　阿萨迈·小动物

七以前就知道，这世界上只有两种人。

一种是肉食的猛兽，另一种是草食的小动物。

他是阿萨迈一族的传人，蓝色沙漠中的杀手，一向是肉食的强者。

而他的身边，只有高手中的高手，从来没有草食动物。

沙漠是个很枯燥的地方。

七小时候的乐趣是跟族人比速度，追杀行踪诡异的沙漠蜥蜴，以及跟在一大人背后仰望对方深不可测的实力。

每一天他都在这种小狮子成长期一样的玩耍和训练中，变得更强、更快、更可怕。

他是骄傲的肉食猛兽，巡视领地落下爪子时总是高昂着头颅，鄙视一切孱弱的小动物。

所以当她出现在他的生命中时，他是第一次意识到，这世界上还有这样一种不可思议的笨蛋一般的弱小者存在。

三月日不是狩猎的日子。

一般来说阿萨迈一族更习惯在黑暗中行动，这么亮堂的夜晚，容易被敌人看清他们举世闻名的高速身法。

不过那群劫匪居然在如此明亮的月色下高举起成色这么好的红宝石给他看，他怎么还能坐得住呢？反正今天一大人不在，偶尔犯规也没什么吧？

好像一只蹲守的鹰一样定位了目标，他从不远处的沙丘顶上跃起，在大到骇人的月亮下俯冲出击！

解除对方的攻击力量只是转眼间的事。

尸骸一地，宝石一袋，以及……毫无攻击力的草食动物一小只。

她就像圆圆胖胖的沙鼠一样，稍微恐吓一下就抖成一团，头发也会可怜地哆嗦着，乌溜溜的眼睛湿润地望着七……这种生物七甚至懒得动手，太没挑战性了。

所以当她脱掉手镯的一刹那，血香飘满沙漠上空，七真的愣住了。

他懒得搭理草食动物，但说起来，草食动物一向是肉食动物的食物啊，何况这只这么香。

他全身的肌肉都在这样的香气下迅速紧绷起来！身体自动进入猎食状态……却看到，那只“胖沙鼠”闭紧眼睛用力把手镯“远远”丢了出去，大概是在试图转移他的注意力。

七瞟了一眼被丢出去的手镯落地的距离，心中默想就是叫真的沙鼠来扔也不会扔得这么差劲……

回过头来，发现她正在“全力”逃跑，在沙漠中跌跌撞撞地跑向一边的翼龙……

天哪……那是她的最快速度吗？对不起，沙漠里的所有沙鼠，之前竟然把这只生物跟你们相提并论，真是太失礼了。

哦，她终于要跑到了，啊，绊倒了……爬起来了，爬得真慢……嗯，摸到夜龙的爪子了，很好，跳上去吧……什么？居然用爬的？而且还没爬上去！啊，掉下来了，千钧一发之际抓住一根羽毛，幸好……哦，一条腿攀上去了。还不错嘛，还有一条腿，只要能找到着力点应该就有希望……啊，总算爬到背上了……居然拽不动缰绳？难以置信，她到底是个弱到什么程度的生物啊……啊，夜龙起飞了，对了，这是强盗团伙的龙，上人就会自动起飞……啊，她似乎眯眼睛了，一直在揉眼睛。这样在敌人面前两眼紧闭好吗？啧，算了，她就算两眼都睁着又能怎样……嗯，总算飞走了，飞得这么低不行啊，只要敌人有短程狙击炮照样可以打下来……东倒西歪地坐着，好像随时会滑下来的样子，她到底行不行啊……

一直目送着对方消失在天边，我们的杀手大人才突然意识到，自己竟然一直为那只努力逃跑的小动物捏着一把汗！甚至看到她终于磕磕绊绊地飞走时，竟有总算松了一口气的感觉……

这，这真是……太耻辱了……

纵横砂海战无不胜只要出手从未落空的顶级肉食猎手，第一次犯这种低级错误！

小七同志原地蹲下，郁闷地、怨恨地、默默地用匕首在地上掘了个坑……

散落四周的尸体们："……"

…………

对于上一次的失败，七决定把它归咎于对方实在是笨得超乎想象，严重冲击了他的世界观，造成了短时间的思维混乱……

而跨过失败的最好办法，就是用成功来刷新它。七决定要找到那个美味的草食动物，然后吃了它。

他在一望无际的茫茫沙漠里寻找了很久，调查了当时所有散落在地的尸块，搜寻了赛勒城的消息网，甚至在一头已经被沙漠掩埋的灰翼龙身上找到了一个带有她气味的小遥控器……最擅长搜索的沙漠鬃狼都没有他的耐性和精细，这个游戏他玩得比以往哪一次都卖力！

结果，却一无所获。

他开始有点烦躁，不知道是为了失败没办法被洗刷，还是太想念那甜香的味道。

"真难得见你如此执着，碰到让你在意的人了？"

能让放任主义的一大人主动开口询问，看来他的焦躁已经显而易见了。

七有点情绪低落地摇头："不是人，是个小动物。弱得要死，却很难找。"

"别小瞧了弱小的动物，"他的Father微笑，"阿萨迈一族容易栽在这种生物手里。”

“这是人鱼的预言吗？”他记得一大人最近好像搞了一只回来。

“不，这是经验之谈……”一大人苦笑。

七知道他的 Father 即使在圣血族中也是特别的，他的生命甚至比长老还要漫长。七一向尊重他的经验之谈，不过这次，他认为他并不了解情况。他百分之百确信，带着那种蛊惑血香的生物，就算是一大人，也没有见过。

所以当他的 Father 别有深意地建议他去给阿萨迈一族专属的药剂师欧德送行的时候，他没有在意。

当然了，后来的某一天当他在欧德的小屋里见到某个踏破铁鞋无觅处的小动物时，七同志是很后悔当初的错过的。

那个老谋深算的家伙，大概早就知道了吧？

僵尸这东西，果然还是活得久的道行要深些。

…………

沙漠小屋中与梵卓亲王的一战，七很不明白 Father 的退让。

就算对方是亲王又是萨恩星的执政者，一大人却不是屈服于权势的人，而自己也从不曾把叼在嘴下已经舔湿的兔子白白送给过别的掠食者。何况还买一赠一地搭送了一只珍贵的狐焰！可恶，一明明说过那只狐焰以后会给他的……

“那算什么？为什么我们要离开？我已经捉到她了！而且这里是阿萨迈的地盘！”

“客尊，弑亲。你违反了两条血族戒律。我不打算为了你的食物跟其他圣血族内讧。”走在前面的一大人转头瞥他一眼，“小七，她对你来说是什么？”

“好吃的东西。”某人回答得干脆。

一轻笑：“果然如此……那么很抱歉，这一次我站在梵卓那边。”

“为什么？你是我的 Father！我才是你的族人！”

“为什么？第一，我曾经许诺过会帮那个男人寻找伴侣，我想现在是兑现诺言的时候了。第二，既然你对她的感情只到好吃的食物的程度，我认为接下来围绕那个身份特殊的人类可能产生的血族内部争夺和牺牲，不值得你参与。第三，从刚刚她明明害怕想逃却还是拉住梵卓的手留下来的表现你就该意识到了，人家食物小姐已经做出了选择。”

一大人笑了笑，伸手摸了摸身后大个子肉食猛兽的脑袋：“也许当初你去送行的话，一切会很不一样。不过既然你已经错过了你的机会，那也没什么可说的，是男人要懂得向前看。”

小七同志有没有努力向前看我们不知道，倒是接下来他的确躲在暗处悄悄看了不少日子……

从对人类日常生活的观察中，七很诧异地发现，原来那只小动物不只是逃命的时候很笨拙，原来她干什么都这样。

打扫个房间居然花上一上午的时间？难以置信，那么正事她都什么时候去做？爬上爬下掸灰尘的时候会从小梯子上摔下来；去超市回来袋子破掉东西滚了一地，她只会一样一样慢吞吞地捡回来，然后在地上发出微弱的声音叫路人别踩；喂院子里的赤鹫鸟的时候，会被那群笨鸟啄住头发；在菜园里摘维特草果实球的时候，被虫子吓得尖叫；拎着布袋和刀子跟在一个行动迟缓的肥胖肉龙后面，半天捉不到人家……

她这样的生物，究竟是怎么活下来的？

真是垃圾一样的存在啊……

这种孱弱程度，简直是一眼照顾不到就会发现她已经被撞死在马路边上一样！让人忍不住一直关注她还活着没有，经常回头看一眼，看她是不是又陷入什么麻烦了……（小七同志，你其实每天都看得津津有味吧？还早早地跑来蹲点，一天也不落下。）

小动物身边的另一个肉食猛兽也很关注她，不过方式跟他很不同。

那个男人会在她从小梯子上掉落的时候接住她，然后趁机亲亲抱抱；

会在她买的超市东西滚落一地的时候用眼神恐吓所有路人绕道，然后自己帮她把东西捡起来换取小动物感激的目光和微笑；会帮她把发丝从鸟嘴下救回来：会赶走虫子任她在怀里哆嗦：会若无其事地路过然后一脚踩住龙尾巴给她杀掉……

原来小动物这种东西，除了吃掉和欺负，还可以用来照顾。

七莫名地有点羡慕那个男人帮了她之后，她那种亲昵柔软的态度……

所以当不久之后长老院以她的血液为代价，恳请阿萨迈出山担任繁育者护卫的时候，他毫不犹豫地答应了，甚至越过了请示 Father 这个过程。

可以在她身边看她笨拙的人生，也许也能像那个男人一样照顾她试试，而且还有好吃的鲜血和大把的钱赚，这种好事，为何要放过?

…………

刚苏醒不久的时候，七也曾在这所帝都贵族专用的学院接受过训练。不过阿萨迈一族跟其他家族不同，帝都的培训只是他学习生涯的一小部分，大部分特训与杀人相关，只在砂海秘密进行。

虽然只是一小部分文化课，但秉承着阿萨迈家族一贯的优秀传统，小七在考利芝学院所有课程的成绩都是出类拔萃的。当然，同期的其他人也不逊色。从某种程度上来说，实在是完美到无趣的一群人……相比之下，还是陪这个笨拙到性命堪忧的小动物上课的日子有趣得多。

果然如之前所料，摔跤、绊倒、掉东西，动作慢、力气小、记性差，学不会、体力糟、又爱哭。这家伙真是从生理到心理，一无是处……

果然，她没有他在身边的话，就什么也干不成。

七为此莫名地很得意。

护卫的工作他干得十分起劲，甚至比自己上课时还积极，白天黑夜都不睡，大蝙蝠一样挂在她屋子外面偷窥。

不过孕期陪同工作倒是让七意识到两件事：

第一，果然如 Father 所预料的那样，贵族间围绕着繁育者的争夺愈演愈烈。翻着大胖笔记本上的贵族名单，七开始觉得也许一从最初就让他置身事外反而是正确的决定也说不定……

而第二就是这只笨拙动物，也许比他想象的要努力。

他曾在白日午后一片安静的房间里看到她对着一只椅子点头哈腰……

她拉着裙脚认真地行了一个标准的宫廷礼，轻声说道："您好，椅子先生，初次见面……呃……"伸脖子看一眼椅子上的笔记本，背完后面的句子，"能……能与您共舞是我的荣幸，愿椅子家族的荣耀庇护我们！"

然后站起身……貌似因为半蹲得太久了有些脚麻，她摇晃了一下，但还是及时抓住了椅背……还好……她把小细胳膊从椅背的雕花圆形洞里伸进去，做出挽着男士手臂的姿势，踮着脚拖着椅子迈着进场的舞步，磕磕绊绊地前进。放在椅子上的笔记本不时掉下来，她笨拙地去捡，胳膊被别住，裙脚被压住，刺啦一声……

七此时很庆幸自己出于暗杀者的习惯戴着面罩。因为这样就没人会看到他面罩下面笑得有点扭曲的嘴角了……

"你在干什么，白痴？"他几乎毫不犹豫地翻身从窗户钻进去！"练习昨天舞蹈课留的作业吗？跟那个椅子玩什么啊？！笨蛋！算了，过来。"

他笔直地站着，侧身朝她伸出手，脸上的表情是"我勉为其难给你面子陪你练练"，站姿却已经进入了标准的宫廷舞起始姿势……

小动物却并不领情。

她抱着椅子摇摇头，小声嘟囔："不用了。"

"什么？"从没想过居然会被拒绝的某人，眼神开始变得凶恶起来……

小动物受惊，躲到了椅子后面，却依旧不松口："我……我不用你陪我练……因为你总是用看笨蛋的眼神看我……"

"你本来就是笨蛋啊。"某人莫名其妙，回答得中气十足。

"……"小动物低头，抿着嘴，半天冒出一句，"所以等我练习得不太笨了再跟你跳。"

免去费劲调教笨蛋的部分，直接接受成果，按理说不是更好吗？

只是……七收回伸在空中的手，莫名地觉得有点失望。

…………

被乔凡尼支开的时候，她居然从后面追上来，用依赖的眼神盯着他，躲在他的身旁。

很明显，他和乔凡尼之间，她选择信任他。

这让他有点高兴。甚至高兴到在别人面前直接用自己的血发动了狐焰的第二状态——这是很冒险的行为，相当于将自己的实力直白地暴露在他人眼皮底下。

可是目前，他不想想那么多。

“我不在的时候保护她。”他摸了摸神兽的脑袋，然后看了看一脸不安的小动物，也伸手摸了摸她的脑袋。

这一瞬间他忽然明白了这段时间以来的郁闷和愉快的原因，他希望她依赖他，而且，挺喜欢她依赖他的。

“我们两个，果然很像。”隔壁休息室里坐着的一大人，慢条斯理地喝着杯子里的红酒，微笑着望着他说，“我喜欢的那个人也是个人生乱成一团的笨蛋，让人觉得如果放着她不管大概很快就会死掉……”

七诧异地听他的Father说着这些。

他知道他曾经有过一段纠葛到胃痛的感情，不过一大人从来不提，所以他所知道的只有那个人已死的结果和一那双固执的失去视力的眼睛……

“貌似我们这种人总是容易被完全相反的家伙吸引。所以我说阿萨迈一族容易栽在小动物手里……”他的Father继续说，“可是有一点你要记住，草食动物无论如何都是害怕肉食猛兽的，你追得越紧，她躲得越远……总是这样。”

一大人的口气淡下来，似乎陷入了回忆中……

他说得很含糊，七却莫名地很明白那种感觉。

你追我逃，即便必须依赖，也是战战兢兢的，草食动物和肉食动物之间，不管离得多近，似乎总是隔了一道隐形的墙。她无法完全不畏惧提防地信赖他，他无法完全尊重地把她当成对等的对象看待。

“那梵卓呢？”七还是有点不服气，“为什么他就可以？”

“这个嘛……”他的Father露出若有所思的狡猾微笑，“那个男人是特别的。从某种程度上来说，他是杂食动物。”

…………

再次见到那只小动物的时候，是在斗兽场。

本来，他还存了跟那只“杂食动物”一较高下的心思——毕竟面对面厮杀的话，还是肉食猛兽占上风不是吗？可是站在一片血腥味的场地上那一刻，他忽然明白了为什么他赢不了那个男人。

“滚出去！别一脸饥渴地站在这里！如果帮不上忙，就给我滚开！”男人单手拎着他的衣领，直接把他扔开了很远！

他的指甲已经伸出来，他的血牙咬破了嘴唇，他的瞳孔此时红得接近赤金……七知道，对方现在跟他一样亢奋，一样渴望那只小动物的鲜血。

可是梵卓跟他的不同之处就在于，此时的他只想遵从本能，咬一口再说。而此时的梵卓，依旧以她的性命为优先。

Father说得对，肉食动物终究是肉食动物，不管平时多么喜欢用爪子爱怜地扒拉着草食小动物玩耍，关键时刻一到，还是会露出把它们当作食物的可怕本性。

我们的确不适合在一起，七在心里下了结论。

…………

醒来的时候，午后的阳光照到了脸庞。

旁边晒太阳午睡的狐焰趴在离他很近的地方，毛茸茸的蹭得他的鼻子很痒。毛皮动物的身上被晒得有点烫，在明晃晃的光线里，这样的高温让七不太舒服……

低头看看睡得脑满肚圆的狐焰，不禁想起当初用它的血给她解毒，几乎把狐焰放成了一张狐干儿，之后交给一大人调养了很久，才养回来。

当时梵卓把那张狐焰皮扔给他，说："你带走，我会编个理由说给她听。不然她知道了小吱为了给她解毒差点被弄死一定会受不了。"

他拎着那张毛皮在原地站了很久……

连这种细微的感情方面都要照顾到吗？原来饲养小动物真的不容易。

他做不到。说到底，他只是粗糙粗暴的肉食猛兽而已。

"小七！你还在睡吗？真是的，一晒到太阳就懒洋洋的，你是吃饱的狮子吗？"

小莉莉丝娇小柔软的身体跳上来，搂住脖子，滚啊滚地撒娇……

从某种程度上来说，这也是一只小动物。

"快点起来啦，我上课要迟到了，你不是我的护卫吗？听说你当年照顾妈妈很积极的，怎么轮到我就这么怠惰？你瞧不起我吗？！"

"小动物"两只"爪子"按着他的胸口，全身毛都奓起来地发飙……这是一只比较暴躁的小动物。

"今天我要早点去。"小动物似乎想到了别的计划，从他身上挪腾着下来，漂亮的黑眼睛狡猾地眯起来，"胡力根那个浑蛋昨天竟然敢趁老师不注意亲我，今天我要让他好看！走走走！陪我去挖陷阱！"

嗯……虽然是"小动物"没错，可是这到底是只草食的，还是肉食的呢？（快点想清楚吧，大笨猫，不然就来不及逃走了！不，大概已经来不及了。）

——阿萨迈・小动物 End——

特别篇 I　小段子特辑

· 片段一：体温

未十城欧德小屋里，大胖刚收留亚伯不久。

某日深夜。

大胖：“你干吗爬到我床上来？”

亚伯：“我好冷……抱着你比较暖和。”

大胖：哦，原来他冷了，这么大的个子也会怕冷啊，还是小孩子嘛，呵呵……嗯？等等，血族不是变温动物吗？也会觉得冷吗？奇怪……

片刻之后。

大胖：“你的手到底在摸哪里？！”

· 片段二：用处

未十城欧德小屋里，瑞派帮忙修理水管离去后。

亚伯：“你为什么用很勾人的眼神盯着那个店员看？”

大胖：“勾人？”

亚伯：“你晶状体的含水量比平时多出五个百分点，雌性瞳孔晶莹微微仰视的姿态通常是在引诱雄性。哼，一个无名的低贱小店员而已……”

大胖：“完全听不懂你在说什么……再说那是崇拜的眼神吧？而且人家有名字，叫瑞派。”

亚伯：“哼，他有什么可崇拜的？”

大胖：“人家会修水管哎，对女性来说，能轻松搞定家庭机械维修的男人是很有魅力的。”

亚伯：“……那我呢？”

大胖：“你除了会吃喝以外什么用也没有，连洗澡穿衣服都要我帮忙，你觉得呢？”

亚伯：“……”

被大胖批评除了吃吃喝喝以外毫无用处之后的某个晚上。

两人从超市回来的路上。

强盗：“钱包交出来！别做无谓的抵抗，我手里有枪！”

大胖：“是……是！我，我立刻拿钱包，你等一下，你别紧张！”

亚伯：“我觉得他并不紧张，倒是你比较紧张。”

大胖：“笨蛋！别跟我说话！掏钱包！我两手都拿着购物袋呢……”

亚伯：“哦，在哪里？”

大胖：“裤子口袋里……你摸哪里啊？！是左边的口袋，不是屁股上的！不对……啊……别乱动！唔……我的腰怕痒……哎，啊……”

强盗：“你们……”

大胖：“浑蛋！停手！不用你了！我自己来！”

亚伯：“哎，别乱动。”

强盗：“对！不许乱动！”

亚伯一脚踹飞强盗！“有你什么事？”

大胖：“啊，亚伯，你好厉害，一击就搞定对方了呢……你还是有用处的嘛！”

亚伯胡乱应着嗯嗯，还想继续伸爪“摸钱包”……

大胖扭腰躲开：“强盗都挂了，我们还掏什么钱包啊？走了。”

亚伯落寞地留在原地……

倒地吐血的倒霉强盗：“喀喀……拜……拜托，帮我叫救护车……”

亚伯满怀怨恨地抬脚往死里踩！“为什么你一击就挂了？没用的东西！

没用的东西……”

第二天，警察在街角发现一只被踩得烂巴巴的吸血鬼……

·片段三：绰号

大胖：“科勒，以前我就想问了，为什么你们总是互称名字呢？军队里男人之间不都是会互相起些粗野好记的绰号吗？”

科勒：“您是从哪里听说这种事的？”

大胖：“电影里都是这么演的啊。”

科勒：“别开玩笑了，血族视自己的名字如生命，名字代表了家族尊严和地位，叫错或者称呼全名都已经是天大的冒犯和攻击了，更别说起绰号！您看的是什么电影？难道是反动分子拍摄的？还记得片源是什么吗？从哪里流传出来的？可恶，我得通知巡检队核查来源……”

大胖：“不，是我不好，拜托你停手啊！”

科勒汇报了绰号事件之后……

随军研究员：“哦，这可以理解，根据兰卡博士留下的研究资料显示，在人类的文化里互称绰号是一种亲昵关系的体现，只有亲密的朋友或者恋人之间才会这么做。”

某人闻言，若有所思……

布鲁赫：“小小有绰号吗？”

大胖：“嗯。高大胖。”

布鲁赫，茫然地查字典中……

大胖：“干吗问这个？”

布鲁赫：“没什么，咯，你之前提到绰号的事，所以……”

大胖惊慌摆手：“我没有，我没有！我绝对没给你取绰号！请放心，我一辈子都会叫你布鲁赫的！”

某人的心情，十分复杂……

布鲁赫："那……你有给梵卓起绰号吗？"

大胖："有啊。"

布鲁赫："哦？叫什么？"

大胖："老公。"

布鲁赫："……"

寒风，打着旋儿吹过……

从此，军中绰号问题，无人敢再提……

·片段四：全民唯美

梵卓："我发现，我当亚伯的时候，你看我的眼神还比较迷恋些，为什么？你比较喜欢那张脸吗？"

大胖："也不是……只是，虽然亲王的样子很漂亮，可是亚伯是短发，潇洒利索更有男人味！"

梵卓："原来如此。"

第二天，亲王依旧长发飘飘。

大胖少许失望："啧！还以为他会为了我特意去剪成短发而有点期待呢，果然人不能太自恋。"

真相是，梵卓他的确去了，去了三家美容院，可是所有理发师都哭着拒绝对那头秀发下杀手……

全民唯美真可怕。

·片段五：类型

梵卓："可爱啊，看到她就想抱起来亲亲。"

乔凡尼："啊，说得也是，有点小动物的感觉，踩一脚的话会哭出来的那种可爱。"

一："乔凡尼大人未免太狠了，那样的小生物要放在柔软的垫子上好好疼爱才对……”

七：“哼，只是觉得放着那笨蛋不管的话大概会莫名其妙地死掉，才不觉得可爱。”

大胖茫然转头：“兰卡，他们究竟在说什么？养宠物吗？”

兰卡飞快记录中：“原来如此，强大型男人一般都难以放着不管的类型就是这样的啊……”

不明就里的大胖还沉浸在宠物话题中：“宠物的话我比较喜欢狗呢，大的那种。”

其他人：“……”

·片段六：贵族的颜色

布鲁赫：“贵族的衣着通常以沉稳高雅的颜色为主，女性可以选择较为鲜艳的色彩，但只有一种颜色，无论男女，只要是贵族就不会使用。”

大胖：“咦？难道是粉红色？”

布鲁赫：“不，是紫色。”

大胖：“咦？为什么？”

布鲁赫：“紫色是轻浮的颜色，象征着低俗和淫乱，贵族将它穿在身上是很失礼的。”

大胖：“是吗……奇怪，我怎么记得梵卓好像有件紫色的睡衣的？嗯，好像还有条紫内裤……”

教室里气压陡降！所有人后退一步……

大胖：“经常见你穿黑色，那么黑色是血族的基本色吗？”

布鲁赫：“不，没有什么基本色，只是一般血族都比较喜爱黑色和红色。”

大胖：“原来如此……嗯……那白色呢？”

布鲁赫：“白色代表了纯洁和光芒，是血族潜意识里想要蹂躏和破坏的颜色。”

大胖：“……”

布鲁赫：“怎么了？”

大胖：“不……没……没什么……”（为什么梵卓给我做的衣服多半是白色的啊？！惊恐飙泪……）

·片段七：贵族的味道

布鲁赫：“香水的使用也是很有讲究的。男性应该偏向松木科的沉稳香气，味道比较保守的麝香也可以接受。女性则选择范围更广一些，一般使用比较温柔的花香，或者根据个性选择辛辣一些的香料也可以。香氛代表了一个人的个性气质，大忌是跟别人重复，尤其是贵族，要凛然自成一气，这是起码的自尊问题。”

大胖认真记笔记中：“自己的气……不重复……伤自尊……”

布鲁赫：“喀喀，今天我带来了莫诺赛特家族的香薰师，准备好的香料种类很多，可以根据你的喜好专门调配。可以先说一下你喜欢什么样的味道。”

大胖：“嗯……我想想……喜欢的味道嘛，大概是……饭团那样的。”

布鲁赫：“……”

人类，真是难懂的生物……

布鲁赫：“关于香薰的阶段考试第一题——你认为有魅力的男性香味是什么？”

咦？好奇怪的考题。

大胖：“嗯，这个，大概是……”翻笔记中，“偏向松木科的沉稳香气，味道比较保守的麝香……”

布鲁赫：“作答应该有自己的见解。”

大胖，只好放下笔记，挠脑袋：“我没有想过这个问题哎……呃，自己的见解的话……我比较喜欢梵卓身上的味道。”

布鲁赫：“……”（我心凄凄……）

大胖：“啊，还有，实验失败的研究员也很好闻。”（身上有烧烤的香味儿。）

布鲁赫：“……”（我不懂！我真的不懂人类这种生物啊！）

布鲁赫：“阶段考试第二题——请判断我身上的香薰是哪几种香料构成的？”

大胖：“那个，我可以靠近你一些吗？对不起，人类的嗅觉没有血族那么灵敏……”

布鲁赫：“好吧。”迟钝嗅觉万岁！

大胖微倾身闻了闻，又闻了闻，仔细闻了闻……

沮丧胖：“对不起，我闻不出来，这道题我放弃了。”

布鲁赫：“这么容易就弃权太可耻了，你可以再靠近一点，重新判断一次。”

大胖：“咦？不用了，我真的分辨不出来……”

布鲁赫：“这道题值 50 分。”

大胖：“请让我再闻一次！”

布鲁赫主动凑近，幸福满满……

大胖兴致勃勃：“香薰师帮我配了新的香水，老师能闻出来是什么香料吗？”

布鲁赫微倾身轻嗅，久久沉默……

大胖：“咦？为什么不说话？闻不出来吗……”

布鲁赫再次靠近，依旧沉默……

大胖：“不……不用勉强了！闻不出来也没什么，这不是考试……”没想到老师的鼻子也不好使，竟然让人家没面子了！

旁观的香薰师，怜悯地望着布鲁赫，心想：太可怜了，不管她用什么香水他都只能闻到她身上诱人的血气吧？闻得到吃不到还得一直闻……太惨了……

大胖扭头看见热泪盈眶的香薰师："你哭什么？因为配的香水别人闻不出来吗？算了，别沮丧，人总有失败嘛，其实我还挺喜欢这个味儿的，别难过啦。"

香薰师："……"

布鲁赫："……"

· 片段八：扫墓

高大胖苏醒后见到还活着的欧德时：

欧德："听说你还给我造了个墓碑，还经常送花纪念我？真无聊。"

大胖："欧德，这种时候你应该说谢谢才对。"

"哼！"欧德扭过头，疑似闹别扭地嘟囔着，"我讨厌花朵……"

大胖："那你喜欢什么？"

欧德："培养皿。"

大胖："你难道让我在你墓碑前摆上一溜儿培养皿吗？！"

· 片段九：宠物

布鲁赫不喜欢宠物，因为它们比人更擅长撒娇。

小小跟小吱滚在柔软的被子里玩耍中："嘻嘻……小吱，好痒……不要往我衣服里钻啦……啊！你在舔我的肚子吗？啊哈哈……好痒，湿漉漉的了……呀！那里不行……"

坐在沙发上捏碎了酒杯的布鲁赫，内心呐喊：浑蛋！那些事我也想做啊！（你就只有这点追求吗？）

布鲁赫不喜欢宠物，因为它们总会往主人的床上跑，非常碍事。

布鲁赫：“我有个问题。”

小小：“说。”

布鲁赫：“为什么一到睡觉的时候，你的狐焰就会挤到床上来？”

小小抚摩着小吱的尾巴：“有什么关系？它这么小，又毛茸茸的，很可爱啊。”

小吱做温顺可爱状。

布鲁赫：“……”

夜深。两人并排躺在床上。

布鲁赫伸手悄悄搂住小小……

嚓！

手背被抓破。

黑暗中“温顺可爱”的小吱龇牙咧嘴、凶相毕露……

布鲁赫，目光冰冷地舔了舔手背的伤口，突然伸手一把捏住狐焰的喉咙！

小吱死命挣扎，吱吱乱叫……

被吵醒的小小揉着眼睛坐起来：“怎么了……布鲁赫？啊！你在对我的小吱做什么？！”

布鲁赫：“它咬我。”

小吱瞬间转化成楚楚可怜的温顺可爱脸！发出奄奄一息微弱的“吱……”

小小：“咬你？我看看……”

布鲁赫：“这个……”伤口已经消失了，为什么血族的自愈能力这么强！

没找到任何伤口的小小，狐疑地看了看布鲁赫，转向狐焰：“小吱，你真的咬他了吗？”

小吱楚楚可怜地连连摇头。

布鲁赫：“你！这个卑鄙的东西……”手上狠狠用力！小吱开始翻白眼……

小小一把夺过狐焰！抱在怀里轻柔安抚亲吻，对某人恼火道：“够了，我去沙发上睡！”

夜更深。

独自躺在冰冷大床上的布鲁赫：“宠物真是讨厌啊……”

那之后……

小小奇怪地检查着小吱的尾巴：“呃，你最近好像掉了不少毛耶，被谁揪掉了吗？”

被谁呢？

·片段十：啰唆的情人最烦人

布鲁赫大人一向觉得，一点蛛丝马迹都不放过的斤斤计较的啰唆情人，是最讨厌的类型。

布鲁赫：“你的嘴唇怎么了？”

小小：“嗯？什么怎么了？”

布鲁赫：“你的嘴唇。为什么会肿起来而且破皮了？谁干的？是在哪里？被什么人？做了什么？回答我！”

小小捂着嘴巴浑身颤抖：“你是克格勃吗？我只是摔了一跤蹭破了点皮而已啦！”

布鲁赫：“真的？”

小小：“我干吗骗你啊？！”

走出房间之后，布鲁赫抬手叫来副官科勒：“去，把今天的监控录像调出来，从头到尾检查一遍，一秒钟都不许放过！”

布鲁赫大人总是觉得，因为回来得稍晚一些就抱怨连连的啰唆情人最烦人了。

布鲁赫："你去哪里了？"

小小："咦？去……去了森林公园。"这人为什么在生气啊？

布鲁赫："为什么这么晚才回来？不过是公园而已，有那么多可玩的吗？需要耗掉一整天的时间在那里？"

小小："什么啊，那里很大啊，而且没有多晚吧？我回来的时候公园还没关门啊！"

布鲁赫："以后我下班回来就要在城堡看到你。再让我等你一次，就不许再出门了！"

小小："什……太过分了吧！"

晚餐后的工作时间。

布鲁赫："科勒，查查她今天去的哪个公园，从明天起那里的闭馆时间调整到3点以前。"

科勒："大人……这样不好吧？公园是公众场所啊……"

布鲁赫："提前关门或者永远关门，你让公园负责人自己选吧。下一份文件。"

科勒战战兢兢："是……"

·片段十一：陪女人逛街

陪女人逛街这种事，布鲁赫从来都不会做，因为太麻烦了。

布鲁赫："你去哪里？"

小小："因为街上新开了一家商店……所以……"

布鲁赫："不许去。你一个人太危险了。"

小小："我会求科勒先生陪我去的。"

布鲁赫："……"

街上，新开的商店里：

小小：“为……为什么是你亲自来了……”

布鲁赫：“少啰嗦，快点买。”

陪女人逛街这种事，布鲁赫从来都不会做，因为女人一选起衣服来就没完没了，还总是试个不停。

布鲁赫：“你不试穿一下吗？”

小小：“咦？这件吗？不用了，我只是来买宽松的睡衣的，这种太暴露了……”

布鲁赫：“去试试看。”

小小：“我不想试啊……”

布鲁赫：“不要磨磨蹭蹭的。”

片刻之后，更衣室的帘子拉开……

布鲁赫呆愣，缓缓抬手捂住鼻子……

导购小姐：“哎呀，出乎意料的可爱呢，果然清纯的吊带连衣裙最适合少女穿了。”

小小：“请问我可以去换掉了吗？”

布鲁赫：“再穿一会儿。”

小小：“……”

导购小姐：“哎呀，大人，您看这件！配有耳朵和尾巴喔，这位小姐穿起来绝对萌点满分！”

布鲁赫果断地说：“去试吧。”

小小：“不要吧？！”

片刻之后，更衣室的帘子再次拉开……

布鲁赫呆愣了五秒钟，忽然起身离开！

小小：“难以接受到这种程度吗……”（有点受打击！）

导购小姐：“不，我想，他大概是禁不住诱惑了吧……”

小小：“……！！”

陪女人逛街这种事，布鲁赫从来都不会做，因为女人总是想方设法地让男人掏钱结账。

布鲁赫："为什么只包起来一件？"

小小："其他的太贵了……"（而且也不是我想买的。）

布鲁赫："不用管价钱，全部包起来。还有什么新货下次直接送到城堡去。"

导购小姐笑颜如花："是的，大人。"

布鲁赫小声嘱咐："尤其是有角色扮演的那种，喏，你明白的。"

导购小姐笑容猥琐："当然了，大人。"

小小无语地检查着袋子里的新衣服："这种带耳朵和尾巴的，他是想我什么时候穿啊……"

什么时候呢？

·片段十二：如果有一天，大胖变成男生

辛摩尔："什么？那还能生吗？"

兰卡："真的？快给我记录变化过程！第一手资料第一手资料！"

梵卓："没关系，来，睡觉吧。"（不愧是没节操的亲王大人，男女都可以吗？）

乔凡尼："你是经常变来变去吗？有兴趣参加巡回展览吗？收入一九分？"（别的先不说，这个分成也未免太低了吧！）

憔悴胖："妈妈，我想回地球……"

——小段子特辑·End——

特别篇Ⅱ　吸血鬼童话世界

ACT 1　桃太郎

从前的从前，在萨恩星上住着一对没有孩子的老夫妇。

有一天老婆婆兰卡开着宇宙飞船到银河边采集标本……

兰卡："等等，为什么我是老婆婆？老娘哪里老了？"

旁白："大姐，你活了快一万年了。"

兰卡："……好吧。"

那么，老婆婆继续逛银河。

忽然间，从银河的上游漂过来一只异常小型的冷冻箱！老婆婆于是把冷冻箱带回家。

她的丈夫，帝都第一机械师西里老爷爷正要用切割射线打开冷冻箱的时候……竟然从里面跑出来一个善良柔弱白白胖胖的少女！

高大胖伸懒腰："啊……睡了一万年好饿。咦？两个外星人？能吃吗？"

老夫妇："这跟'善良柔弱'未免差太远了吧？！"

西里颤抖："老太婆，你到底捉了个什么东西回来啊？"

兰卡："别吵，我在查史籍……嗯，味道很好闻，骨骼构造是人形，拥有子宫，下颚构造……内脏分布……似乎是个传说中已经灭绝的人类呢。"

西里继续颤抖："我们收养这么珍贵的危险物种会惹来麻烦吧？还是把

她交给政府吧。”

兰卡：“别开玩笑了，送给那群淫乱的贵族，她马上会被吃掉的！更何况如果上交政府就只能领一次奖金！”

西里怀着不好的预感问：“那你想怎么样？”

兰卡：“嗯，帝都的吸血鬼贵族可是很多的，不如多弄几个来做女婿，才能骗到更多聘礼啊。”于是老婆婆转向嘟囔着肚子饿的大胖，说道：“想吃饭吗？那就去打鬼吧！从今天起，你就叫打鬼的胖太郎！”

就这样，高大胖就穿着老婆婆兰卡给她缝制的故意露出脖子的吊带连衣裙，出发去帝都打鬼了……

胖太郎在雪地里走啊走啊，又冷又饿，几乎快要昏倒的时候，头顶上忽然降下一片阴影……

骑着飞龙的布鲁赫被人类鲜血的香味吸引着从天而降，二话没说就扑倒了胖！

大胖：“你做什么？你是谁？为什么咬我？啊啊……好痛……”

布鲁赫：“哼，散发着这么诱人的血香在路上乱走，不就是叫人来侵犯你吗？”

混乱的大胖：“什么？你说啥？我听不懂……你……你怎么有尖牙？难道你是吸血鬼！”

布鲁赫：“我乃吸血贵族犬将军，从今天起你属于我了。我需要喝血的时候你必须随叫随到！”

大胖：“咦？我……我不要啊……”

布鲁赫无视大胖的反抗，用斗篷把她卷起来抱上飞龙带回了城堡……

因为大胖的血喝过一次就会上瘾，布鲁赫为了能经常喝到，十分宠爱大胖。

就这样，胖太郎用美味的血降服了她打鬼路上的第一个随从，狗狗（好像不太对）。

可是，城堡的食物不合高大胖的胃口，她还是经常饿肚子。于是，有一天，大胖从犬将军身边逃走了。

逃跑中迷了路的大胖在蓝色的砂海昏倒，被一群强盗围住。

马上就要被杀死的时候，天地间忽然风沙大作！转眼间她身边的强盗们就被一道凌厉的黑影杀了个干净！

黑影灵活地落在高大胖面前，俯视了她一会儿，缓缓拉下自己黑色的面罩，喃喃着："好香的味道……"

男人在大胖的小脖子上留下了象征占有权的吸血痕迹，然后傲慢道："本大爷是沙漠吸血贵族阿萨迈一族的当家猴首领，从今天起你属于我了。我需要喝血的时候你必须随叫随到！"

无力的大胖："……又来。"

阿萨迈就像一个脾气暴躁的大孩子，碰到安抚的糖果就会安静下来。而大胖就是那香甜的糖果，是整个沙漠里唯一能让残暴的猴首领听话的人。

于是，胖太郎用她美味的血收服了第二个随从猴子，踏实地在打鬼的路上前进着！

然而，虽然砂海里有价值连城的人鱼血，可还是没有高大胖的食物，她依旧天天饿肚子。

强盗首领阿萨迈为了给大胖找到人类的食物，开始召见各地的旅行商人，从他们那儿收集新奇的食材。

有一天，砂海里来了一位格外黑心的奸商。

乔凡尼优雅行礼："夫人您好，在下是来自帝都的吸血贵族，雉鸡商人乔凡尼。我给您带来了一种美味的植物，名字叫作维特草。它所结出的果实球剥去皮后，稍微烹饪一下就可以变成人类食用的饭团，相信您一定会中意的。"

高大胖非常高兴，将乔凡尼叫到近前来，仔细品尝了维特草，果然十分满意。

然而她太专注于品尝果实，没有注意靠近的商人悄悄嗅了嗅她的颈间，然后露出了狡猾的微笑……

大胖："真的很好吃！我第一次吃到这么像地球食物的东西，请您一定要多卖给我一些！"

乔凡尼："嗯哼，可以是可以，但这种植物可是很昂贵的哟。"

大胖："没关系，咱有钱。"（阿萨迈在心里喊着：喂！）

乔凡尼："如果我说我不要钱，但我要你的血呢？"

大胖："嗯……成交。"（阿萨迈在心里呐喊：喂喂！！）

就这样，胖太郎用自己美味的血换到了可口的食物和新的盟友雉鸡。

狗、猴子、雉鸡纷纷被收入麾下，实力越来越强大，美（味）名越来越远扬的胖太郎的名号渐渐传到了帝都鬼宫殿里。吸血鬼们都很兴奋，鬼王对她也很感兴趣，于是让人给老夫妇下了请帖，将他们带到了宫殿。接着传话给胖太郎：如果她不老实地去见鬼王，老夫妇就会被立即处决！

大胖："那关我什么事？"

众人："不对吧！"

被捆着的西里落泪："看吧，我就说她哪里善良柔弱？我就说不要收养来路不明的未知生物……"

被捆着的兰卡："闭嘴。利润与风险并存，等着瞧吧！"

老爷爷西里垂泪："我好想回家……"

于是胖太郎不甘愿地去帝都打鬼了。

犬、猴子和雉鸡害怕阴险狡诈的鬼王发现高大胖的美味之处，便给她裹了很多层衣服，包得严严实实，不露一丝气味。

身为鬼王的吸血鬼亲王梵卓大人很好奇为什么犬、猴子、雉鸡三位厉害的大鬼都会听从看上去弱不禁风的胖太郎的命令。

梵卓懒洋洋地支着下巴："那么，说来听听吧，你有什么特别厉害的地方吗？"

大胖斩钉截铁："完全没有。"

众人："太诚实了吧……"

梵卓无聊地挥挥手："真是无趣啊，果然传言都喜欢夸大其词。来人，把她带下去，和老夫妇一起处决！"

"住手！""不可！""刀下留人！"

布鲁赫、阿萨迈和乔凡尼突然横插进来！挡住了士兵们的去路！

梵卓挑眉："怎么？你们要反抗我这个鬼王吗？"

布鲁赫："哼，长老会早就看你不顺眼了，下次选举哪里还轮得到你当鬼王？"

阿萨迈："少啰唆，谁动我的食物，我就砍谁！"

乔凡尼："投资都下了，必须回本！"

就这样，两边的男人们激烈地战斗在了一起……

战况似乎越来越危急，胖太郎站在原处束手无策，而且她开始饿了。

大胖无聊叹气："还没结束啊，到底什么时候可以走呢？"

众鬼："麻烦你有点干劲行不行啊？好歹你是女主吧……"

说话间，鬼王梵卓已经亲自下场，一把长剑挥舞得众人节节败退……

眼看剑尖就要砍向高大胖，老婆婆兰卡突然挣脱绳索！站起来朝着胖太郎大喊："太郎！脱衣服！"

高大胖只好莫名其妙地迅速脱掉了层层包裹住自己的厚外套……

刹那间，甜美的血香气弥漫在整个宫殿里！

所有人都停在了原地，深深地吸着空气里的香味……

鬼王梵卓的剑停在她的面前，一动不动！

"原来如此，果然名不虚传。"梵卓微笑着放下剑，搂过只穿着一条轻飘飘吊带连衣裙的高大胖，挽起她的头发，低头迷恋地轻嗅着她的颈侧，"真的很诱人啊，让人很想把你从头到脚都吃掉呢。"

布鲁赫："等一等。"

阿萨迈："建议你最好不要。"

乔凡尼："咬了可就无法回头了。"

（过来人体贴的经验之谈……）

老公公西里："要想清楚啊！吃过一次就会上瘾啊！会被她收服啊！"

老婆婆兰卡一脚踹飞西里，转向梵卓露出迷人的劝诱微笑："咬吧，没问题的。"

众人："……"

就这样，胖太郎成了鬼王的妻子。

犬、猴子、雉鸡成了鬼王的家臣。

而老夫妇则如愿以偿地得到了大把的聘礼。

真是皆大欢喜！

于是，胖太郎的打鬼之旅，胜利落幕！（不对吧！）

——桃太郎 · End——

ACT 2　小美人鱼

梵卓："这次是小美人鱼的故事吗？不错，小小装扮成美人鱼的样子一定很诱人吧，毕竟会穿比基尼呢。"

旁白："不，高大胖这次演王子，演美人鱼的似乎是布鲁赫将军。"

梵卓："……"

旁白："放心吧，布鲁赫也穿比基尼。"

梵卓："……"

于是，故事开始……

很久很久以前，一艘在大海上航行的帆船遇难了。

船上的王子跌落海中，陷入了昏迷，马上就要被淹死的时候，被海里的小美人鱼救了起来。

布鲁赫："这个人类闻起来好香……稍微咬一口应该没关系吧？"

高大胖："嗯……谁？谁在舔我的脖子？"

布鲁赫："王子啊，我一定会去岸上找到你与你结为夫妻的，不许忘了我。"

高大胖："凉凉的身体（吸血鬼没有体温），是鱼吗？奇怪……"

就这样，小美人鱼布鲁赫把半昏迷的高大胖王子推到岸边便悄悄地离开了。

美人鱼不知道，就在自己离开之后，一个无耻的人接手了美人鱼的工作，顺便也接手了美人鱼的王子……

高大胖："嗯，呃……放手，你为什么要吻我？！"

梵卓无耻地微笑："当然是为了救你的命啊，这叫人工呼吸。"

大胖："骗人，人工呼吸是在对方没呼吸的时候才做的吧？我明明一直在喘气……"

梵卓自上而下压迫性地俯视："好冷淡的王子啊，我可是你的救命恩人呢，不邀请我去你的城堡里坐坐吗？"

大胖输给对方的魄力："请……请你务必到我的城堡里做客……"

于是邻国的"公主"梵卓就到了大胖王子的城堡，并且凭着花言巧语和风度翩翩的外表迅速赢得了国王和王后的喜爱，两国便缔结了婚约。

大胖："太快了吧？！"

皇后兰卡剔着指甲："你说什么啊？养了你这么多年，也该开始盈利了吧？"

国王西里："为什么咱俩每次都是这种龙套角色呢？"

兰卡："说得也是，不行，明儿个我得跟导演要求加戏！"

另一边，怀着对大胖王子的迷恋离开的小美人鱼布鲁赫，找到了居住在海底的海妖，要求获得变成人类的能力。

海妖乔凡尼："好啊，不过这个世界一切都是等价交换的，想要获得什么，就必须付出相应的代价。"

布鲁赫："我愿意付出任何代价。"

乔凡尼："那我就拿走你的声音吧，反正你也不善言辞。不过，你要记住，在第一个满月之夜到来之前，如果王子没能爱上你，你就会死去，化为海上的泡沫。"

就这样，小美人鱼获得了两条腿，来到了陆地上。

因婚事烦恼而到海边散心的大胖王子意外地遇到了海滩上的布鲁赫……

大胖难以置信地瞪大眼睛："这……这是……传说中的变态吗？"

侍从古雷："殿下，要把美人鱼捡回去吗？"

大胖回头看了看布鲁赫面无表情的棺材脸："完全不想捡呢。"

布鲁赫："……"（打击！）

侍从科勒："呃，殿下，看那表情似乎是很希望让您捡回去呢。"

大胖再次回头看了看布鲁赫的棺材脸："美人鱼哪里有表情啊？你到底是怎么看出来美人鱼想被我捡……啊……呃！"

美人鱼布鲁赫突然起身直接扑倒了王子！粗暴的深吻堵住了大胖未完的话语……

侍从科勒："你看，我说对了吧？美人鱼的确很想被捡回去吧？"

侍从古雷："现在不是说这个的时候吧？王子在被非礼啊！我们应该做点什么吧？"

大胖无声地呐喊：你们俩还有空慢慢商量吗，浑蛋！

于是，被吻得头晕眼花的王子浑浑噩噩地就把小美人鱼带回了城堡。

可是布鲁赫因为不善言辞，一次次错过跟王子表达爱意的机会。满月之夜马上就要到了，两人的关系却没有任何进展。而大胖王子因为经常被布鲁赫动作粗暴地咬，反而变得越来越怕他了……

海妖派人给布鲁赫送来一套抽血设备，告诉布鲁赫只要在满月之夜结束前抽干王子的血，带回大海跟海妖一起分享，自己就不用变成泡沫。

布鲁赫舍不得杀掉大胖，决定在月圆之夜的城堡舞会上做最后一次尝试，如果再次被拒绝，自己就选择默默离开。

布鲁赫穿过华丽的宴会大厅，走到大胖王子面前优雅地行礼，然后伸出手来邀请大胖与自己共舞。

大胖看到穿上礼服闪闪发光的布鲁赫，微微心动……可是大胖不会跳舞，只能抱歉地摇了摇头，然而还没等大胖开口说“我不会跳舞，你能否教我”，万念俱灰的小美人鱼布鲁赫便脸色煞白地后退了一步，绝望地离开了……

大胖王子觉得不对劲，刚想追上去，就被无耻的邻国“公主”梵卓缠住，抱到露台上去跳了一晚上的旋转舞，转得头晕眼花，莫名其妙地被套上了结婚戒指……

而倒霉的小美人鱼布鲁赫，则孤独地站在晨光中，落寞地化成了海上的泡沫……（将军，你死得真乌龙。）

于是，这个故事告诉我们，求爱的时候不善言辞是会致命的。

——小美人鱼 · End——

ACT 3　白雪公主

从前有位王后一直没有孩子。

有一个冬天的午后，她在窗边缝衣服。针尖刺破了她的手指，血滴在了乌木框上，那色泽很艳丽。

于是王后感叹道：“希望我的孩子是个美丽的女儿，但愿她的皮肤像雪一样白（因为是吸血鬼），嘴唇像血一样红（因为是吸血鬼），头发和眼睛就像乌木框一样黑（因为是半血族）。”

王后的愿望很快实现了，她以生命为代价生出了一个女儿，就如她许愿的那样美丽，于是命名为白雪公主。

兰卡："就是老娘我啦！啧，终于轮到我做一次主角了，导演真难买通啊！可恶！"（请不要乱爆剧组内幕。）

白雪公主一天天地长大，出落得越来越美丽，个性也越来越糟糕……

这个故事告诉我们，以后妈妈们许愿的时候别光关注孩子的外表，人品也很重要啊。

日子一天天过去，国王迎娶了新的王后，新王后是个人畜无害的地球高中生。

小王后有个嗜好，就是宅在家里不出门，整天只在电脑前连续不断地上网，而且经常对着语音视频念念有词。

最近她交到了一个 ID 叫作"魔镜"的网友……

大胖："魔镜啊魔镜，请告诉我，这个世界上最美丽的人是谁？"

魔镜："王后啊，在这个屋子里你是最漂亮的，但在这个世界上，最美丽的人恐怕就是白雪公主了。"

大胖："啊哈哈，是吗？你也这么觉得啊？其实我也觉得她好漂亮喔。"

魔镜："王后，您的台词错了，您应该下令铲除她才对。"

大胖："咦？可是……那是犯罪吧？"

魔镜："在这个国家，您就是法律啊。更何况白雪的个性那么差，如果你不先铲除她，早晚会被她杀掉的啊！你忘了她上次故意把你弄哭然后采集眼泪标本的事了吗？"

大胖："这……好吧，我派猎人去杀她好了。"

就这样猎人古雷被派去杀掉白雪公主，并且要把她的血样拿回来做证据。

古雷："抱歉了公主殿下，这是王后的命令，我不能违抗。"

兰卡："嗯？那么你真的想要杀我吗？"

古雷："不，其实我对您还是很尊敬的。上次您到军队里做的宇宙反物质演讲实在很精彩！"

猎人古雷浑浑噩噩地放走了白雪，拿着沾了墨水（半血族的血是黑的）的手绢回去复命了……

白雪公主则百无聊赖地继续在森林里逃亡，走啊走啊，走了不知道多久，终于在森林的深处找到了一栋高大阴森的城堡！这座城堡什么都很巨大。大大的门窗，高高的屋顶，尖尖的塔楼，宽敞的地下室里放了七具豪华的黑木棺材……

不是七个小矮人而是七只吸血鬼吗？

白雪又累又饿，随便掀开一口棺材就躺进去睡了。

天亮的时候，出去觅食一夜的吸血鬼们回来了，诧异地发现家里已经有人闯入，他们围在熟睡的白雪身边小声地讨论着……

雷夫诺："怎么进来个半血族？！还睡在我的棺材里？！"

乔凡尼："半血族的血有剧毒，既不能吃又不能卖钱，似乎毫无价值呢。"

一大人："但她似乎是这个国家的公主，绑做肉票的话应该可以换些零花钱吧？"

梵卓："嗯哼，可惜我听说她与王后不和，受到排挤，大概没人会愿意出钱赎她吧？"

小七："那还有什么好说的，丢掉算了。"

布鲁赫："等等，她似乎醒来了。"

兰卡没形象地打哈欠："啊……你们的讨论我都听到了，居然想要丢掉我？这样吧，要不要来做笔交易呢？我给你们提供这个世界上最美味可爱的食物，而作为交换条件，你们则要让我暂时住在城堡里直到我骗到下一个冤大头，啊不，我是说找到共度一生的傻王子为止。"

布鲁赫："你所说的食物是？"

兰卡："呵呵，你以为我那年迈的老爹是为什么要迎娶年龄差距这么大的小王后呢？当然是因为她是已经绝种的美味人类啊。"

阿萨迈："人类？好吃吗？"

一大人："相当好吃。"

梵卓："那么，你先把她骗来，我们验过货之后再决定交易是否成立吧。"

于是，阴险的白雪公主与森林里的七只吸血鬼订立了契约。

为了诱骗皇后到城堡，白雪公主还活着的消息被四处散播，很快传到了皇后耳朵里。

大胖："啊……太好了，她还活着。其实当初下令杀她之后我一直良心不安呢，大难不死真是万幸。"

魔镜："不对吧！王后，如果你不杀死她，必定会留下后患！白雪可是很会记仇的女人啊！她不会放过你的！"

大胖："是这样吗？那……那没办法了，只好我亲自出马。"

于是，王后乔装打扮之后，挎着魔镜帮她全国包邮寄过来的装了很多危险物品的篮子，来到了森林深处吸血鬼的城堡外。

大胖："总觉得这个城堡从内而外地散发着邪恶的气氛呢。我……我还是回去吧……"

兰卡："等一等啊，亲爱的母后，都来到这里了怎么可以轻易放弃呢？进来喝杯茶叙叙旧吧。"

大胖直冒冷汗："呃……我……我肚子不太舒服……"

兰卡："别担心，喝了我特制的花草茶，就感觉不到了，呵呵呵呵。"

大胖爹毛了……什么叫感觉不到了？为什么是感觉不到了？！总觉得好可怕啊！好想逃走喔……可是逃走的话好像会被杀掉，谁来救救我啊……

就这样，泪眼汪汪的王后被迫坐进了城堡的会客厅。

兰卡："哦呀，母后给我带来了礼物吗？这个系裙子的丝带很漂亮啊，是用来勒死我的吗？"

大胖垂泪："对……对不起……"

兰卡："哦呵呵呵，母后太客气了，没什么对不起的，只要把这个用在母后身上不就好了吗？”

大胖惊悚地抬头：“咦？！”果然还是要杀我吗？

兰卡轻轻击掌：“来人啊。”

大胖飙泪：“不要啊！不要杀我啊！我错了，我再也不敢了……不要杀我……”

兰卡：“给王后换件新衣服，这套巫婆装太丑了……然后用这条漂亮的丝带给她扎个可爱的蝴蝶结。”

大胖止住啜泣：“咦？换衣服？”

兰卡，继续翻篮子：“哦呀，这个雕刻精致的木梳貌似很值钱啊，母后用毒药浸泡过它准备毒死我吗？”

大胖继续落泪：“对不起……呜呜……道具都是魔镜准备的，不关我的事啊……”

兰卡：“哼哼，魔镜吗？等会儿再收拾它……不过说到木梳倒是提醒了我，来人啊，给王后梳个萝莉可爱的发型。”

大胖开始隐约觉得不对劲：“咦？萝莉？”

兰卡：“哦呀，毒苹果呢，母后要不要来一口啊？”

大胖：“求求你饶了我吧……”

兰卡：“好啊，不过你必须听我的话一直留在城堡里哦。”

大胖啜泣：“是。”

就这样，等到七只吸血鬼回到城堡的时候，就看到客厅沙发上被打扮得可爱动人又哭得泪眼模糊的小王后，正怯怯地看着他们……城堡里到处都飘荡着美味的血香……

兰卡：“不错吧？”

吸血鬼们斩钉截铁：“交易成立！”

貌似是非常满意啊……

就这样，邪恶的王后被善良的白雪公主和勇敢的七个小矮人携手收拾掉了！（好像跟事实有微妙的差异。）

这个故事告诉我们，如果实力不够强大，绝对不要去做坏事（够强大也不该做啦）。

——白雪公主 · End——

ACT 4　小红帽

很久很久以前，在一片幽深的森林里，有一座小木屋。

里面住着一位善良的老奶奶，独自一人过着宁静的生活。

森林里还住着一只有着毛茸茸尾巴的大野狼，名字叫高大胖，它经常到老奶奶家串门。

大胖笃笃地敲门："老奶奶，你在吗？上次的糖果吃没了，可以再给我一些吗？哎呀……啊！对不起，门被我弄坏了！唉，最近爪子有点长长了，总是不小心抓坏东西呢……真对不起，门我之后会负责修好的……"

然而门打开的小木屋里，却空无一人。

大胖疑惑地走进去，左顾右盼，发现老奶奶不在家。

于是决定自己拿点糖果，然后留个字条给奶奶了事。

哪知道，它刚打开糖罐子，就听到木屋外面传来叫声……

小红帽梵卓："奶奶！我来看你了！妈妈让我给你带了威士忌和雪茄来……哎呀，门怎么开着？奇怪，门锁好像被什么野兽挠坏了……难道进来坏人了吗？"

屋子里的大野狼慌乱了，在这个尴尬的情景下被别人撞上，是绝对说不清楚的！

它原地团团转了一圈，急中生智地跳到床上，用老奶奶的被子蒙住全身缩成一团，压低了声音装成老奶奶的样子对小红帽说道："咯咯，什么事也没有……奶奶今天身体不舒服，你……你明天再来吧……"

听到屋子里传出来的声音，小红帽梵卓在原地站了一会儿，嘴角渐渐露出一个邪恶的笑容，抬脚不慌不忙地踱到了床边，俯下身子轻声问：“奶奶，为什么你的声音变得这么娇嫩呢？”

因紧张而缩得更紧的大胖：“那……那是因为奶奶生病了啊。”

梵卓伸手抱住缩成一团的大野狼，轻轻咬了咬它露在被子外面微微颤抖的毛茸茸耳朵：“那么，亲爱的奶奶，为什么你的耳朵变得这么可爱呢？”

敏感的耳朵被咬到，大胖满脸通红：“那，那是因为……”

梵卓的手从被子底下伸进去，放肆地在可怜的大野狼身上乱摸着：“奶奶，为什么你的身子变得这么小巧又滑溜溜的呢？”

再也受不了的大胖，一把掀开被子从床上跳了下来！“不干啦！呜哇哇……不要揪人家尾巴！我是大野狼！不是你的奶奶！”

“哦？”梵卓抱臂挑眉，“那么我的奶奶哪儿去了？被你吃掉了吗？”

大胖：“才没有！我来的时候老奶奶就不在了啊！”

梵卓凝视了大胖少顷，轻哼：“我不信。”

大胖飙泪：“是真的啦！”

梵卓微笑，利索地压倒大胖，十分手熟地开始乱摸：“那么让我检查一下吧。是藏在这里吗？还是这里呢？还是在小肚皮底下呢？”

大胖：“不是，不……呜呜……嗷嗷……呜嗷！”

这个故事告诉我们：好孩子不要闯空门，后果可能是很危险的！

此时的老奶奶一大人，正叼着烟在泡酒吧，顺便思索着还得用几颗糖果才能把那只小野狼调教好……

——小红帽·End——

ACT 5 卖火柴的“小女孩”

事情发生在某个圣诞夜。

当街上到处都是圣诞树、彩灯和皑皑白雪的时候，街角一位叫作布鲁赫的少年，正面无表情地在卖火柴。

他的火柴能带给人们幸福的幻象，可是却没有一个人来买，因为大家本来就很幸福（其实最倒霉的就是他了吧）。

就这样，布鲁赫越来越冷，越来越饿，马上就要死了。

临死之前，他划了三根火柴来温暖自己。

第一根火柴燃烧起来的时候，他在焰芯里看到了自己与小小初次见面的那个雪天，这一次他没有听话地把小小交给长老会，而是直接抱回了家，藏在自己的城堡深处。

第二根火柴燃烧起来的时候，他在焰芯里看到了小小不再抗拒他的靠近，主动牵着他的衣角小声说自己不敢一个人睡，能不能跟他一起……

第三根火柴燃烧起来的时候，他在焰芯里看到小小微笑着接受了他的求婚戒指，幸福地抚摩着自己隆起的腹部，说很爱他们两个人的孩子，希望以后也一直幸福地跟他白头到老。

最后，卖火柴的布鲁赫嘴角带着淡淡的微笑，挂了。

众人：“……”

雷夫诺：“好吧，既然没人肯先说，那么我来吧。在吐槽这篇实在纯情得跟其他几篇恶搞风格格不入之前，难道就没人觉得他梦想的标准实在低得让人想掬一把同情泪吗？！”

兰卡：“完全同意，如果现在卖火柴的是梵卓那厮，焰芯里肯定全是些十八禁的东西……”

乔凡尼：“别这么刻薄，悲催不正是他的萌点吗？”

众人：“那更惨吧！”

——卖火柴的“小女孩”· End——

ACT 6　皇帝的新衣

皇帝高大胖喜欢新奇的东西。

一位远道而来的商人乔凡尼，自称可以做出世界上最流行的衣服。

皇帝很感兴趣，就留下了他。

第一天，商人给皇帝献上了一套水手服。

大胖："这种东西没有人会穿到街上去吧？"

乔凡尼："您说什么啊？这正是今年最流行的款式啊！各位，我说得对吧？"

所有被买通的侍从们，点头如捣蒜……

大胖："真的吗？那好吧……"

于是，商人带着换好了萌萌水手装的大胖来到了晚宴上。

乔凡尼轻声吩咐手下："八点后就禁止入场，观众太多的话就提高票价，禁止摄像，照片会在网上拍卖，需要等身大玩偶娃娃的另外下单，VIP 会员可以九折优惠……"

众人："……"

第二天，商人给皇帝献上了一套护士服。

第三天，是猫耳装。

第四天，是比基尼。

第五天……

第六天……

直到有一天，商人呈上衣服的托盘里，什么都没有。

大胖抓狂："没人会穿这种东西吧？！"

乔凡尼面不改色："别傻了，我尊贵的皇帝陛下，请看看，这么精致的做工和用料，您不知道在市场上多么畅销。"

大胖："畅销？可是……"

乔凡尼脸不红心不跳："非常畅销。"

大胖狐疑地环视四周。

所有人战战兢兢地点头："畅销……畅销……特别畅销……"

大胖揉了揉眼睛："奇怪，我已经开始出现幻视了吗……那好吧，我去换上它。"

乔凡尼转身吩咐手下："今天晚上的门票提价三倍，贵宾席拍卖起价一千万，展览时间一小时，加时费另议。皇帝穿过的衣服编入馆藏，姑且不卖，存作展览……"

新来的侍从西里："展览？咦？可是，皇帝明明什么都没穿啊！"

乔凡尼微笑地凝视他半晌，轻声道："来人，把他拖出去。"

西里："咦？什么！不要啊……"

这个故事告诉我们：永远，不要招惹奸商。

——皇帝的新衣·End——

ACT 7　北风与太阳

北风与太阳争执不休，他们都认为自己是最强的。

这时路上出现了一个裹着厚厚风衣的旅人，北风与太阳便打赌，谁能让旅人脱下衣服，谁就获胜！

于是北风花花龙首先跳出去，疯狂地鼓动翅膀掀起大风，旅人被风刮得更冷，连衣领都立了起来抵御寒风，衣扣也扣得紧紧的。

花花龙没有办法，便降落在旅人身边死皮赖脸地缠住她……

大胖："花花你干什么？你不知道自己是龙吗？你身上很冷啊，而且皮肤上有鳞片和骨刺，蹭人的时候很疼啊，你是要杀死我吗？"

被踢开的花花，消沉万分……

太阳狐焰大声地嘲笑着花花，然后起身向空中不停地喷出巨大的火球！火球烘烤得空气也变得炽热，旅人酷热难耐，解开了衣领和扣子试图凉快一点……

狐焰再接再厉，跳到旅人身边死皮赖脸地缠住她……

大胖："小吱你干什么？你不知道自己有多少毛吗？这么热的时候靠过来是想闷死我吗？离我远点啦！"

被踹飞的小吱无比消沉……

结果，这个赌，谁也没赢。

梵卓："你回来了小小，嗯，味道好香，你出汗了吗？"

大胖："是的……唔，你别剥我衣服，讨厌，黏糊糊的，我要去洗澡啊……"

梵卓，埋头亲吻着，利索地扒衣服："好的，我帮你。"

结论，脱衣服这种事似乎跟冷热无关……（才不对吧！）

——北风与太阳 · End——

ACT 8　龟兔赛跑

如果大胖是小兔子……

观众："然后呢？"

旁白："没有然后了。"

观众："怎么会？乌龟呢？赛跑呢？"

旁白："如果小小打扮成萌萌的小兔子的样子，那群好色的血族里还有人会跟她赛跑吗？早就被压倒撕碎吃了好吗？"

观众："也是呢……"

结论：赛跑这种事还是穿着运动服就好……（什么破结论啦！）

——龟兔赛跑 · End——

——Chapter Ⅴ · End——

后　记

其实最开始，这篇文章的设想是“欢乐的小段子集合”。也就是说，应该是那种每章一个小故事，没有太大联系性，而且非常不严肃的。

可是一审稿子之后，故事就被重新定位成“浪漫奇幻言情”了。扯到爱情，它就变得比较严肃了。那之后又设定了整个血族世界的框架，扯到政治、经济、科技、历史、种族矛盾……于是该死的，变得越来越严肃了……

世界

因为是科幻文，我就天马行空地乱想了很多。血族世界的构架，阶级的划分，种族的矛盾；吸血鬼和人类起源的猜测，《圣经》的颠覆，繁育的缺陷，人类和血族的毁灭与延续；未来宇宙的样子，不同星球文化的极端代表，新、旧两代的交替，侵略者的无奈，被侵略者的无辜……

我想写的太多，这个欢乐的浪漫言情故事框架根本放不下。写多了觉得偏离主题，写少了又不甘心。总觉得按照逻辑来说故事发展应该更残酷，可真的往残酷了写又不够浪漫言情，憋着写实在很烦躁……

不过话又说回来，硬把很多想法挤进一个故事里本来就是很勉强的，我的掌控力还不够。所以我想，这个故事能写完一个延续，一份爱情，也算圆满了。

爱情

经常听到人们说“那样不叫爱情，那只是占有欲”，或者“这才叫爱情，爱情是尊重彼此”，又或者“爱情是赌上生命的全情付出”，诸如此类。其实我想说，什么才叫爱情呢？真的有人能下个定义吗？谁能说自己认定的那一种才叫爱情，不符合的就都不算呢？

血族没有爱情，甚至直到最后，也许梵卓和布鲁赫也分不清他们自己对小小的感情是不是有很大一部分是建立在对血液的渴望之上的。

可是夹杂着这些欲望，就不算爱了吗？

崇敬、怜悯、同情、占有、惯性、食欲、金钱、性欲、责任，如果这些干扰因素统统都要剔除才叫纯粹的爱情，那么纯粹的爱情里到底还剩什么呢？

总觉得，那样纯粹的东西，脆弱得无法依靠呢。

有时候我会觉得，对高大胖来说，有不纯粹的嗜血欲望掺杂在爱情中作为彼此的联系，反而是一种幸运。

因为只要她还有一滴血，她对他来说，就是这个宇宙的独一无二！

还有什么比这个更可靠呢？

一个遗留问题

到故事的结局为止，只有一个问题我没明确写答案。那就是要不要给高小小永生的能力。

我没有写，是因为我也不知道。

究竟是作为人类那样顺其自然地生老病死更幸福，还是人工改造成永生不死跟自己爱的人永远相伴更好呢？

这个问题我想了很久，终究没有答案。

我没有永生过，不知道那样的感觉。

究竟是好是坏，是对还是错？

连我自己都不确信的东西，我不想随便给出一个不可逆的答案。所以我把这个问题留给他们自己去解决。（不过话又说回来，从口才、耐性和软磨硬泡的功力来说，估计最后是梵卓赢吧……）

那么，幻想结束，大家洗洗睡吧，明天该上班的上班，该上学的上学，该带孩子的带孩子去吧。只需在被现实压迫的空隙里，抽点时间小小幻想一下宇宙彼端世界末日后的生活。在那里你是唯一，俊男美女，忠贞不渝，缓解压力……

妖舟 写于 2010 年 9 月 9 日